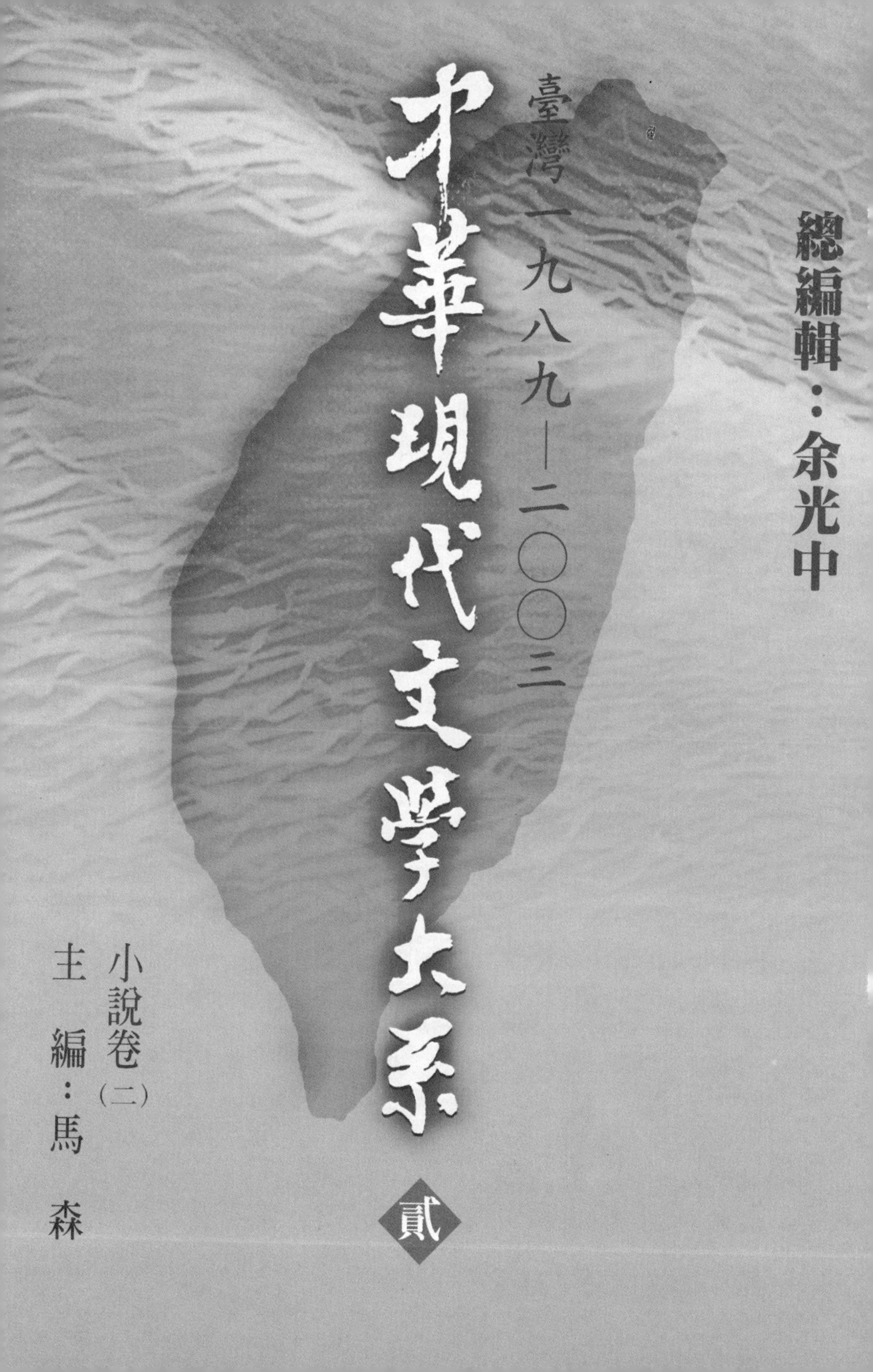

總編輯：余光中

臺灣一九八九—二〇〇三

中華現代文學大系

貳

小說卷（二）

主編：馬森

目錄

第二冊（短篇）

第三冊（短篇）

鄭清文作品

鄭清文

台北縣人，1932年生，台灣大學商學系畢業，在華南銀行工作四十多年，現已退休。作品以短篇小說為主，已出版有《簸箕谷》、《最後的紳士》、《舊鎮滄桑》、《春雨》、《相思子花》、《鄭清文短篇小說全集》等；長篇小說已出版有《峽地》、《大火》、《舊金山—1972》；另有童話集《燕心果》及長篇童話《天燈．母親》。曾獲吳三連獎、中國時報文學獎推薦獎，師範大學「人文講席」，並以短篇小說集《三腳馬》之英譯本（美國哥倫比亞大學出版社印行）榮獲國際性的文學獎項——桐山環太平洋書卷獎，是首位台灣作家獲得國際性的文學獎項，是台灣作家踏出國際文壇的第一步，也是台灣文學作品登上國際文壇的敲門磚。

相思子花

「永祥，等一下我載你去火車站。」

我去鄉下，要回家的時候，阿鳳說要用車送我。她開的是小型貨車，是他們載蔬菜和花卉用的。我還不知道她會開車，不過她開得四平八穩。

她順著鄉間的產業道路開，一直沒有上縣道。我以為她是抄近路走的。我已好久沒有回去鄉下了，鄉村的面貌已改變不少，新開了不少路，也蓋了不少樓房。樓房遮去了不少鄉村原有的風貌。

阿鳳穿著一件淺藍色的短袖運動衫，藍色的短裙。她的手臂很粗，比我的還粗，還隱約可以看到種痘的疤痕。

在車上，她問我一些我家裡的情況，也告訴我一些鄉下的變化。我們已很久沒有見面了，有些消息還是透過其他的親戚間接傳遞的。

在談話的時候，我也會轉頭去看她一下。我看她抓住方向盤的手。她的手掌很大，手指很長，指甲硬而厚，指甲縫還帶有一點泥垢，是因為她還繼續在田裡工作的關係吧。

車子上了一段坡道。路的兩邊都種植著相思樹，樹上點綴著一簇一簇黃色的小花。

「到了。」

她停下車，走出駕駛台，也叫我下車。我們站在山坡上，往遠處看，看到一片蒼綠的矮山，和山谷間的綠色的田畝，以及一些散落其間的村落。我們也看到遠處車輛熙熙攘攘的省道。

「這是什麼地方？」

「我帶你去看一個地方。」

我們離開產業道路，往下拐入一條小徑，順著山腹走了一百多公尺。我心中正在狐疑，阿鳳到底要做什麼呢？

我們走到山腰底下，看到一條快要乾涸的小溪道，溪底全是大大小小的石頭，只有一股小小的水流，在石縫間穿來穿去，時隱時現。我們往兩頭一看，那是一條順著山谷的形勢彎來彎去，在山谷間自然形成的溪道，兩邊再加上人造的土堤，土堤上種植著相思樹和不知名的雜木。

現在，正是相思樹開花的季節，路上也掉著不少黃色的花，和枯黃的葉子。那掉在水裡的葉子已變成深褐色，看過去像一條一條的泥鰍。

「永祥，你還記得這個地方嗎？」

我們沿著小溪道走了一段，阿鳳突然轉頭問我。

「我記得。」

那已是四十年以前的事了。

小時候，每年暑假和寒假，我都要回鄉下住幾天。那是我高三那一年的寒假發生的事。那時候，在鄉下，一般農家是沒有能力，就是有能力的人也捨不得買煤或木炭的。他們都用稻草、粗糠，或乾竹枝來做燃料。

那一天早晨，村子裡的農民就利用農閒期間，要到山上去撿乾柴。大家在王公廟的前庭集合，一共有十幾名男女，年紀大一點的有四、五十歲，小一點的也有十六、七歲。我也跟他們上山。我到集合的地點，果然看到阿鳳也在裡面。當時，我是很希望看到她的。

阿鳳小我兩歲，是堂哥阿昆的童養媳。大家都說，她是全下埔仔最漂亮的女孩子。她皮膚白皙，眼睛大而烏亮，一排皓白的牙齒，笑起來露出一顆虎牙，特別討人喜歡。她喜歡笑，我也喜歡看她笑。

她是阿昆的童養媳，很多人都知道，但是還是經常有人來替她做媒，尤其是街上的那些人。她到街上賣菜，都會有許多人來看她，那些喜歡她的男孩，男孩的父母，以及媒婆。聽說，有一次，有人還帶了一大把鈔票來到她家裡，硬要送定呢。

上山的那一天，大家都穿著草鞋，草鞋是農民自己編結的。其實，那時候農民就是自己會編結草鞋，也很少穿。平時，他們都打赤腳，下田方便。這次，我們穿草鞋，是因為路遠，山上又有許多有刺的草木。

那時，雖然是冬天，太陽也不猛，女孩子還是怕曬黑皮膚，在竹笠的周邊縫上一塊用花布做成的罩布，防止日曬。不但臉部，她們把手臂和小腿也一樣裹上花布的套子。她們每個人都裝扮成布人，只好從她們的身材和衣服去認人了。

阿鳳也一樣。她知道自己的皮膚比別人白，也知道更小心去保護它了。阿鳳那天穿的是，藍格子的衣裙，裏布也是一色的。在鄉下一般年輕女孩子都喜歡穿紅色系列的花樣，只有阿鳳和別人不大一樣。年紀大一點的人都說那種顏色太老成，她都一笑置之。

上山的時候，比較輕鬆。大家只拿著扁擔、繩子、鉤子和柴刀，一路談笑上去。大家談著年終收成的事，謝神拜廟的事。我也聽到有人提起阿鳳快要送做堆了。

因爲我不習慣穿草鞋，也不習慣走那高低不平的石頭路，走得特別慢，有時邊走邊跑，卻還時常落在大家後面。這樣子，我倒可以偷偷看阿鳳走路的樣子。

我喜歡看她走路的樣子，尤其是挑著擔子的時候。她的一隻手，斜斜擺動著，還有輕輕擺動的腰身。

阿鳳眞的要送做堆了？

那一年，在上山撿柴之前兩年吧，我記得是我剛考上高中的那一年暑假，有一次，我騎腳踏車到街上，回去的時候，在路上趕到阿鳳。我遠遠的看著一個女孩子，挑著一對長把的空菜籃，在水圳的堤上走著。水圳堤上的路，時寬時窄，最寬的也只有一公尺多。

會不會是阿鳳？我心裡想著，踩快了踏板。果然是她，她是去街上賣菜回去的，空籃子裡，放著幾塊豆干和一包熟魚。

我扳響鈴子，她讓到一旁，回頭看到我。

「呃，是你。」

我下車，跟著她一起走。水圳有三公尺寬吧，從路上到水面只有一公尺多，水也不深，水裡有些水草在曳動，有時還可以從水草間看到底。

「聽說，你騎在車上，可以撿起路上的東西？」

「可以呀。」

她掏出一塊銅板擱在地上，人閃到路邊。我騎上車，兩腳踩在踏板上，蹲下身，正要伸手撿起銅板。就在那時候，我看到了銅板旁邊的她的腳，她是打著赤腳的，腳上蒙上厚厚的一層塵埃。我撿起銅板，銅板正面是人頭，背面是台灣，我用手指一翻，再伸手迅速擱在她的腳板上。

「唉呀。」她退了一步。

因爲路有寬有窄，我略微失去平衡，車輪剛滑到路的一個缺口，我怕車子掉進水裡，把車子往另外一邊一拋，人就掉進水圳裡面了。

「阿祥，阿祥。」

阿鳳跑了過去，拿了扁擔，伸下來。我抓住扁擔，一手抓住水圳堤上的草，爬了一半，她忽然改用手來拉我。那是我第一次抓到她的手。我緊緊的抓著。

我和阿鳳很熟，每次回鄉下，幾乎都會見到她。有時在路上，有時在田裡。有時在傍晚，我還跟著她們幾個女孩子去田裡撈田螺。我們每個人手裡拿著一把用竹編結的長柄粗網目的碗形勺子，伸到田裡去撈田螺，一直撈到太陽下山，再也看不到田螺爲止。

但是，那卻是我第一次抓了她的手。也是我第一次抓了一個女孩子的手。

在鄉下，女孩子出門的時候，經常都用花布做的套子裹著手腳，除非是在大清早或黃昏，很不容易看到裸露的手腳。

阿鳳的皮膚很白，鄉下人常說，一白蔭九美，表示讚賞和羨慕。阿鳳似乎也知道如何去保護這種美質了。我還記得，她拉我上水圳那一次，已懂得像比她大的女孩子那樣，用布套子裹手腳了。

那時，全下埔子的人都知道她是阿昆的童養媳，有時還會用羨慕的心情去嬉笑她。她也不會生氣。不過，聽說街上的人來提親，她很緊張。有一次，我就聽長輩說，阿鳳太乖，不然早就被街上的人拐走了。而實際上，隔壁村就有一個叫阿嬌的女孩子，不滿意未來的丈夫，還未送做堆，就跟別人跑掉了。

那次上山撿柴，阿昆沒有去。我好像有一種感覺，是不是因爲怕人家取笑，他們總是有意避開在一起的。

阿鳳也穿著草鞋，把空的扁擔放在肩上，另一隻手斜斜地擺著，和幾個女孩子落在大隊後面，在撒滿石頭的溪道上，忽左忽右，順著溪道往上前進。她喜歡笑。她說話不多，不過聽到別人說了有趣的話，就格格格的笑了起來。

我喜歡看她，看她走路的樣子。看她走路的樣子，我才了解同學所說，男人是用腳走路，而女人卻是用屁股走路的那種話了。

我也喜歡看她露出白牙的笑容，和大而黑的眼睛。當她看著你，你會覺得她已看穿了你的心。

我喜歡看她，也夢見過她，但是我很快的想回來，她是阿昆的童養媳，她只是一個農村裡的女孩子，只唸了小學。那時候，在鄉下，一個童養媳，能順利唸完小學，是很不簡單的了。

上山時，有三分之二的路程，要經過這一條小溪道。那時候，小溪道兩邊的山坡還是一片山林，在山林間開闢了一些梯田。種在堤上的樹，幾乎把整個溪道蓋住，看過去像一條隧道。

到了山上，大家分散撿柴。我挑了一些生柴，生柴外觀比較好看。他們笑我，說生柴比較重。生柴等於泡了水的乾柴，把生柴挑回去，還要曬乾，才能做燃料。阿鳳也在笑著。

大家很快要把柴撿好，綑紮停當，立即下山。來回的路程需要六個多小時，早上七點出發，下午一點多可以回到家，所以大家都沒有帶食物，甚至連茶水都沒有帶，在路邊碰到有人奉茶，就停下來喝一兩碗。這是當時的生活情形。

他們挑的柴，重的一擔有一百斤，輕的也有六十斤，我的最輕，只有三十斤左右。

我向他們抗議，我堅持我至少要挑六十斤。我也挑起來給他們看。他們笑著說，路很長，而且我是街仔人，沒有挑過重擔，能順利挑三十斤回到家，應該很不錯了。他們說我街仔人，多少有不會做農事的意味。我很不服氣，覺得他們把我估得太低。

開始，我走得很快。農人都用一邊的肩膀挑東西，我也學他們用一邊的肩膀挑。他們先用一邊，累了再換到另一邊，用兩邊的肩膀輪流挑著。他們很少休息，不久就回到小溪道來了。

嚴格的說，小溪道裡面並沒有明顯的路痕，人只能在石頭間選比較平坦的地方跺過去，忽左忽右，順著溪道而下。

大概走了將近一個小時，我的肩膀已支撐不住了。我也學著他們左右肩輪流使用，但是這時候兩肩都疼痛難受，能夠維持的時間越來越短，只好把扁擔擱在後頸部，用比較寬的面積去承受重量。因爲擔子放在後頸部，擔子就往左右，而不像他們往前後伸出。有時，爲了減輕肩膀和頸部上的疼痛，我把雙手擱在扁擔上，再用手撐著扁擔。那樣子，有點像老鷂在空中盤旋，他們稱爲老鷂披旋。這一句話，有取笑的意味。

我越走越慢，這時已看不到前面一大隊人馬了。再走了一百多公尺，我看到阿鳳在前面休息。她會是在等我？我趕過去，她看我一眼，笑了笑。難道她也在笑我？

她雖然只是一個十六七歲的女孩子，但是，她在鄉下長大，經常挑重擔，挑六十斤是算不了什麼的，而且她的步伐一直那麼平穩。

「我來幫你挑一下。」

我們已看不到前面的人了。路只有一條，是不會迷失的。看來，她是想來幫助我了。

「不用，不用。」

我挑的，只有她的一半，而且她又是一個比我還小的女孩子。我紅著臉說。

其實，我的肩膀已有些吃不消了。我知道我的腳步也已不平穩了，尤其在石頭間挑著路走，時常跺不準，也會跌來跌去。但是，一想到在山上還一直嫌少，現在也實在不好意思叫痛了。我很想休息，但是大隊人馬已看不見，我又不肯隨便認輸，只好一直往前走，不敢休息。阿鳳看我不肯休息，自己再挑起擔子，在後面跟著。

再過十分鐘，也許只有五分鐘，我實在無法再忍受下去了。我只好卸下擔子，阿鳳也跟著停下來。

「我來給你看看。」

她叫我坐在一塊大石頭上。

「呃，腫起來了。」

她額頭皺了一下，笑嘻嘻的說，拆下竹笠上的罩布，摺好，墊在我的後頸部。她年紀雖然比我小，看來卻更像大姊了。

「你不怕曬黑？」

「有樹蔭呀。」

「那妳自己沒有？」

「沒有什麼？」

「沒有墊布。」

「我不需要，我已習慣了。」她露出皓白的牙齒，笑著說。

「我來看一下。」我直看著她的臉說。

「看什麼？」

我站起來，叫她坐在我坐過的地方。我把她的衣領，輕輕的翻開一下，她的肩膀那麼白，但是放扁擔的地方，有點紅，也粗糙一點。肩膀上也會長繭嗎？聽說常挑擔子的人，肩膀的骨頭會凹下去，我摸了一下。

她的笑容消失了，但是立刻又浮上來。

我的視線從肩膀轉到前面。我發現她的衣領，在鈕扣上還用針線縫住。爲什麼？她翻翻眼睛看我，又低下頭。那時候，還沒有胸罩。兩年多前，她拉我上水圳時，我就注意到她胸部在衣服裡面盪動。

比那時候更早，我是七、八歲，她只有五、六歲，幾個小孩在墓地玩，不知是由誰開始，也不知是怎麼學會的，大家就地拔了一根人字草的莖，擠出淡黃綠色的草汁，點在自己的奶頭上。一種涼涼的感覺，涼到心的感覺。她也把衣服撩起來，照樣做。那時，我看到了她的奶頭，小小的，上面有短短的凹溝。這件事，我好像已忘了，卻又突然想了起來。

我把手擱在她的胸部。她依然沒有動靜，我就輕輕的捏了一下。

「不要，不要。」她的聲音很低。

突然，我用力抓住。

「哎喲！」她叫了出來，聲音依然很低，卻有一點尖利。

我看到她眼眶紅了，眼睛也潤濕了。那經常的笑容消失了，那大而烏亮的眼睛，好像更亮，也更黑了。我趕快縮回手。她站起來，挑起乾柴，默默的走開。我挑起擔子，追了上去。

「阿鳳。」

「嗯。」

「你生氣？」

「很痛。」

「對不起。」

她不再說話，一直往前走，走得很快。我在後面追趕著，幾乎是用跑的。

我們追了十幾分鐘，已遠遠看到前面的大隊人馬了。她回過頭來看了我一眼。不知爲什麼，自從這件事發生之後，肩膀上的擔子似乎沒有那麼重了。

她生氣了？我更擔心她把這件事說出去。要是她說出去了，會有什麼後果呢？

我腦子裡似乎很亂，我自己都不清楚爲什麼做那種事。對我，阿鳳是得不到的，也不想得到的吧。也許，就像一個小孩，得不到的玩具，很想弄壞它。

那年除夕，阿鳳和阿昆送做堆了。不到一年，她也生了孩子。那以後，我回鄉下的時候，還時常碰到她。每次，她看到我，依然笑嘻嘻的。難道她已忘掉了那件事？她似乎也沒有把那件事告訴過任何人。

我還記得，我在唸大學的時候，有一次，我回鄉下去，她剛好生了第二個孩子。

那一天早晨，我在屋後的水井邊碰到她，她正在提水。那時候，鄉下還很少有人裝邦浦，水要一桶一桶提上來的。

那口水井看來很古老，伸出地上的部分，像圓筒，周圍圍著墊腳台，墊腳台和井筒，都長著青苔，和小型的蕨類植物。

她站在墊腳台上，手提著一個小木桶，放進井裡，手一搖，腰身輕輕扭動一下，把水桶提上來，倒進井邊的水槽。水槽比井筒高一點，水槽底部有一根竹管，穿過牆壁，通到屋裡的廚房，那邊有一個水缸。

鄉下人，用水很節省，水井的水，只做食用，至於洗衣服，或洗菜，都要到後壁溝去。她剛好坐完月內。一般女人，坐月內，都不能做粗重的工作。但是在鄉下，許多女人在月內還是要剁豬菜餵豬，只是比較少出去田裡。

有人說，女人生了孩子之後最美。當初，我不知道這一句話的意思。她們坐月內，吃好，又可以充分休息。當然，做了母親，自然會有一種更成熟和滿足的感覺。這一天，我看到了阿鳳，才眞正了解這種說法的眞實性。

她穿著淺黃色的衣裙。我再仔細一看，那是白色的衣服，是舊衣服，因多次洗滌，水中的礦物質，把它染成黃色了。她的皮膚，可能是因爲一個月沒有到外邊，沒有曬到陽光，顯得更加白皙。平時，她在外面，都把手腳裹起來，今天，我卻看到了她的雪白的手臂和腿部。

她背後，種著一片觀音竹，早晨的太陽照下來，觀音竹的綠色輝映到阿鳳身上，顯得更加明亮和耀眼。

她提水的姿態，很有韻律。咚的一聲，木桶掉到水井裡。她的右手輕輕抖動一下，而後左右手輪流，把水桶提上來，把水倒進水槽裡，周而復始。

我站在不遠處看著，她轉身過來，望我笑了一笑，手裡還提著木桶。她的頭髮有點亂，有幾根垂在額頭。

我看著她的臉，她的手，她的腿。她的笑，好像不只是嘴角，也不只是臉部，而是全身都在笑。

我也看到她的胸部。她剛才在提水的時候，胸部在衣服裡盪動。現在，她已停止動作，但是胸部似乎還沒有靜止下來。我還看到她乳頭突出的位置，濕濕的，是奶水的關係吧。

我靠近幾步，卻又退回來。她雖然笑著，我還是感到有點類似畏怯。我不知道自己又會做出什麼事來。

我離開鄉下的前一天，她送我一個魚簍。一般而言，鄉下的女孩子都會編造竹笠，做爲副業。至於像穀籮、簸箕、魚簍、竹簥等較精密的工具，大部分是由有特別工夫的男人編造的。

她做的那個魚簍，是細篾做成的，和一般男人用粗篾做成的不同，看起來格外的精巧、細緻。

「妳自己做的嗎？」

「嗯。」

她說，她知道我喜釣魚，做了這一個送我。是她在坐月內時編造的，她遞給我的時候，把簍底翻上來。

「我沒有做好，簍底有點歪。」她微紅著臉說。

「沒有關係。」

我很喜歡這個魚簍，每次出去釣魚，都帶著它。因為經常用它，竹篾磨斷了一根，就整個慢慢鬆開了。後來，可能在搬家的時候丟掉了，就沒有再看到它。

有一天，我突然想到這個魚簍，覺得自己實在太粗心了，竟讓那樣一個魚簍隨便丟掉。

那魚簍，似乎隱藏著什麼。她說簍底沒有做好，有點歪。照她的意思，簍底應該是橢圓形。她做出來的，卻有點像栗子形狀。說得正確一點，是不明顯的心形。

我不知道阿鳳那樣一個鄉下女孩，是不是已知道心形所代表的意義。實際上，在那麼早的時期，不要說鄉下，在台灣的社會是不是已普遍接受這種從西方移來的象徵？

但是，我再想起她拿魚簍給我的表情，以及故意把簍底翻上來給我看的情形，我覺得它應該有特殊意義的。我實在太粗心了。

那以後，她又生了三個孩子。一共五個孩子，和一般鄉下人一樣，都是自己餵奶的。聽說，她有一點和別的鄉下女人不同。一般鄉下女人，生了孩子之後，在田裡工作，時常當眾掏出奶來餵小孩，只有阿鳳一定要回家餵，至少要找個草寮。

現在，那五個孩子都長大了，她已做了祖母了。

她告訴我，最小的一個女兒，現在已出國唸書。阿昆在世時，還反對給女孩子唸大學。但是，她堅持要讓她唸。

「你看她像不像我？」

大家都說這個女孩最像阿鳳。我也看過她，除了身材比阿鳳高一些，幾乎就是阿鳳的翻版，尤其是那白皙的皮膚，和露出虎牙的笑容。

阿昆在兩年前去世。阿昆和我同年，大我幾個月，在現在這個時代，他算是不長壽的。

今天，我回鄉下，阿鳳看到我，說要載我到火車站。卻先帶我來到這條小溪道上來。

她在前，我在後，在溪道上，在大大小小的石頭中間，挑著平坦的地方往下走。我們似乎又回到那天上山挑柴的情景。不過，溪道兩岸的樹，比以前高大，卻比以前疏落。不管由於什麼原因，倒下、砍掉或枯死的樹，都沒有補種上去。

另外，堤岸也有不少處坍塌或遭到破壞。溪道上，到處丟棄紙盒，易開罐和塑膠袋。有段堤岸，已堆滿垃圾，甚至有整套的沙發和完整的衣櫃。是有人把整車的廢棄物開到這裡來倒掉的吧。

我看她走路，她比以前粗壯許多，腰身也粗大。她走路，腳成O字形，有點彎曲，是經常挑重擔的結果吧。她穿著短裙，也沒有像以前那樣裹著布套子。

她略低著頭，閃著地上的石頭往前走。看她走路的樣子，好像一點也不陌生。她是不是經常來這裡？

我們走到那塊石頭的地方。眞想不到那塊石頭還在，而且幾乎還是原來的樣子。她回頭看了我一眼，在石頭前停了下來。石頭上，石頭下的周圍，掉落不少相思樹的花和葉子。

我走過去，看著她。她的眼睛還是大大的。她的嘴角漾了一下，是笑。這個笑，雖然和以前不大一樣，卻使我想起以前不管什麼事都露出虎牙笑著的她。現在的笑，似乎有點淡淡的。

我拉住她的手，她的手掌很大，手指也粗而長。她穿著粗面的皮鞋，從皮鞋的大小，也可以看出她有一對大腳。我看過一些從事農業的人，現在已離開農村，但是那粗大的手，卻無法變小，無法變得柔軟。

我想起第一次捏住她的手的感覺。那是我掉到水圳裡的那一次。那時候，她的手還是細細柔柔的。

四十年來，不，應該是更久了，她一直在田裡工作。這一帶的農民，一方面是因爲貧瘠的赤仁土的土質，辛苦耕作了一輩子，生活卻一直沒有改善。一直到有一天，政府在這附近開闢了一條大馬路，他們的土地雖然被徵收，減少了許多，地價卻不停高漲，他們在一兩年內，不，在幾個月內，已變成比我這個工作將近四十年的薪水階級更富有了。

現在，他們也算是有錢人了，鄰近的一些農民，有人開工廠，有人到城市裡去做生意，也有人出售農地去花天酒地，已有不少人放棄農耕，甚至有人讓整塊田地荒廢在那裡。

現在，阿鳳他們，種稻和割稻，都請人用機械來代勞了。另外，他們還種了些花卉和蔬菜。最令人吃驚的是，阿鳳還學會開車，有時兒子他們忙不過來，還幫助他們送貨到街上。

風微微吹著，相思樹的花和葉子不斷掉落下來，有的掉在她的頭髮上，有的掉在她的肩膀上。我伸手把它拂開，同時把手搭在她的肩膀上，像那一天那樣。她的臉頰輕輕依在我的手上。

我把她的衣領翻了一下。這一次，她的衣領是沒有用線縫上去的。

我看了她的肩膀，肩膀上的皮膚還是那麼白，肩膀上那些硬化的皮膚已沒有了，那凹下去的肩骨卻依然還在。我捏了她的肩膀。肩膀有點濕濕的，是汗吧。

我看著她的臉，額頭上，眼角，都有皺紋，眼下還長了不少淺褐色的小斑點，頭髮也白了不少。現在，她似乎已不需要用任何的東西去保護皮膚了。

她睜大眼睛直看著我。她好像已沒有以前那種羞怯。她的眼神還是相當溫和的，但是它卻好像在尋索，好像想看到對方的心的深處。她的嘴角漾著笑意。我也看到了她的牙齒。她的牙齒和以前一樣的雪白，卻可以看到牙和牙之間的縫。

我的眼睛往下移，好像是在逃避她的目光。

我看到她的胸部輕輕的起伏著。我一看，就知道她沒有穿胸罩。看來，她很平靜。她雙手拉住我的手，擱在她胸前。是鼓勵？或是阻止？阻止我再用力抓住她的乳房？當時，我為什麼那麼粗魯？

現在，我已可以確定，她並沒有忘記四十年前的事了。今天，她帶我到這裡來，好像就是想告訴我，她的的確確沒有忘記。

我輕易的抓住了她的乳房。

「老奶脯了。」

她說，把衣裾從裙頭拉了出來，而後往上掀開。她的整個上身，都裸露出來了。

她的腹部，略微突起，但是還是那麼細柔光滑，乳房的形狀，還是很完整的。可能是因爲親自餵了五個孩子的關係，乳頭是大了一點。

我一下怔住了。爲什麼呢？是爲了清償前欠？

實際上，她並沒有欠我任何東西。我是加害者，她是被害者，如果有所負欠，那應該是我。

我想伸手去摸它，她是不會拒絕的。她今天帶到我到這裡來，似乎已把各種可能都計算在內的吧。她似乎也已有了決心。

以前，我也聽說過，阿鳳的是布袋奶，她餵孩子怕人看到，是因爲她的奶太大，怕人家笑她。以前，的確有些女孩子奶太大，怕人笑，用布帶緊緊束住乳房。但是，我相信阿鳳不是那種女孩子。

另外，有人說，像阿鳳那種布袋奶，年紀一大，就會垂下來，會垂到肚臍以下。但是，我今天看她，卻沒有這種情形。她的乳房是完整的倒鐘型。

她把衣服放下來，略微轉身，塞進裙頭裡面。

「我們走吧。」她說，露出微笑，腳卻沒有動。她的眉間掠過一點陰翳，但是立即舒展開來。

我們靜靜的站著，約莫十分鐘。我們之間，是不是還有什麼隔閡呢？

但是，我立即又想起我們已是五十多，快六十的人了。她是不是也在想這種事呢？

我放開她的手，蹲下去，找一塊比較平坦的地方，把佈滿地上的相思樹的落花、枯葉和小石頭輕輕撥開，露出一塊比較平坦的泥地。我撿起一根樹枝，正想畫一個魚簍，畫出那個歪歪，有點像栗子形的底部。但是，我立即停住。

「妳還做魚簍？」我問她。

「不。我做了一個沒有做好，就不想再做了。」她說，她的眼眶有點紅，嘴角依然露出一點微笑。

——一九九〇年八月・選自麥田版《相思子花》

馬森作品

馬　森

筆名飛揚、牧者、樂牧、文也白等。山東濟河人，1932年生。台灣師範大學國文研究所碩士，1961年赴法國研究戲劇、電影，並入巴黎大學研究文學，後赴加拿大獲英屬哥倫比亞大學社會學博士。曾先後執教於台灣師範大學、墨西哥學院、英國倫敦大學、台灣成功大學等校，並曾任《聯合文學》總編輯。現任佛光大學教授。著有小說《夜遊》、《海鷗》、《巴黎的故事》、《生活在瓶中》等。曾獲第一屆五四獎文學評論獎及府城文學貢獻獎。

災禍

當M發現從他客廳的地板上冒出了一枝芽苗的時候，心中是十分欣喜的，因爲他一向喜愛植物，他的客廳裡、陽台上、甚至臥房裡，擺滿了各種各樣的盆栽，大多數這樣的盆栽都並不開花，只長出或大或小的綠油油的葉子。M的看法是，這個世界並不只是給人類預備的，凡是有生命的動植物，甚至於無生命的木、土、砂、石，都有同樣的存在權利。如今，人，把大多數的動植礦物都收歸他的掌握之下，已經是十分的僭越，因此在可能的範圍之內，沒有理由不善待其他的物種。

在眾多的物種中，M特別喜愛植物的原因可能跟他的個性有關。他一向是一個特立獨行的人，不喜歡受到意外的騷擾，即使這騷擾是出於善意的，對M也會形成一種難以忍受的侵迫。天性被動的植物，如果你不去就它，它便不會去就人，正契合M的需求，因此M把植物看成知己，不但對各種盆栽都細心照料，而且時常坐下來對它們細訴衷腸。如果有人發現M在房中喃喃自語，不要認爲他在獨白，其實他正在跟他的植物對話。他的植物也會用各種各樣的方式來回答。至於是何種方式，那就只有M自己才體會得出來了。

這株芽苗自己從地板的中央冒出來，在M看來應該比任何的盆栽更要可貴，因爲它不曾經過人手的培植，完全靠了自己的力量在奮鬥成長。而且，從M的觀點來看，它並沒有破壞什麼，只會爲客廳妝點上更多的生氣。

芽苗的生長速度十分驚人，從M發現它的冒升以後，幾個小時以內，已經長成一株枝幹挺拔的小樹了。M細心地數了一下，在主幹上環繞著樹身均勻地長出了九枝支幹，每一個支幹上上下錯落地生長著九條分枝，每一枝分枝上馱著九片橢圓形的綠色的樹葉。所以，M立刻算出了這株小樹一共有七百二十九片樹葉。

到了夜晚就寢的時候，這株小樹仍在生長中。使M感到驚訝的是，原來的每一片樹葉都長成了一枝新枝，每一條新枝上又長出了九片新葉，那麼這時全樹的樹葉已經增加了九倍，該是六千五百六十一片了。如果照這樣九的倍數增加下去，不久，M想，就要成爲一個天文數字了。

原來M俯視的一枝芽苗，如今需要M仰視才看得見樹顚，離M客廳的屋頂已經相當接近。M並不憂慮，心知屋頂是結實的磚瓦，樹到了那裡必定要停止。即使穿破了屋頂，也未嘗不可造成一種奇特的景觀；何況，樹有它生長的權利，M不會爲了吝惜一個屋頂來阻止它的成長。

奇妙的是這株樹從主幹、支幹到枝葉，通體都是綠色的，而且閃著熒熒的光芒，站在其他的綠色盆栽中，猶如鶴立雞群，格外出色。M心中欣喜自不待言，深夜就寢時深深對樹望了幾眼，意猶難捨。

睡眠中，M做了一個怪夢。夢中在那棵奇妙的樹枝上，出現了一個鳥巢，鳥巢裡有兩個赤裸的兒童在嬉戲。他們一忽兒翻著觔斗，一忽兒把身體倒懸在樹枝上，動作十分靈活。正在嬉戲間，忽然有一條長蛇沿樹幹攀緣而上，不久蛇頭探入鳥巢，一口一個把兩個赤裸的孩童吞下肚去。M驚呼不及，心感無限痛惜。此時大蛇轉過方向，蛇頭朝M衝來。M無法走避，只見蛇口張開處猶如一眼黑暗的無底深洞。M不免驚呼失聲，耳中也似乎聽到雜沓的驚呼之聲四起，而且夾攙著軋軋的響聲，愈來愈甚。不久，就感地動天搖，M直覺以爲是發生了地震。

M睜開眼睛時，眼前漆黑一片，以爲自己已被大蛇吞入肚中。期望不過只是一個夢境，夢醒後災禍即自動過去。M又闔眼渾沌睡去。再次睜開眼睛，天色早已大亮，只是寂然無聲，靜悄得奇特。M確定自己已眞正醒來，探身四望，不禁失色——自家臥室的屋頂已不知去向。他的臥室的四壁只餘半截，尚危危然承托著他的眠床，卡在一棵巨樹的枝椏間，像極了一個鳥巢。M強自鎮定，細思昨日的種種：這棵巨樹，不用說就是昨日冒升在他客廳中的芽苗。昨夜就寢前，才不過長出了六千五百六十一片樹葉，不意一夜之間，葉又成枝，枝又生葉，纍纍上升，竟成如此一株彌天巨樹。不要說他的磚瓦屋頂，就是鋼鐵岩石，恐怕也難以抵擋這種生命的衝力。

M深感無奈，掙扎爬起，沿著鳥巢似的殘壁四下瞭望，發現周圍已無房舍，更無街道，舉目所見，無不是蓊蓊鬱鬱的巨樹，不見邊涯。幸好M的巢築在高枝上，才能見到天光及有較爲遼闊的視野。如若隱在低處，勢必要囚禁在枝葉的牢籠之中。

在闃寂中，M的眼光忽爲一個搖動的物體所奪，定睛細察，M才看出在另一株樹上，也有這般的一個鳥巢，一個身穿白色寢衣的長髮女子正向他的方向高舉著雙臂，意似呼救，無奈M聽不到任何聲息。M也向長髮女子的方向高舉起雙臂，大聲高呼，才發現自己也並沒有任何聲息從喉頭發出來。無望！

游目四顧，M見所有可見的樹上的鳥巢裡，都有一兩雙晃動的臂，無望地揮動著，無聲地嘶喊著。

——一九九四年

白先勇作品

小說卷

白先勇

廣西桂林人，1937年生。台灣大學外文系畢業、美國愛奧華大學創作班碩士。曾任加州大學聖芭芭分部教授，現專事寫作。著有《寂寞的十七歲》、《台北人》、《孽子》等書。《台北人》獲聯合報副刊評選為「台灣文學經典名著」之首、亞洲週刊評選為「二十世紀中文小說一百強排行榜第七名」、北京人民文學出版社評選為「百年百種中國文學圖書」。曾獲國家文藝獎文學類。

等

一

時間：一九四九年五月五日
地點：上海

這天下著大雨，而且風勢猛勁，黃浦江上濁浪滾滾，好像一鍋煮開了的水，正在沸騰。北京路口的外灘碼頭上擠滿了人，招商局開往台灣的復興輪即將啓碇，人們都爭先恐後的搶著登船，人群中一對青年男女正擁在一起殷殷道別，工程師王寶華是交通大學的高材生，他的未婚妻李玉潔在中西女中教英文。寶華與玉潔自小鄰居，一同住在愚園路的梅邨裡。李家媽媽到王家去串門子，總帶著玉潔一起去，王家媽媽便對玉潔說道：「大囡，叫王家阿哥帶你出去買東西吃。」於是寶華便拉著玉潔的手，帶她到街口老大房買陳皮梅給她吃。寶華從小就會照顧玉潔，有好東西，一定先給大囡。玉潔對王家阿哥也只有佩服的份，她在學校裡解不出的算術難題，寶華瞄一眼就知道答案了。還是很小的時候，寶華八歲吧，玉潔才六歲，有一天，兩個小人蹲在梅邨院子裡的薔薇花架下，玩泥巴。寶華對玉潔說道：「大囡，你阿要做我的家主婆？」玉潔搓著一雙小泥手笑嘻嘻的答道：「好咯。」兩個小人都不懂「家主婆」是什麼意思，寶華聽廚子阿福趕著阿福嫂叫她「家主婆」，而且叫得很親熱。寶華與玉潔原本已經訂好七月二十八兩人結婚的，請帖都印好了，在梅龍鎮酒家請喜酒。可是寶華的公司突然決定全部撤到台灣去，寶華挨到最後一刻汽笛都嗚了三聲才肯上船，分手前他對玉潔說道：「大囡，你等我，我七月一定回來，我們結婚。」玉潔在大雨中撐著傘，望著復興輪開出江口，漸漸消失在煙雨中，天黑了，她還不肯離去。玉潔臉上雨水和著淚水，濕淋淋的。

那是最後一班從上海開往台灣的輪船，復興輪有去無回，那條航線驟然中斷，幾十年直到今天。

二

時間：一九八九年五月十五日

地點：蘭州

塞北的春天姍姍來遲，校園裡的楊柳剛剛才抽條，這天的陽光分外燦爛，風吹在身上也是暖薰薰的。蘭州大學的大禮堂擠滿了學生與教職員，都去聽從台灣來的石化專家專題演講，講題精彩，學生熱烈。專家被學生包圍了半天，走出大禮堂時，人群中一位白髮蕭蕭的老婦人迎向他蹣跚走來，站在他跟前叫了一聲：「王家阿哥！」老婦人看見專家滿面驚愕，說道：「我是大囡，你不認得了，剛才我聽了他們介紹才認出來的。」那天晚上在旅館裡，王寶華執著李玉潔的手，兩人搶著講話，一邊講一邊哭，又一邊笑，講到天亮，講到正午。玉潔告訴寶華，他離開後的前幾年，每個星期天她都到外灘江邊去守望，明知他回不來了，可是她那顆心總被那滾滾而去的江水牽繫著，牽到那遠處的海角天涯。五七年她就被下放到蘭州來了，一直在蘭州大學當一名文書職員，退休至今，已有十年。玉潔幽幽的說道：「你叫我等你，我等你一直等到今天。」說著玉潔掩面痛哭起來，寶華掏出手帕忙著替玉潔拭淚，握握她的手，拍拍她的背，撫著她那一頭顫動的白髮叫道：「大囡、大囡、大囡——」他告訴她說，他在台灣，朝朝暮暮，沒有一天不思念她，他也為她守身守到如今，還沒娶妻。她替他織的那條棗紅圍巾，他一直帶在身邊，年年拿出來圍在脖子上，直到圍巾磨穿了一個大洞，還珍藏在箱底，捨不得丟棄。這幾年，台灣開放探親，他來過大陸不下十幾次，到處尋找她，走遍大江南北，遠到黑龍江去。總算天可憐見，讓他們兩人在蘭州不期相逢，破鏡重圓。玉潔聽著愈哭愈厲害，停不下來，寶華急得直搖她的肩膀，哄著她說道：「大囡，莫哭了，你聽著，我們馬上結婚，阿哥討你做家主婆，阿好？」玉潔抬起頭，淚眼模糊的望著寶華，半晌，突然噗哧一聲破涕為笑，指著寶華說道：「阿哥，你看你，怎麼搞的，頭髮掉得一根也不剩了?」寶華怔了一下，腼腆的摸摸他那光禿禿的腦袋，也跟著不勝唏噓的笑了起來。

這年七月二十八日，王寶華和李玉潔終於完成婚姻，喜酒仍舊請在上海梅龍鎮酒家，舊日交大及中西的老同學老同事都來參加，場面熱鬧感人。這場婚禮，寶華與玉潔兩人足足等了四十年。

——原載一九九九年十月《聯合文學》

註：這則故事報紙登過，有些細節是作者的臆測。

郭松棻作品

郭松棻

台北市人，1938年生，台灣大學外文系畢業。1965年參加電影《原》的演出，1967至1972在美國加大念書，曾任職聯合國。1983年開始小說創作，1997年因病暫停小說創作。著有《雙月記》、《奔跑的母親》。曾獲巫永福文學獎。

今夜星光燦爛

一　被佔領的軀體

醉來脫寶劍　旅憩高堂眠
中夜忽驚覺　起立明堂前

——李白

1

公園的圍牆外，一個小孩裸著上身在樹下玩玻璃彈珠。幾步外，三兩個苦力躺在牆角午睡，草笠蓋在臉上。賣冰的老婦也在打盹，偶爾機械地揮動一下手中的蠅拍，完全忘了拍子的用意。她的攤子底下，一隻黃狗托出了長舌在喘氣。此外，沿著公園的鐵欄這一邊看不見任何行人。太陽懸在頭頂上，絲毫沒有傾斜的意思。街上聽不見什麼市聲。

馬路的另一邊是紅磚樓房。樓上的窗玻璃吐著公園的鬱綠，也閃著耀眼的天光。樓下一家家商號都寂然無市。偶爾可以看見店員在櫃台的裡邊打瞌睡。騎樓下也找不到行人的影子。

車隊在井字形的街道緩緩行駛。棋子在棋盤上默默地挪動。車子沒有發出什麼聲音，好像不靠馬達推動似地。排成一線的車隊，無論直走或轉彎，車速都不見增減，始終不急不躁，氣沈意定。棋子操縱於成竹在胸的棋手就是這個樣子。棋上三分棋外七分，而且講究的是棋中無語。在這光天化日的馬路上更顯出了棋手步步推敲全心貫注的氣派。然而這局棋沒有引來任何好奇的旁觀者，偉大的謀略或狠毒的算計就這樣在無以覺察的刹那間將宣告完成。

車隊拐出了公園的馬路。車速稍稍減緩，接著無聲無息地滑入一條主幹道。車子又揀回了剛才的速度，悠然有致的挪動，暗潮起伏的盤算，一直向認定的目標前進。終點在望。不久，這盤殘棋也將神不知鬼不覺地收場。

讓他想起一盤棋的圖像，不單由於剛剛從車窗裡望見了有人在街角下棋，更是因爲這些日子來不斷思索著——而這已無關緊要——他自己的一生。

這一天，跟其他的日子沒有什麼分別。

只是剛才看到樓房的窗玻璃，片片連綴，綠影中長天銀光無盡，瞬息千變，好像歷歷天數。使他一時如置身世外，想到十年前的一次山中觀日蝕。

山中七日，他意興闌珊。日蝕中頓覺晝與夜、勝與敗、生與死都難有分界。天上光與影交相吞食，地面的一切有形都化爲無何有。時間變得荒遠，一刻有如千年。往事種種都來到眼前，只爲了迅速再退出視域，成爲跳動不居的幻影。記得當時他人在山中居高臨下，回想半生業績，嗒然有了殘棋難續不願再下山的念頭。

2

車隊抵達終點。鐵門慢慢拉開。滑輪在兩條拋物線的凹溝發出輕微的澀響。只有他這部車從柏油馬路拐進了鐵門。伸入一條幽深的甬道，一枚棋子被一隻無形的手挪到預期的位置上。其他的三部車——在馬路上形成一列車隊時，他坐的總是第三部——都停在圍牆外的路邊。

寬僻的甬道在彎入交錯成拱的榕蔭之前，車輪在石粒上靜靜輾出了綿密而有遠意的迴響，恍惚間人已落入夢中。四周老樹干雲，處處綠蔭成蓋，使得這棟日式的建築別具洞天，令他有再度置身世外的錯覺。

牆外是全市交通的孔道。繁忙時有如戰鼓擂動，轟耳不絕。可是這圍牆有如天塹。一旦入得牆內，就古柏青蔥，鳥鳴悠長——前一陣子，他意識到只有在這牆內，他才有靜下心來聆聽鳥鳴的興致。他半生涉河跨嶺，行過千里路，也沒有幾回找到過像這樣的勝地。然而他是否喜歡這個地方，現在連自己也不甚了然。

有個人影，在這經心設計的寬敞幽清的庭院中出現。

影子破壞了整個持中的棋局。它穿過葉隙滲漏的日光，來到他的車旁。那是爲他打開車門的。他踏出車外，走入了點點片片的碎光中。他聞到空氣裡的一陣肅殺。然而隨即改變了一下自己的視角，心情就會稍稍不同。他願意關注這牆內林木的種植，也願意多多體會庭院布置的那番獨運的匠心。

他並不必每天出門。只有當他們要詢問他時，才派這樣的車隊接送他。今天他們已不再問他任何問題。只是由主持的那人向他宣讀了一紙公文。也許因爲這樣，他回來尚未進門就感到空氣中的異樣。

他發現自己有點流連於庭前這片點點跳動的日光。他放慢了腳步。他並不急於進門。負責安全的人員離著他站得遠遠的。他們無論看著他或不看著他，都站立不動，與滿院跳動的碎光交錯，形成幽景中一副難以爲外人道的奇異場面。

他走向門口。他們之中有人從遠處向他默默示意，彷彿是敬禮，又彷彿不是。在這圍牆內，一如車隊行駛在街道。這些守衛都在他的身邊四周緊緊執行著防守的任務。

他是誰？

偶爾他替街上的人這樣發問。目擊到他的行人必然會驚訝於出沒在台北街頭這個奇幻般的車隊。

然而又有誰會有餘緒走出自己的小天地去讓這個「他是誰」的問題所騷擾？

他步上台階，跨入門檻。巨型的匾額高掛門楣，他不用抬頭而只用他的胸臆讀出了額上那「氣吞雲夢」四個大字。他登堂入室，走進了豁然開闊的玄關。他有意以昂揚的步態暗中一步步丈量著這建築的深層結構。他平時肉眼看得到斗栱雄大，而且出檐深遠。加上戶外林木高聳茂密，使屋內更覺霞斂四闥。層樓連廡的同時，又不忘開朗而幽潛的效應。每次出入，他都要歎服這建築師用意的深遠高妙。

3

勵志社，原是日本海軍俱樂部「昭南館」。巨棟的木造樓房隱藏在古樹的密蔭間。雖然石牆當街，路人經過也難窺其中的奧秘，偶爾風掠樹彎，才露出了幾片青瓦。想當年日本軍官從太平洋戰場放假歸來，在這裡休閑作樂，如同世外福地，興會意致，歡讌唱飲之餘，必有天上人間之歎。

他步上玄關的台級，就走在迴廊的木板上。他的每個動作都無形中牽動著跟隨在他左右的守衛。他沒有回頭也可以感到他們在他的背後忙著布棋。肅靜而不露策劃的痕跡。他們要予人不動聲色的印象，酷似陽光的移動。

他在這裡已十個多月，仍然無法設想這建築物的全貌。從空中的塵氣，他斷定這棟巨樓自從日本人倉卒離去就一直沒有什麼人待過。木樑和窗櫺雖然木色依然明淨，但是紙門已稍稍泛黃。他置身於縱橫交錯的迴廊中，隨時有迷失於樓中的感覺。他走過了幾間廳堂與密室。他向左轉身、沿著西廊，再經過三間別室之後，來到迴梯的前面。西曬的廊道，一路竹簾垂掩。有時晚歸，就可以看見天光滲漏的一片迷濛。

他的腳步在地板上沒有踏出不悅的聲響。動作也絲毫沒有猶疑或失控。他挺直的身軀穿梭在光線由暗而亮又由亮而暗的變幻中。他仍然能夠完全主宰自己，心篤神定。對於這一點，他對自己深感滿意。他是日本軍官學校的畢業生，從年輕時代，就養成了隨時注意自己儀態的習慣，今天在臨時搭起來的廳堂裡，他們宣讀了幾頁文字，他端坐聆聽，身體絲毫無異樣的動靜洩漏。

他走在迴廊上，始終也是軒昂而又沈著。他與頭上的高樑交會，與腳下廊道的縱橫伸延呼應。好像他本人就是這棟巨樓古屋。每次他都這樣看待自己。

身後的人慢慢在減少。從玄關開始，他們逐步留守，五步一崗，十步一哨。等到他走到樓梯口，他們都已各就各位，站到自己的棋位上。現在只剩下一個人，仍然離他幾步遠，跟隨著他上樓。十幾級木階之後有一個迴轉，樓梯就引向敞亮的二樓。

走進房間之前，他沒有轉身，也沒有回頭。他只抬了抬手示意。於是身後的那個人就不搶上來爲他開門了。那人只停下步，從身後默默舉手。他的背身有一種感應，覺得那名最後也是最近的守衛是在向他敬禮。每次都是這樣，連今天也沒有例外。不過，他從來不回頭，只保持著這種美好的心的感應而已。

現在這座賓館突然安靜下來。完成了一件重大工作後的輕鬆氣息立即流散四處。不過，樓房裡裡外外密布的警衛卻不能歇息，他們繼續把守。現在他們負責守衛的好像就是一團難以爲外人了解的靜默。

4

這一天，他獨自在室內思索直到深夜。自己營造多時的那個世界已來到眼前。

下午窗外傳來一陣敗兵的軍歌吵醒了他。他發現自己坐在籐椅上睡著了。醒來時，眼皮沈重，一時不知身在何處。他站起來，感到頭重腳輕。他用力鎮定自己，他用冷水洗了一把臉。

國軍全部從內地撤退。前些時報上說「民之所欲，天必從之」不知該當何解。那是老百姓跟著政府渡海來台的恰當形容嗎？敗兵潰退，勢如潮湧。百姓尾隨，都成了浪上浮渣。

睏醒之前那飄在空中的歌聲，只帶給他一陣塵土和家鄉，時間和夢的聯翩浮想。

這是一間八蓆大的客廳。榻榻米都拿走了。他想全賓館的榻榻米都拿走了。因爲從玄關進來，一向就是穿著皮鞋登上來的。所有出進的人都不脫鞋了。逃難的民族，要到什麼時候才能從容生活，他這麼想。客廳的中央擺著矮茶桌。兩把籐條靠椅各放一邊。椅子裡都有坐墊和靠背。這是日本人留下的。軟墊都套著繡有花鳥的絹套。客廳是西南向。只要打開紙門，就有一片潔淨的天空，因爲四周都是平房，站在門外的露台，視野寬闊，可以看見台北車站的鐵軌伸到很遠的地方。午夜火車的調度送來宜人的汽笛聲。

黃昏時分，一團神秘的光芒吸引了他。

他從椅子裡站起來，無意識地走向那光團。他看到自己的影子。幾秒鐘之後，他才驚悟，原來自己又站到鏡子的面前來了。

他並沒有隨著這醒識而轉身離開。

攬鏡自照，早已成爲他幽居這斗室的一件大事。現在無需審視，也知道他在鏡子裡經心營造的那影子已經令他滿意。

他在外頭必然已成爲一則大新聞，他已成爲眾人注視的目標。就在這造成轟動的紊亂中，他及時把生活返回到最簡單的形式。他已得知全部人員已從大陸撤退了。在這個房間，他沒有電話，這幾天報紙也沒送進來。他作客山中別業，一位術士送他「戶外兩竿竹葉，室內一片陽光」兩句。然後說，「當然你知道這謎聯的謎底就是一個『簡』字。」當時他殺了背叛自己爲藍衣社當眼線的親信章飛，心情不佳。隨後又辭了福建省主席的職位，正感世事如幻，百無聊賴。辭別下山時，術士寬解說，人生百年，忽同過隙，原不足掛齒，然而簡靜要緊。「簡靜就好，簡靜就好。」

十年的反復琢磨，他自信已經能夠灼見捨棄之後隨之而來的那片乾淨。

然而話雖這麼說，有天傍晚——這是第幾次了，他無法分辨——他卻眷戀起人間。情意濃烈，難以抵擋。窗外人家傳來收音機的播放聲，午夜從牆下經過的陌生人的腳步聲，甚至遠處十輪大卡車的急煞車，都令他陶然欲醉，感到尋常生活的美好。

他知道事情的嚴重。事後他都得加倍用力，鎮定收心。這一點對經歷過戰場生死的軍人並不困難。

那天他端坐客廳，百事不思，直到第二天的破曉。

他們將他安置在這個房間時，鏡子早就掛在那裡了。當時他身疲心竭，並不喜歡這面長鏡。雖說掛在通往洗盥室的夾道上，照理並不干擾在客廳裡的起居。但鏡子在那個角落隨時隨地重複著他自己——他枯槁的形象和他無所作爲的一生——以至於到了無窮無盡的地步。好像他還在經歷無休無止的圍剿，重演同樣無休無止的突圍。

5

他在鏡子的映照下，思想散漫。透過記憶的愚昧和思緒的輕妄，那靜止的鏡子使他隱約瞥見了過去一些幻動的圖像。有時他感到自己英烈鬱勃，有時又覺得歲月被囚困在幾椿無意義的行動裡。如今回想，只覺枯淡而已。民國十三年，他接受孫傳芳的任命，擔任陸軍第一師師長。他在津浦路上屢戰屢勝。整整七天七夜，他馬不卸鞍，搶渡淮河。他剛剛過了四十歲生日。任橋一役，他包圍了張宗昌，摧毀了他的白俄鐵甲。

九江，沿著桃花爛漫楊柳幽青的山谷穿流。對方的殘部正在潰退。棄兵拋戈，各逃性命，驚惶中自相踐踏，傷亡無數。散兵挾木援枝，泅湍呼救。江上人疊著人，浮屍蔽水直下，瞬息成空，仿如一場夢隨流而去。他自己則在坐騎上墜入另一個夢中。他的侄兒從背後趕來才喚醒了他。只見江水依然翻湧，風濤奔怒。更遠的地方煙波瀰淪山窪。依然是桃紅滿陌，千里染遍。剛才的一場激戰彷彿沒有牽動這景色一絲一毫。他無暇駐足，一轉身迅急率兵北上。他晨發陵家橋。家鄉的女人來信縷述產後的經痛。他乘曉月涉水入徐州。他擢升浙閩蘇皖贛五省聯軍徐州總司令。同時他也第一次做了浙江省主席。

然而時不我與，他一口氣尚未喘緩過來，第二年孫傳芳反目成仇。遣重兵將他圍困梅花碑。風雷如令，四方飛沙走石。黑氣漫天，他在滾滾人馬中陷入敵手。他星夜被押往南京。他的身上還揣著家鄉女人的信。她疑心產後未能臥床休息、冬寒江邊浣衣，讓她崩了半年多的血。孫傳芳臥在五省聯軍總司令部的鴉片菸榻上。他的衛隊在外面荷槍盤旋，步哨從司令部大樓一直放到河岸邊。在阿芙蓉煙雲繚繞中，在親信阿諛奉承下，在天光慢慢從窗口淡出之際，孫馨帥側臥暖席，面對牆壁，煙濃心沈，正痛恨著他這個浙江人。更痛恨著剛從廣州北上的那批浙江人。大帥背對著他，只輕輕的一句：「你反啦。你挾兵觀望，心想投靠黃埔不成？」

北伐部隊正向武漢挺進，勢如破竹，風動四方。孫大帥殺機頓萌，「你就在這裡歇著罷。」話裡有洋煙的綿軟也帶有一世之雄的辛辣。他就這樣被帶出去了，他沒有被放回徐州，他成了孫傳芳的死囚。

他被關在司令部的一間暗室裡。唯有這時，他才對尋常人家的生活第一次有了心喜。他鎮日呆望著窗外人家的青瓦和白牆。女人在信裡問他，後院加蓋的茅房竣工以後，應否砌築一道磚牆，以防河風。他依然每日呆望窗外。生與死的線索支離錯結，游移難判有如自己的掌紋。孫傳芳料人如神，他猜的沒錯，他確實按兵不動。然而沒猜著的是，這時他早已萌厭戰之心。他還年輕，還不可能直接道出自己是一個厭戰者。他還要經歷幾番戰爭的折磨。當時，他只是驚愕和迷惘。自從淪爲階下囚，他就沒有機會再親眼見到孫大帥。在囚房裡他只能不斷記起大帥那煙槍口間歇地發出的殷紅，發現自己的生命就繫在那人起伏不定的思慮間。

孫傳芳一轉念釋放了他。他表明了歸鄉的退志。他走上紫金山的天文台。身邊僅剩的三兩親信和十幾名衛士扈從。他登高攬勝，意欲洗滌幾年來鬱結的一身濁氣。然而眼前長江龍蟠，鍾山虎踞，一時浩氣如虹，令他渾忘了自己剛剛才死裡逃生。

一個夢在眼前羅織起來。他的生命又懸掛在未明的陰暗之中。

渾天儀前，他頓入思量。他靜觀那三百個星座一千四百四十九顆天星。日月星辰的運行和輪轉，若有命運潛化的軌跡。一個圖像、一則預卜、一陣眩暈的瞻望。他聽見自己的侍衛長的長統馬靴在台階上敲出金石撞磨的冷響。白雲悠悠，草木瑞靜，而他一時茫然無主了。

眼下南方軍興，黃塵滾滾直奔而來。北方奉軍悄悄入關進京，南北一場大戰即將拉開序幕，全國兵氣風捲雲湧，正等待時機蔚成一場急風暴雨，再度席捲無辜生靈。然而不知怎地，霸圖未成，在他的想像裡已都在夕陽殘照中。

他緊緊咬著牙，轉身歸鄉。他在自家的簷下游思迷離，一剎時對自己的生命失去了定見。午後，他墜入脫險後第一次的酣睡。

他夢見了幾隻鳥。

掠過低空，清啼繞簷。

人在似醒未醒中。眼下時序已來到了天高氣爽日光淡遠的日子，彷彿江山依然有待。他卸下軍裝，換上夾襖與布鞋，隨著日映牆瓦，漸覺家居的綿暖深穩。無需用兵，天地自能有情有義。

古今英雄豪傑的江山眞不如尋常人家的歲月。他原不知道自己對人世還能有如此的驚喜。

他仍在酣睡中。他夢見了自己的親信絕地反擊，接著又脫隊淪爲殘部，江邊夜宿，稀稀落落的人語，都是對白天突圍激戰的驚恐。

他被侄兒的一陣馬蹄驚醒。

後生從南方爲他帶來了北伐軍第十九軍軍長的委任狀。

他睜開眼。

夢已斷。

一股說不出的懊惱襲上心頭。他發現夢外的現實已經追上了他。一剎時，他感到進退維谷。

然而他畢竟風華正茂，怎能抵擋這光華前程又將他捉拿？

夜裡獨坐深思，只以「進不求名，退不避罪」八字墨跡明心而已。

向誰？

除了對髮妻之外還能有誰？

第二天，他整裝離家，與侄兒同奔另一個地方的另一個戰場。

6

在台北的這間密室待久了，慢慢與他親密的也只有眼前這面鏡子。

老鏡發濛，幾個地方浮出棉球般的鏡銹，加深了映照的深度。而眞可謂人約黃昏後，每到了這時，他會不自覺就走到了鏡子的面前，有如踐約。窗外是亞熱帶的天空，彩霞的變幻，更使得鏡深似海。他來到它的身前，起先也不知有些什麼可向對方傾訴的。

爲了擺脫屋外的那些紛擾牽扯，他經常就在這角落貫注心力，將自己全身相與投入鏡中的景觀。他攬照自己，跟鏡裡的自己說話。他扯扯衣領拉拉袖口端正自己。他跌入了回憶，好像走進了鏡中的幻化世界。他以這樣的方式打發在這裡的生活。只稍冷靜一思量，就知道自己一生漫長無序。自己的夢想不斷碎裂在地上，任人踐踏。

現在這面鏡子還不太認識他。心裡有幾分好奇，想打聽一下他的身世，他的軍旅、主政、樹敵、友情，還有他的綺夢。

第二次回到家鄉再任浙江省主席時，他在履新的講演中說：「我這是倦鳥歸巢。」那時他幾歲？坐在省主席辦公室的第一個午後，他無端聞到了自己的女人在家裡的前院醃曬豆腐乳的漬香。他又好幾年沒看到她了。他並不老，也不疲倦。倦鳥云云指的哪裡是他們所知的那種感歎。他們的看法總與你不同。他們有他們的主見，正如你也有你的主見。他經常一不留意，就在生活的某個角落留下了連自己都會爲之吃驚的見地、主張或狂想。卻往往被他們當作小辮子抓著不放。他感慨兵燹連天，有時又歎惜自己手上無兵，而更多的時候卻歎惜手上被委以重兵。他只能在幻想中履踐自己的抱負。

二十四歲，大雪天的一個清晨，他在日本軍官學校的宿舍裡第一次灼見了祖國神州一派光華與殘酷的歷史圖卷。他模糊看到自己的影子就在這民國的世界裡竄蕩。他的生涯從這個地點，向茫茫如海的未來伸入。之後，那些未來都一一成爲他的事跡。而那一點點狂想如今竟成了他的夢魘。他一路生活過來，毫無預感也無從揣測。即便事後，即便如今，他回頭看到的，也只是一些斷續無章的夢痕而已。三十一歲，他擔任北洋政事堂統率辦公處參議，從此介身民國的軍政，走入了沒有退路的一道窄門，他手上有兵就大江南北到處奔走混戰，一旦赤手空拳也隨時走險於風雲雷雨之中。這樣，二十餘年沈浮，直到五十七歲，在他福建省主席任內，收養了第二個義子，以爲所托有人，自己可歸田耕讀，告別民國世界。然而不到五年，即將義子捉殺於福州市西門外。

的確，他視這年輕人章飛如己出，雖知是藍衣社派來的人，卻未料心存二志，暗策謀反。他得知後，義無反顧，即當異己翦除。而他老了。他病了。他沒有病倒，但第一次感到心灰意敗，了無生趣，嘴裡彷彿含了一口沙，久久不去。這病又像是藏在果核裡的一隻小蟲，一直鑽在他的心底，以至於現在。五十八歲，他在山中七日，作客療養，別業主人試以譚嗣同的兩句詩「斗酒縱橫天下事，名山風雨百年心」開釋相慰，鼓其氣概。六十歲，他在行政院秘書長任內，與孔祥熙針鋒相對。對方是炙手可熱的財政大員，而自己手無一物，憑的無非就是那一點夢想。家鄉的女人快信相問，時局丕變，兵火已漫及家園，磨鏡人難找。倘有變故，準備將那枚銅鏡與燥粉同入陶甕，再埋於花園牆角，不知妥否。

六十五歲，他以上將的身分再度主浙，並兼任全省保安司令。他仍然跟包圍身邊的藍衣社暗鬥。女人信上說，「男人家出門讀書仕宦，乃至奔竄天涯，都說是爲了天下的太平，可我看你們是打仗打出了興頭，連年不斷，只怕要造成幾代的恓惶不能終日。說是天道悠悠，但外頭在在說明了人世速盡，說是仙齡永昌罷，眼看卻處處朝生暮死。日月曉於天，你們就不能使江河曉於地。蕩蕩如天，唯生民塗炭。倘世道如此，到緊要處，亦不必驚恐失措，或因毀譽擾亂心思。」

「數日前祭祖，」信上又說，「適逢月信，都謂不宜入廚主炊，以免髒了灶頭，惹怒了灶神爺。但家裡已無幫手，雖女兒漸長，畢竟還不能主事。我顧不得那些迷信准不准，我先准了自己，下廚燒了兩樣小菜，聊以慰祖。侄兒湯生生娘過山渡河路過，每來寒暄喫茶。問起湯生在外，日曬雨淋，說還得請你這位姑父多偏勞照應。我答如今湯生已是兵團司令，他那姑丈只怕還得依靠他，倒是侄兒要照顧姑丈了。湯生的生娘說這孩子早年失怙，都由你這位姑丈的提攜才有了今天，並謂湯生從早年一直視你我爲再生父母。我說湯生一向知孝敬，你我也都把他視若己出，請她勿需掛念。」

7

二　從歷史的惡夢醒來

命運的一切祝福也需要有準確的感覺才能玩味

——蒙田

他在這間密室並非無事可做。他的注意力隨著日影在移動。從這邊的牆上發出的晨曦到另一邊牆上印出了晚霞，他就從自己的青年時代，一直漫想到如今的境況。一天的時光很短，他心情平穩，連符合他命運的那一點惘然都難得有過。他一向主張「征人無悵」。

他的軍服、他的盥洗用具、他的舉止，一如他的時間，都被安置得井井有條。記憶中的妻子也都是每天梳理得油光水亮，從不輕易讓他看到她的梳子和掉落的頭髮。這是她爲人的端秀，配合了他的軍人氣質。

三十年的變幻，捉摸無從的顛連，風一般的旋轉，又雲那樣流散。任他怎樣推斷，怎麼觀望星宿，都難以測知。沒有什麼鞏固的憑藉，可以得曉這個民族的氣運和他個人的歸宿。街上敗兵的軍歌，好比疾風一陣，數十年苦心栽培的果實紛紛墜爛于地。

民國十六年的大清黨，他沒有參加。那時他是江北宣撫吏，正在收編孫傳芳的殘部。第二年，他出國考察，在德國海德堡幽靜高聳莊嚴凝肅的博物館裡，頓時洗去了身上那團祖國混戰的血腥。

我是誰？

在那每一移步就引起回響的展覽廳裡，他平生第一遭停下來追問這個問題。

他想攔阻倉匆如流的時間嗎？

即便現在，事隔十幾年，他獨自攬鏡自審，這問題一時還是難以作答。

而當時陪隨參觀的那位德國戰略軍官指著壁上的圖案，會心地微笑起來。圖案上是一隻蛇繞成一團圓圈，回頭將自己的尾巴咬住。

「這就是最忠實於生命的形象，可不是？」那位始終意氣飽滿熱情款待的德國少將這麼說。

他生長在多難的民國，他的苦處局外人一向難以了解。不過，這幅圖案和那位軍官都使他有了他鄉遇故人那樣頓覺天地有親。他視線的那一頭，那個少有人跡出沒的夢鄉來到了身前。他不想駐足不前，以免讓外國軍官料到自己的心事。

多少年的征戰和主政，他沒有一刻感到擁有自己的生命。他捲在形勢裡，分身乏術。至於他是誰？後來就難有餘暇顧及，就這樣輾轉南北直到置身於台北勵志社的這間客房。他的侄兒湯生，在臨江的司令部樓上，聲音頓成蒼茫英烈，吟出了長恨此生非我有的詩句，有意以昂鬱的鄉音迎合他這個姑丈的心境。那是民國三十八年。

侄兒剛剛上任京滬杭警備總司令，手握重兵。多時不見，愈顯英挺持重，加以身居高位，控扼當時成敗要津，更出落得舉足輕重，大有一夫當關的氣概。說起話來，鏗鏘有致，好像硬可以在一塊歷史的頑石上鏤刻一幅自我的畫像。作姑父的看在眼裡，不免有幾分驚恐深藏贊歎之中。此番眼看江的那一頭，形勢危殆，時機疑幻難料，想見侄兒一面的心情變得急切，於是趁暇驅車前來——他仍是浙江省主席，然而手上已無兵卒。他還沒有老，他自信還能忠實於自己的夢想。

金陵已不像自己脫險當年。本是龍蟠虎踞的帝王之州，即便尋常巷陌，閭里人家，也都雍容自持，渾然有一片祥和氣象。如今重臨，但覺鍾山壓境，大江莽漠。市上金元券成了一堆廢紙，人心浮動。一場民國的大逃亡即將揭幕。不過，他覺得今夜江上月色美好，他從樓窗望出去，浦口的水勢一陣漩騰奔濺之後，接著順勢貫流入海。湍極化緩的險象都被星空的那片天鏡冷冷映照顯形。他一時有了感慨。人間喧亂，天地玄黃，親朋聚而又散。他沒有子嗣，他只有這個侄兒。

8

第二年，他在海峽的這一邊回想自己第一次能夠御氣成夢其實就在這侄兒的司令部大樓。

當時夢外已經是天老地荒，兩軍爭雄徒然將大好江山灼成一片焦土。然而他是陸軍上將，面對著同樣是陸軍上將的侄兒，萬不該作如是想。更不該心存那樣一個荒唐夢。也許侄兒湯生聽了反造成他的爲難。

然而世事與秉性，有時倒偏要在這荒誕上見高下。

他並不打算在視如己出的侄兒面前掩飾自己的那塊夢土。

那時，時局已到了決定性的關頭。他毫無遲疑，闊步走進了侄兒的司令部。他握住了侄兒伸出來的那隻手。事後回想，就在這一刻，他已全身跨入了自己的夢境。

這已是勢所必然，義無反顧了。夢外一世一代的興亡盛衰，怎抵得過夢裡的千年相歡。他私藏了一幅美麗的畫卷，他有意與侄兒共享。但是一時又苦於沒有言辭，不知應當從何說起。

他只想在這存亡關口上，大聲吆喝一聲：「暫停」。

霸業不可圖，萬事也不必憂急，這絕不干驚怖與絕望。

君不見民國以來，世事紛擾，人人入城進了講武堂，日後用兵只顧各逞其詐，貪婪殘酷，鮮血習見，身上只剩了竄蕩江湖的本事，全國遍地都是亦兵亦匪，亦軍亦官，上面是黑道把持，流氓治國，下面則是附炎阿世之輩，你倒給我說說看，這樣的事業又有何奔頭？

侄兒可另有心思。他一開口就有北望神州，仰天長歎的氣勢。他追憶敵方幾年來驅飢兵百萬之眾，寒邊絕塞，投荒萬里，首先侵吞東北，入關後，莽莽神州戰火遍燃。如今更掠隸魯蘇皖而來。我方黃伯韜兵團血灑碾莊，司令自戕殉國。黃維將軍失手雙堆集而被俘。邱清泉兵團轉眼間煙消雲散。而如今隔江決雌雄的局面於焉形成。

他無意與侄兒事後論前因，細說從頭。他要說的是另外一個故事。另外一種冒險。另外一種決戰。其中的雄略與圖謀只怕比眼前這場決戰不無更大膽壯麗更艱巨難成的地方。

而那是一個奇幻的夜晚，他無端暴露了自己可疑的身分。他不斷繁殖的夢，有如一群群的彩蝶，由他的口中紛紛飛出。他情不自禁，無法閉攏自己的口唇。他記得自己以絕妙的言辭為侄兒捲開了那幅心中的綺麗畫卷，連自己都感動了。最後，他平心靜氣地說，他所不能釋然者，只是億萬生靈又要遭同樣謊言的驅使而犧牲。一次決戰，帶來幾代難以復元的貧薄。一次意氣的張揚，造成的是生民塗炭。如今一幅難民絕境人間何世的流亡圖已快繪成。人人輕言決戰，以示軍人本色，唯他看來這是孩子氣。你我可不能一誤再誤。這是抉擇的關頭。

當時湯生聽了一時接不了下聯。當然，他無意違拗他這個長輩。湯生經常會在他面前說，世事如有姑父這樣的明智可靠，民國便可立於不敗之地。他向侄兒表示，一念之間，可以使山河大地都端然有序，但一念之差也可以湊成人間遺恨，不可玩忽。對於天下兵家的成敗，應放手看透。

不料湯生聽了臉上立即變色，斷然說道：「我不輕言犧牲。」口氣有如自述其志，又帶有提醒他這個姑父的意思，乃至於含有了幾分訓斥之意。話到此，遂成擱淺。侄兒看自己的話把場面弄僵了，於是軟化了幾分語氣說：「我怕也成不了佛。」這話不單指的自己，而且隱隱間也指著他這位姑丈。事後回想，不能不感激後生的一番心意。這是一個後輩在那種局面下所能做到的提醒。

而湯生實然又帶著置身前線的一點惶然，或許是一點誓師的神色誦道：「和平未到絕望關頭，決不放棄和平。犧牲未到最後關頭，決不輕言犧牲。」這話聽來，頗感刺耳。湯生在他面前不該說這不三不四的話。不過也許他進門就逼人過甚，害得後生慌亂中拈出這種口號來。仔細再想想，侄兒的話並非完全沒有道理，前半句談和平，這是領姑丈的情，知江山有待，息戰未嘗不是一條生路。然而自己身爲總司令，又不能踰義，在顧全大局下才提到後半句的犧牲。

他已無話可說。侄兒這是把話說到了盡頭。他由於興奮過頭而有了幾分醉意，念頭一轉乾脆就請侄兒拿出酒來，重新來一個話題。

9

於是司令樓上，姑侄兩人對坐，都換了一副心腸，暫把戰事拋到腦後。

桌上僅四碟小菜，然而恭恭敬敬地擺著，後輩頻頻敬酒。一時感到物物盡在眼前，意思無限。酒菜之美，其實是侄兒人美。多時不見，果如外傳，英氣飽滿，膽識過人。看他使命在身而又勇於擔當，也未嘗沒有欣慰之意湧上心頭。

看後輩酒過三巡已安詳無隔，自己更脫了長輩嚴嚴氣象。只求直諒見心，一切就好。廳堂裡兵氣已脫，世間的恩恩怨怨，功名成敗都成窗外泡影。當時月色入窗，一派清好，種種糾葛已不再糾葛。人與事在在入情入理，而這後輩也眞懂得一切止於禮。

無意間，自己開了天眼似地，感到廳內室外一片響亮清澈。他上身靠入椅背，一時無言。他的人變得非常閑靜悠遠。而對面的侄兒似乎也能知情湊趣，默然參與遠思。

下一個片刻，司令樓上就安然無聲。

良久，他開口悠悠說道：

「天若厭戰，有朝一日總可遂願，還鄉閉門讀書。」

接下來的靜默慢慢成爲一片死寂。

雖然空氣有些僵硬，不過他認爲這是自己的過敏。

於是，他接著又表示自己這樣半生宦遊四方，已無道理可言，只求晚年門庭灑落，與世不相往來。他怕侄兒以爲這是負氣的反語，就閑閑地補上一句：「這是眞心話。」

然而侄兒又怒了。突然在椅上挺直了身子，不無厲色地說：

「然而唯有這場戰，天下始有太平。」侄兒這樣嚴辭拒斥了他，語中志氣廉立，有意堵喪他這姑丈的翩翩浮想。

他也不示弱。他的一番美意竟撞上了死牆，整個人怒從衷來。乾脆也把酒前的一番話統統算在一起，做個明白的自剖。語氣倒是又恢復了勸說般的平緩。他癲狂了嗎？他這樣問了侄兒之後又表示自己退志堅決並無損於神志清定。倘他有所勸求，這要求並非逼你蒸沙成飯，撒豆成兵更不教你去投鞭斷流。好罷，你能撥出幾多毛，就能吹出來幾多兵馬。只要心思擺對了，三思後自能了解鑄風為劍、紋天成龍並非不可能。有些狂想可別小覷了它。

10

他是有些醉了。

整個人漂蕩在激流上，面前瀰漫著災變前夕的陰惡而又華麗的光彩。他的思慮纏湧不止。既然話不投機，就想以墨跡向侄兒披瀝肝膽。

他在湯生的司令桌上，舖紙研墨。可臨到頭，心緒一時不能精警，想不出好句來。幾經枯索，也只得四句而已。

他凝神屏氣，揮毫寫下了：

事業平生悲創多　循環歷史究如何
痴心愛國渾忘老　愛到痴時即是魔

這下侄兒看了心喜。把剛才的一番齟齬又拋到腦後。於是姑侄（不，是父子）兩人再度把酒言歡。

時已深更，樓外是尋常人家，窗裡是孤館青燈。大決戰要來就來罷。

他在醉中模糊睡過去。

侄兒將他扶入自己的寢室。

他夢見了家鄉濃重的暮色。

他還夢見了一條溪流。他看見自己在神速移動。他率殘部拂曉突圍。試圖擺脫張宗昌的重重包抄。他終於金蟬脫殼，但手下心愛的騎兵連卻在龍王廟中了埋伏。

那次戰役，親歷時不覺驚險，只緣當時英勃年少。如今重現夢中，就險象環生，幻化難料，有如當前。

然而他在夢中大笑驚醒了自己。

他坐起床上，一時天道蕩蕩，可胸中依然橫著百年幽憤。是自己的也是眾人的。試想幾千年的血淚從來都寂然不作聲、任其自然流化。此後勢必也毫無音響地匯入未來。他突然看見了自己正與眾人在不同的時空，咀嚼著同一枚苦果。一代代人都這樣，只囿於歷史的迴旋中，休想走出這循環的迷宮。

酒退人醒。

大江隔斷人語。

司令樓上繁星滿天，窗外夜色青森。

只覺自己戀戀尚有顧惜。

自問此番來此，並非要與侄兒煮酒論兵，引杯看劍。他早已沒了這種興致。姑侄相會，本不必勞費心機。該是無事不可談，無意不可言。然而自己是有點走火入魔了。這是什麼時候？竟將罷兵的意向這樣直白掏出。你是成竹在胸，可侄兒並無這種打算，只怕要措手不及，不但難以應付你，恐怕也要擾亂他的戎機。

他當下全身醒了過來。爲了成全姑侄始終之情，他不能再相逼太甚。

他破曉整容，默然告離。

他一路萬里隨風。江闊雲低，岸上兵氣濃重，人心一片惶惶。汽車向西在奔馳。他坐定後座，亂愁不興。車窗外只見一團莽蕩蕩。記得當時清晰地感到那恢弘壯麗的夢胎已然熟透在自己的腹中。

三 是影子在窺探

人一降生於世就墜入夢中，正如掉進海裡。

——康拉德

11

如果說他這樣一再返回從前，是爲了驅趕體內的邪魔，那麼他成功了。只是這成功並不如想像的順利。任何附體的靈物都是肉食主義者，不但在體內你得用自己的精血餵養，就是要它走出體內你也得割塊肉才能引它出洞。於是，他逐漸消瘦了。斗室裡的生活有極其不平靜的時候。直到有一天，午夜夢迴，感到曾經那樣永無寧日地啃食著他的邪魔，已經被他趕出去了。

黑暗中他意識到如釋重負的輕快。這是個好兆頭。他突然想起，其實有那麼幾天，回憶時一再糾纏他的疑雲已不再籠罩。而眼前的現實，一如他以往手上的部隊，已聽命於他的指令。

現在，他只要閉起眼，風就會停止。那就是說，只要他向體內用力，他就聽不見任何雜音。他飛出窗外，但身影無需顯現在人家的瓦甍上。那就是說，他已經通曉鳥不必著地的輕盈。他在自己的房間一時靜止如樹，一時又佇立如雲。

他拉開紙門，站到簷下。他不投目於樓下的花園，也不再投目於圍牆外的市景。家家戶戶都已熄了燈火，台北不再有任何的動靜。天光隱約跳動於西天。稍早的時候，落日在那裡找著了它的歸宿。他靜觀自己呼吸的平勻。他不覺身上有吐納的起伏。他在露台上站立多久，已無需計量。牆內古樹的藤蘿纏織，白蓮睡塘，外面的星空屋瓦都成爲夢的一部分。

他隱約感到苦苦等待的時刻終於到來。

他趕忙從追憶中的從前返回到現在。他又走到了那面鏡子之前。他端詳鏡中的自己，感到幾分陌生。好像那不是一向熟稔的自己。他再睜眼好好瞪視了一番，也還是那樣。他有些興奮了。這就是鏡子的秘密。它已不再重現你自己。鏡子裡影子的疊合和線條的勾連都不是要重複鏡外的你。它的用意不在於映照，它不複製鏡外的浮光和掠影。幾千年來人一直都誤解了鏡子的用意了。

12

他站到鏡前，從此不再是攬照。

他越來越全心貫注。日夜在瑩亮的深層裡揣摩某種不可思議的東西。他的眼光鋒利如刀刃。他在鏡裡鏤刻自己理想的輪廓，一如雕刻家在一塊堅硬的石塊剔除多餘的碎渣。他要讓心中的那形象在鏡子的深處顯現，一如從石頭裡蹦出來那樣。他幾乎有了十足的信心，耐心等待著出現一個嶄新的人影。他用極大的毅力將自己推入那場夢中。

於是他決定向鏡裡投生。

他孕育夢中的自己。幾年來體內感知一塊肉的重荷就要轉移到鏡內。

他日復一日地站到它的前面。每天還逐漸延長了站立的時間。他半生戎馬，在親歷的生死場中，他曾尋找過星宿、護符和自己的掌紋。然而從來沒有比此刻端詳鏡中自己神秘的胎動更爲眞切可喜。

就這樣，他在這台北的密室中耐心等候著自己的誕生。

鏡中，正如在夢裡，他將主控自己的命運，誰又左右得了鏡中的自己呢！誰又毀滅得了那生命呢？由於向內用力之猛，經常使自己陷在眩暈的打轉裡。也只有這時，一個既親切而又遙遠的別樣的人間才閃現在眼前。緊接著在一陣絞痛之後，他經常浸漫在潮水一般的大歡喜中。

　他知道這奧祕完全存在於自己的念力。正因爲這樣，只要他一分心，整片鏡子就混濁發黑。再也無法從中窺見那塊夢土。而自己則墜回從前的自己，復歸於平常的日夜。

　起先，這個現象經常出現，頗壞了他的情緒。因此，每一次的興奮總會帶著幾分疑慮。每當他不相信這面鏡子，他就變得快快不樂。他會在這斗室裡來回踱步，對自己發脾氣。有一天，他瀕臨於絕望。鏡子瞀亂了。鏡子在背叛他。他渾身疼痛，骨節僵硬，頭頸轉動失靈，他到了行動不便的地步。他一個人在室內掙扎。他一移步，就喘息不已，血液的激轉令他眼前一陣陣發黑。幾小時內，他昏卻過去。

　在那無法主宰的虛脫中，記憶又浮現在夢裡。

無意識中，他清醒的那部分正忙著譴責自己意志的薄弱。他不需要記憶，他已與過去斷緣。他不想追憶自己的前生。他唯一的希冀只是鏡中那個全新的形象。然而，這次夢見的是自己的妻子。

　她在沖破封鎖線。她赤身裸體，在野戰場上奔跑。爲了營救他，她直向孫傳芳所部奔過來，那年輕的身體是不認識什麼刺刀和子彈的。

　清醒以後，他感到無奈了。這場夢簡直要破壞他的魔略。爲什麼他還要做這樣的荒唐夢呢？

他不是質問而是在責罵自己。可怪的是，當他再度昏迷時，同樣的夢縷縷不絕地出現。他耗散了幾乎所有的心血再站起身來。隨著日子的消失，不，隨著日子的逼近，他不得不更加奮力，強迫自己站在鏡子面前。可是，這回他竟吃了一驚。

13

想不到鏡子會跟他吵起架來。

他站在它的面前，本來那血脈和骨架依稀可見的人影現在正失血萎縮。他努力構生的圖像越來越不眞切。他屏息專注，將全部的心力集中在他的凝視中。然而鏡子已不接受他的意旨。

他急躁不安，甚至有點慌張，他無法控制自己。他的飲食和睡眠受到干擾，他不得不把工作停下來。有一天，玻璃杯被他捏碎在手心，他看見自己的血混著潑濺的冰水流到地上，他才整個人清醒了過來。

現在，那影子又模糊來到鏡中。不過，整個畫幅有些改動。在可以稱之謂人形的背後有新的東西閃現。經過幾天的端詳，終於悟得那原是自己家鄉的景色。他沒有一點疑惑，馬上了解這就是鏡子與他爭論的要點所在。

從這天開始，他不再推拒記憶。

這一陣子，自己竟狂妄到以爲可以一筆抹去自己的過去。難怪整個人越來越感心枯力竭。他竟然毫不自覺，這一向在苦心經營的那幅鏡中圖其實處處都有妻子和女兒的影子，也有自己對故鄉和母親的追憶。

隨著這恍然，他的體力一天天恢復了。信心也一天天又注滿。直到有一天傍晚時分，窗外熱帶的豹紋天刺痛了他的眼睛。因反胃欲嘔而感到從體內發出一陣陣的崩裂。他又到了無法自持的地步。才剛剛復原的身體怎會這樣輕易地又瀕於崩潰？他躺在床上，知道自己又要失眠了。因爲他四肢雖然虛弱，但體內躍動著一股與體力毫不相稱的生命力。他十分清醒地注視著它神秘的運行。他知道此刻窗外非常寧靜，然而他卻聽到一種聲音，好像風捲沙塵。他感到風雨的來臨。他的束手無策，令他想起崇嶺日蝕的那一天。

14

那次，他同樣感到筋疲力竭，尤其是上山前剛剛殺了章飛。好似體內儲備的心力全已透支。鬆弛的視力隨著太陽的逐漸暗淡而無法捕捉前景。沉寂、靜默、等待——然後——一陣陣擾動的微響由四面八方傳來，卻又不知源自何處。聽來有如沙瑟，也像夏夜的蟲鳴，更像天上飄著冰雹。待你尖耳細聽，則四周闃無半點聲響。日頭已經快被天狗全部吞食了。眾人感到惶惶有些不定，術士卻表示這也許比長久熬受烈陽的毒照要好些。天昏地暗，一般人以爲不祥，但回頭再想，說不定它還能解除心中久未驅散的懸念呢。眞所謂「照若鏡天、肅若窺淵。」

全蝕後的世界不可謂不恐怖。天空昏黃地上漠暗，一種從未見過的薄色預示著地表在冷卻，令人有精血流失生命難返的不安。這時，放眼四望，天地不見有何動靜，挽回生機的意志已蕩然無存。這樣過了好些時，山腳下才傳來一片雞鳴狗吠。無聲的空間頓時又變成另一番景象。現在，一片悽惶不可終日的吵鬧又要將人間帶到最初的混沌。

術士卻逕自在那裡一面念念有詞，一面將主人的那面銅鏡拿在手裡把玩。你設法不錯失任何一刻的奇景變化。你端坐、靜觀、傾聽，一時心中無思，幻念不生。你與其在注意術士的作法，勿寧是瞻望著遠處的山峰與窪谷。然而你稍不留意，那邊術士卻說他已將全部的天都收進銅鏡裡。他說著就將鏡子輪流擺到眾人的面前。大家以懷疑的眼光翻閱手中的鏡面，不能不承認在日頭全暗的那時刻，鏡子在每個人的手上的確吐出了異光，熠熠閃耀在眼前。

山中別業的露台上，眾人高坐，在千載難逢的聚會中，主客有意盡歡，都欣然將興致附會在這面鏡子上。眼看術士又將銅鏡舉到空中，然後用手一彈，鏡子發出了清麗纖遠的聲音，穿梭在氣流裡有如悲鳴，久繞不去。接著他又持鏡在頭上舞動，鏡子又如狂風呼嘯，穿谷越嶺而來，豁豁的聲音又好像是對人間的一番訓誡。不同質的光、聲音和精血在天地驟暗間突然匯集到眼前，相互交感跌宕，彼隱此顯，你去我來，連綴無間，蔚成息息不滅的循環，有如它們本是同源同宗，一物諸相而已。只緣常人囿於因襲，一時不察。唯賴這日蝕的稀世際會，才由一面小小的鏡子揭露了千古難窺的眞相罷了。民國三十年七月十七日，他辭離了山中別業，率七名親信下山將赴重慶履新。主人臨別贈銅鏡，並預祝他馬到成功，能在行政院秘書長的新職上一展抱負。

15

窗外的動靜就像當年山中的日蝕。只是這一次要以一場風暴來預示末日的到來。旋風匯集了力量，卻找不到流貫的出口，只有在封閉的有限空間裡窩捲，不時發出類似號咷的聲音。

風停下來，轉眼之間彤雲又密布籠罩，低低壓著這樓房。然而這只是一次間歇，帶有極大的欺騙性。因爲下一個片刻，你聽得見風又遠遠地在作怪。說遠罷，它又很近。只要側身傾聽，它似乎就爬在牆壁上，颼颼地在移動，好像千萬隻壁虎，由於你一個無意的動作，惹得牠們一起向壁縫裡奔鑽。不久，亂雲又從四面八方掠窗而過。閃電不在天上，而是來自這個被密封的斗室，好像燥氣不是來自熱風而是自己的腹部在興風作浪。

他以軍人的毅力強迫將自己的身體撐起來。他走到窗口，以魔術師的冷靜判得窗外是六月初的子夜。它與前幾天的夜晚沒有兩樣，不但絲毫沒有風雨的跡象，而且星辰在明淨的夜空還熠熠閃耀。一旦採取了站立的姿勢，他就有辦法看清自己。他的判斷力又回來了。前一陣子人躺著時感到家具都在風中顫動，現在，待他冷眼觀察，知道窗、門、桌椅和牆壁都靜靜地安處於它們原有的位置上。

他在尋找必要的勇氣。不是用來直面自己的瘋狂。而是用來承認窗外的晴夜是不駁的事實，而他感受的風暴也並非虛幻。

然而不得不承認，這些日子曾不只一次懷疑自己在這小房間的動作莫非僅僅是一種妄爲。那樣全神貫注於鏡中的莫非只是幻景。那樣興致勃勃地要無中生有莫非是一種入魔。那樣日日夜夜與影子的糾纏不休，有時也讓鏡子裡的那人投出了可疑的微笑。

那是自己在嘲笑自己？

他知道自己的的確確病了。而且還病得不輕。然而他並沒有想治癒它的意思。他得經常躺下來。但是說來奇怪，一旦平躺下來，人的神智就變了一個樣。好像它就不再聽從你的主使。它因此就有了神遊體外的自由。人的站立莫非只是設想控制神智的一種姿勢？人們所說的「理性」莫非就是人體站立的產物？而夢所屬的那個精神王國，唯有軀體躺下時才來與人親近。

風暴就是這樣產生的，他這麼以爲。好像旋風全悶在你的腦殼裡打轉，呼嘯是你的耳朵與枕頭廝磨的語言，雲翳的籠罩只是你的眼皮倦怠，窗口的亂雲飛渡是呼吸的濁重，而整座樓房的搖晃則是自己的身體在興奮中顫抖。唯有那閃閃的光團是無可辯駁的，他知道那不關雷電或風雨，它確實來自甬道的那面垂鏡。

不得不承認，他有意呼風喚雨，在自己的肉體裡興風作浪。他的病因此不但不見好轉，而且還變本加厲，有時甚至還要置他於死地。例如現在他又眼睜睜看著一陣灼熱在撕裂自己的胸口。呼嘯在他的耳裡打轉。他閉起眼還看見一團濃烈的血光，而自己正溺在裡面。同時他又感到靈魂出竅的興奮。四肢逐漸癱軟虛脫，一陣陣酥麻流遍全身，官能處於極度疲怠之中。意識在沉入睡眠前迎來一片暗黑，從四面八方將全身裹抱。往往就在這時，他事後發覺自己有過幾秒鐘的昏迷。在不省人事之前，他享受了無以名狀的喜悅。

他不覺得可怕，甚至還巴望著這種時刻的到來。好像一隻蛾蟲吐出了最後的生命之絲，將繭口縫合，而自身帶著來世飛翔的夢躲入無意識的黑暗狀態。這整個由毛蟲變成蛹的過程就是處於欲仙欲死的一場情感演習。

「欲仙欲死」這四個字已不再像平常所了解的是一種修辭比喻，只合在口頭上使用，而是軀體自身一番有血有肉的踐履。

他眼看著身上病情的進展，不但不著慌，反而覺得高興。大功近乎告成。因爲他知道，唯有如此，那影子才會越來越成形、越來越具脈搏。

「沒有人知道我病了。」

有一天，他這樣自言自語，一定是有點寂寞了，覺得沒有人看到他在鏡中營造了自己未免可惜。這些日子外邊沒有人注意到他神秘的出入，早已使他難免感到幾分遺憾。不過，下一個片刻，他就不再有任何惋惜之念，反而自己責問自己，「難道希望別人看到你割下身上的肉在餵養那個影子的一副狼狽樣子嗎？」

16

老廚子在湯麵裡爲他加了一只染紅的鴨蛋。他竟忘了自己的生日。他感激貼身老僕的用心細緻。他獨自在房裡享用這碗壽麵時，他並沒有爲自己慶生的意思，而是將祝賀給了剛剛在鏡子裡誕生的那個人。

他在台北的幽居生活慢慢又起了變化。隨著心境的逐漸開豁，身體也復元了。臉頰的油光又回來了，只是身上生出了幾處痱子。他不像前一陣子那樣摒拒往事。現在追憶和等待都成爲他身體的一部分。他不致因爲耽思從前而喪失面對未來的勇氣。夜裡依然有夢，但心裡已不存惑志。他總是由夢裡悠悠醒轉過來，才知道又是新的一天。

有時，他在夢中狂笑，甚至笑得有些歇斯底里，以致把自己吵醒。夜半睜開眼，他能看見滿室的瑞光。他走下床，端正了一下自己，臉上抹一把冷水，醒醒自己，立即又可以身輕如雲，心淨如水。現在，即使大白天，只稍盹一個時辰，醒過來人與桌椅都會在薄煙日色中，但覺人世迢迢已千年。

至於夢中狂笑，那是對自己的砥礪。只是想再一次劃清自己與他們的界線。現在他雙腳所站立的那個新的世界其實已夠大的了。而且還不斷被鏡子的映照在拓張，直到無法觸摸到它的周邊。一個無比的空白、一場夢、一盤永無勝負的殘棋，還有那棟山中別業、一次部隊迷離的盤桓、妻子信中縷述親手在後院闢植的那座花園，都是不時出現在鏡中的圖景。

現實——那些榮辱、勝敗、賞罰，甚至連生活本身——都不再牽動他絲毫。他獻出了三十年心力，委身於相互廝殺如棋譜的圖謀中。那些野心勃勃的朝代把持，如今看起來未免有如兒戲。對於自己曾經是這戲裡的一個角色，現在一想起來還會暗自吃驚。也因爲這樣，他才轉過頭來喜見自己在這小房間的簡單起居。任何動人魂膽的都已放下，對任何的人與事都已無喜無悲。他早知道隨著激情而來的必是頹靡，因此懨氣躁怒已離他遠去。急切難休或爭辯求勝已感陌生不親。他可以靜看自己穩穩地走向生命的終點。唯一令他稍感不安的是，鏡中那人的形象有些超乎自己的意料，顯得太過完美了。有點屬於永恆的事物，與凡俗的自己幾乎完全不相稱。

有一天夜裡突然停電。他吹熄了他們拿進來的蠟燭。他靜坐沙發，無思無念，只覺自己的端正與祥和。他附帶體會到多餘的光線對生活其實只能產生誤解。那種以為旺氣的其實是火雜雜的瞎忙。人們什麼時候才懂得講究沈靜呀？然而就在這轉念間，在這靜暗無聲中，世界施施然已來到他的眼前，要與他相對而坐了。

他通宵心定未眠。反復回想，認為雖與這個世界日夜相伴，但面對面的會晤彷彿前所未有。彷彿這是平生第一遭。而當下即有的一種驚喜、一種歡暢、一種傾心相與、一種友誼，彷彿也是平生第一遭。即便晤中面對無語，也自有一番相得於心，反覺得語言是一種阻隔了。就這樣，他與世界面面相喜直到第二天窗口吐白才不得不依依分手。又過了幾天，手中在想著別的事，偶然間驚悟，那夜面對面相談的原來就是鏡中的那人。

四　今夜星光燦爛

聖箭　請穿我心
神槍　請貫我身

雷石 將我粉碎
電火 把我燒燼
——哥德

17

六月十八日，天還未破曉，敲門聲將他吵醒。
他認清了前來的人。
在檯燈下，他讀著那人遞過來的一紙公文。
他一動也不動，顯出了軍人的警覺和沈著。他讀到一半停下來，若有所思。然後繼續讀下去。紙上有關自己的那些敘述好像在重複另外一個人的命運。
他將公文遞了回去。
「好罷。」
他的這句話全爲了支開前來的那人。
於是那人拿回公文，又謙虛又倨慢地退出房間。
等待的日子終於到來。
他吩咐老廚子煮水沐身。
自從他們將他安置在這裡，要求留用這名廚子算是他這輩子僅剩的一點虛榮了。民國十三年他當了師長，就將這廚子留在身邊以至於今，算是眼下最貼身的親人了。然而在這棟樓房裡，浴室和廚房都設在樓下，而一日三餐雖由廚子做好，但卻由另外安排的人員負責端進端出。因而平時他也難得見到老僕一面，只憑著他所熟悉的一手調味與他親近。

他赤身泡在日式的浴桶裡。

他並不去注視自己的這副軀體，他只將頭顱伸出水外輕輕靠在桶沿上。由於長年的征戰與奔波，他的肌肉並沒有鬆弛。老僕細心，在水裡放進了適量的酒，還放進了不知哪裡弄來的菖蒲。他在冷暖合度的水裡整個人清醒安好。

窗外仍看不見一點晨曦。

現在離雞鳴還有一段時間。

黎明前的黑暗裡，他想了一下肉體與靈魂的事。接著，他再摸索了一回鏡中構織完成的光與影。下一個片刻，幾乎不招自來地，一股期待的熱流通過全身。同時他還能用靜眼看著自己的四肢安然漂浮在水裡。這是出門前最後的一次演習。他知道自己在鏡前所下的功夫並非徒勞。

窗外夜氣流蕩。蒼鬱的老榕樹氣根垂掛如鬚，幾乎探入浮滿萍綠的池水。只要稍一抬頭，枝葉扶疏中可以看到幾點星光。他身泡幽液，靜對窗外，在微微發出熱辣和醮香的蒸汽中，妻子的影子不期來到眼前。

他看到她還是一身藍綢衫黑裙子。他看見她頸後的螺髻還是一朵含笑。他看見的總是光緒三十一年入門來歸的那新婦。那一年的鑼鼓和嗩吶，一待他想起就立即幽幽淡出，成為此刻台北窗外夏蟲的鳴叫。一向被他抑制的私情現在正悠蕩在溫水裡。一直沒有機會宣露的那個被喚作愛情的一團溫火仍留在自己的身上。

18

他曾堅持軍人無夢。他一向是自己酣夢的喚醒者。

對一個軍人，沒有比耽溺私情能惹出更大的風險，沒有比陷入夢鄉帶來更爲可悲的屈辱。軍人不類常人。他志願給予自己的一生以峭壁的垂懸，他的生活不同於一般渴望的那種可以舒躺的平闊。一個沉浮於情海的士兵不能出征。沒有比這更是速取滅亡的道路。此理不言自喻。「試想一條懸空高掛的繩索上，站著一個風流種正醉生夢死戀戀於風情這樣一幅圖畫罷。」日本軍官學校的教官曾這樣告誡過學生。

然而，如今不同了。事過景遷，他的心情迥異於從前。

他有意眷戀。他現在有資格眷戀。來點任性也是不妨的。就來點酣醉罷。他在水中對自己說。他認爲這未嘗不像餐前清酌，今天對他可眞個是上好的助興。

他將自己帶回三十年前那片明媚的後窗。三月春雪剛過；不但是自家，就是牆外滿城都分外瑩卓有光。白晝漸長轉悠，午後的暖陽這時已移到窗內。他聽到牆外深巷有賣鏡聲，幽幽地傳來。一轉眼她的影子已奪出了後門。

她立在後院的那棵桃樹下——他這樣重新看見了她——正抬頭檢視著花苞。要不是一陣暖風吹落了樹梢的雪毬，不知她還要站立多久。（記得那時她還沒有動手闢植花園的念頭。）又轉眼間，她人已在裡房——現在他又這樣看見了——正伸手拂去頸間的雪水。

她轉過頭。

（兩年以後，信裡第一次提到她有意將後院墾成花園。）

知道他站在身後，還有一種羞澀。

（那時他們結婚多久了？）

正不防間，她的影子又從他的身邊奪出，臉上帶著好笑。

他仍泡在浴水裡，在漸入癲狂的回憶和即來的冷酷現實所施展的催眠術中，家的影子很遠又很近，他看到她煮酒與他對酌。始終含默，窗前人影，日色在地，屋裡響亮靜好。他一時世事渾忘，盡脫平時身為軍人的拘謹。她能飲，但也只有他回家時才飲。平時她獨自持家，諸事舒齊有序，實非容易。她對外亮烈執著，凡事都要討出個公道。雖兵荒馬亂，也絲毫不苟，總是秀拔持強，哪裡肯認輸。有一次因借米受了委屈，卻歎道：「女人總那樣忍辱受欺，男人從來又何曾慣。你們也只會把心一橫，出門打仗去了。」

他總得再次離家。而她總是緊跟著就寄去一些衣物。而他，一旦離開了家，就只顧前線的事，哪有餘暇去思念她。頂多也偶爾望著郵票上蓋有家鄉城鎮的郵戳發呆一陣而已。

一股壓抑長久的戾氣像脫韁之馬，揀了一個最不合時宜的機會發作了。又是一次久別返家的時候。那時他已入中年，好像還置身於混戰的年輕時代。一進門隨即登堂入室就像沿溪追殺，非得血流染水，把個山色橋影桑竹人家弄得污濁不堪不可。他這樣橫衝直撞地回到家，卻毀了她一番苦心的等待和布置。

她一時感到無趣。

只應了兩聲，獨自默默退出。

他偶然走過後窗，突然眼睛一亮。她幾年經營的花園展開在眼前。簡直匪夷所思，一時有非人間的綺麗。他心思頓靜，已知他進門的磨刀擦槍大舉撻伐直是兒戲。

他好半晌見不到她的人影。

最後在臥房找到了她。

她端坐床沿，知道他進來了也不抬一下眼，只是那樣正容莊靜，當下知道她已原諒了，只是沒有開口。

他暗地裡對自己詛咒了幾聲。彷彿這才第一次懂得了女人心思之美。

原來她們都在替男人耐心地繡出美麗的人樣。就算自己受了些委屈，也一心想成全他們，將他們的人品繡得像花園一樣錦麗。

第二天他在簷頭下幫她擰絞沉重的褥單，以爲有了改過自新的機會。甚至在她面前捲褲管拉衣袖都帶著幾分巴結的意思。他在這裡認真地使出力氣，她卻在那裡邊絞邊露出咪咪的微笑。問她有什麼好笑的，她並不開口。夜裡在床頭才說：「出門打仗我不知道，但那樣的擰法，如臨大敵，只怕沒擰幾回就損了。」那天簷頭下她連一句話也沒有。只任褥單的水珠子滴落在沿牆舖蓋的青石板上靜靜的日光。

然而他有話要說。可一句也說不上來，只是滿腹都是想要重新做人的一番美意。他在家裡來回踱著方步，平日在部屬面前做慣了訓話，如今在妻子跟前卻道不出一句剖白。他走在鎮上的小路上，無論是沽酒買小菜，或是探望鄰居親友，他都一路在嘀咕，口裡念念有詞，卻仍找不出一句得體話，直到偶踽溪頭，見日正當中，流水滔滔，突然口中奪出「休論世上升浮事，且問尊前現在身」兩句古詩才頓感釋然。

他就對自己說，昨日種種只當它一去不返。他已自知一向輕舉妄爲，動不動就悲憤成理，不可一世。那麼，且看我的現在罷。他好像回到學生時代似的。人變得很聽話也很有志氣。即便此刻，他泡在澡盆裡，這兩句詩也同樣又脫口而出。也同樣是要對妻說的。

他仔細一想，感到詩句還是十分貼切，才明白了這些日子句子早已在身邊。雖然沒有從記憶中拈出，其實自己的作爲早已是這兩句詩的一番演練了。

他正爲自己臨到關頭能找到這麼響亮的詩句而高興時，思路被一連串男人抽搐的哭聲打斷了。

19

他不禁在水中翻了半個身。

好像每次瘋狂激戰的預感中，冷不防面前就會落下模糊的陰影。自己雖兩腳踏地，也會有漂蕩於激流中的一陣暈轉。四周又一次瀰漫著災變前陰惡而華麗的光影。

他定眼再看，窗外台北的天空尚無破曉之意。

方才家鄉後院的荷花缸，妻正納罕不知爲何葉茂無苞，只招來豆娘點水嬉戲。而他正在浴水裡脫口正言道：「且問當前眼下。」老僕不知爲何竟在那兒隔牆而泣。

他有些惱怒了。

本是惱怒自己到了這時還在神遊家園，不得收心，要不是老僕的聲音無意間將他點醒，不知自己還要沈湎多久。該感謝老僕的沒有感謝，反而有意遷怒於他。

老佣人隔著木門在說話。

聲音很低，意氣卻昂烈可感。

哭的人知道要控制，但一時已控制不住了。斷斷續續的語句，抽噎不連貫的泣聲，他在浴室裡幾乎聽不清所有的話。

所有的話其實很清楚。這是老僕在向他剖白肺腑。

怎麼啦，這是存心擾亂他行前的靜安？他的惱怒就只找到了一個不成名目的理由。

他在水裡一動也不動。只壓平了聲調問外面的老僕有什麼事。

老佣人沒有回答。只更加激動而又強忍著自己，一逕在那裡滔訴。

這些日子，他一個人在房間也不時聽到老廚子的聲音。他在樓下的廚房裡隨時弄出鏟子碰鐵鍋火鉗敲爐壁的聲響，起先也讓他感到惱怒，這些噪音干擾他的沈靜。

然而聽了一陣子以後，才知道這是老僕的體貼。隨時弄出一些聲音來，好讓他不感孤獨寂寞。讓他知道至少還有個親人貼在身邊。因此，他煎炒之聲，有意響連四壁，旺火急搧，有意讓炊煙裊到他的窗前。

老廚的一手飯菜仍有長年奔波的一番日月風露，他獨自在密室享用，每每有思無戀，而感激有加。就像隔著牆那一串串近乎瘋狂的男人飲泣，他一轉念也已能會意。

現在，那聲音不啻爲他揭開了一個龐大的景觀，自己一生顛沛的戎馬生涯，無論激越澎騰漲湧或頹唐消沈失志，彷彿都在他切切的哽咽中碾走了最後的疑慮。而被蒙蔽的夢，被恥笑的囈語，甚至被惋惜的那瘋狂，都被老僕的淚光照出了舉手可揭的謎底。他看見一個未曾失職的軍人——那就是自己——在黎明前四肢漂浮於特大號的浴桶裡享受著近乎陶醉的鬆肆。

20

他沒有向鏡子裡的自己告別。

他沒有忘記用藥粉擦敷身上的痱子。

他整裝後走出密室的門。

門口仍然站著那始終節制有禮的衛士。

他走過衛士的面前。

衛士照舊微傾了前身（還算是敬禮嗎？）。

等他走過去了，衛士再轉過身，跟隨在他身後三步遠。

他走完了二樓的穿廊，停下步來。背後的衛士也跟著停下來。

他開始步下樓梯。

老廚子的影子在下面的樓梯口閃過。

他早已準備了幾句話。他的雙腳仍一級一級穩步踏下樓階。

百靈廟一役後，他身為第一師師長，在一次野戰營的慶生晚會上，苦苦追尋著一道辣椒炒干絲的香味。與士兵一起席地而坐的歡鬧上，在騰騰的爆炒鍋氣中，他悠然遁入了思鄉的濃郁裡，神奇地注定要他在這劫後慶餘生的場面上思念髮妻。重複著妻子手藝的這道菜使他對這名廚子有了分外的好感，從此便將他留在身邊，半生跟著他轉戰各地。

樓梯的盡頭，他停下腳步。

他從褲腰袋裡摸出了也同樣跟隨他半生的那只懷錶。然後走到此刻正躲在梯口暗角的老廚，將錶放進他顫抖的手裡，接著就向他說了早已準備的那幾句話。時間已經不多。他只能力求簡短。話裡他仍是上司，但已無命令或囑咐，而聽來更像是在賠罪似的。上一段日子，雖然是轉戰各地，畢竟每次都能死裡逃生，日子還過得悠閒自得，然而後面這段跟隨則讓這位老僕辛苦了。

老廚子並沒有仔細聽長官的話。他自己還有滿腔的話訴不完。這樣的面對面，使他激動得更找不到話了。「師長，下輩子還伺候您。」幾乎是剖心的嘶喊又及時揑成一種私秘的誓言。聲音在悶罐裡都快出不來了。而他，作為對方的長官已無法道出任何明確的允諾。

他仍握著老廚子的手，老廚子的手則握住手心裡的那金錶。

他審視了一下，斷定所有的動作都不在夢中。他的手能感覺到老僕手上的骨節。

他端詳著他，讀出那是徹夜未眠而又哭過的一張臉。

剛才離開自己房間時，他攬鏡很久，他甚至還有餘緒試驗了一下自己的官能。例如他還能聞到舊衣櫥的木香，甚至還第一次聞出那是白柚木。他知道自己的感覺尚完好無缺，他的肉身還牢牢地屬於人間。這一點把握在此時此刻對他十分重要。

僅僅爲了好奇，他在跨出房間之前，還將視線投在牆壁的掛圖上。這是一張中國大地圖，他剛住進來時才新掛上去的，如今已微微發黃。他溫習了一下自己的戎馬生涯在圖上留下的痕跡，而感到某種審愼的平靜。

他非常滿意地走出自己的房間。

21

他離開了老廚子，又恢復了他莊凝自持的步伐。

背後三步遠仍然是那衛士。

衛士的移動步步都在配合前面的這位上將。

當將軍轉入通往玄關的那條寬直的迴廊時，感到燈火突然通亮，照遍四周。接著，佈置嚴密的警衛從等待的凝固狀態迅即進入行動。他們又是三步一哨五步一崗，棋子一直排到玄關，再從玄關放到前院和大門裡外。

每個棋子都提醒自己要隨著將軍的移動而移動。他們沒有一個人講話，頂多也只用眼色在傳令。然而人的氣息在騷動，戒備處於極度緊張狀態，神祕的僵持懸在棋盤上。

他在玄關口站住了。四周裡外的人也都停止不動。

仍有一種堅實感充塞胸口。他放眼望見院落在黑夜裡仍可分辨的層層植被，再次告訴自己這一天不同於任何一天，因此輕微地感到某種緊張的興奮。不過他並沒有多加逗留。他隨即走下了台階。他還是沒有抬頭而只用胸臆又讀了一遍匾額上「氣呑雲夢」四個大字。

跨上在玄關口等待他的汽車時，他聽見圓形的柏叢另一頭鐵門的輪子又沿著拋物線的槽溝徐徐拉開。車子發動了。在甬道上緩慢地滑動。車胎在小石子上輾出了綿密而有遠意的輪迴，沙沙催人入夢。

大門外沿著馬路邊還有更多的車子正在待發。

等到他的座車開出了大門，所有的車子也都啓動了。（這一次車子多了好幾部。）他沒有留意他的車子排在行列中的哪個位置。從車窗裡他只看到自己這部很順當地就滑入行列中。

車隊像蝸牛的觸角從勵志社無聲無息地伸入台北黑夜的街道。

又在棋盤似的市街徐徐前進。

這次不同的是，時間不是白天而警衛又全副武裝。

一切都不動聲色，彷彿棋逢高手，只能這樣的沈著不語。

不眞實的城市。

22

侵晨夜靜，車隊潛行。在馬路上穿梭——轉彎——前進。街邊看不見一個人影。城市不存在一個目擊者。兩旁的人家還在緊閉的門戶裡面安穩沈睡。他們選擇這個時間，就是要人們來不及發覺這車隊自始至終的動靜。

他在後座微微仰頭挺胸。

仰頭，當然不可能爲了仰望天空。

他只想用這個身邊警衛不致留意的小動作，從胸中放走身體裡也許還有的牽掛，好像打開鳥籠放走籠鳥。不是他不想再養這些鳥了，而是不想讓它們到時還來騷擾自己。

在破曉前的最後一刻，在此時還綿延不絕的思辯中，難道他，一個曾經在沙場上出生入死的陸軍上將（不，現在他寧願將自己想像成軍官學校砲兵科的那個意志飽滿的學生）在早已擦拭得明淨水亮的意識裡，還會有什麼陰影躲過了他的縝密的檢查？

車子的反光鏡裡出現了一層薄薄的曉色。一如故鄉天邊的那種鼠銀色。

每次從家裡趕回部隊也都是這種時候起床的。離開大陸以前收到的最後一封信上，妻說，「想來好笑，這輩子與你相處的日子加起來總共不到三年。日後有無機會也一時難料。」她提到古時候陳國的那個徐德言。說他戰後走進京城，看街上有賣破鏡的。要買可人家卻不肯賣給他，只說誰有另一半就賣給誰。徐德言從身上取出自留的那一半，一吻便合，終於尋著了戰亂失散的妻子。「將來不知要以什麼信物來尋覓你的蹤跡？」

她還說，「我知你已是浮雲蔽日遊子難返了。外頭月黑風緊，你在何處，我也不得而知。每次的信都輾轉多處才能入你的手。當年口口聲聲要一個書房，不知還作此想否？村子裡日色映溪連山，最理想的就是烏瓦白牆閉門耕讀——這是你自己的話，可記得？現書房已為你築成，後牆也已砌了大半。戰爭誤事，不過勤謹過日，在你解甲歸鄉之前，想必可以完成你夢想中的家園草堂。

「故鄉原就是桃花柳絮的江城，即使兵火再燃，也難毀其姿色。現已晝長人稀，田間都是婦孺老弱。山河如此浩蕩，縱有百般不如意，也不必這樣大動干戈，非得將人置於死地不可。有飯大家吃，死了人又何樂之有。不過我每思之亦無甚悲意，因無能為力耳。我亦忙，女兒文英已成年，可操家務，是一欣慰。

「前些時雨天，簷頭廊下堂前，晾的都是你半輩子留下的舊衣。雖每年打曬，唯見布色日漸褪舊。今年拿出，竟有蛾蟲作窩，開箱時飛出一群小蛾，再一檢視，衣褲都吃成密密小洞（與文英費日多時，都已補好）。靠牆角的有幾件還湯湯漉漉的，梅雨季節陰濕若是。

「四叔家的鵬弟年初歸家成親。多年不見，雖是剛做上新郎倌，然頭髮已斑白。只留家五天，又匆匆回部隊。聽說已是海軍連長。談及他們可能仿美國組編海軍陸戰隊，言之眉飛色舞，甚為興奮。四嬸只道，在外恭謹待人自求珍重要緊，無論編成什麼戰隊，臨到頭你們這些蝦兵蟹將彼此能知照應就好。堂哥德寧雖殘，聽說在南方小鎮用篙撐溪流渡船，過年都能寄錢回家。唯三弟常風雖在福建謀得小學教職，年前已病歿。

「如今兵燹紅了整片天，我與女兒遷避無處，擬原居不動，以不變應萬變。即便皓月流空，江山一時已難有思。戰爭，都是你們男人家玩出來的把戲，不知你現在瘋到哪裡去了。倘你著火，我縱想潑水相救，亦不知潑到何處。到關頭，無需過分認眞。生於亂世，無任何緣由可言，亦無任何公理可爭，唯自求心安而已，身正不怕影兒斜。凡事三分人事，七分天意，更勿汲汲不可終日。」

在這封信的最後妻還說道：「大亂難定，爲天下所有人家的好男兒惋惜。」

23

台北的曙色又開了一些。現在街邊人家的屋頂已有了幾注炊煙。

他甚至在車子裡還依稀聽到了人家起床開門的聲音。

一天的生活即將開始。

正當他看到有人影出現在路上時，車隊已駛出了市區，來到了一寬敞無遮的河岸平地。

車子停下來。

一剎時，沒有任何動靜。好像連時間也不動了。

空氣飄浮著肅殺。

一個影子晃過來。

那是在河岸等待的一名警衛快步過來打開車門。

車子裡一直坐在他右邊的那名警衛立即跳下車。

接著，他緩緩步出車門。清冷的河風醒了他一下。

最後，坐在他左邊的另一名警衛也緊跟著他下車。

眾人都等待著他。

他走了幾步就站立在那兒，越過黑鴉鴉的人影，向河的那邊瞻望片刻。然後繼續走向前去。

未來已經開始。

他聽到胸口均勻有節奏的跳動。他不必再推測，也不必問爲什麼是如此能如此。

現在他對自己的身軀已有幾分不親。

然而他還具備鎮定思索的能力。例如此刻他想到山中別業那位術士的一句話——你不該把自己鎖在軀殼的囚房裡。

他對身邊的一切動靜還有驚異但無恐懼。他冷眼看著他們如臨大敵，有意製造肅刹氣息。但對他一切都很靜默，只剩下他們走動的窸窣和習習的河風混合在一起。

他揮了揮手，擺脫了兩名前來挾持的武裝人員。

他們任由他一個人向空地一步步走去。

他聽到身後的行刑隊正把子彈上膛。

四周的布置對他並不陌生。所有的景物都曾出現在他無數次的排演中。四合將開未開，薄色曉月與灰淡曙光正在遞相消長。天色還沒有映出雲層的色澤，河的對岸卻已蔥秀迥豁歷歷清顯。

河水銀淨無紋，但覺微風習習。他的步履穩健持重。他對生命的最後絲毫沒有放棄。他空前堅持。現在他的夢大得近乎瘋狂。

「是個大夢？」

「是大夢。」

那年從侄兒的床上醒來。後輩知道他睡中有夢，姑侄兩人就這樣問答起來。

「然則……」

「然則軍人的本色即是出生入死，就不致有荒夢驚擾。」

當時敵我軍師正隔江鬥智，忙於最後決戰。他在江的這一頭卻逕自落入了一個幅員遼闊幾無邊際的大夢。然而侄兒感到為難了。事後靜思，才冷省到這是自己有失審慎。在那緊急時刻，如何教人與你共享此夢。

眼下台北基隆河邊的這個夢或許也迷離得令人糊塗，然而對他明確可靠卻絲毫沒有差錯。子彈以無法措想的速度向他奔來。

但他還想回顧一下自己的一生。

此刻無意間來到眼前的，是十年前那次山中觀日之旅。如今回想，山中七日，彷如夢境，勝過人間百歲。他現在望前走去，不就是正要重訪雲氣蒸潤煙波浩渺中的那座山中別業嗎。

在夢的外面，他以前線策反的謀叛罪正被處於極刑。

他高估了自己的侄兒。不，他不該臨陣勸他息戰。他沒有替侄兒的處境著想。然而老將軍們暗中唏噓了。養了這樣一個乾兒子，無異於身邊養虎啊。

「這是中原成敗寧非數，後世忠邪自有評。」

他的老部屬余定英即將升任國防部長，前些日子來到他被困的密室，算是探監，也算是勸說。余定英的意思是，只要寫一封誠懇的悔過書呈交最高當局，諒無不赦的道理。

這個建議被他用一個「罷」字直截婉拒了，同時也算是回答了老部屬引詩相慰的一番好意。

「歷史終會還個清白。」

「罷，罷。」

「然而陸放翁這兩句詩說的……」

「罷，罷。」

他並不是不體諒部下營救和寬慰的苦衷。只是他早已另有打算。人間的糾葛和爭執已被他看淡。一度以全部的生命去熱衷的已不再熱衷。那設計成敵我對峙的棋盤無非在等待棋子的轉移，而棋子等待的無非是那隻手的挪動。而手等待的也只不過是耗盡人間心血的那份巧智而已。幾千年流傳下來的棋譜，再神機妙算也只爲了揭露這番道理。

「人的歷史不足爲信，人間的是非也無需掛齒。」他反過來倒有些想開悟晚輩的意思了，「這一點連陸放翁自己也不甚了然。」

「不過……」

「我對這局殘棋已無所計較。」

「然而……」

「我自有榜樣。」

他早已置身於營造多時的那個世界。只要一轉身，他就在時間的另一端。曾經擁有的已不必再擁有。他已身在佔據和蹂躪之外，任何屈辱和恫嚇都傷害不到他纖毫。

那本厚厚的歷史，任憑風去把它翻閱吧，事物卻棲息在深沈的黑暗裡。

開始時，監刑官問他有無遺言。

他用濃重的家鄉口音很氣派地說出了他的一句話：「沒有。」

而刑場上的人都失望了。他們等待的是他最後的一場激辯，就像他在法庭上曾經那樣振振有辭地抗爭那樣。

他沒有話要說。

他只是轉過身，然後一步步向前方走去。河邊沙岸，他舉步持重。他一步步脫離了他們。一步步走進了正瞄準著他的槍口裡。

而驚心動魄的只是他們。

他的移動步步令他們屏息禁聲，得不到鬆緩。

他的身軀已不再向地面投出影子，他的目光已無需對象，風吹到他的耳邊已不再呼嘯，刑場所有的景物慢慢消失在他安置的一無所有之中。

他並不知道自己——如當天的頭版頭條新聞所說的——是三槍斃命的。

他只聽到槍聲從背後響起。

被他苦苦等待而如今已變得那樣溫暖可親的第一顆子彈從身背穿到胸前。一陣撕裂的灼熱被他感覺到了。

他有些眩昏。不過他認爲這是解除等待懸念的一種陶然——沉入自己長久羅織的世界之前必有的狀態。

眼前有些光粒在跳動。一切滯重的開始變得輕盈。他仍然有所堅持。而最令他們感到驚異的是這位將軍的儀態。

從他步入刑場到他們目擊了他正在倒地的此刻，他始終舉止穩健坦然。沒有誇張也沒有任何失態，即使槍聲已經響起。

他完成了一次從容的演出，爲他們揭開了軀體的秘密。

他全身的熱流在發散。他感到自己的領口扣得太緊。不過，胸腔的溫熱令他想起那年妻子生產，他請假回家，一路興奮難耐，途中由車轉舟，再由舟轉推輪，折騰到家，急奔入門，直趨臥室，才抱起襁褓中的女兒，那小東西可可兒就尿了他一身。

在最後的那瞬間，他的苦心經營畢竟沒有白費。

他的身軀在倒下之前，在被他聽到的一聲昂揚而悠長的雞鳴中，他強作了一次深呼吸，於是從他的胸前及時走出來他們看不見的一個人——那就是他的那個鏡中人走出了鏡子。

——一九九七年三月・選自麥田版《奔跑的母親》

陳若曦作品

薛繼光／攝影

陳若曦

本名陳秀美，台灣台北人，1938年生。台灣大學外文系畢業、美國約翰霍甫京斯大學碩士。台灣《現代文學雜誌》創辦人與編輯之一。留學美國時，偕夫投奔中國大陸，適逢「文化大革命」。七〇年代離開中國，撰寫《尹縣長》等一系列反映文革的小說和散文，為大陸「傷痕文學」之始。九〇年代返台定居，曾任中央大學駐校作家，南投縣第一屆駐縣作家。為晚晴協會與荒野保護協會終身志工。著有《尹縣長》、《慧心蓮》等，曾獲中山文藝獎、吳三連文學獎、吳濁流文學獎、福州「中篇小說選刊」榮譽獎。

女兒的家

鬧鐘一響，惠馨就掙扎著爬起身，匆匆洗漱一番即去對面臥房探望父親。床頭一燈如豆，照見老人眼窩塌陷閉闔，上唇翹起，呼吸短促，睡得相當吃力似的。冷氣機仍嗡嗡作響，空氣卻積存了一股似腥非腥的沉鬱和窒悶味。

她關掉了冷氣，拉開離床較遠的一面窗簾，並推開了一扇窗子。七月的朝陽乘隙而入，溫暖的空氣撲面生香，她不禁深深地吸了幾口，期盼把隔夜的辛勞和鬱悶傾吐一空。

驕陽占據了大半個牆壁，照亮了父親的一幅半身油畫像。畫中的父親，頭部沐浴在晨曦裡，映得一頭銀髮熠熠生輝，眉眼含威，笑不露齒，神情既莊嚴又親切。

「阿爸早。」她習慣地對著畫像默默請了安，這才回身叫喚床上的人：「阿爸，你覺得怎麼樣？」

老父這回中風以來，對她晨昏定省的問答，從來都能報以張眼微笑的表情，今早卻置若罔聞。露出被窩的頭是那麼枯乾憔悴，白髮疏朗幾根，兩頰瘦得雙唇癟成一線，只有那不間斷的呼吸透著一縷生氣。對比牆上的畫像，二十年的變化眞有霄壤之別。

「阿爸，睡得好嗎？」

連喊了幾聲都沒動靜，她不禁著慌了。老父眞的要走了？她忍不住撲向前，使勁搖拽病人的兩肩，一邊叫喊：「阿爸醒醒！」

老人果眞醒來，撐開了眼縫，深陷在窩底的散漫目光慢慢收攏，終於盯住了女兒。接著雙唇一張一闔，抖抖顫顫地半天吐不出一個音來。

他想說什麼呢？惠馨怎麼也讀不出老爸的意思。一年來，他儘管不能說話，但通過口唇和眼神的變化，父女倆一直溝通良好。無論如何，由這兩天的病況觀察，她已有最後一刻的心理準備了。

「要叫銘孝和銘義他們來嗎？」

目光又散漫了，眼簾緩緩地闔上，呼吸轉爲深沈而穩重了。

她趕緊跑到客廳打電話。

銘孝剛出門，終於改打大哥大才在車陣中逮到人。

「這次會是眞的嗎？」他有些將信將疑地。「九點局裡有個會……好吧，我十點趕到就是了。你負責把銘義找到，嗯？」

哥哥是公務員，因應「凍省」局勢，正在辦理提前退休，好換個跑道以開展第二春，可以想像在同事面前要維持善盡職責的形象，不肯請假。但是，萬一老人家等不到十點呢？她囁嚅著卻不敢說出口。大她四歲的哥哥，從小享慣了長子的威風，加上多年的小官僚習氣，這種時刻更沒有妹妹反駁的餘地吧。

她打去弟弟的工廠。

秘書說：「賴廠長在車間，請稍等。」

經過幾次電話轉駁，終於聽到銘義的回音。

「阿爸不行了，你趕快來呀！我一個人……」

她忽然害怕獨自守在家裡，儘管是住了三十年的老家。

「我們僱的那個人，她怎麼不來了？」

「阿珍會來，但是要買了菜才過來。」

「唔，我當然要來，可就是，早上出貨……」銘義的聲音在亂噪噪的人機聲中顯得拖拉，好像和顧客討價還價似的。「銘孝幾時會到？好啦，我就來。」

放下聽筒，她長長吁了口氣，疲倦地跌坐在沙發上，有意面向著餐廳和廚房的方向。她也說不上爲什麼突然不想見到身後這三間臥房，每天穿進穿出，閉了眼也不會摸錯的房間。在這裡伺候過公婆，還養育了玉玟和玉玲姊妹倆；等玉玟到南部上大學了，正好讓出房間給老爸；夜裡坐等丈夫回來，自己的房間甚至細到牆角的裂痕都瞭若指掌了。想想三十年來，竟如老牛拖磨似地圍繞著這三個房間打轉，眼看將只剩下她一人獨守空屋了，這時不禁神經根根綳緊，分辨不出是心懷恐懼，還是疲乏使然。

也許兩者都有，她想，自己是身心俱乏，再也熬不下去了。

怎不疲乏呢？老父這回中風，足足躺了一整年，吃喝拉撒全在床上，也全是她一個人張羅照料。找過菲傭幫忙，但是老人動輒發脾氣，菲傭都幹不長。走馬燈似地換了幾個後，惠馨認命了，只得自己一手包攬過來，僅僱個計時工幫忙買菜和清潔工作。然而她也不年輕了，進入虎年已足足一個花甲了，每天感到精力水滴石穿般，正逐日棄她而去。年初患了重感冒，渾身骨節散架似地，於是打電話向弟弟求援。銘義接洽了一家安養院，但是老人固執不去。儘管口齒不清，他會嗚嗚叫喊，還淚汪汪的，讓女兒鼻酸得下不了決心。

「嘖，嘖，阿爸硬是和你有緣呢！」哥哥假裝妒嫉地安慰她：「他從來就疼你，只喜歡和你住，那也只好偏勞你了。」

果眞「偏勞」，只是未免「偏」得長久一點。從自己的辛勞，她更加感念當年母親的含辛茹苦。父親當了半生的小職員，收入微薄，是領到退休金去投資朋友的生意以後，家計才好轉的，可惜母親已累垮了身子。猶記得子婿三個家族洋洋三十口人，在來來飯店包下一個廳爲老爸慶祝七十大壽，之後兩天媽媽就病倒了。後來惠馨就明白了，母親生養三個子女，又伺候丈夫，她是積勞成疾，等不到子女爲她做七十，就撒手西歸了。落單的老爸卻不想接受兄嫂的奉養，弟弟家也懶得去，寧可有一頓沒一頓地自己打發。正巧惠馨的公公也去世了，婆婆搬去小叔家住，於是徵得丈夫同意，她把老父接來家，準備讓他住幾天散散心。誰知道這一住，竟住了二十年！

剛開始，老人每年輪流去兩個兒子家作客，小住個把月，但總是時間不到就嚷著要回家看孫女兒。

「阿公偏心唷！」幾個堂兄妹會抱怨。

老人總是笑而不答。他常叮嚀玉玟和玉玲：「你們的媽媽惠馨是最好的女兒，你們長大後，要學媽媽那樣孝順父母才好。」

沒幾年，他乾脆不出門做客了。兒子們也不勉強，改爲每個月來探望一次，或者帶老人出去吃頓飯，或者送個紅包和糕點以表示孝心。

這時，一向和岳父相安無事的武欽，便開始在背後嘀咕了。

「如果兒子沒空照顧老人，可以送他去安養院嘛！」

然而老人一聽到「安養院」便神色黯然，聽多一句還會變臉。

「想叫人快死的話，就把他送去安養院吧！」他說得一臉悻然。「一群七老八十的人擠在一堆，咳咳喘喘病病歪歪的，沒病的人不住出病來才怪！」

這時惠馨必安慰他：「阿爸當然是住在家裡好，保證活到一百歲！」

她沒上班，女兒都長大了，玉玟眼看要嫁到美國去，這個時候把老爸送到養老院，也著實不忍心。

「我閒著也是閒著，阿爸又走動自如，不礙我們什麼事嘛。」她總是低聲下氣地央求老公。

「人家都羨慕我阿爸好命，說女婿比兒子還孝心可嘉呢！」

「要知道，這女婿可是姓曾不姓賴呢！你懂是不懂？」

一說到姓氏，牽扯到傳宗接代的性別問題，惠馨頓時成了啞巴。臺灣據說已進入自由民主的時代，但是人們對姓氏觀念仍是相當固執，她沒有兒子的遺憾已轉爲一項缺失，一樁隱痛了。

當時沒想到，丈夫這些怨言實是另築香巢的掩飾。他有藉口喝得醉醺醺地回家，襯衫沾滿了口紅也不屑於解釋，有時甚至徹夜未歸。惠馨爲了父親，爲了女兒，盡量忍氣吞聲。偶爾忍無可忍也會吵上一架，事後武欽竟會兩三天不回家來。她這時才覺悟到，自己碰到「第三者」了。

她想到離婚，父親卻勸她忍耐。

「你離婚的話，不正中了那個女人的計？你是明媒正娶的曾家媳婦，那個女人就算生了一打兒子也搶不了你的地位嘛！古人說『家和萬事興』，這『和』要靠女人維持，女人的偉大就在這點上，懂嗎？」

惠馨沒有反駁，等於全盤接受，只是自己暗暗垂淚而已。

她秉性溫馴，從小就是父母眼中的乖女兒，對父親尤其言聽計從。就是一時想不通的，頂多含淚不吭聲，但總是相信一切是爲了她的好。就像北一女念到高中要畢業了，父親不許她考大學那樣，也是逆來順受。

「父母供給你哥哥念大學已經很不容易了，他畢業要當兵，還不能賺錢養家。如果供你念大學，弟弟就沒機會了。男人沒有大學文憑很難找事，到時也會埋怨你這個姊姊的。」

父親還強調：「你出嫁以後終究是外人，哥哥和弟弟卻要傳遞賴家的香火；不是不疼女兒，這是我們臺灣人的傳統。」

是的，爲了手足和睦和賴家的香火，她無怨無悔地放棄了大學學歷，甘心去百貨公司賣鞋，賺錢來貼補家用。直到媒人上門了，她才結束了這一份低頭彎腰的差事。

然而婚姻上委曲求全，徒然坐大了既成的事實。記得小女兒出嫁不久，丈夫就轉彎抹角地告訴她，「那個女人」爲曾家生育一男一女，男孩已經小學畢業了。錯愕之餘，她悄悄查閱了相關資料，原來臺灣法律變相允許婚姻外的同居關係，難怪丈夫長年坐享「齊人之福」，始終面無愧色。

她跑去小叔家向婆婆哭訴，卻發現老人家早就知曉兒子的外遇了，還一直幫著掩蓋隱瞞。

「男人在外面打拚不容易……這種事嘛，女人家能度量放大些最好。」婆婆只是一再保證說：「無論是誰生的，都是我的孫子嘛！我疼孫子是不分男女，也不會偏心啦！」

顯然婆婆眼中只有兒子和孫子，媳婦已置之度外了。

兩個女兒遠在國外，正忙於營造自己的家，惠馨的痛苦，除了父親，又向誰去傾訴呢？父女倆更加相依爲命了。

也就是那個時候，老爸第一次中風。那年他整八十歲，在醫院住了半年才接回家做復健。武欽不再提安養院了，而是當著岳父的面給妻子一份產權書，次日還要她去銀行辦理重新貸款的手續。原來他把這間住房由夫妻共有，轉爲妻子個人所有，當然也包含原有的銀行欠債了。

「我們年紀大了，這樣做讓你有些保障。」他慷慨地承諾：「每個月的貸款本息，當然是由我付了。」

「這樣好。」老爸坐在一旁的輪椅上，頻頻頷首讚好。

她當時感動得很，若非礙於習俗，她眞想抱住丈夫親吻一番。

但是從那之後，武欽就很少回家了。只有逢年過節，或是公公的忌日，他會回來祭拜，順便住上一兩天；此外就「無事不登三寶殿」了。

想到這裡，忽然醒悟到這是老爸彌留時刻，武欽也是「半子」，無論如何也該出現才是。她望一眼掛鐘，九點多了，他肯定在公司。

電話倒是一撥就通，但是武欽相當的不情願。

「廣告公司馬上要來報價，很難抽身……其實你老爸活到九十高齡，又有子女三人給他送終，也可以瞑目了！」

說到後來他勉強答應了：「我盡量趕來就是。」

她接著按自動撥號，給紐約的玉玟去電話。女兒正在廚房忙碌，沒張口就先傳出抽風機呼呼作響的噪音。

「阿公要走了？那對你們倆是大解脫吧！」玉玟快言快語，毫無忌諱。「媽媽自己千萬要多保重才是。要不要我再寄點錢？」

惠馨婉拒了。聽人說，美國生活不見得比臺灣寬裕，玉玟操勞家務外還到超市打零工，說是「打發時間」，想來也是血汗錢。姊妹倆每個月輪流給媽媽寄點錢，孝心可嘉了，豈能再加重她們的負擔。

「爲了看護阿公，媽自己幾十年困守臺灣，這次辦完喪事，快來美國住一陣吧！」玉玟興匆匆地建議：「我順便給爸媽辦綠卡，好嗎？」

「美國一定要去的，」惠馨很知足地表示，「綠卡就不必辦了，媽又不想移民。」

「你來美國和我們住嘛，反正爸爸又有個家……」利口利舌的女兒倒也適時住了嘴，把話題扯回現狀：「媽，美國路途太遙遠了……澳洲比較近，我來問問妹妹，她也許能回去奔喪。」

「你忙你的吧，我即刻打給她。」

澳洲那邊卻是電話錄音。聽完英語指示，自家的門鈴響起。她知道短工阿珍來了，也沒留言就掛斷了電話。玉玲的孩子還很小，想奔喪也走不開，不如等事過了再通知她。

「早呀，曾太太，用過早飯了吧？」

阿珍拎著一塑料袋的菜推門而入，親切地打著招呼。她五十出頭了，卻手腳俐落，進門就朝廚房大跨步邁過去。

經過提醒，惠馨果然感到肚腹空空如也。

「嗳，一忙就忘了餓，這就用去。」

她勉力才站起身，隨阿珍邁向廚房。經過餐廳，突然在神案前煞住腳步。

「阿珍，今天是初一吧？」

「歸欉樹無（沒）剉（錯）啦！」阿珍說完還加以佐證：「我吃素的日子嘛！」

惠馨連忙給公公和曾家祖宗牌位上了香，然後才張羅自己的早餐。

兄弟倆倒是很準時，約好似地前後按了門鈴。哥哥還拎著一只鼓得像他啤酒肚那麼大的公事包，顯然是剛從會議中抽身出來。

「阿爸，銘孝、銘義來了！」

兄弟倆跪在床前呼喊了一陣，老人才悠悠開啓眼眶，不久眼光閃出一絲光彩，顯然看見兒子了。

兄弟倆一再呼喊：「阿爸，你有什麼話要交代嗎？」

不管他們說什麼，老人只是喘著氣，不久又闔了眼。

惠馨也跪在床前，見狀不禁哭喊起來：「阿爸，你醒醒呀！」

銘孝頗費了點勁才把自己發福的身軀支撐起來。他一手抄起皮包，另一手拉起哭泣的妹妹，領著她到客廳來。

「別難過了，惠馨，阿爸這是脫離苦海，其實要爲他高興才對。」

說著，他示意妹妹和他在沙發上對面而坐。

惠馨在茶几上抽出了面紙，默默擦乾了淚。

銘孝已從皮包裡抽出一張打字的文件，攤平放在妹妹面前的茶几上。

「你知道，爸爸沒有立什麼遺囑。」他以一種不無遺憾，但又極有把握的口吻知會她：「不過他要把賴家的財產留在賴家，這一點從來就沒有疑問。所以，銘義和我希望你簽字放棄遺產繼承權。」

惠馨一時愕然。她望著哥哥，後者表情凝重，嚴肅有如在祭祖拜天似的。

她雙唇抿緊，努力壓抑由於失望而蠢蠢欲哭的衝動。早知道父親重男輕女，但是端屎端尿地伺候了他二十年，難道沒有一點感動、一點表示嗎？她雖是嫁出去的女兒，但是卻盡了一個媳婦的職責啊！自己雖擁有一棟公寓，從不覬覦父親名下的財產，包括兄弟倆的住房和桃園的一塊地，但是總以爲老人會留點股票或現金什麼的，好讓女兒過一個尊嚴的晚年才是。怎麼也沒料到，他光是稱讚女兒孝順，竟是口惠而實不至。

父親沒有立下遺囑……那會不會是有意讓三個子女平分呢？

然而她沒有勇氣提出內心的疑問。一向服從慣了，一見兄長那張綳緊的國字臉，那幾十年養成的長男威嚴，她只有豎白旗的份。

也許弟弟能爲她作主，從小她就被媽媽訓練成弟弟的保母，抱他、揹他並陪他玩耍。嫁出去後也曾資助他念臺北工專的學費。以北一女的高材生，不是爲了弟弟，豈有考不上大學之理？僅是這種犧牲，銘義也當有回饋之心才是。

她側身望向臥房區。通往各間臥室的走道靜寂無聲，不見弟弟一絲蹤影。

「銘義也有兒子。」哥哥看穿她心事似地提醒說：「財產都要留在賴家的。」

她頹然側轉過臉來，心裡哀哀求告：武欽你快來呀！女婿也是半個兒子啊！

然而回應她的不是門鈴，而是清脆的腳步。阿珍捧著一托盤茶到客廳來了。

「多謝，你放著就好。」

銘孝威嚴又冷淡的指示，讓好開玩笑的阿珍不敢造次。她依言在茶几上放下了托盤。

銘孝從西裝口袋裡掏出一枝筆，塞進妹妹手裡時還皺著眉，質問她：「怎麼啦，惠馨，你有什麼話要說嗎？」

阿珍好奇的瞥了一眼女主人，回廚房的路上還忍不住回頭張望。

阿珍的身影沒入廚房後，客廳裡靜悄悄的，靜得惠馨都能聽見自己的鼻息和心跳。

「我沒有話說，阿哥，你要怎麼樣就怎麼樣吧。」

她毅然提起筆，看也不看文件的內容，就在哥哥手指的部位簽下自己的名字。

銘孝的胖臉整個舒張開來，展現出彌勒佛般的快慰和慈悲表情。收進文件後，他一手搭在妹妹肩上，很有擔當地表示：「你的辛勞到此爲止。以後的一切，所有的喪葬費，都歸我們負責！」

這一點他做到了。父親嚥氣後，惠馨癱瘓下來，足足在床上躺了一星期。這期間是銘孝打電話兼發通知，並在殯儀館設置了體面的靈堂。兄弟倆動用了各自的社交關係，加上叔伯和妯娌等各方親戚，兩百多人出席祭奠，鮮花輓聯，極盡哀榮。武欽也回來披麻戴孝，克盡半子之禮。

墓碑上只刻了兩位孝子和家人的名字。惠馨寧願負擔一半的費用，希望也刻上自己和夫婿的名字，但是銘孝堅決反對，因爲「嫁出的女兒已非賴家人」云云。

她這時才眞正感到哀傷。二十年中父女朝夕相處，相濡以沫，如今一方撒手而去，自己竟連個名字都挨不上一塊冰冷的石碑，至親之情竟不如一撮泥土。

她漸漸明白了，何以女兒們一出國就不想回來，原來臺灣不是女人待的地方。

雙七過後，兄弟倆又相約到曾家，目的在清理老父的遺物。

溽暑天氣，惠馨親自調理了冰凍的檸檬茶招待。兄弟倆每人捧著玻璃杯，邊喝邊踱向老父生前的房間。

阿珍已經把床鋪被褥拆洗一淨，房間打掃得乾乾淨淨，還噴了古龍水，空氣中蕩漾著一股淡淡的檸檬香。兄妹三人或站或坐，環視四周的床椅、書桌和燈罩……等，睹物思人，大家都有一份依依不捨的心懷。

惠馨坐在床上，仰望牆上父親的畫像，簡直不相信已然天人永隔。四目相對，父親似笑非笑的眼神勾起許多回憶，她覺得眼眶開始溼潤了。

銘孝先建議說：「把所有的衣服和被褥都捐給慈善機關吧，幾本保健的書籍我帶走。」

銘義連連點頭：「可以呀，那麼我就……」

惠馨搶先提出：「我要保留爸爸的畫像。」

「你說什麼？」哥哥很吃驚。

「爲什麼你要這張畫像？」弟弟也不理解。「這是我請畫家來畫的，當然是我保存。」

惠馨央求他：「讓給我吧，我是爸爸的女兒，應該也有件紀念品才對。」

哥哥很不以爲然：「你已經嫁出去了，阿爸的畫像怎麼能掛在別人家裡呢？」

聽到「別人」，她就像耳朵被蜜蜂狠狠扎了一針，疼得整個人跳起來。

「我不是什麼『別人』！」

她尖起嗓門咆哮了。幾天來的哀傷，這一刹那升爲悲憤，像火山爆發的岩漿，澎湃奔騰，一發不可收拾。

「我也是爸爸媽媽的孩子呀！太不公平了，又不是我自己要生作女兒！女兒就不是人呀？」

「什麼，女人家幾時變得這麼鴨霸！」

銘孝喝斥之餘，順手向妹妹丟來手中的茶杯。喀唧一聲，玻璃杯在妹妹臉上裂開，接著落地砸得粉碎。須臾，鮮血從她額頭汩汩而出。

銘義驚得一把抱住她，後悔不迭地承諾：「阿姊，我讓給你！我讓給你！」

銘孝也嚇呆了。定下神後，他為自己的粗暴連聲道歉，並趕緊自己開車，兄弟倆把惠馨送到臺大醫院急診。

惠馨保留了父親的畫像，只是額頭縫了六針，幸好沒有傷到眼睛。

出院不久，忽然收到銀行掛號信函。拆開一看，卻是每月的貸款本息繳單。

她立即給武欽去電話：「你的帳單，怎麼寄到我這裡來了？」

丈夫的口氣竟是十分無辜似的：「那不是你名下的房屋貸款嗎？」

「可錢是你借的呀！」她忍住脾氣，心平氣和地和他理論：「我幾十年不工作，那有錢替你繳貸款呢？」

「惠馨呀，你如今分到你老爸的遺產了，何必這麼小器嘛！」

「阿爸什麼也沒給我留下。」

她摸摸自己的額頭傷疤，想到丈夫的寡情，也不想多作解釋了。

武欽兀自不信：「騙我傻瓜呀！你伺候老人家整整二十年耶！誰會相信你沒分到財產？就算沒有分到土地，總會撈些股票吧？全是電子股最好。聽說你老爸還有金條。」

任她怎麼辯解，他在電話那頭就是胡攪蠻纏，氣得她恨恨地掛斷了。

次日，她趕忙上郵局取錢，然後去銀行繳款。雖是生平第一次繳銀行貸款，她可是深知箇中厲害的。早聽人說了，抵押貸款只要幾次付不出，房子就給銀行拿走了。她已跨進老年的門檻，丈夫另結新歡，女兒遠在海外，若沒了這所房子，她還有家嗎？然而自己微薄的儲蓄，又能支持幾回呢？她不敢想下去。她只求不必移民美國，重演老父的角色才好。

回家後，她取下父親的畫像，把它移到餐廳去。它被掛在神案的牆上，公婆的遺照上方。

然後她點香祝禱：阿爸，我會二十年如一日，天天給你燒香，希望你告訴我，女兒哪一點像外人？女兒的家究竟在哪裡？

——一九九八年五月．選自探索版《女兒的家》

黃春明作品

黃春明

台灣宜蘭人，1939年生。屏東師專畢業，曾任小學老師、記者、編劇、導演、製作人、廣告企劃等，並編劇製作兒童電視及紀錄片，現為吉祥巷工作室負責人。著有小說《兒子的大玩偶》、《鑼》、《莎喲娜啦再見》、《看海的日子》、《小寡婦》、《我愛瑪莉》、《放生》等，作品譯成多國文字。曾獲吳三連文藝獎、第二屆國家文化藝術基金會文藝獎。

最後一隻鳳鳥

閩南話有一句俗諺說：九月九，風吹滿天哮。說起來押韻順口，事實也正是如此。重陽節的歲時，打前站的幾陣東北季風，開始帶來冬之將至、秋之將逝的訊息。冷空氣撲著地面來，暖空氣退避不及往上升，這正好一邊把風箏飄浮上去，一邊把風箏往前推，這麼一來，風箏不但飛得高，裝上竹篾和籐片重疊的含鈴，吃起風來鳴叫不停；大的風箏叫得沈，小的風箏叫得尖，不大不小的風箏合聲的叫。

冬山河上游的河岸，當地正舉辦爲期三天的風箏節。海報上寫的大字「爭風不吃醋」。全省各地的好手，帶來各種各樣的風箏，趕走了天上的雲，留下一片透藍的天空，襯托半邊天各展英姿，鳴叫得叫小孩子無心吃飯。

靠南邊河岸竹圍裡的吳家，這天可熱鬧。他們吳家的慣例，不爲祖先各別做忌辰的拜拜。每年統一在重陽的這一天，祭拜祖先。這一天在吳家看來，不比過年不隆重；在外成家立業的，出外鄉工作的，統統都得回來祭拜祖先。每一年的重陽這一天，都會有一兩個還不懂得愛錢的孫子輩和曾孫輩，回來拿阿公或是叫阿祖的紅包。

中午提早拜好祖先，因爲大廳和廚房容不下五席飯桌，只好擺了四桌讓大人上桌，小孩子就盛飯挾些菜到底下，隨他們愛到哪裡去吃。吳新義吳老仙，看大家回來，高興得沒心吃飯，儘管兒子媳婦要他上桌一起吃飯，他還是用一個大盤子，裝滿骨頭較少的土雞肉，追著小孩子們，把白斬的雞胸雞腿，一塊一塊的塞到小孩子們的碗裡。口裡還念念有詞的說：「土雞肉最好吃了！常回來，阿公天天殺土雞仔給你們吃。」哪知道這些只知道漢堡最好吃的小孩子，雞肉只認識炸雞，醬料的口味只認識番茄醬，美奶滋和千島醬。阿公挾的雞塊蘸的是黑黑的，叫什麼豆油膏，聽起來、看起來都教小孩子不喜歡。大一點的小孩子，看老人家挾著肉衝著他來的時候，還跑給老人家追。年紀小的，當老人家把肉塞到碗裡時，只好呼叫媽媽來解圍。

「眞戇啊，有土雞仔肉給你們吃，你們竟然不懂得吃？」其實這幾年來，從城裡回來的小孩都是這樣，但是老人家還是感到意外。他手裡端的一大盤土雞肉，沒銷出幾塊。他有點不相信，端著盤子再巡迴。小孩子卻覺得好玩，像是在捉迷藏。

「提摩太，不要跑。還不給阿公說謝謝！」提摩太的媽媽叫住他。小孩子一臉不高興。沒再拒絕的小孩，老人家連聲稱讚：「這樣才對。眞乖眞乖。這樣阿公才高興。」

「他要叫你阿祖，不是叫阿公。」孩子的父親說。

「我怎麼會記得起來。叫我阿公阿祖都沒有關係，有叫就好。來，不要跑。」但是大一點的小孩，還是躲著老人家跑。

「吉米！海倫！不要再跑了。」小孩子的媽媽用小孩子在英文補習班的洋名字叫住他們。

其實剛剛有人叫提摩太也是洋名字，因爲音節長了一點，老人家學不來，兩個音節的倒好叫。「那一隻是煮麵？那一隻是黑輪？來。嘿嘿嘿。」當老人家叫小孩子的洋名字像在說閩南話時，大家都笑了，連老人家也笑。接著吉米和海倫的碗裡被擱上雞肉，小孩子們又一起笑了起來。

「你們這些大人，小孩是怎麼教的？不愛吃土雞仔肉？想想你們以前，多麼期盼年節拜拜，能分到一塊雞肉。你們都忘了？」老人家指著大兒子說：「阿水大概是七歲吧，有一次神明生拜拜請客，他站在飯桌邊看人家吃飯。當他看到一位客人多挾了幾次雞肉，他就哭叫起來說，『那個人吃了三塊雞肉還要挾，我不管，雞肉給人家吃了了啦——』害那位客人怪不好意思。」

「後來怎麼樣？」有人問。

「後來怎麼樣？拖去後尾門仔修理啊，怎麼樣。」老人家說著還望著五十幾歲的阿水笑。已經當了外公的阿水，被說得臉紅說：「我都記不得了。」其他大人都笑起來。小孩子並不覺得好笑，還以爲自己沒聽清楚，急著抓住自己的父母親，想問個明白。有的大人雖然耐心的重述一遍伯公的故事，小孩子還是不覺得好笑，更不能體會那時代的辛酸。

外頭風箏的鳴叫聲，好像又叫得更熱鬧；小孩子端著碗跑到曬穀場抬頭一看，每一個都興奮的叫。但是都叫不出名字。吳老先生告訴他們說：那是蜈蚣風箏。還告訴他們其他的。指著天空說：那是雙印仔，旁邊的叫八角仔，那個更大的叫七十二角風箏。老人家雖然一一指出風箏的名字，小孩子還是不懂，好像老人家給他們的答案，對小孩子永遠是問題。小孩子纏著一直問，老人家覺得小孩子這樣需要他，他也樂得很耐煩。

「阿爸——！」阿水踏出正廳的門檻叫了幾聲，老先生還是沒聽見。屋子裡面的幾個大人，還阻止阿水叫他，把電話掛了不接就算了。阿水也有這個意思。但是當他決定不叫的時候，最後那一聲卻讓他聽見了。

吳新義回頭往屋子裡看。阿水的語氣和大廳裡面所有的大人都朝他的臉看，竟然都失去了方才的愉悅，而直覺得有異。「什麼事？」連他的聲音也緊張起來。他急急忙忙的走進屋子，大家的視線都沒離開他。

吳老先生的大媳婦阿雀把拿著的電話筒的發話一端用手摀著。

「電話啦。」顯然對電話的另一端不滿。

「誰的電話？」老先生還沒弄清楚。

「那一邊的。」

「到底是誰？什麼這邊那邊的。」

「花天房的大兒子啦。」

「他打電話給我做什麼？」他走近電話。

「我也不知道，他說有急事。」

阿水有點生氣的說：「說不在，不接他。」其他人也表示不接好。

「說不在是說不過去的。他們也知道今天我們都回來，老人家一定在家。」有人說。

「幾百年不連絡了，怎麼突然間打電話來？」吳老先生臉色一變，變得驚慌的說：「會不會我母親出了事？」他伸手要接電話。

阿雀沒有把電話馬上給他。阿雀說：

「不會了，你母親也是他們的母親，聽他的口氣不是這樣的事。」說完就把電話遞給吳老先生。外頭的小孩子都跑進來要老人家跟他們一起看風箏。但是大人和滿屋子緊張的氣氛，把小孩子的興致都壓下來了。幾個小一點的，大人警告他們說：「不要吵！安靜。不安靜等一下爺爺就不帶你們去放風箏。」這麼一說，一時也聽不到小孩子的聲音了。在廚房那兩桌的人也都到廳頭，全神注意聽吳新義講電話。

「我新義。什麼事？」他看到所有的人的目光都集注在他身上，他把臉轉向牆壁。「你講你是KUNIO、KUNI是嗎？」他叫對方他們平時叫同母異父大弟的日本名字：國雄。老先生又把臉轉過來講話，想讓大家知道他和誰講話。其實大家都知道是花天房那邊的人，所以才顯得很不愉快；本來都想建議老爸不接這個電話的，連年紀大的孫子們也有意見。因爲吳新義的過去，子女他們都親眼看過，他們未出生的過去，和孫子們一樣，聽吳老先生和老太太，或是鄰居和親戚朋友，說過不下百遍了。「一定沒什麼好事！」大廳裡面的大人議論著，把嘀嘀咕咕的聲音放低，很自然的怕對方聽到的一種反應。

「……母親想找我？」老先生的聲音突然吊得很高，並且帶點顫抖：「要來跟我住？」

在旁的人一聽老人家的母親要回來住，議論的聲音就騷嚷起來，已經不顧慮對方聽見，甚至於有的人就是故意放聲要對方聽清楚。

「那怎麼行！老爸是被花天房硬趕出來的哪！」做爲子女的阿水恨恨不平的說。年輕時家裡的情形他都看過來了。

「阿爸——！阿爸——！」有一天早上，讀高一的阿水到車站搭火車通學。他從台北來的下車旅客中，看到比人高出將近一個頭的花天房時，他倒轉過頭匆匆忙忙的先跑回家，未進門就叫嚷著。大人在屋裡聽到小孩子這般驚叫，自己心裡也著了慌，慌得有點莫名的生氣的叫罵出來。

「無啊，你是狗幹到了是不是？叫那麼大聲！」

「阿爸，花天房又來了，你緊走！」經阿水這麼一說，家裡一團忙亂，在餐桌上吃稀飯，準備上學去的一桌小孩，也沒心吃飯，幾個小的被勾起過去的經驗嚇哭了。

「緊走！跑到外頭去。快，不要找皮帶，褲子先用手掌一下。」吳太太說。

「不行，出去會被看到。我上樓栱躲到柴堆後面。」他一邊說，一邊把斜靠在牆壁上的梯子翻過來，梯子的頂端就跨在樓栱口。他急著爬上去，然後他一邊很費勁的把梯子拉上去，底下太太幫忙往上推。梯子才收上去，外頭逆著光，一個高大的黑影已經踏進門了。

「彼箍死人義仔在那裡！給老子爬出來！」花天房目中無人，如入無人之境。

新義的妻子金魚，帶一群孩子擋在門內，輕聲哀求著說：「義仔透早就出去了，拜託你不要再打他了，他不堪再打了。……」

「無你們查某人的事！」他一邊說，一邊擠開新義一家大小，往裡面走；走到房間，探頭看床下。廚房、便所都去找。金魚乘機會悄悄叫阿水去找日治時代當過保正的邱堡先生。「你學校也來不及了，找到他你就去上學。」

花天房到裡頭找不到新義，他坐在大廳蹺起二郎腿說：「我才不相信碰不到他。」

金魚沖一杯熱茶，低聲細氣的請天房用茶，並說：「請你用茶慢慢等他。但是你們見了面，請你不要動不動就打他好不好，拜託你好心，不要打義仔啦。再說，他也是七個小孩的父親啊。不要像過去那樣打他。」她說完，淚也隨著掉下來。

「我喜歡啦，怎樣！」

「請用茶，……」

「請用茶，請用茶，怎麼？你是不是茶裡下了毒，怕我不喝茶？」

「你！……」金魚把話吞了進去。

「怎樣？」天房還咄咄逼人。

「你這款人，」金魚說，伸手要端走茶杯，天房很快的出手抓住她的手，這麼一來熱茶先燙到金魚，金魚自然的反應猛一抽手，整杯的茶就打翻在天房的褲襠。天房像練就一身輕功彈了起來，等他回到地面，一個大巴掌打在金魚的左頰上，她叫了一聲顚到一邊倒了下來。

新義在樓栱上，本來連放個屁都要分成幾十段的，聽到金魚尖叫又挨打的聲音時，他叫起來了。「要打打我，不要動我的查某人。」說著在樓栱的梯口探頭往下看，心裡也急著想下來看金魚。天房來到梯口底下，雙手扠腰仰頭破口大罵：「沒羼包沒種的東西，說你那七個小孩是你生的，鬼才相信。有種就下來！」

「你愛打就讓你打啊。」

金魚聽到新義在搬動梯子準備下來的聲音，趕緊爬上來，衝到梯口底下，哭著說：「義仔——，你可不能下來啊，你後父這款人是無血無目屎。讓他罵又不會痛，要是你下來的話，一定會被打死的……」

「這款人打死算了，留在世間現世做什麼！你給老子下來！」

「義仔，你就聽我的嘴，不能下來。」小孩子也都擁到母親身邊哭在一起。

「還沒打死就哭。要做孝嘛等我將他打死再做還不慢。落來落來，某子都在爲你做孝哭喪了。就下來讓我打死你吧！」

「金魚仔——，你有要緊嗎？」新義在樓栱上面很不安，也急著想下來，另一邊又怕死了後父的拳腳。金魚說沒事，但左臉頰正覺得燒燙燙的。「那你肚子裡的小孩有要緊嗎？」新義又問。天房拳腳不饒人，連嘴巴也惡毒地：「你家金魚肚子裡的小孩，不用你煩惱！落來！」金魚雖然勸新義挨罵不痛，不能下來讓他打。但是當她聽了天房這般侮辱，心裡倒是想寧願挨嘴巴，也不願再聽這種夭壽話。「義仔，我沒關係，你千萬不能下來啊。」連幾個較大一點的孩子，也都哭著叫父親不要下來。這對新義來說，十分安慰。他知道他這樣躲著，並沒有讓孩子們覺得他懦弱。

一高一下，新義不下來，天房一時也拿他沒辦法。他走到大廳想找個什麼的，這時，四五家鄰居的大人，十多個都走進來，用人群把天房隔在靠門口的一邊。這樣的情勢，讓天房勒色了不少。但是他還說：「一家人，一家事，我花天房和吳新義的事，跟大家沒關係，請你們都出去。」

「什麼沒關係？」這天碰到禁屠，滿臉橫肉的刣豬炎仔才有空過來，路見不平開口說話：「好厝邊，好過親兄弟，你懂不懂？你這樣做人甚過過分，做人家的後父，孩子不是你生的，打起來不知痛。十多年前，義仔搬到這裡來，我刣豬炎仔就看你打人。今天我刣豬炎仔沒出來講幾句話，我看我也不是人啦！」原來很緊張的氣氛，經刣豬炎仔這麼一說，大家都笑起來了。正義一邊的力量也加大了。「笑，我是說眞的。我今天就是被打死，也要說話。」他說話時，還得意的回頭看看臨時變成的自己的兵馬。

刣豬炎仔嫂雖然沒殺豬，夫妻兩人二十多年來感情很好，所以他們不但長有一對夫妻臉，連身材也伯仲，聲音也沙啞。丈夫的話才說完她馬上搭上來說：

「花先生，」不知是故意或是無心，她把姓氏的「花」字，講成花朵的「花」字，那是有相關的意思了。難怪大家又笑起來，並覺得刣豬炎仔嫂，比丈夫還兇悍。她意識到之後，撿聲勢之便，話也說得堅硬。「你剛才說要我們出去是嗎？你有沒有搞清楚。我們現在站的地方是吳新義的家，要趕我們你沒資格。新義買這間房子，他的會我們都有份哪。我們的會還在轉，說難聽一點，會還沒停的話這間房子還是我們的。你知道不知道？」

也不知道什麼時候，連花天房也沒覺得他有些許的移動，他只是雙手交叉抱胸，擺個仰頭傲然不理的姿勢站在那裡。怎麼一到炎嫂的話一講完，他的人已經貼近門檻了。

這時阿水找來的邱堡也來了。他和花天房在日治時代，是小學高等科的同學。他一見到天房，開口就用日語說：

「天房，你喝了酒嗎？」

「沒有。」邱堡的出現，天房的銳氣沒了。

「沒有的話，不要做這種丟人的事。」

花天房緊緊抱胸的雙手放下來了。邱堡一擠進門，天房像是碗邊的水，一滿就溢到門外去了。「怎麼樣？有時間的話，到我家去坐坐。」邱堡也跨過門檻邀他。

花天房禮也不回，逕自往車站的方向走。房子裡面的人紛紛走出走廊，指指點點故意說些話讓天房聽到。但他一次都沒回頭。

在大廳的人，一邊聽著吳老先生講話，每個人隨著電話中提到的，一些能引起他們經驗的或聽來的記憶，及時成爲自己想說出來的話，而變得有點搶話說的混亂。有些嗓門大的，輩份大的，敘說能力強的，都能搶到片段的時間讓他說話。但是因爲人多，幾個能搶到話說的人，不一會就成爲三四簇人的中心人物了。

「如果眞的我母親想來依我，我接伊來是天經地義的事。但是，伊已經九十三了，如果是因爲伊健康有很大的問題，你們想將伊糊給我……」老先生的口氣緩和多了。「不是，KUNI，你聽我講。你們五個兄弟也都伊生的，伊飼你們長大，一直連你們的孩子，也是伊照顧。伊照顧你們兩代人啊。當時，」他話又被對方打斷，他急著要把話搶回來說：「KUNI，不是啊。你先聽我講完。當時，我思思念念就是要去看伊。任我怎麼求都不答應。還說父親在不方便。你聽我說完嘛。父親死了，我要去給母親做八十大壽，你們五個兄弟也不肯。什麼？誤會？誤會只有一次，怎麼我每次要求見我的母親你們都反對？更不該的是，伊要找我，你們也不肯。……」

老人家的語氣從抗議，到後來變成投訴。看他的眼眶也紅起來，話也塞喉了。

「就是說嘛。」大廳的晚輩越談越聽越氣憤。議論的分簇，被義憤拌成一體。「他們眞不知見笑。那一次還說，世間若是沒人，他們也不會來找我們。」

那一天是農曆十二月十三日，天氣很冷，雨又大。整個板橋的街仔，就像各種菇類菌傘的大花園。到處都是雨傘。吳新義和幾個撥空的孩子，帶媳婦和幾個小孩子，還有一對一兩六的金手環，壽桃、豬腳麵線和紅蛋，來給吳新義的母親吳黃鳳，做八十大壽。他想當然，爲母親祝壽哪有行不通的；本來想組一個四代的代表團來，但是幾個曾孫都在外地和國外。沒想到，他們從宜蘭到了板橋，淋了一身雨，膝蓋以下都溼透了，到花家竟然吃了閉門羹。

「KUNI。」六十四歲的新義敲著門，懇求說：「我們大大小小已經在這裡站了一個多小時了，你就讓我們見伊一面，把生日禮物送給伊就好。你不願跟我談，就叫TAKA或是SHIGA，隨便誰都好。……」

裡面不理不睬，原先從磨砂玻璃窗望去，還可以看到有人在看電視。現在電視也關了，廳頭的燈也熄了。

「阿爸，我們有骨氣一點，人家不歡迎，我們就回家吧。」阿水忍著氣勸新義。

「是啊，我們回宜蘭去。」

「你們說什麼?!」新義生氣地說：「我的母親八十歲的生日，我爲什麼要跟他們賭骨氣不見我的母親哪?伊是我親生的母親呀!是我親生的母——親——啊——。」他沒放聲，他傷心的哭了起來了。子女媳婦，眼眶紅的紅，鼻酸的鼻酸，連手抱的小孫子也被這心酸的氣氛感染得放聲哭了。

「你們哪一個想回去的，就先走好了。我不怪你們。就留我一個好了。」

晚輩的沒一個人敢先離開；倒不是新義教子嚴，是他們夫妻倆教子有一套。他們的身教是有名聲的。老父親思念母親之情，是晚輩他們從小就耳聞祖母是怎麼養育父親，也目染父親爲了祖母在花家不受欺辱，做了多少的忍讓和犧牲的。

「阿爸，你怎麼這麼說?你明明知道我們不會這樣做。」阿水說：「天快暗了，回羅東的班車只剩下兩班，……」

新義一聽，心急的跪在花家門前、猛敲打門板：「我不管!你們花家如果不讓我見我的老母親一面，我要在這裡跪到死。」

阿水他們想把新義扶起來。他不肯起來。花家過去，在當地因爲有一點財富也算有點頭臉，所以國雄爲了面子，開了門出來，目的是要向紛紛圍觀過來的人解釋。他對新義說：

「起來起來，我們受不起。雖然你我同母不同父也算是我的大哥。起來起來。」新義有點高興，以爲對方答應了，並且還承認他叫大哥。哪知道國雄話還沒講完。新義伸手想握住這位算是大弟的手，他把手移開，又把話接上去。「你免來這套，提籃假燒金。你知道黃鳳我的老母親外家那一頭，因爲丁絕，有一筆一甲多的土地在茅仔寮，由伊來承受，你就要來替伊做生日，……」

「你到底是在講什麼?……」新義一時反應不過來，不過覺得全身的血液都湧到頭上來。

「我講什麼?我講你鯽魚仔釣大魷啦!講什麼?」

阿水和阿雀扶著右手貼放在左胸垂下頭來的父親說：「阿爸，我們回去。」新義一句話都沒說，隨晚輩扶他到哪裡，就到哪裡去。外面的雨一直沒停。他們才冒雨跨出去，花家的大兒子拋了一句話：「不要再來葛葛纏啦!」接著「砰!」一聲關門聲，重重的擊醒了吳新義。他一邊過街，一邊淋著雨喃喃不絕地說：「我心肝眞艱苦。我心肝……」

跟大人聚在廳頭聽吳老先生講電話的小孩，一時叫他們能夠安靜的氣氛，已經失去效果了。他們一個一個開始浮躁起來，大人再說什麼也不聽了。有四五個年紀大的孫子輩的人，大人叫他們帶所有的小孩，在屋簷下有陰影的地方，就可以看到在曬穀場上的天空飄揚的風箏。有人說要到河邊去看。好幾個大人都反對了。

這時候的風箏，數量和種類都比先前多了很之多。並且大會的擴大器，一一介紹風箏的名稱和創作者的聲音，就在吳家的竹圍內，即可聽得很清楚。

「各位觀眾、各位觀眾，大家請特別注意，難得一見的一隻大風箏就要升空了。請大家拍手鼓勵鼓勵——。」靠近拿麥克風的女主持人身邊，許多鼓掌的掌聲，透過擴大器，像被拋入天空中的長串爆竹，劈噼啪啦密密地響起。吳家的小孫子們，隔著竹圍也響應外頭，高興的拍手。

「哇！」那個拿麥克風女聲，驚奇而高亢的叫起來：「飛起來了！飛起來了！好大！好奇妙的一隻風箏啊！」這一次她沒教人鼓掌，但是這次的鼓掌聲，比剛才的更熱烈，像是一鍋熱到冒燒的油鍋，滑入一條魚進去炸那樣，那連成一氣的砂聲，被放大在天空炸響。但是吳家的孩子們，還沒看到那一隻令主持人驚叫奇妙並且叫飛起來的風箏，所以下不了手鼓掌。每個人都伸著脖子，想伸過竹圍似的期待著。隨著竹圍外的掌聲，一隻風箏的頭，在竹尾上浮浮沈沈，讓這邊的小孩子看不清是什麼而焦急著。這時來了一陣風，風箏一躍就躍離竹圍的綠色波濤升上天來了。外頭的掌聲才落，裡面的掌聲又起。「是一隻大鳥！」「是一隻孔雀！」吳家的小孩子們正猜著。

「各位觀眾，你們現在看到的風箏，是難得一見的鳳凰，鳳鳥。一般的風箏，只要做得兩邊對稱，大概就可以飛了上天。但是這一隻鳳鳥做出跳躍起來，正展翅，縮腳，拖尾帆的姿勢，兩邊不對稱，所以要做到能這樣穩穩的飛上天，這是很不容易的事。」

乘著風箏吃風，放風箏的選手放線。這時看到風箏往後退，退到快墜下來，煞住線盤，往後一拉，風箏就往高空爬上去。

「大家注意！這隻鳳鳥的風箏，是最後放的，但是它飛得最高。現在我來給各位介紹這位國寶級的風箏師傅。他的大名叫做游祥瑞，今年七十四歲，淡水人。……」聽起來就知道主持人在唸稿。這一隻鳳凰，花了一個月的時間才完成，因爲太專心操勞，現在，據說害病在家未能來現場親自操作。」主持人又感性的說：「嗯！聽起來好感動，眞希望游老先生早日康復！」操作鳳凰的選手，大概又放一段線吧，鳳凰又升高變小。主持人興奮的叫起來。「游先生的鳳凰風箏又升天了。」大概她覺得興奮的語句太長了一點，顯得沒力配不上鳳凰的成就，她簡潔的又喊了一次，想振奮在場的觀眾。「看！游老先生的風箏升天啦！大家鼓掌——，游老先生升天啦——！」主持人自己用手拍打著拿麥克風的手，空中同時播散著拍棉被噗噗的聲響，和就近的掌聲。接著，有一個男人略帶焦急又覺得好笑的聲音，從遠處接近麥克風叫：「陳小姐、陳小姐。把麥克風關一下。」

「爲什麼？」

「把麥克風關一下。」這聲音已經在主持人的身邊。並且這位男士以爲主持人關了開關。他說：「你說做風箏師傅游老先生做鳳凰風箏做出病來，你剛才又說游老先生升天啦！這怎麼可以？」

「啊！」主持人叫了一聲啊，像是搗著嘴，這情形都由擴大器播了出來。

吳家的大孫子聽了，都笑起來了。小孫子們卻不知他們笑什麼。有一個大孫笑著往大廳闖，也不管裡面的緊張氣氛。他一踏進門還在笑，且一邊說：「眞好笑……」。他的父親望他眼睛一瞪：

「人家在講電話，不要吵。」

「人家要告訴你們一件很好笑的事……」

「等一下再說。」父親抬起下巴，往外一指，小孩乖乖退出去了。

吳老先生的語氣越來越軟化了，如果還有一些堅持，那是因爲身邊大大小小，都有形無形的表示不要聽對方的話，跟他們再往來。

「現在不是我的問題而已。我的孩子、孫子，他們都大人了。我做的事，不能讓他們被人笑。不是。你聽我說。我這麼說你還懂不懂？……。聽懂最好。」

「KUNI？」阿水問。吳老先生點頭。「你跟他說，教他有志氣一點。過去他年輕時候，你是怎麼照顧他們，他們長大了，又對你怎麼樣？」阿水的話，對方都聽到了。

「是啊，是阿水。」老先生說：「你不能怪他們啊。你花家對我的事，他們都看到，甚至於他們也是被欺負在內……。什麼過去，我沒有耶穌那麼偉大，也沒有媽祖婆那麼慈悲。我是人。什麼？……是啊，你也是人，你是眞非類的人。」

「不要跟他說那麼多了。」晚輩的覺得老人家，已經掉進對方的圈套；對方就怕我們不跟他談，只要能談，什麼都在忍受。「他們那五個兄弟，沒有一個像樣的。尤其是這箍大的KUNI，說是去日本讀大學，什麼早稻田，在那裡花天酒地。他們的花天房也被騙得團團轉。」阿水越說越氣。

「姓花的，你不教他花天酒地，不然你能教他什麼？」老三的阿文終於開口說笑話了。

花國雄騙花天房說他在日本留學的第三年，有一個晚上，從來都沒吵過架的新義夫妻倆，金魚哭了一個晚上，新義也沒有辦法睡覺，在房間裡面，壓著聲音嘀嘀咕咕。

「……再怎麼壞也是我的弟弟，是同一個母親生的啊。」就爲了花國雄又從日本東京打給他的一份求救電報，新義一時籌不到錢，一邊又要替國雄保密不讓花天房知道，他懇求金魚，把嫁妝和新義差不多每年都會送她的一些金戒指、項鍊、手環和耳環等等，讓他拿去變賣，準備去日本替國雄解決，他還不清楚的事。「你就算是借給我好了，我一定會慢慢還你，還加利息。」

「你說什麼話？好像我跟你計較什麼。我是心裡想，目前兩個小的我們還不知道，前面這三個大的，特別是國雄，那是無底的深坑，再多的錢丟進去也填不滿的。你這樣做值得嗎？」

「值不值得？我是沒去想。我只想弟弟有難，我做大哥的就應盡力……」

「你哪一次不盡力？就因為你每次替他盡力，他才好款起來。花天房你也這麼說，經過母親的就是父。你做中人代書，賺多少他就拿多少。你買地、買房子都過在花天房的名分上。他把土地一塊一塊的賣掉，房子也一樣。……」外頭的公雞叫了，講到這些話，金魚才沒哭，語氣也帶一點咬牙的勁。但新義聽起來就像要窒息，整個人就被綑綁得緊緊似的。他受不了。無法面對事實。

「你不要再說好嗎？」新義有一點點惱怒。

金魚一聲不響，慢慢的下了床掀開床櫃，不一下抱一隻小木箱，輕輕的放在新義的前面。

「全都在這裡面。不過你拿去之前，讓我把話說完，……」

「你這什麼意思？金魚。」新義緊張的握住妻子的雙手問，並在昏暗中湊近臉看著金魚。

金魚輕輕的笑起來說：「你不要亂想。你以為我要去死嗎？不會的，我不是那麼沒責任的人，我還要看我們孩子怎麼長大哪。」

新義一時變得像小孩子一樣，在母親的面前低下頭掉起淚來。金魚從新義的手中抽出雙手，反過來把丈夫的雙手合在一起握著。她輕輕的將額頭壓在他的頭蓋骨說：「我能嫁給你這款的人，是我前生世修來的福氣。世間要找到像你這款人，可以說少之又少。但是好人做到底也是要有一個程度。你也知道，你後父花天房在樹林那裡，也養了一窩七八個頭嘴；那裡，這裡，還有我們自己都是靠你這個吳新義。說你是三頭六臂，但是現在開始你漸漸堪不起。蠶仔小的時候，幾片桑葉就可以養牠三四十仙，等牠長大要織繭之前，你摘桑葉仙摘也來不及讓牠吃。同款，你義仔一個人這樣下去，骨頭也會被嚼了。天房打你，你就給錢。……」

新義越聽心越酸，不只淚水，鼻涕也淌下來。「我是希望他拿了錢，就不要打母親。」

「這我都知道，特別是你的事，都會遷怒到老母的身上。」

「我們的母親眞可憐啊！」說著泣成聲來。

「好了好了，不要讓小孩子聽見。天打灰了，你整晚沒睡，躺下去睡一兩小時。我要起來煮稀飯，小孩子要上學了。」

新義倒不是聽金魚的話，他躺下去用被蒙著頭，在被裡哭起來。金魚拍拍被把一口氣嘆得長長的，長到幾將氣絕。

在外頭看風箏的小孩子的笑聲，興奮的鼓掌喧鬧聲，像一股浪沖進大廳。

「爸爸——媽媽——快來看無敵鐵金剛！」「快來看無敵鐵金剛啦！」

有一位沒聽清楚的媽媽，怕小孩繼續吵到裡面，她跨出門檻，本來想告訴他們，說大廳現在有事情不能看電視。隨小孩子的視線稍仰頭，她也看到無敵鐵金剛的風箏，左右搖搖擺擺的想努力爬升。

「各位觀眾……這個風箏不用我說小朋友也知道。」女主持人說：「對！就是無敵鐵金剛。」從擴大器也聽出靠近麥克風的大小觀眾興奮的喊出答案。

但是這一隻無敵鐵金剛，不但看來笨重，實際上飛起來也相當吃力。從吳家的曬穀場望出去，它只能在竹圍前一排竹子枝葉擺動的末梢地方，搖擺等待一陣強風來推它一把。不一會風是來了，無敵鐵金剛是飛高了一點，但是它一左一右搖擺的距離拉得很大。先前的那一隻鳳鳥風箏高高地君臨在其他風箏之上，它定定的停在天上不動，好像整個世界就以它爲中心。

「各位觀眾：這一隻無敵鐵金剛的風箏，儘管小朋友替它加油，它還是很難飛上去。它實在太重了。根據無敵鐵金剛的創作者方傑先生說，他絕不會讓小朋友失望，他調整一下等一下就可以飛上天的。」主持人才說完，大家就看到無敵鐵金剛收線，它在空中成癱瘓狀地搖墜下來。

吳家的小孫子看到無敵鐵金剛沒飛成功，突然想到媽媽就跑進屋裡來。有一個跑進來，同樣年紀大小的也都跟著跑進來。大廳裡面的氣氛比剛才更凝重。

講電話的阿公或阿祖怎麼在難過呢？小孩子自然小聲的問大人。大人暗示他們不要講話。

「二三十年都有了，都沒聽伊要找我，這怎麼會？」吳老先生半信半疑的問：「好啊我電話不掛，你去請伊來聽電話。」老先生還是把聽筒貼在耳朵，他顯得有點緊張和激動的面對大廳裡的晚輩說。「我母親要來講電話。三十多年了，自從我被趕出花家，花天房就不讓我見伊，也禁止伊見我。我們連電話也沒通過。伊好像答應天房不跟我聯絡。有一次他們還沒搬到板橋，伊曾經透過一個賣菜的查某人，來跟我偷講，說爲了我好伊才不得已不跟我們聯絡。要不然……」吳老先生以爲那一端有人來接電話了，他激動的，「喂！我義仔啦。喂！喂！」原來是他緊張。還沒有人來接。

「慢慢講，不要激動。」在場的年輕人說。

「我，我們三四十年沒講過話哪。」老先生的淚眼底下，綻開一朵微笑。「怎麼那麼久沒來接電話？」

「你太過緊張了。你老母親九十多歲了，從伊的房間走到客廳，也要一段時間啊。」

「九十三了，聽說還很健康，聽力差一點，講話要大聲才聽得到。現在唯一的毛病就是近四十五年來的事，全都忘了，人呢，只記得我。還叫我小時候的名字戇義仔，伊向他們說伊要找戇義仔。」好像對方的電話有了動靜，叫老先生把聽筒牢牢地抓緊，提高聲音說：

「喂！姨啊——我戇義仔啦。」他整個神情又變回來。「你不是說他叫老母來聽電話嗎？」大廳的人知道老人家叫錯人，大家都笑起來。

「KUNI！你不可騙我。你大概忘記那一次在日本你在我的面前怎麼說？」

那一次金魚拿出她所有的金飾，讓新義去日本解決國雄的問題。當新義見了國雄，才知道問題比想像的嚴重得多。國雄不但沒上大學，還在一家小酒館捧一位叫節子的小酒女。小酒女還懷了孕。

「國雄，三年來家裡寄來的錢，除了你說學費、生活費等等，你還多要的，我都偷偷寄給你。

你就是這樣花掉？」

「大哥，你千萬不要讓父親知道。我們再花一點錢我可以弄到一張文憑，回到台灣我就可以賺錢了。」

「節子的問題怎麼辦？」

「這一件事有兩個極端；要她打胎和解，需要一筆錢。不過她家是窮鄉青森縣的鄉下人，好講話，可以少花一點錢。另外，我打算娶她回台灣。娶一個日本人也和文憑一樣，人家會尊敬我們的。」國雄還得意的笑著。

「你這個人眞無恥！」

「大哥我知道我錯了。你就幫我這次，一次。我永遠永遠記住你的恩情。你知道嗎？我總覺得你更像一位父親。」

「不要亂說話！」

吳新義回到家一算，國雄在那裡欠的債，和需要解決的費用，算算竟然把金魚的金飾全部賣了，還得賣掉一間房子。但是不動產的名分又是花天房的。爲了這一件事，新義先斬後奏，賣掉宜蘭北門的一間房子，才讓國雄在日本多混一年，表示大學四年畢業。節子墮了胎，又把她娶回來。當花天房查到這一筆房子的帳，新義擔起來，編一套謊言說做了新投資失敗了。也因爲如此，新義過去賺的錢和不動產，花天房照數吞了，人家沒吭氣不大緊，還動不動就打新義要這一間房子的錢；想要錢就來打人，搬到板橋也不忘坐火車來宜蘭打人。零零星星也給了好幾年，加起來也超過那房子的錢，他還是有藉口打人要錢。

「阿爸，好了。不要再跟他講了。」阿水看父親被電話纏住，心裡十分不舒服。老先生並沒理他。

「人家說愚忠愚孝就是這種人。」大孫已經在當老師的明德說。

「他啊，一聽到母親，什麼事都行，死也沒關係。」

「我們體會不到的，老人家對母親的那一份感情。他們是從餓死的邊緣度過來的哪！」阿水最能體會父親的心情。

外頭看風箏的小孩又叫嚷起來。

「無敵鐵金剛、無敵鐵金剛，……」

無敵鐵金剛的風箏，這一次是較爲順利的飛上來了，但是樣子有了改變；那就是頭和兩邊的肩膀上面，總共多了三個大紅氣球飄浮著。

大會的廣播又說話了。「各位觀眾，無敵鐵金剛的風箏又上來了。這是方傑先生原來的設計。但是加了外加的氣球，是違反比賽規則的。所以這次他算是參加，沒有資格比賽。這完全是爲了小朋友想看無敵鐵金剛，不教他們失望，大會才通融的。我們還是謝謝大會，也謝謝方傑先生。」

鼓掌的聲音零落。無敵鐵金剛升是升上去了，還是搖擺不穩，左右距離拉得很大；就在這搖擺之間，肩膀上的氣球爆了一只，無敵鐵金剛在天上，馬上往右邊偏斜過去，去和鳳鳥風箏絞線。

「請把無敵鐵金剛拉開。」播音裡說。

這時，頭上的氣球又破了，只剩下左邊肩上的氣球，所以變得更不平衡而打起轉來，這麼一來鳳鳥風箏的線，完全被纏住了。最後近鄰的兩三隻風箏也遭了殃，一起被無敵鐵金剛給捲在一塊掉落下來了。

「啊！糟了！」擴大器裡叫著：「唉！都掉入河裡了。」

小孩子把它當著一件大事，跑進來來叫：「無敵鐵金剛和鳳鳥的風箏，還有別的風箏絞線，都掉進水裡面了。」

「噓——！」坐在門口大人攬住了他。

「我要媽媽。」小孩子想推開攬住他的手。他一邊用力，一邊稍微小聲說。但這已經讓全廳的人，很不愉快的回過臉看他。小孩子嚇了一跳，反而更想擠進去找媽媽。

「吉米！」媽媽壓低聲音警告他，也是沒有好臉色讓他看。

「媽媽，」小孩子更慌張。沒有辦法把剛剛進門說的話、說得完整。「無敵鐵金剛和風箏都掉下來了。在水裡。」小孩經過坐在椅子的幾個大人的關卡，最後鑽進桌子底下，才爬到媽媽那裡。媽媽要他不說話，吉米還是伸手要媽媽低下頭把住媽媽脖子，貼近媽媽的耳朵，又把話說了一遍。這樣他才靜下來。

吳老先生的手在顫抖，有人搬椅子讓他坐下來。「慢慢講。」

「我想這次是眞的啦。」他坐下來說：「我們三四十年沒講過話了。」

因爲他的話一再重複，大家忍著笑，還是有人忍不住。

「眞的，我，我們三四十年沒講過話了。」

這次大家帶著感動笑了。

「你們安靜！」老先生聽到對方擱下來的電話，傳過來KUNI和他人的聲音，叫那邊的老人家慢慢來。那聲音已經很近。吳新義坐不住。「來了，他們牽著伊來了，還叫伊慢慢。」他像是在做實況轉播。「噢！不要講話。喂！喂！我戇義仔啦！」他激動的，但一下子又緩下來。

「KUNI，你不是把伊帶來了嗎？我聽到了。……好好，好好，你拿給伊聽。」老人家又激動了。

「坐下來，慢慢講。」

吳新義才坐下來，一下子就站起來，大腿把圓板凳往後一頂，板凳倒下來了。「喂！姨啊，你姨啊是嗎？喂喂，你姨啊是嗎？我戇義仔啦。……」老人家的眼睛又蓄了兩顆淚水，回頭向大家說，「我聽到伊講話，伊怎麼沒聽到我講話呢？」

「不要急，慢慢講。你就直接叫伊，說你是戇義仔。不要問你是姨啊，……」

「喂！KUNI，現在到底怎麼樣，爲什麼講講就沒了？……是啊，我聽到伊的聲音了。好好。」

老人家又對大廳的聽眾做說明說：「伊現在的事情，現在的東西都忘了。伊不知道可以對著電話通話。KUNI要替她拿電話。好，伊來了。我們三四十年沒連絡了。」

「坐下來講。」

吳老先生沒有辦法坐下來。

「喂！好。」他回KUNI話，準備跟母親說：「姨啊，我戇義仔啦，你還記得嗎？

「是啊，我戇義仔啊，在茅仔寮出世的啊。茅仔寮你還記得嗎？……對對，茅仔寮。……

「對啊，噢！你還記得大水？……是啊，厝都流了了。……是啊，三餐都吃番薯和豬菜。……

……哇，你還記那麼多。……」

吳老先生一邊笑，一邊流著眼淚。

「……你不知道你現在在哪裡？你現在住在板橋KUNI那裡啊？……你不認得他們？……

「我現在在哪裡？我在冬瓜山，……

「……我是誰？我是你的大兒子戇義仔你忘了……是啊，我是戇義仔啊。有一回我哭著不吃番薯，把番薯丟到地上，你打我，我哭你也哭，……記得啊，怎麼會忘。……

「你不知道你現在在哪裡？……好啊好啊，我去帶你回來。……什麼時候？我晚上就到。……會，我知道路，我會去。……

「……不用了，不用了，不用坐渡船了。現在都不一樣了，蘇戇槌那位撐渡伯仔過身了。……

「我跟你說過了啊，我是你的大兒子贛義仔……我在聽，你講。……不會，不會向別人說。……

「我怎麼會不知道我的親生父親？……他叫吳全。……知道啊，瀉肚子死的啊。……

「……被毒死的？……花天房？……

「喂喂！喂喂！」電話突然聽不到老母親的聲音。老先生一直叫喂，電話終於通了。「喂！是KUNI你呀，我母親呢？……頭殼壞了！亂講話？……但是過去的事記得很清楚啊。……這樣好了，你不是要我帶伊來和我住嗎？我等一下就去板橋。這裡有人載我過去，大概未晚就到。……你會在家等我嗎？……好的，好的。有事情隨時連絡。好了好了好了，我知道。」吳老先生擱下電話，激動的說：

「沒想到這一輩子還有機會跟母親見面。我們三四十年沒見過面了。三四十年了，你們說有多長啊。」

「阿爸，你眞的要把阿媽帶回來跟你住嗎？」阿水有些顧慮。

「你們說呢？」吳老先生反過來問大家。看看沒人能回答這問題時，他說：「我知道你們很難做決定。對我來說，這個問題很簡單；我是伊兒子，伊說要回來跟我住，我只有說好。並且你們再想想看，伊現在不知道伊自己是住在誰家，在哪裡？所以找到我，一心想回來。我想麻煩一定有，可是誰叫我是伊的孝子？」

「其實我們也不是反對。如果照顧母親也是子女的責任，他們花家不應該在這個時候才把阿祖送回來給你照顧。說難聽一點，你也欠人照顧。」當老師的明德說。

「沒有問題，走一步算一步。往好處看，我們吳家是大團圓哪。今天重陽節我們拜祖先，吳家的祖先都回來了。你們大大小小也差不多都回來了。我的母親，你們的阿媽也好、阿祖、阿太也好，今天都連絡上了。這不是大團圓？」吳老先生顯得很愉快。「我們吳家的祖公仔，還有我的牽手你們的阿媽有靈，才會在今天把我們湊在一起。」

孫子輩的看法可不一樣，但是看吳老先生能達到他的悲願，也就不再跟他老人家談以後諸種現實問題。

明德志願載祖父去板橋會阿祖。他分析阿祖這種後半生遺忘症，是一種自我強迫性的，也是逃避型的遺忘症。他認爲吳黃鳳帶著與吳全生的孩子吳新義改嫁給花天房，是爲了孩子不要再天天吃番薯過日子，那知道貧困的問題解決，換來兒子到花家之後，變成做牛做馬替人工作還受虐待，做母親的又不能爲兒子改變絲毫的苦楚，她自身也難保。其實，花天房當時只是爲了吳黃鳳的姿色娶她的。

「眞的，伊少年時長得很像穿破衫的仙女。到後來老了，也一樣長得像仙姑。」老先生想起母親的模樣，驕傲的說。

「仙女漂亮，仙姑也漂亮？」有人故意打趣問。大家都笑起來了。

「這是做個比喻，不信伊現在九十三歲了，我相信伊還是很好看的，絕不輸別人。」吳老先生這麼說，腦子裡很快的掠過一束記憶，那是他被花天房趕出家門的那一年春天。花天房在樹林養一位叫烏肉的女人，被母親知道。母親當時只問他有沒有這一回事，就被花天房揪在地上踢打，新義去護母親也被打。因爲護母親，勇氣也大，新義說：

「我母親那一點讓你嫌！講乖，家裡那一件事不是伊做。講漂亮絕不輸別人！」

本來盛怒的天房聽了新義這麼說，竟然笑起來。他說：

「漂亮有什麼用，一塊像棺材板，我又不是豬哥騎椅條……」

黃鳳從地上很快的站起來，跑到後頭去。

「怎麼？不敢聽是嗎？人家烏肉在床上，敢講ㄐ講ㄌㄢ，講垃圾話仔。嘿嘿嘿。」他看愣在那裡的新義說：「你還年輕不懂。像你母親這種查某人，去吃菜做尼姑最適當。」

吳老先生剛才那愉快的神色沒了。

「阿爸，剛才你講電話，跟你母親講的那一段，好像說花天房毒死吳全，到底有沒有這回事？」阿水問。

「這是很嚴重的事，但是你阿媽頭殼有問題了，伊講的話會準嗎？」他沈默了一下。「我想伊頭殼腦筋有問題。」

「不是說伊忘記的是後半世，早前都記得很清楚嗎？」阿雀問。

「是啊。那麼你們現在叫我怎麼樣好呢？」大家沒回答。老先生又說：「怎麼樣才好？花天房早就死了，骨頭也可以拿來打鼓了，我們又能怎麼樣？」

「我們沒有別的意思。是剛才有這樣提起，只是問一問而已。」阿雀做了解釋。

吳老先生也明白晚輩並沒有要他去爲生父追求刑責之類的事。

電話鈴又響了。老先生最近電話。電話只響一聲，他就拿起電話：

「喂！我是……」

他聽對方的話一直點頭和說「是是」、「好好」。大概有一兩分，才輪到他說：「明天，上午比較好。就這樣，好好。」他放下電話向大家說，是KUNI的電話。

「KUNI說母親跟我通了電話後，哭了，說很久很久沒看伊哭過，現在去睡覺了。KUNI現在建議我們，說不要今晚去，太晚老人家睡覺，不方便，叫我們明天上午去接伊。這樣他們也可以做些準備。這樣明德還可以載我嗎？」

「可以啊，週休二日。」

第二天天氣很好，秋高氣爽、蔚藍的天空，才九點，大會的人員都還沒到場，風箏就滿天鳴叫了。昨天掉入河裡的無敵鐵金剛又出現了。今天就顯得輕巧多了；高高穩穩的掛在天空，最引人注目。明德的小孩要爸爸搖下車窗，讓他探頭出去看個清楚。

「啊！那個無敵鐵金剛修改過了，它的無敵劍不見了。」他轉頭尋找：「噫！昨天那一隻很漂亮的鳳鳥不見了！」

「好了好了，把頭縮進來，車子要上公路了。」

「明德，我們大概幾點會到？」老先生問。手裡還一邊在裝紅包。

「十二點就可以到。」

「這就不好意思，人家正在吃飯。」

「不會啦。他們知道我們會去，他們會有準備的。」

正如明德說的，十二點多一點他們到了花家。花家KUNI一改過去，對吳老先生他們很客氣，吳新義一進門就要找母親。

「先喝茶休息一下，我們一起吃飯。」國雄看大哥不放心。「伊在後尾間，剛剛才進去休息，我帶你去看。」

明德和小孩留在客廳，吳老先生隨國雄走到裡面房間，門沒關，一塊舊門簾遮住。國雄小聲說：「你還記得這一塊門簾嗎？」

「記得啊，繡有鴛鴦水鴨一雙，還有這四個字『琴瑟和鳴』。」

「現在是靠這一塊門簾布和裡面的一只舊尿桶，證明這是她的家。每次吵著要回家，我們就指這兩樣東西讓伊認。不過現在不行，伊還是吵著要回去茅仔寮，說那裡有絲瓜棚。伊都忘了。」說著悄悄把門簾撩開一個縫，讓吳老先生看看裡面。老先生正好看到母親坐在梳妝台前梳頭。幾根還沒攏在一起的白髮銀亮四散得像光芒。吳老先生乾脆把門簾撩開，輕輕的叫「姨啊！」叫了三聲都沒回應。

「耳朵很重。」

吳新義走近去，站在吳黃鳳的正背後，他看到母親的背，也看老母親的正面。正如他昨天向家裡的人說，他相信伊一定還很好看。

「姨啊！」

她還是沒聽到，不過她從鏡子裡看吳老先生。她還對他笑。然後一邊轉身一邊說：

「這間旅社窗戶都不關，你看，常常有一個好漂亮的查某囝仔對我笑。」

當她完全轉過身來的時候，老先生馬上跪在她的跟前大聲叫：「姨啊，我戇義仔啦！」他激動的哭起來。但是她馬上把老兒子放在她膝蓋上的手推開。帶著訓示的口氣說：

「做查甫人要有志氣，不能半路認母親。」

「我戇義仔。」

「什麼？」她問。「大聲一點。」

「卡桑。」國雄說：「他就是大哥新義仔，你記得啊。」

「我就是戇義仔你的兒子。」他站起來靠近她的耳邊說。

「我怎麼會不知道我的兒子長什麼樣！我的戇義仔沒你這麼老。」

「我昨日在電話裡跟你說過，你說你要回家。我就是來帶你回家啊。我是戇義仔——。」

「我知道戇義仔要來帶我回家。是他叫你來是嗎？」

「我就是戇義仔要來帶你回去的。」

「不行，不行。我不能隨便跟人走。以前我跟一個叫花天房的走，害我心肝艱苦一世人。我才不要那麼傻了。嘻嘻。」她笑了。

「卡桑。來吃飯。」國雄說。

吳老先生忍著不激動在一旁，但是淚流不停。

「現在的人眞好。我又不認識他們。他們讓我吃，讓我住都不用錢。還對我很客氣。現在的人比過去的好。」她回轉頭往梳妝台看了一眼。「你們看，窗戶外面的查某囝仔又在看我。」她順手在桌面抓起一兩串，花家小孫子們玩的塑膠項鏈說：「他們這一家旅社的人客眞不仔細。看！

這麼貴重的珍珠瑪瑙，亂丟在地上。敢沒人回來找？」

吳老先生想了一下，想試探老母親的記憶。他大聲的說：

「戇義仔說，他小時候吃番薯吃到怕。三餐看番薯就哭。」

「有啊。有什麼辦法。去大伯那裡借過啊，那時候茅仔寮，那一家不吃番薯的。是我們母子命比人差，三餐都吃番薯，吃了好幾年。一枝草一點露，我們也沒被餓死。」

「來！來去吃飯。」國雄想牽她。她不要。

「我還不餓。你們先呷。緊去，緊去。這是查某人房間，查甫人不可以進來太久。緊出去，不要讓人講話。」

難過中的吳老先生也覺得好笑。

「叫不動的，除非伊想要。我們先去吃飯再說。」

「姨啊，我們先去吃飯。」

「緊去緊去。」

國雄帶大哥到餐廳，在通道時新義對國雄說：「KUNI，你把母親照顧得很好。謝謝你辛苦了。」

「應該的，應該的。」

「以前你回來和節子開了一家酒家，後來還聽說酒家收了，開一家撞球店……。」

「不瞞你說，後來撞球也賠了，就改乒乓店。」他們已來到飯桌前站在那裡想把話講完。「後來好在我的第二女兒嫁給馬來西亞的一個華僑，他們做木材生意做得很大。今天我的生活都靠女兒了。坐坐，坐下來吃飯。我去前面叫他們來吃飯。」

吳老先生坐下來說：「明德是我的大孫，阿水仔的。現在做老師。小的是我的曾孫。今天就是帶他們來，要給老母親看看。」

「好，我去叫他們。」

節子從廚房又端出一碗湯來。吳新義不知道節子的閩南語已經說得很好。他用日本的敬語跟節子招呼。

「是啊，好久不見。我變很多了。」節子是用閩南話回答他。兩個人都笑起來了。

「眞辛苦你了。你照顧我母親照顧得很好，一定讓你勞煩多多。」

「不會啦。伊老人家從年輕時就愛乾淨，除了自己的事，家裡伊能做的都會幫忙。只是最近很快的忘了很多事情，我們伊也都認不得了。」

明德和小孩都進來了。吳黃鳳也來到飯廳；她是要到客廳看電視。

「姨啊，來吃飯。」

「我要去前面看電影。你們吃，你們吃。」她一手扶著牆壁繼續往前走。吳新義本來想介紹她的孫子輩讓她高興。但一想到她連自己的兒子都認不得了，就沒介紹。

「你們坐下來吃飯。我到前面替伊打開電視。你們先吃。」國雄說著就隨老母親出去。

「告訴伊說那是電視，伊就不說，說是電影。眞希望我老了不會這樣。」節子說。

「伊都看什麼節目？」

「新聞！」

「新聞？」

「是啊，別的，就是歌仔戲也不看。就是愛看電視新聞。有時看伊不在看，轉了台伊就反應。只要新聞節目，不管是國語、台語都看。」

國雄進來了。他笑著說：「老母親愛看新聞節目。只好轉到第四台的整點新聞讓伊看個夠。」

時間正好是下午一點，整點新聞一開頭就是一件獨家新聞，吳黃鳳看著電視，很注意主播的長相和服裝，至於主播小姐帶著興奮的情緒播報說：

「各位觀眾，時代眞的變了，今天凌晨兩點，在中和的Seven-Eleven遭到一位女性搶劫。店員以爲她是女性好對付，結果對方身手不凡，一下子就把比她高大的店員摞倒地上。結果來不及搶錢就跑了。整個過程都被錄了下來了。警察人員表示，這個兇手不難找到。女孩子學擒拿的不多。」電視將這個乾淨俐落摞倒店員的畫面，重播了三次。吳黃鳳一個視若無睹。她站起來唸唸有詞，自言自語的向裡面說：

「好，你們說會教我的戇義仔來帶我回家，結果騙我，隨便教一個人就要帶我走。我才不傻，我被花天房騙一次，我已經學聰明了。沒人帶我回去，我自己也會回去。我一出去叫手車仔帶我到渡船頭。到了渡船頭，渡公蘇戇槌就會用船帶我到菜瓜棚下，前面那一塊竹圍裡面，就是我們家。」她看裡面沒人理她，因爲電視聲音開得很大，沒人聽見。她又叫：「頭家啊，眞多謝，眞勞力，我要回去了。」說完，她打開門，就往車水馬龍的街上走出去了。

——一九九九年十月・選自聯合文學版《放生》

沙究作品

沙　究

本名胡幸雄，福建晉江人，1941年生。師範大學國文系畢業，任教中學迄今。作品發表於《文學季刊》、《時報副刊》、《聯合文學》、《自立早報》、《當代》、《自由時報》。著有短篇小說集《浮生》、《黃昏過客》。曾獲中國時報文學獎小說推薦獎。

天暗，燒香去囉

老人金能坐在纏籐交椅上，瞇起眼睛徜徉午後市集散去清靜的街道。冬日陡現的暖陽照射下來，鬆厚夾克包裹的那層溫熱使他逐漸萌生睡意，偶傳的汽車引擎聲，由近而遠，終至融入映著淡光的空氣裡。

雖是年關將屆的深冬，遠處小土丘競相伸展的翠綠依舊緊緊覆蓋它所根植的土地。斜對面國民小學圍牆邊緣繁密的聖誕紅葉片迎風微晃，抹藍的天際幾隻灰鴿優游盤旋翱翔。

北面側巷隱約傳出模糊的鑼鼓聲，音量愈來愈響，在金能注視下，前行隊伍終於從巷口冒現，大鼓亭引手熟練敲撞緩行的節奏，四周點綴各色樣塑膠花的運棺車跟隨其後，穿麻戴孝的小男孩在遮陽傘下捧扶靈位，隨飄動的招魂幡慢步前進。出殯的行列並不長，兩三分鐘內便通過主街路口，繼續往郊外走去。

「誰家的媳婦，那麼年輕就過身。」

逐漸遠離的嗩吶聲聽來彷若烏鴉的哀啼。

「棺材裝死的，不是裝老的，這句話有些道理。」

從短暫的心神驚駭中回神過來，金能腦際倏忽滑過一個急閃的念頭，但沒有存留些許可資正視的畫面，只是一種混沌，無以名狀，像寒冬偎依火爐旁那股熱烘烘的舒暖感受。

「金能兄。」

老人側頭仰視佇立身旁，清癯高瘦的訪客。

「今日嘸去淡水？」

「鱙仔魚脯交給第三後生的雜貨店去賣就由淡水坐車回來，年歲大，路邊擺攤仔，曬日吹風總是嘸快活。」

「阿娟喔，再拿把籐椅來。」隔著廊道，金能向屋內呼喊。

「阿娟離家出走囉！」

屋內傳應倖倖高引的回答。金能猛然醒覺，這個自小鍾愛的國中三年級孫女已經兩個夜晚沒有回家，媳婦從清早開始生氣，怨東怨西，彷彿身上糾纏火炮引信，隨時伺機點燃爆炸。平時對孫女阿娟使喚慣了，不覺脫口叫出伊的名號。

他的媳婦拉提一張相同的籐椅踱過來。

「再富叔，請坐。」

婦人勉強擠出笑容，可是很快又繃回原來的模樣。

「眞嘸好款，回來一定將這個死查某鬼仔的腳蹄剁掉！」婦人喃喃自語。

金能悶笑著把歪擺的籐椅拉上。

「大人也沒什麼好樣，所有的代誌放給我查某人擔，自己去逍遙自在。」越說越憤慨，金能的媳婦漲紅臉提高嗓音：

「說要去街尾阿全他家標會仔，眞會講，老早就死會，當作我不知道。」

金能眉頭攢皺，一邊嘶吸齒間雜垢，一邊拉整套腳的白色棉襪，心中默默起疑：「瑞榮什麼時陣開始學會講白賊？」

四十幾年前金能運貨事業頂盛時翻建的這幢坐落金包里主街三角窗的三層樓厝，他給曾經在淡水跟隨阿善師學廚房手藝的么兒瑞榮經營飲食店。或許生性保守不知變巧罷，附近新型海鮮餐廳亮麗的裝潢吸引無數到海水浴場戲水的遊客，瑞榮的飲食店依然維持雜亂無章的老樣，食客稀落，毫無起色。

「阿爸，瑞榮回來，好歹總勸他幾句，我講話他從來聽不入耳。」

金能沒有回應，等媳婦轉身進入飲食店，舒緩憋熬的悶氣，望向身旁的老友再富，直搖頭：「查某人講話大聲，尪永遠鱠出脫。」

兩個老人不約而同端起茶几上金能孫女阿枝剛送來盛裝熱茶的保溫杯，相視而笑。籠罩他們的冬陽，泛映清澈的淡彩往老人浮皺的臉龐跳躍。各自啜茶的緩慢動作裡，兩個老人像似仔細品味靜坐街角的恬澹安逸。水珠沾留他們短促的白鬍間，因爲燙熱，嘴唇漸都透血紅潤。

「今天是個好日子，」再富拿起散落茶几的鹹炒花生，邊剝邊說。

「很久沒翻曆書，不知道日子好到什麼款？」

「下午從淡水坐客運回來，沿路出山陣頭和娶媳婦的熱鬧，最少看五、六件。」

「走不到幾步路筋骨就酸軟，所以我愈來愈不愛跑動，街頭巷尾的喜事凶事，沒人提起，攏不掛心。」

金能喉嚨發出輕微的謦欬，像似刻意掩飾吐露尷尬處境所帶來的靦覥。

「人都會死，雖然我每天好像閒不下來，其實和別人同款，都在等赴天國的簽證，哦——」

再富突然想起另外的事，點燃香菸繼續說：

「聽說秋月死二十幾天，你收到訃音有嘸？」

「嘸哩。」

「當初坤生行船墜海，你對她們母子照顧那麼多，現在囝仔有錢，工廠開二、三間，攏沒來探頭，人情薄得像紙。」

「過去的事情囉。」

「那時陣街坊造謠許多閒話，伊從頭到尾都不出聲也不對。」

「查某人講的話誰會相信。」

「但是自己不辯解，親戚朋友的誤會就更深。」

「伊一生也算歹命，坤生過身，爲了養囝仔度三餐，我駛卡車，伊隨前隨後，閒話就跟著來啦。」

雖然這樣說，但是每當閒聊，再富撩起秋月的話題時，金能內心深處經常如此問自己：「我們被說閒話，當眞只是一場誤會？」

坤生死後留下兩個孩子，大的五歲，小的二歲。再富在貨運行擔任搬運工，還沒結婚，金能幾次想撮合他們，都被秋月拒絕。閒話鬧得頂兇的時候，再富挺身而出，以這段事緣向大家證明金能的清白。閒話廓清了，秋月不作任何辯白，黯然離開貨運行，從此沒再踏進金能的貨運行一步。再富幾次自告奮勇登門催促，絲毫不能改變她的意志。

「伊兩個囝仔不曉得在辦什麼代誌！」

再富的恚怏傳進金能耳中，反倒令他感覺尖刺，愧疚之心油然而生：如果秋月肯和再富結婚，現在的再富也不必拖老命搭客運到淡水販貨魚乾啦。

金能握拿保溫杯飲兩口茶，手指不停顫抖，茶水濺溢到夾克，渲染衣襟潮濕一片。

「四十幾年前——」

金能吐出這句話，感受一股熱流在丹田亂竄，整胸深深吸口氣，竟至接不下想說的話，眼視前方，愀然陷進沉思之中。

四十幾年前那個夜晚，秋月兩歲的孩子腹瀉高燒不退，他開貨車送她們母子到淡水急診。回程經過阿里磅，他將卡車停靠路邊，明澈的月光映照廣瀚的海面，除了浪潮拍岸的細碎聲，四周平靜得彷彿置身無以名狀的境域。金能側頭看見小孩偎身她渾挺的乳房蠕嘴吮吸，薄施脂粉的秋月翻起一雙似乎受到無比驚悸有待撫慰的深邃大眼，失神望向他，光滑的額頭滲透幾粒汗珠。薰暖南風由車窗習習吹進，雖已結婚多年，金能從未領受這種幾可燙心的女性柔媚，伸手想去貼摩她的臉頰。異樣的對視中，秋月懷裡的小孩突然放聲大哭，金能縮回停駐半空的手，整個臉仆跌駕駛盤，傾聽秋月撫拍小孩後背的哄哼。從遙遠天際被拉回現實的兩個人，回程灰砂土石顛簸的路途上，沒人開口說一句話。

「大概因爲這件事情，使她吃許多苦吧。」

「什麼事情？」

「嘸啦，講起來也不算事情。」

封閉多年的祕密幾乎禁不住傾瀉，金能兀自心驚，寒風吹來，渾身直打哆嗦。

「再富你聽，出山的陣頭又來啦。」

金能指向響起一陣絲竹聲的北面側巷。

只一會兒工夫，逐漸壓近的雄壯樂奏震天徹地，隱藏國小操場老榕樹內的成群麻雀啁啾飛散。手臂束繞月色巾帕，精神抖擻的中年男人從巷口疾步踏出，他們分據街道要津等候指揮交通。

導行的大鼓亭那面黃褐色偌大銅鑼閃爍暗濁輝光，鼓吹手腫脹腮幫仰天吹嘯，狹窄的巷道頓時被出殯的行列塞滿。

「陣頭眞熱鬧，不知是哪戶人家？」金能問再富。

「沒聽人講起呢。」

兩個老人鑽進街口看熱鬧的人群裡，遠望緩行出現的出殯隊伍。西式樂隊高揚的小喇叭和著鼕鼕跳動的大鼓，壓抑各式絲竹的嗚咽。女性樂手白色鑲彩邊的制服整齊亮眼在十字路口左右搖擺，最前方，緊衣厚臀的婦人，銀白色指揮棒上下抽拉，順節奏腰扭著類如舞孃的步伐。裝飾成屋厝形的靈車滿布朵朵盛綻的黃菊，車頂中央亡者黑白照片踞高俯臨。

「是秋月！」再富拉高聲調說。

金能目力尚佳，早就看出是誰家的葬禮。

照片中，秋月雖已老邁，在金能眼中仍舊是最後一次正面相視的印象——伊蹲踞井邊，淘洗鄰家送來堆疊如山的衣服，倔強拒絕他金錢幫助——那副抿嘴苦笑，挺傲而俏麗的臉。

靈車緩慢駛離，金能看見她的子孫蒙披麻服，撫棺啜泣，想到盛裝躺臥棺材的秋月，孤單面對狹窄空間裡的封閉和黑暗，那一閃，彷彿長年膠著的意識突冒一粒粒強力上衝的氣泡，激勵他沒緣由想奔跑過去，俯身對她說幾句貼心話。

素來樂天安命的再富，顯露罕見的哀容：「村裡老人一個個死去，不曉得哪天輪到我們——」

金能拉再富的手臂坐回籐椅，隔著圍觀的人群，各自點起香菸，執紼送葬的冗長和一部接連一部無以數計的花車，都在兩個老人緘默中溜去。

路口受到阻滯的車輛暢通以後，冬陽落照的大街又回復原初樣貌，冷清而略有寒意。

「阿娟，提滾水來沖茶。」

金能叫著，走來的卻是他的媳婦。

「哦，阿娟不在家。」金能撫頭淺笑。

媳婦沖完保溫杯，將茶壺放落地上。

「阿爸，查某囝仔人現在不教訓就來不及了，」她臉色鐵青：「剛才打電話問伊同學，說前天暗暝一堆人在同班的麗雲她家猜，我親身去問問。」

說著，騎腳踏車匆忙離去。

「她一直當我的面說阿娟的長短，認定伊不回家睡，就是我寵壞。」

再富默默打開保溫杯蓋子，喝幾大口茶，吐出茶末，站起身。

「我應該回去啦。」

「再坐聊嘛。」

「石湖退流，這幾天輪我巡水，有好貨色，我招幾個老兄弟，叫瑞榮煮來配酒。」

金能目視再富漸行漸遠，因挑擔負重顯得有些佝僂的背影，心中一再咀嚼他剛才說的話：「老兄弟？每年入冬總有人過身落土，老兄弟剩幾個？」

他感到落寞寂寥，靜坐的逍遙霎時變了樣：茶水苦澀，鹹炒花生剝殼的喀喀響無比嘈雜，冷風從籐椅的縫隙由下往上穿孔襲擊，更甚的，多喝幾口茶膀胱脹得難受。

「阿枝，籐椅和茶杯攏收進去。」

金能拐入厝內上了一陣廁所，踱回店口，阿枝已經將兩張籐椅擺回平常的位置。瞅瞧埋頭認眞寫作業的孫女，湧起自小忽略她的愧歉心思：「阿枝像她老姆，嘸嘴水，乖巧是乖巧，𣍐賺人惜。」

「阿枝，」金能逗趣說：「妳讀的ＡＢＣ，阿公也會念，書拿來，阿公念給妳聽。」

阿枝嗤嗤嘻笑，把保溫杯放在他面前茶几上：「阿伯打電話來，明天禮拜日他教書的學校有代誌，說不能回來金包里。」

「每禮拜攏有代誌！來和阿爸熱鬧熱鬧攏做不到！」

金能心裡面嘀咕，想逗弄孫女的興趣也消瀉了。

雖然彼此不點破，可是金能明白得很，自從把三層樓的所有權登記給瑞榮，大兒子瑞林就很少回家。起初他並不怎麼在意，只是想：「你人在臺北生根，厝讓給住金包里的兄弟有什麼不公平？讀到大學自己有辦法顧一身，小弟連初中都沒畢業。」表面瑞林對家產的處理沒表示意見，但似乎越來越疏遠的款樣，每當瑞林說好回來又臨時變卦，金能就不自覺疑慮敏感。

「計較啥？倘若我的貨運行沒失敗，卡車原在，分多少財產攏有。講來講去，還是瑞榮自己沒出息！」

店裡一對年輕男女顧客坐前端臨窗的餐桌舉杯互敬，狀頗愉快，金能望在眼裡：「好好經營怕沒客人，他們兩人不是吃得津津有味嗎？」

他的媳婦將腳踏車拐拄門口，氣沖沖快步衝進，打開廚房水龍頭，急水嘩嘩四濺。

「麗雲也是二暝沒回家，連參詳攏嘸，硬賴阿娟將他們查某囝仔帶壞，有那款嘸講情理的父母？錢嘸兩銀敲得響？」

婦人渾厚的中氣掩蓋落入洗濯槽的水聲。

這時面向廚房的男顧客高叫：

「老闆，你們這盤炒蟹腳鹹得嘴都要發嘛！」

「菜太鹹？恁那嘴白，我就是大廚也嘸法哩，」媳婦嘟噥的聲音雖細微，金能字字聽得清楚：

「同樣鮮，我們價錢才別人一半。」

阿枝放下手中功課走到客人面前：「先生，對不起，我們有辦法補救，絕對讓你們滿意。」

「算啦，」客人說：「清帳。」

轉眼間，飲食店空空盪盪。四組小方桌和二組大圓桌佇立灰淡的空間，泛黃牆壁褪紅的價目表，歪歪斜斜的字跡像似騷動的馬蟥競相蠕伸旁邊歌廳海報裸體女郎身上。金能兩手攤置籐椅手靠，漫視大馬路映透的令人眼眩的亮光。

「應該留再富吃飯，今晚我可以和他比酒量。」

他的媳婦腰纏圍裙，提不鏽鋼平底鍋，打開店門口冰櫃，金針、銀耳、洋菇、大蝦、肉片……一層一層往鍋中累疊。

「阿姆，阿伯說不回來。」阿枝說。

婦人怔頓片刻：「他不回來，我們自己也要吃。」仍舊挑選大堆火鍋料往廚房走去。

外頭溜達整個下午的瑞榮終於騎摩托車回家。摩搓雙手走到金能跟前。叫聲：「阿爸。」便直接進入廚房。金能張豎耳朵，幾次猶豫是否該進去賣個老臉，平息他們夫婦可能引發的紛爭。

廚房並沒有傳出什麼異響。

只聽到瑞榮說：「其他的菜妳來。」便端出一盤熱冒的菜餚放圓桌，伸手攙扶金能。

「阿爸最愜意的糖醋鱸魚，趁熱吃。」

金能坐上圓凳，手貼靠桌緣，面對裝扮入時、意興風發的兒子，反而遲疑無法下箸。

「這尾鱸魚中午殺好，一直浸泡醋裡面，全金包里嘸人有這款手路。」

「光講窩心話有啥用？用這層心意服侍客人，他早就發了。」

不忍心掃兒子的興致，金能湊嗅它的香味。

「阿娟兩暝沒回家囉。」金能說。

「我有去和學校老師聯絡，」瑞榮說：「伊叫同學去查，有消息馬上打電話來。」

「你眞放下心？」

「阿娟自小精巧，不會丟掉啦。」

「你什麼事情都不掛心，四十歲人，眉邊一條眼結攏嘸。」

「阿爸，」瑞榮鄭重其事地：「其實有一項更重要事情要和你參詳。」

眼前有比女兒沒回家更重要的事嗎？金能立定決心要好好數說一番，任由他輕忽怠慢，夾在媳婦和兒子中間很難做人。

「什麼事情？」

「往草山溪邊那塊地，我想拿來開魚池，做食賺嘸錢。」

「本錢呢？」金能亮開一抹厲眼。

「所以才想和阿爸參詳。」

「參詳啥？」

「人工和抽水馬達需要一筆錢，不過供人釣魚，半年本錢就可以收回。」

瑞榮不僅動現時租人種菜那塊甲半地的腦筋，連蓄存農會的棺材本都想挖掘。金能起初是生氣，接著憐憫他不懂事，最後感到一股沈重的抑鬱。

「其實本錢沒需要多少——」

老人沒作聲，出神望著圓桌上裹紅的魚片。

圓桌後面寫功課的阿枝，高呼打斷他們的談話：「阿姑和姑丈回來啦。」

金能一側身，幾天沒見的女兒走過來抱住他，頭隱入他的臂彎。

三歲那年高燒失察，燒壞她的耳朵和原本可以正常發育的智慧。三十多歲了沒生子女，嫁的丈夫除了會說話，偶爾跟隨鄰居到基隆碼頭打零工，情況沒好多少。

「憨查某囝仔嬰——」

女兒抬起清秀的臉，「啊啊」興奮叫著，那聲音彷彿在叫「阿爸」。他撫著女兒的頭髮，淚水沾潤眼睛，很快又被他吞回去。

「如果我死了，這個憨女兒誰來照顧？瑞林？瑞榮？恐怕他們連自己都照顧不來！」

老人感覺責任沈重：這身老骨頭就像一塊酥餅，餅破了，只剩下一些連接不起來的雜碎。孩子是長大，個個依然需要他的提攜，倘使貨運行的事業原在，這些問題就不會發生。

「七十二歲學丹功練身體會回復康健嗎？」

早年殘餘的血氣，全部自體內幽微角落浮冒聚集。

「以再富的筋骨，絕對有辦法做我的二手。」

「雖然老，人面猶在。」

「做什麼頭路？眼睛已濛霧，能再開卡車嗎？」

「志氣原在，什麼代誌不能做？」

老人霍然站起，滾湍的血液翻騰，熱氣從腳板越過三焦脾肺上衝頂門，筋骨無比活絡舒暢。

「天暗了，燒香囉。」

金能撐直胸膛往店門口走，這時到臺北景美大兒子瑞林家小住的老婆，從門外蹣跚踱進來。

「咦，瑞林沒送妳回來？」

金能嘻嘻咪笑，老婦不加理睬。

「幹！這個查某就是愛怨嘆，伊有秋月一半多麼好。」

「燒香去囉！」

金能的暢音幾可消融冰櫃裡的白霜，他往市場對面開漳聖王廟走去，瑞榮追出呼叫：

「阿爸，等你回來，全家做伙吃飯！」

彷若沒聽到，金能繼續走他的路。

「幾十年來，無論凍霜落雨，每天我攏來祢的廟燒香，今晚我要擲筊抽籤，聖王爺，好歹總要指示我。」

灰冥的天色，市街燈光大亮。金能站路中央，只覺得四周到處塗抹燦爛刺目的白色，像踏進異域，蜿蜒的衢道往前無限延伸，開漳聖王廟豎起聳天高閣，敲響徹耳的鐘鼓聲，貼附他蠢蠢欲動的心懷。

——原載一九九二年五月十四～十五日《中國時報》「人間副刊」

李渝作品

小說卷

李 渝

1944年生於四川重慶。台灣大學外文系畢業，赴美專攻中國美術史及文學史，獲柏克萊加州大學中國藝術史博士學位，現任教美國紐約大學東亞系。著有小說集《溫州街的故事》、《應答的鄉岸》，長篇小說《金絲猿的故事》等。曾獲中國時報小說獎、帝門藝術評論獎。

無岸之河

一 多重渡引觀點

一篇小說吸引人的地方，通常在它的敘述觀點或視角。視角能決定文字的口吻和氣質，這方面一旦拿穩了，經營對了，就容易生出新穎的景象。

這樣我們不免要想起紅樓夢裏寫在三十六回，或可稱之爲「放雀」的一節故事來。

是這樣的，一天賈寶玉來到梨香院找齡官唱曲，一個人躺著的齡官拒絕了他。寶玉訕訕走出，聽周圍人說，賈薔若是回來，齡官是一定會唱的。

寶玉聽了好奇，便站在屋外等候。

不久賈薔回來，手提著一個裏面有隻雀還紮著個小戲台的鳥籠。寶玉放下聽曲的心思，決定留下看個究竟。

賈薔先讓雀在籠裏玩把戲，哄齡官高興，不料齡官冷笑了幾聲，賭氣仍舊睡去。賈薔又百般陪笑，反被說是用籠雀來打趣賣身的她們。賈薔慌忙賭身立誓，將雀放了生，籠也拆了，齡官又說他忍心放雀正是譏嘲她生病沒人依靠。賈薔忙解釋，已問了大夫，說不要緊的，但是這時再去請一回也行。說著便往外走，卻被齡官叫住，說這麼大熱天在外走，請來了也不瞧，賈薔聽了又只得站住。

這麼廝纏折磨，在外看著的寶玉不覺癡了，領會了愛情的眞義。

以上情節並不新奇。可能還有人覺得瑣碎，只是小說家佈置多重機關，設下幾道渡口，拉長視線的距離，讀者的我們要由他帶領進入人物，再由人物經過構圖框格般的門或窗，看進如同進行在鏡頭內或舞台上的活動，這麼長距離的，有意地「觀看」過去，普通的變得不普通，寫實的變得不寫實，遙遠又奇異的氣氛出現了，難怪人物賈寶玉在窗外看得心恍神迷，悟出了天地皆虛無的道理。

經營得頗詭譎的還有沈從文的一則故事，發生在〈三個男人和一個女人〉的小說裏。因爲落雨，朋友逼著說故事，故事裏的「我」便說了一件經歷：班長「我」和一位號兵服役駐紮在某處。一日號兵從石上落下成爲瘸腳，「我」既爲同鄉，也就特別照顧他。沒事的時候，兩人常去南街一家豆腐舖子看年輕的老闆打豆漿，和年輕老闆三人同時愛上了住在對門的一位美麗的女子。後來不知爲了什麼女人吞金自殺，兩人傷心極了。出埋的夜晚號兵失蹤，第二天深夜全身浸著黃泥回來，對生著發燒病的「我」說了不知誰把墳挖開把尸身揹走的事，因爲據說「吞金死去的人，如果不過七天，只要得到男子的偎抱，便可以重新復活」。「我」忽然想起一個人。

第二天一早前去豆腐店，卻見門向外反鎖。兩人三天不敢出去，營裏則流傳著女人的裸尸出現在半里外某山洞的石床上的故事，然而「這個消息加上人類無知的枝節，便離去了猥褻轉成神奇」。

讀來頗爲冷索，在現實生活中倒不稀奇，就是在此刻的偏遠農牧地區，不仍繼續發生著這類事嗎？而且情節往往比小說還更精采呢。但是在述說的時候，小說家採用類似前舉的，在獲得專家學者們同意前，我們暫時或能稱之爲「多重渡引觀點」的觀點，頻頻更換敘述著，綿延視距，讀者的我們經過小說家，經過「我」，再經過號兵，聽到一則傳言，而傳言又再引出傳言，步步接引虛實更迭，之後，像小說家自己所說的，日常終究離去了猥瑣，「轉成神奇」。

我自己曾有過一件類似的經歷。

事情是這樣的，一天黃昏，我在某酒店的大廳等一位朋友同吃晚飯。等了很久不見人來，我想她也許記錯了時間，臨時有事或者遇到了塞車，便走去櫃枱用公用電話打到她家想問問情況。鈴響了幾聲後傳來請留話的錄音，我一向對機器說不上口，放下了話筒。正猶豫的時候，突然看見旁側站著一位衣著講究的女士，向我微笑招呼，我定神再看，立刻認出了她。

這是一位在法律界頗有些名氣的女律師，一次陪同朋友辦理離婚手續，曾和她有些接觸；她的出名正是在辦理這類案件上。你知道，在我們的城市，婚姻法對女性是極不利的，但是她總能在條文之間輾轉找出空隙，爲女性爭取福利。

這方面具有特別的了解和能力，傳說和她本人的不幸婚姻有關。據說她曾辛苦地協助丈夫完成學業建立事業，不料對方卻變了心，經過一場醜陋又痛苦的離婚過程，她則失去了包括財產和女子監護權在內的一切。

我連忙伸出手，問好。知道了我現在的情形，她爽快地提議我不妨在櫃枱留個條子，加入她的聚會，等朋友來了再說。我正感一人等待無聊，就高興地同意了。

由她帶領，我們穿過大廳，經過幾間人聲喧囂杯盤狼藉的餐室，拐過幾重彎，進入一條很長的過道，周圍一時靜了下來。

路似乎走不完，幸好有她不時找些話說才打破了寧靜。熱鬧的酒店竟有這等曲迷的穿道，我一個人走，必定是會迷失的。

我們終於停下腳步，站在一間廳房的門口，這時，眼前的景象怔住了我。

特別高的三面牆，顯然是要擋去可能從任何一面侵來的煩惱。空間全面被圍住了。近乎渺遙的天花板上卻開著一面天窗。

我站在門口的時間，最後的日光如一柱淡金色的泉水，正罩在眾人圍坐的圓桌的上方。

突然地加入，我感到很不好意思，但是諸位女子都笑著歡迎，說是不要緊的，女律師特別要侍者加拿一個酒杯。

各位女子都容貌修整穿戴講究，乍看之下出奇地一致，這時都友善地看著我。現在我自己也坐進了光泉內。

身邊的女律師跟我解釋，在座都是老同學老朋友，約定每年聚一次，喝茶吃飯聊天，今天正巧給我遇上了難得的盛會。

更特別的是，今天還有一位新回來加入的朋友呢。

說著她便爲我介紹了坐在對面的女子。

主婦一樣的中年人，頭髮花白，面貌平凡，細小的眼睛從裏透出某種和藹的光澤。簡單的白色衣服，只在頸間掛了一串丹紅色的珠子。

我一聽姓名不禁驚奇。

眞的嗎？我又請問了一遍。

主婦一樣的客人笑起來，顯然覺得我的反應有趣。

原來這是位頗具名氣的女歌唱家呢。我一向佩服國際音樂界有成就的中國人；試想，在講求眞品質而非弱勢文化名額或者意識形態正確的音樂藝術，又是對東方人體質不利的聲樂界，能夠具有紮實的地位怎能不令人起敬呢？

據說這位歌唱家是在中年時克服了重重困難，放下了一切阻撓，再開始藝術的追求的。她的聲調低沈緩慢，很有黑人靈歌的風味，唱到婉轉纏綿處，又見中國人的抒情氣質。從囂瑣的工作回來，晚間，聽一兩面她的歌唱，頗有慰藉的效果。

從磁碟上的照片推測，倒是不易想像出面前的容貌，不過我們自然了解，那類照片不過都是打磨精美的宣傳照罷了。

心中我暗暗揣度，這麼看來，恐怕一桌都非等閒。想著不由得緊張，露出了故作矜持的神態，舉止侷促起來。

白色的高牆令人發慌，天窗作為一種出路，遙不可及。

或許是看出了我的不安，來，喝點酒，女律師拿起酒瓶，為我斟到三分滿。一時芳香撲鼻，倒是迷濛了惶然的心情。

我禮貌地舉起杯。

小小的一口液體，在舌上炙燒開來，但是就在準備充分迎受熱度時，它又解化而消失，留著炙熱後的空虛快感瀰漫迴漾。

好酒，我在心裏說。

仍沒有朋友的蹤影，無論如何在禮節上不宜久坐，趁個說話的空檔，起身告辭。

女士們都說不急。

你來得正好，等會我們的歌唱家要講故事呢，一位女士說。可不是，別的女士也笑著回應。的確是誠懇的邀請，我諾諾地答允，重新坐下，心裏卻暗自高興，倒是希望朋友可別在這時出現，爽約則最好。

女律師轉身招呼侍者，要她再添一份餐具。侍者巧妙地翻摺一條雪白的餐巾，展出漂亮的扇形，放在我前邊的桌面。

由一位穿制服的男孩子輔助，女侍送上人人一道清湯。我拿起湯匙，卻見一隻五色的蝴蝶漂在碧綠的碗中。

從未見過這麼美的菜式，不禁猶豫。

蝴蝶原來是由薄薄的魚漿拼凝而成，彎彎鑲著的觸鬚則是兩支完整的魚翅。看不見一絲油花的湯剛送進口，嘗不出什麼味，奇的是當它充滿舌間以後，卻變得無比的鮮美滋潤，使人頓時舒爽起來。

我決定平靜下焦慮，放開要走又不要走的心情，好好享受即來的盛宴。

今天的菜特爲歸來者而點，女律師笑著說。

歌唱家道了謝。大家喝著湯，一邊讚美滋味。

男孩用一支晶亮的大盤收去殘碗，換上全新的另一套。極細的白瓷，金邊，周圍隱約凹凸著貝形的圖紋，拿在手中仍是溫燙的。

我們對餐館的要求是，女律師對我說，服務必須秩序潔淨，中式菜尤其不可亂來。至於菜本身，簡單新鮮就好，倒未必講究，她笑著說。

第二道菜不過從我眼前經過，那一陣嬝娜的細煙就說明了她在講客氣話。

女侍雙手把它輕放在桌中央，用一雙特長的銀筷開始布菜。

雪一樣的銀芽，頭尾摘去並不稀奇，只是修齊成一律的吋半長短，令人覺得費了心。快火清炒，油極少，完全不用肉或其他搭配，的確簡單清爽，然而一送入口，那種鮮嫩清脆卻是一點也不是不講究的。我曾在一本談御廚的書裏讀到清炒的功夫，據說一種是要先用上等的鮮鮑魚、鮮菇、新剮的雞片等，文火細細熬出不帶一絲油花、水質清純見底的高湯，用它在起鍋時溜鍋才能焙製的。

宴席進行得很閒適，中式菜通常什麼都一起上，懶得講求例如法式菜中的那種秩序的過程，往往喧譁地大嚼一頓，然後打著飽嗝含著牙籤油著嘴地出去；我還沒吃過這麼文明有禮的中餐呢。

眾人話起家常，家庭裏的或者辦公室內的一些事物。歌唱家談到行旅途中的見聞和趣事，一些經歷。

一位女士問起某種法律問題。爲了解釋清楚，女律師例舉了手上曾辦過的案子。自然姓名不提，這是基本的職業道德，容易引發人推想或臆測出眞人眞事的細節也略去——你知道我們的社會是多麼狹小密切，人和人都是相識的。重點放在原則上，認眞地舉出這類案件女性得謹慎的地方，和勝訴的訣竅。

談到關切問題，大家不由得加入討論，說出自己的或別人的故事，表示相同的或不同的觀點，意見紛紛，頓時熱鬧起來。

等一等，等一等，一位女士突然用小匙敲了敲玻璃杯，大家暫停住了口。

等一等，她說，怎麼我們都忘記了早先的協定，在每年一次的聚會上，政治局勢社會問題家庭糾紛男女關係以至於各種閒話苦水等等不是都要放開不談，時間留在爽快的話題上，以便培養出聽故事的心情的嗎？

大家笑起來，可不是，紛紛應聲說，的確，一說上了勁，竟忘記了當初的約定了。

或許我們可以開始聽故事，怎麼樣？女律師詢問。

眾人都同意。

應該多聽妳們的，歌唱家很謙虛。

我們已說不出了，要靠妳啓引一下呢，一位女士笑著說。

妳在外旅行，所看所見必和我們不相同，另一位女士說。

別推了，看妳剛回來，又有成就，才把這一年一度講故事的任務讓給妳，本來哪輪到妳呢。大家笑起來，老朋友不避打趣。

只有一個條件，女律師說，就是故事的結局必須是喜劇。

到底是見過世界的人，女歌唱家也並不忸怩，乘侍者送來熱毛巾，擦乾淨了手，細細飲了口新茶，啓始了。

宴席的氣氛沈靜下來，眾人臉上出現不同的神情，幾乎是嚴肅地面對了敘述。

情節緩緩進行，時間往前走。

天光從早先的金色漸漸變成水紅，眾人有的危坐，有的斜靠，有的依著桌邊，或者用手掌撐著下巴，用腕背支著腮，扶著額頭，都浸溶在一層淡淡的渲染裏。

過程展開，出現狀況和人物，突變和轉機，高低潮。廳室更黯了，有一段時間眾臉變得曖昧恍惚，浮沈在不明色質的背景前，遲疑，就要隱沒而失去在背景裏。

順著直上的光柱，這時已經看不見曾經跳動如金粉的灰塵；在它的頂線等待著迎接的，卻是不知在什麼時候已經降臨到天窗上的夜。

明確的方形，深藍色，中央比較亮，形成籠罩性的拱體。歌唱家的聲音，與其說是在講故事，不如說是在吟唱一首歌曲，我所熟悉的低沈的音律在拱形的天底繚繞。

幽靈由故事喚出，在頭頂的空間翩躚。事情顯得明確又虛妄，敏銳又模糊；說者和聽者都確實地存在著，然而一旦訴之於視覺和聽覺，卻都變得似有或無，似近又遠，如夢如幻，件件都無法掌握。

故事說完，有段時間很寂然，某種沈默近乎悲傷，瀰漫在席間，沒人想打擾它或者從它裏面出來。不由得那塊藍夜變得愈發豔麗，照得圓桌清亮，想是月亮已在某方升起。

侍者過來開強了燈，宣布上最後一道菜，眾人如似驚醒。原來大廚聽說從遠方回來一位歌唱家，特別掌廚，選用了各種時鮮，配襯了各種手雕，烹製出了一隻鳥形的大菜，承托在一只晶亮的銀盤上。

大家都止不住讚嘆。

不知是因這如鳳如鶴的鳥狀美肴把整個晚宴的氣氛推上了高潮，還是因爲故事的美麗滌洗了渾濁焦慮的心情，一瞬間，我突然覺得周身的高牆不再冷峻遙遠，反是成爲抵擋庸俗的屏障，保證了堅誠的同盟，帶領進入新的秩序。

這樣的菜，怎能沒酒呢？女律師說。

女侍送來新溫的酒，爲眾杯斟滿，於是同時舉起，互祝健康進步快樂，一時盤箸交響，語聲歡鬧，不知夜的深沈。

女歌唱家說的，是一則愛情故事。

從前有一位音質美麗的女歌手，在某次演出後的晚宴上，看到一位男子的影子獨自起舞在僻靜角落的牆上，不禁愛上了它。影子屬當地某世家男子，也深爲對方的歌聲和愛而感動，不顧眾人的反對，拋棄了財富和名位，離開了家鄉，追隨女歌手流浪天涯。後來在一次政治事件中男子受傷成爲殘廢，女歌手的愛不但不稍減反而更堅誠。幸運的男子承受了世紀的柔情，兩人亦步亦趨相依爲命形影不分離。後來女歌手從音樂界退休，帶著殘廢的愛人回到故鄉，隱姓埋名過著安靜幸福的日子而終老。

一直到後來我才明白原來前述並不是故事而是一件眞人生平。轉述的過程中，情節保持相同，只是結局改變了。眞實故事的結局是，男子在政變中成爲殘廢後，兩人終至協議分居而分離，男子獨自在療養院度過餘年，女子再嫁給一位著名的將軍。

你可以說，這兩個結局，一個比較浪漫一個比較實際；前者固然是喜劇，後來也未必是悲劇，然而歌唱家顯然是牢牢記住了女律師的叮嚀。

由兩位人士接續引度，把我由飯店嘈亂的前廳帶入寧靜又秩序的宴室，由一個故事又進入另一個故事，日後總令我覺得有點蹊蹺。如同引前一場蛻變，這一路程把普通的飯局扭轉成小說的情節，現實醞生出幻象，日常演化成傳奇，不由得使我記起了前邊提到的「雙重渡引觀點」來。

每當我想起過去事物，這一件經歷總是脫穎而出，在眾記憶中走到最前端，並且像圖畫的手卷一般地緩緩展開，現出夜宴的盛景：

十一位端莊的女子，圍坐晶瑩芳香的圓桌，坐姿略有不同，聆聽著。

一柱天光溶瀉如泉，賜予了超現實的機遇，許諾了寓言的可能，帶領眾人躍升。述說故事的時間，它的影光消長，以及當你順著它往上所見到的天頂那塊方夜的幻動，現在都仍煥爛地洸漾在我的眼中。至於故事的結局是眞是假是悲是喜，倒是不十分在乎了。

二 新生南路中間曾有一條瑠公圳——溫州街的故事

1

一外地修士，爲了崇高的理想，離開家鄉前來把青春獻給城市，由教會的幫助獲得城南某教職，在一間殖民地時期留下的公事房住下來。

外表俊美，脾氣謙和開朗，學問淵博，同時又具有國人少有的典雅氣質和教養，修士漸得學生敬愛，成爲全校爲人知的老師。

我們常見他穿著白襯衫黑長褲，騎著女用三槍牌，從一個教室趕去另一個教室，衣角愉快地在車輪邊拍打著腳踝，來不及和你打招呼；時見他揹著書包或者腋下夾著書，在走道上走著或者坐在草地上，周圍擁著學生，臉上洋溢著笑容。

水溝過去山坡邊的公事房也漸漸成爲學生們歡聚的處所。光復初期人情嘈雜，偏離的位置曾經使它被遺忘，頗現荒蕪。修士到來後，由鄰居一位婦人的幫助，洗乾淨了污髒的角落，擦亮了打開了門和窗，濕氣和霉氣出去了，日光和新鮮空氣進來了。

修士還在前院種了波斯菊，後院開了菜圃，再養一窩蘆花雞，也由婦人幫著照顧。

陽光愉快地照耀，血絲蟲愉快地在水溝裏游著的週末的早晨，我們又常見修士穿上新燙洗好的禮服，打開竹籬笆的門。不久從花和葉的縫隙，你就可以看到靠牆堆放了腳踏車，聽到笑聲陣陣傳到牆外，使你忍不住踮起腳跟伸長脖子往裏張望。

或在黃昏、夜晚，以至於夜深，也可以看見牆內斜靠了孤單的一、兩輛車，那麼必定是某位受到了挫折的青年還是特別敏感的孩子，流連在修士的身邊傾訴著遭遇，想從謙容的長者那兒獲得安慰和智慧，以便重新認識世界了。

除了本位課程以外，修士又收到校內外各種兼課、演說、研討、座談、專訪等的邀約，日程表排得滿滿的，每遇際會總是盛況空前熱鬧非凡。就是在資訊不發達的年代，修士的名字也傳遍了城市，成爲啓蒙者啓示者或者導師的代稱。

身邊總簇擁著人群，爲眾人仰慕愛戴，生活過得忙碌進取充實，他鄉眞變成了故鄉。

2

某年新生入學，其中一位頗清秀的男孩吸引了修士的注意，連修士自己也感到奇怪，作作業或者考試的合適時機，不免在坐著的講台後邊暗自觀察。

略近深棕色的頭髮，茸茸地覆在額上，新月一樣的鼻子。思索時用手掌撐著一邊臉，低垂著眼，越發顯出青春的柔潤。修士看著看著不覺出神，驀然想起——啊，是的，隱約熟悉如同記憶，修士心裏明白。

從某個角度看去，是自己留在身後的一個人的身影呢。

我們不得不在此回述一下修士的一段往事。

那是多年前當他還是鄉村少年時，某次際會遇到了一位可愛的女孩子，兩人外形氣質都很相近，攀起家世來還在母系這邊有些姻連呢。或者因爲這一點，雖然仍是小小年紀，兩人的交往受到了雙方家庭的默許。

女孩子賢慧聰明，傳統和現代女子的優點兼備；男孩子溫柔體貼，樣樣替女子著想，從來沒有一個男子能具有這樣的美德。在閉塞的鄉下，兩人的情誼和一同行走的身影也就被眾人視爲美事。

大家都看好的良緣，以後卻出了差池。

是這樣的，男孩出身醫生地主家庭，對別人來說是幸福的富裕對他卻變成負擔；養尊處優的生活使敏感的他越容易多思善感，別人不想的他都要去想，別人想不到的他都想得到，看不出的他都能一眼就見底。這種人自然是會自尋煩惱，有福不會享，平白要生出麻煩的。

富裕繁榮反使他感覺到生活的虛無；他想，社會地位終究是場空，人都要老朽消逝，一切都有它的終極，越甜美的愛情畢竟要遭受一樣的結局不越叫人痛心？

無名的憂懼咬嚙著他，使他陷入無法解釋的低落，行爲開始與眾不同。沈默，不跟人交談，見到人就躲，竟包括了相愛的女孩子。她則以爲自己做錯了事或者對方變了心，很是傷心。

我們不明白那時的女子比現在的要含蓄得多，容易從自己這邊矜持，關係就這麼難以解釋理由地冷卻下來。

我們那時也不明白沮鬱症這種事，以爲是潛伏的錯失或見不得人的遺傳發作了，一面關心問候同情，提出治療上的祕訣偏方，一面自然也要私語造話幸災樂禍。

父親對兒子的異態並不奇怪，只是心中暗暗地難過。見過各種病例和人事的醫生心裏明白，這種人表面懦弱畏懼冷漠，其實愛著全人類，憂心著擔負著世界的命運，心裏是自苦得很的。

醫生忘不了自己的一位因政治異議而被槍斃了的兄弟，在性格上也曾有這種——說起遺傳，倒是有點可能呢——趨向，不免越發擔心。

雖然已經過去多年，兄弟的事仍像發生在昨天；每到黃昏，當病人都走後，站在醫務所後的迴廊上，醫生仍須努力才能甩開這一段回憶。

想到歷史可能重複，秋陽裏的父親禁不住索索地抖慄起來。

治療的方法並不難，把他引介到人間，漸漸熟悉眾人的作風，中止幻想，漸漸成爲社會的一份子，可以不藥而癒。只是鄉村社會雖然純樸，同時也很愚昧僻俗，況且年紀尚小，缺乏判斷力，品質一旦敗壞了，這麼做的助益不多，倒反會生出相反的效果。

然而青春期的情緒如果不找尋紓解的方式，讓它繼續沉湎下去，轉變成——兄弟的影子又襲來——不爲社會所容的性格，那就令人恐懼了。

村南竹林的廟裏住著一位長者，本是大戶人家長輩，顯赫一時，年老時突然看開一切，將產業均分給族人，整修了廢廟，不顧眾人的反對，獨自搬了進去。醫生想起少年時彼此曾有一段交誼，也很敬佩他晚年的風格，在無法相信任何人的情況下，倒想起了這位長者。

在廟裏休養一陣，至少可以把身體弄扎實些，再去外地念書做事都好，父親這麼打算。

少年後來成爲宗教界人士，猜想或許和這段廟中經驗有關吧，只是稚幼的一段愛情簡單地結束，而女子也成爲前述的留在身後的人物了。

或許可以說，是對愛情的態度太認眞太嚴肅了才拒絕了愛情的。

現在回到我們的故事。

修士在男孩身上識出熟悉感，記憶溫柔如水，對他自然比對其他學生用心，例如上課時常詢問他意見，讓他答話，下課時要他到研究室來討論報告，額外給他書看等。

修士的特殊對待，其實還有另一層原因。

男孩性情特別羞澀，上課總坐在後邊或旁側，被叫到名字時總一臉驚慌，然後囁嚅地說不出話來，幾次以後修士決定不擾他，讓他獨自在一角默默學習。這時間，他倒顯得比任何其他學生都安適，低頭記著筆記，太陽照在他略傾棕色的髮頂，他常能見到形成朦朧的光暈。

在光暈中有時他會抬起頭，用一雙褐色的眼牢牢看住你，一臉透明，這時倒是自己口結了起來。

然而無論說到怎樣的段落談到怎樣的論點，男孩總是領悟得比誰都要快，省了自己不少口舌，遠非那種囂譁的學生可比，做老師的不免感到了欣慰；教過書的人都知道，一說就懂的學生是多麼的難求。

修士在男孩身上看到一種氣質，以爲與眾不同，在過來人的心裏，修士深深地明白，這樣的人一旦走出校園，面對世界，是注定要被摧殘的。那麼，至少在自己能力所及的底下，多給一些衛護吧。

長時間相處，男學生終於信任了老師，和後者建立了親密的友情，上課時交換只有兩人才會意的眼神和微笑，下課後流連在修士身邊。前邊提到的斜靠在竹籬笆牆內的孤單的一輛腳踏車，原來就是他的呢。

從黃昏到夜深或到第二天的早晨，身邊有修士陪伴導引，少年在尋找自我的過程中所遭受到的挫折和痛苦，如果以修士自己經歷過的相比，要和緩得多。

眾人開始用異樣的眼光注意他們，竊竊低語交頭接耳談同性戀的事。謠言又布散了，平日妒忌修士的同事妒忌男孩的同學乘此機會自然要多說些故事。

然而修士心中清楚，他對學生的感情是比颱風過後的天空，秋夜屋脊上的月亮，都還要明淨的。男孩則要等到很多年以後，經歷了一些人事，明白了一些人情，才恍然領悟這種感情的涵義和深度。

如果說，修士是把少年當作少年的自己在看待，也不爲過。

3

男學生從學校畢業，成長爲男子。本想做一名小說家，無奈小說太難寫，稿費也無法維持生活，又不打算把自己賣給編輯或出版家。嘗試了一段時間後，在家人及友人的殷殷勸解下，終於放棄文學轉入商業，成爲賺大錢的生意人。男子搬去城北，建立穩健的事業和美滿的家庭，由投入工作而克服了少年時的羞澀，顯然要歸功於選擇的明智。

他和修士本來還保持密切的聯繫，例如寫信、打電話、節日時拜訪等，然而日子一久，就像我們一樣，在忙碌的日程表間流失了人間關係，以至於彼此不再知曉都沒覺察呢。

達到各種成就擁有各種地位的同時，男子卻有一件不便告訴別人的隱私。是這樣的，每到黃昏，當日光移過對面的樓座，落到身在的華美的辦公室時，突然自己就會莫名其妙地怕起來，一種惶惶然無依恃無前途的感覺，怎麼也甩脫不了。

4

現在，黃昏的光準時移現到對面的樓與樓之間的狹窄空隙，以斜角切入，從線輻射成面。停下手中的工作，看著它寸寸窺侵，如同阻止不了的陰謀。

有時又不只是一個人，而是幾個人很多人，周圍的人，個個都在算計著你。你看對面樓房的活動不是又開始了嗎？每面窗後不都暗藏把守著人嗎？

要是不相信，你可以試探一下。

蹲下來，把自己藏在辦公室桌後；彎著背脊藏到椅背後；閃身藏到櫥架旁；躡著手腳走到窗邊，藏在百葉窗的邊側；用手指輕輕撥開一摺窗，露出一隻眼睛。你看，隨著位置的移動對面不是人影紛紛也在掩藏閃躲埋伏準備著起動嗎？陰謀的確存在。

鬱黃的光線全面占領了空間。

恐懼的感覺，蠕動上來，咬嚙著。一點希望都沒有。

手尖和腳趾開始麻，胃隱隱作痛，癱瘓的感覺，移動不了。

身體裏沒有一處可以把持住，可以與它對抗，核心像核爐一樣地熔蝕了。

5

多麼奇怪的事，財富地位家庭事業男孩無不具有，白天看著也十分抖擻體面，爲什麼一到黃昏，就這麼地不光榮呢？他是否染上了黃昏症呢？

我們試著從男孩的視角來了解他。

所謂人群埋伏，可能是這邊人影投映在雙層保溫玻璃經過光的稜鏡作用所產生的複影效果。

而日光光質一致的時間不帶時間感，例如當你早上聞到新出爐的糕餅的香味，新泡好的咖啡或茶的香味，不免立刻洋溢起精神充滿希望熱情地投入工作。不知不覺間黃昏到來光質改變，從進取的明色變成退縮的暗色，從肯定的直照變成懷疑的斜照，突然告示一天就要結束。

戰爭、暴力、迫害、殘殺、病疾、災難；見面都有告別，歡聚都有離散，生命都有終結，當你一打開電視一翻開報紙，一想起周身人與人之間的關係，的確，沒有一件不是令人恐懼的。

6

城市位於亞熱帶，日光九時才消失。下班以後男子總在天黑後到家。日子久了，常在家中等待的夫人不免對丈夫的行蹤發生了疑問。

有三種可能。第一種可能：在辦公室趕作業。然而電話打過去，祕書小姐卻說已經離開。

第二種可能：爲業務在外奔波應酬。卻由司機老張的回話而否定。

第三種可能：發展出婚外關係，去了另一個女人的處所。夫人驚心起來，放下手中的書報，開始翻不下去。但是無論用從軟到硬的各種方式來迫誘眞相，對方都一口否定。無論外邊有沒有人，寧信丈夫說的話，夫人也就過一天看一天，一邊想著對策。

男人在這一段非日非夜的曖昧時間究竟去了哪？

是這樣的，辦公室人員都離開，司機老張也被遣回家後，他稍作收拾，關上門，從自動電梯下樓，跟守門警衛說明天見後，就會投入一件工作。

便是尋找一位治療黃昏症的醫生。

有時坐公共汽車，有時坐計程車，步行的時間則更多，男子尋遍了城市的每個角落仍無著落。醫生固然到處都有，要不是太忙無法聽他傾訴，就是在檢查之後心裏認定他精神失常，因此將他送到醫務室的門口時，都勸他黃昏時不妨多吃些甜點喝杯紅茶或者交個女朋友之類。

凡遇疑難雜症城市醫學界固然都歸之於精神病科，說實在，就連知道男子歷史或故事的我們，也無法在前邊的敘述裏找出致使他生病的原因呢。很遺憾的，我們不得不同意醫生，不是來自遺傳就是出於他自己，男子患上了神經病。

7

敲門的聲音，他以爲是隔壁辦公室，再聽卻不錯。請進，他說。

穿著白襯衫黑長褲的人走進來，站在他面前。他很吃驚，一時辨不出來客是誰，在心中怪責王小姐不曾先通報。

還記得我嗎？來客笑著說。

他下意識拂了拂或許散漫的頭髮，推開椅子站起來，禮貌地以微笑回答，一邊努力搜索記憶。

水紋漸靜，映出越來越清楚的倒影。然後眉目、姿勢、神情一一歸位，完成圖形。不是敬愛的修士嗎？他突然記起，不由得立刻趨前，緊緊用雙手握住了對方的手。

這些年都好嗎？修士說。一直惦記著你，特別過來看看。

請坐，男子說。

瞧你現在的模樣，修士打量著他，又環看辦公室。這都是你的成績。

我已經長大了，男子高興地說，再不用你掛心了。

可不是呢，修士說。

你也好吧?男子誠懇地問。

也好，修士說。

沒有預先通知的造訪使男子又驚又喜。

一切都和以前一樣嗎?男子問。

一切都和以前一樣，修士回答。兩人一起愉快地想起了校園和公事房。

您是從什麼地方來的呢?男子問。

修士抬起頭，微笑地望著他，說：

我從你的過去來。

電話鈴響。對不起，男子說，轉過身接電話。

不是很重要的事，他把它轉到祕書的線上，簡單地吩咐了。當他放下話筒再抬頭時，坐在面前的人卻不見了。他以爲或者客人在屋裏瀏覽，於是用眼搜尋。

又大又空的辦公室，沒有別人，每一件家具，每一片牆，牆上每一張名家的字或畫，每一張業績成就證明和獎狀，每一份桌上的資料或計畫，以及自己的每一隻手臂每一層皮膚，都浸溶在一片黃色的光線裏。

他傳話叫進來王小姐，問她方才是否看見一位穿白襯衫黑長褲的先生走出去，王小姐說沒看見任何人進出，事實上辦公室的人都已下班，自己收拾一下也準備回家呢。

他懷疑起自己，在腦中回想方才的一幕，讓它從頭到尾再現一遍。需要我留下嗎？一直站著的王小姐有點狐疑。

不用了，晚報拿進來吧，他說，重新回到自己的座位。

對面的椅墊已經回彈，不露曾被坐過的跡印。難道方才是自己的幻覺嗎？

王小姐敲門送來一杯熱茶和晚報。回家去吧，他對她說。

很昏沈，也許自己不知覺地打了一個瞌睡，做了一個夢。他打開晚報，很快地看過大標題，一頁頁翻過去。在某版的下角留眼到一則消息：

「謝德維修士進入沈睡狀態多年，似無回返的趨勢，現移入市立醫院特別病房。修士除沈睡外仍不顯示任何病狀，醫學界仍在研討以定病例，唯一可能作爲參考線索的是，在入睡前，修士曾說：生活是多麼地空虛和寂寞。」

他從抽屜找出刀片，割下這段消息，用迴紋針別在日曆上。

8

男子晚上倒是做了一個夢。

夢見一條紅色的河水在兩條街的中間流過去。

醒來他努力思索。紅色的河水，紅色的河水。在哪處有一條紅色的河水？這麼思索了好幾天，漸漸精神恍惚魂不守舍，在無法界範的領域裏漂浮，尋找一條紅色的河水，無法專心工作。

有一天他喝一杯果汁。玻璃杯裏浮沈著紅色纖維使水呈現紅色，一時間他心中沈悶了許久的疑團開解了。

可不是那條漂游著血絲蟲的水溝嗎？

他把王小姐叫進來，請她點查一下日程表和近期計畫，推出假期空檔。

王小姐提醒他，一個重大的商會還等他主持。

9

家事和公事都關照好，請夫人把簡單的衣物收拾在一隻旅行箱裏，穿上口袋很多的出門裝。

他婉拒了家人和友人送行的好意，叫司機把他開到飛機場後儘管回去。

選了候機室至餐廳的一個較偏離的位置，叫了一杯果汁，慢慢用麥管吸，付了帳。然後他提起旅行箱，一路順著入境指標走出來，坐入一輛排隊等在機場門口的計程車。

請往南區開，他吩咐司機。

10

站在路邊他完全陌生了，感到時間的過去。預約電話曾指示從某條街拐到某條街後再進入某條街便能看到二樓陽台鑲著鐵條的公寓，但是一進入住宅區他就弄不清了方向，不得不再攔住一輛計程車。

是住家空出的一間後房，有自己的盥洗室，沒有廚房倒無所謂，可以在外邊吃。他付了必須付足半年一期的房租，道了謝，關上門，在床邊坐下，聽見牆的那邊小便的聲音，以及抽水馬桶嘩然的沖刷聲。

男子試著熟悉租房的時間，外界開始變化；夜逐漸到臨，城市的蛻變開始，污穢髒亂醜陋隨白日的過去而隱去，機車群消失。豔麗的霓虹燈接續亮起，閃爍在黑暗的背景上，光輝照耀。

男子脫下多口袋的旅行裝和皮鞋，換上輕鬆的運動服和球鞋，經過蜿蜒停著汽車的巷子，進入終於因進入夜而獲得福賜的世界。

11

嘈雜的公立醫院，就是到了晚上也一片混亂，外人在走道上廳堂上遊蕩來去，瀰散著似藥非藥的氣味，或是一種強要蓋過以上氣味的清潔劑的氣味。在訊問台前幾乎要吵起架來才被告訴在十一樓的精神病科。

他等到了第四或五批人眾才勉強擠進電梯，被壓在病人和非病人間，花束勉強護在胸前，十一樓到時他要揚聲說對不起才擠得出去。

清靜得多的專科，看來好像沒人，工人在洗地，水花花的。沿牆他小心地走，以免踏到別人已費勁洗好的面積。

請問，他盡量禮貌。

坐在櫃枱後的護士抬起頭，冷冷地望著他。

他說出修士的名字，和探訪的意思。

訪客時間已過，護士說，推了推眼鏡，低下頭繼續塡表格。

有點窘，他把花束拿低了，藏在櫃枱的底下，遲疑著。

是否應該跟她解釋，自己從遠處來，也許可以通融一下。或者——明天再來吧。

思索的時間對方始終低著頭，不給予選擇的機會。他轉過身，準備從原路離開。

一地的水光使他分不出剛走過的路；以爲電梯在左方，一拐彎，卻見迎面的是兩扇對關的門。

輕輕推開一扇，側著身子走進。啊，總是在幾近絕望的時刻，就會有驚喜的出現。

各個房門口站著人，走道上站著走著人，大家見他進來，都露出歡迎的笑容，如同盛會等到了主客的光臨。先時在醫院其他地方遭遇到的挫折感消失，他也露出了會心的微笑。

放緩了腳步，從人士的中間走過，點頭握手寒暄，他放心了。

走道很長，慢慢走到底，充滿信心。最底的一扇門半開，在地面照出一柱光。是的，他知道這扇門等著他。

12

人在睡眠時，尤其是仰臥的姿勢，皺紋在臉上鋪平而不見，是覺不出年紀的。修士的沈睡，使二十年的時間消失，當男子坐在床前，面對這張臉時，難怪覺得如同昨日。仍舊是很俊美的眉目，很黑的髮，似乎永遠微笑著的唇，還是滋潤的。他就這麼坐在床邊，直到旅遊者的倦意霧氣一樣地瀰漫上來。恍惚他又夢見一條水流，血絲蟲在接近岸邊的地方豔紅地漂游。沒有一種紅色能比這種紅色更美麗。醒過來時他發現自己仍坐在椅上，窗簾背後透著對街商店的霓虹燈的紅光，節奏性地閃著。

13

灰悶的早晨，太陽現不出形狀。早飯的攤子已經擺出。他隨便吃了點東西，回來租房，洗臉刷牙洗澡後上床睡覺。

睡到不知時候的時候，隔牆的活動弄醒了他。菜扔進油鍋，鐵勺敲擊著鐵鍋，斥喝孩子。抽水馬桶的水從他的頭頂嘩然地沖刷下來。

天花板逐漸退入暈暗，他翻起身，坐在床沿，用手指梳著髮根，落髮糾纏在手指間。男人的聲音和女人的聲音不知是在對話還是在爭吵。盤子碰到盤子或碗，喝湯還是在吃湯麵，一口口嘩然地吸進去；他覺得有點餓起來。

夜已到臨，如前所述，霓虹燈豔麗閃爍。男子在這時出門，進入光輝燦爛的世界。

14

從電梯出來他不再先去櫃枱通報。閃身轉到這一邊，推開對關的門。

啊，多麼溫馨的聚會。如同昨日，走道上站著蹲著走動著三五成群等待著的人士，友善地迎接他。如同進入晚到的派對，向眾人一一問好或握手，心情比昨天更舒爽，當他走完過道站在半開的最後一扇門前時，已經有如歸故鄉的感覺。

現在來到沈睡者的房間。桌面椅面薄薄有層灰，他想起昨夜在他守候的時間不曾有任何護理人員進來。從廁所水池底下的小櫃，他找出一塊乾硬的海綿，搓洗乾淨了，拿過來。仔細抹過每種可能招塵的面，包括了床的鐵條鐵杆。越發放輕手勢，當手接近人體時，沈睡的人微微動了一下身體——他停住了手。不，是自己的心理作用，他想。臉上也可能落了一層灰；用手指輕抹，指與指間果然有沙沙的感覺。他到浴室再找，找到一塊乾得可以脆開的毛巾。用肥皂正反面徹底地洗，扭乾了，仍是硬的。他放棄毛巾，用玻璃杯接了一點溫水，從自己口袋拿出潔淨的手絹，絹角沾了點溫水，包著食指，抹去臉上的灰塵。

再下來是擦地板的工作。沒有合適的用具，只好重用方才用過的海綿。不夠大，又時時須清水，花去了幾乎整晚的時間。

一切似乎都乾淨許多，他環看房間，比較滿意了。把用具放回廁所後，坐回昨日的位置，窗上透出天光，它的光度已能和整夜定時閃耀的霓虹燈匹及。

15

該早一點起床，以便做另一件事，於是把鬧鐘撥前了三小時。

在一個醒不過來的夢裏醒過來，日光照不透污穢的窗玻璃，揣摩不出天花板上天光的時間，鬧鐘沒響，不知掉去了床頭哪裏。他伸長手臂摸索，摸到一手的蜘蛛網。

電視連續劇在隔牆進行，說不完的如泣如訴山誓海盟。

他叫住一輛計程車，輾轉在下午的塞車陣中來到地區。一個十字路口他請司機停住，付了錢，跨出車門，站在黃昏的街頭。

16

男子來到地區想做什麼呢？啊，是這樣的，他之所以拿假期，除了是爲造訪沈睡的修士外，還爲了尋找一條叫作瑠公圳的水溝。

但是男子顯然忘記了一件歷史，瑠公圳早就不見了。

新生南路現在已是一條東西六條車道往來對開的寬平大道，上面穿梭著各種族群人類飛馳著國際性車輛，景象多麼歡騰飛躍。男子若不是忘記了歷史，就是歷史忘記了男子。

很多年前，新生南路曾是一條簡單的雙行道，兩邊生長著茂鬱的千層樹和亞麻黃，中間流著一條深入路面的水溝，清澈見底，緩慢流行，溝邊的浮草和石塊之間漂游著一團團的血絲蟲。

當黃昏到來，晚霞滿天，豔麗的夕陽倒映在水中，和血絲蟲交輝成紅豔的一片光時，世界上眞是再也沒有一條街或一條水比它更美麗了。

後來之所以塡平，據當時交通工程局登在日報上的告示，是爲了改善市容以及交通流量，使地區能以嶄新的姿態與城市的騰躍同步調，然而背後卻有一則爲我們都知曉的不便道出的原因。

是個晴朗的早晨，一位中學生如常地騎著腳踏車上學，經過瑠公圳的木板橋，從新生南路的這一邊單行道愉快地過到另一邊時，突然看見溝水裏浮沉著一截手臂。

起先他以爲是玩膩了的洋娃娃給扔進了水，隨即又覺得可疑。已經過了橋的他下車，推車走回想看個究竟。

一件令人無法想像的，和這美麗的世界無法關聯起來的謀殺案暴露了。

那是一個聽到領袖名字便自動起立寫到領袖名字便自動空格的祥和時代，案子自然引起轟動。警察局、公安局、區公所、消防局、警備司令部、安全局、國防部、保密部、情報處（你不能否認它有匪諜案的可能）、外交部、禮賓部、外貿局（你也不能否認它可能是件國際陰謀）都出動了人員設立了專號。報紙全天候追蹤，收音機隨時截斷節目報告最新發現，全城亢奮。

線索層層揭示，偵察步步進逼，複雜緊張刺激，比藍皮書還精采。終於，某將軍的大名呼之欲出了。傳言是這樣的，手臂可能屬於將軍說是回娘家其實是失蹤了的第二位夫人，也可能屬於據說忌妒心頗重的第一位夫人，或可能屬於和某人沾有曖昧關係的侍從官，更可能屬於久不見媒體上的將軍本人。至於最後一種可能則可能牽涉到高階層權力鬥爭。手臂泡水過久使人無法辨識出性別不免加重了案情的懸疑性。

社會聳動人心惶惶，在這即將眞相大白的關鍵時刻，某日突然案情直下，以上所有列名單位聯合公告了偵察結果，不過是醉漢午夜落水斷了一條手臂在水中的意外事件，隨即宣告案子結束。

挑逗起來的想像力亢奮起來了的人心怎能被這麼簡單的結局滿足呢？有人前去測探水流的深度和寬度，散出話來，說是三歲小孩的手都是跌不斷的。

不久城市工務局發出布告，爲了前已提到的改良市容及交通的理由，地區將推行現代化，並且以空前的速度開始了塡河的工程。從來沒見過一項工務進行得這般快速，又證實了徹底消滅現場以免日後翻案的謠言呢。

無論如何，當時還是少年的男子因爲沉湎在前述的自我尋找中，沒有注意到這件（或任何一件）社會大事，以至於歷史從身邊經過也不知曉呢。

現在站在路中央，設法想像水渠潺潺流動的景象。天明以前的時刻只有貨車偶然經過，打著黃色的頭燈，發出沈重的輪胎貼住柏油路面走動的聲音。

一切都成爲平坦的筆直的明確的肯定的堅硬的公路。

終於他等到一輛計程車。

17

坐下在食攤的小桌邊，叫了份早餐。吃的時間機車漸成群，貼著桌邊竄過，噴出黑色的尾煙沈落在結著痂邊的豆漿鍋裏。日光已經燥熱，預告了一天的燥熱。他站起來，付了錢，把找錢放回口袋，回到開始濕悶的租屋，在炒菜聲和抽水馬桶聲裏入睡。

18

帶來紅色的玫瑰。把舊了的花用報紙包好放在一邊，等走時帶出去。暫充爲花瓶的玻璃杯洗乾淨換上新水，玫瑰放在重新透亮的杯水中，室內頓時再一次香起。

他把毛毯往上拉近頷底，環頸的地方捺好，撫平以下的部分，腳底剩出的毯邊壓去床墊下。

19

三個小時以後他想可以幫睡著的人翻個身，於是把前時鋪好的毯子撩開，一半摺到另一半的上邊，露出穿著舊睡衣的身體，整個自己的胸腔都匍匐在人體上，兩隻手臂盡量延伸，擁抱住柔軟的骨骼和肌肉。他嗅到了輕微的呼吸。

來到幸福百貨公司的男裝部，挑選一件合適的睡衣，不能在顏色和尺寸上作決定。服務小姐勸他不妨都試穿一下。他走到布簾的後邊，把睡衣上下都套在自己衣服的外頭。小姐站在簾子的那邊，一件件從簾隙遞給他不同的尺寸和樣式，殷殷問著合適不合適，服務態度良好。最後選了一件全棉紅格子的。他再坐自動電梯到地下室的家用品部門，買了一塊品質極好的肥皂，兩條全棉白毛巾，兩個水盆。

20

先用肥皂洗手，把冷熱水調到舒服的熱度，兩個水盆盛到七分滿，一一端過來，放在床邊的小几上。

肥皂放入水，用手掌打出一些皂沫，調勻了，毛巾中的一塊浸入水，另一塊乾著備用。

被單小心摺到腳底，解開衣服的釦子，褪下睡衣和內衣。

白皙的肉體，沈睡的胸和腹和腿，沈睡的性器官。

他把肥皂水裏的毛巾拿起來，擰乾到還有點濕潤的程度，摺成容易拿在手中使用的大小。輕輕地擦拭，從耳後開始。時常在清水盆裏淨一淨。重複地擦拭，再用另塊柔軟的乾毛巾仔細抹乾水分。

工作持續，秩序而緩慢，必須注意三件事，一是手要盡量輕，一是隱藏的部位，例如耳後頸後腋下腿側等，要特別小心地洗到不易觸及的地方，一是水要保持恆溫，就是說，你得不時更換新水，同時又不能讓身體冷著了。

雖然單調又重複，其實是件費心又費力的工作。這面洗完後得轉過那面洗，得翻過來背面洗。

終於完成之後，他撕開包裝，拿出新睡衣，替睡著的人穿上，再把肢體盡量舒適地展放開來，毯子拉蓋過來，各個角落都捺平挪好。

天暗時開始，天明時結束，他撩開窗，沒有和不須月光的城市，霓虹燈規律性的迷媚地閃爍著。

這樣過去了七天和七夜，覺得自己終於能爲修士做件事，不知覺地心情舒快了。

21

男子和修士的故事說到這裏，從開始到後來斷斷續續前後經過了三十年，比四分之一世紀還長，也算難得。

自從男子離開家和辦公室去度假後，兩處都失去了他的音訊。大家都了解旅行慌亂可能難以照顧通訊，何況預定的行程也很緊促，無須站站時時都要通報。

七天後不見男子回來，沒有行蹤消息，打電話給航空公司或鐵路局也沒有誤機誤點的情況，眾人不免緊張起來，意外綁架失蹤等等一時都浮現到眼前。

職員們惶惶不安，擔心公司關門，家人們燒香卜卦念佛，還不好——按照警察局的告誡——

立刻公開尋找或者賞金求人，商會則繼續得延期。

就在這懸疑又緊張的時間，一日男子辦公室的傳眞機突然叮叮地響起，大家追隨在王小姐的後邊湧進，圍住機器看它一分分吐出紙。

荒原裏的一座古建築具有奇異的歷史價値和神祕力量，也許因爲位置偏遠遊客並不多，自己倒很想前去探訪。爲此將延長假期以便長程旅行。延長到什麼時候現在還無法決定，不過在全城商會慶典舉行前是一定會回來的。

機器傳出訊息的同時，家人也收到一封信。水漬了的郵戳看不出由哪兒寄出，信上的內容和傳眞相同，只是信封內多附了張照片。

黑白照，宏偉的建築，矗立在遼曠的野地上。不知是岩石還是木材建成，已經磨蝕了殘缺了，然而荒蕪之中卻隱藏不了一種與天地同存的盛容。

沈厚的造型猜想源自心靈的宗教感，秩序和莊嚴的結構或者來自對條理的尊敬。已被時間蝕化了的樑柱的頂端，有一種婉轉流暢靈活嫵媚的線條稍縱即逝，卻透露了遠古人類的綺麗心思，傳眞訊息裏令人讀著不覺一驚的所謂神祕力量，也許就在這裏吧。

22

我們對男子都極具信心，相信他會如期地回來，在等待的時間，被世界忘了的修士一天醒過來。

修士的醒來就像他的睡去一樣地原因不明。當被問及和病情有關的事項時，一頭雪白髮的修士說什麼都記不得，除非依稀彷彿曾經做過一個夢，夢裏自己在水似的質體裏漂浮，水搓撫著搓撫著偎抱著，從來沒有這麼地覺得舒服和安心。

三　鶴的意志

一個女孩和一位男子搬來公寓。

男子中年，頭頂開始禿，穿著整齊的灰西裝，拿著公事小皮箱早出晚歸。女孩七八歲左右，散亂的劉海，底下有一雙憂鬱的眼睛，每天一個人白著臉站在陽台上。

陽台前邊有一片工程預定地，淺淺的沼澤長著長長的蘆草，開著淡黃色的花。女孩站在陽台上，兩隻手肘枕著陽台的水泥邊，看蘆花順風一時這邊一時那邊地彎倒。

一天飛來一隻大鳥，停在沼地的中央。雪白的身子，頸上一圈丹紅色，嘴和腳都又細又長，巨大的翅膀展開時，翅邊鑲著金色的羽毛。

女孩從來沒見過這麼美麗的鳥。

小小年紀並不知道，她見到的是隻鶴吶。

鶴在我們的世界消失，從前可繁榮過呢。你看漢朝的帛畫或磚畫上不是常常出現一隻側身展翅的大鳥嗎？謹愼的學者們不敢妄爲它定名，稱它爲「神祕之鳥」，我們細細核對形狀，卻可以肯定地說它就是鶴。

豐腴富足的唐朝婦人用華麗的金絲和銀絲在服裝上絡出鶴的美姿，曾經震驚了從河西走廊，從東印度洋和太平洋等各種方向來到中國的域外人士；若數鶴的黃金時代，那又非宋朝莫屬了。

據說宋徽宗趙佶政和壬辰，也就是西元一一一二年，上元節第二天的黃昏，祥雲低拂著宮殿的正門，倏忽一群白鶴飛來，翱翔在空中，如同追隨著某種奇妙的韻律或節奏，時又停佇在簷的鴟尾上。往來沒有人不抬起頭來瞻望，發出了讚美嘆息，數一數，竟有二十隻之多呢。鶴群久久不散，終於迤邐著隊伍向西北方遠去。

爲了紀錄這一鶴的盛會，徽宗畫下了「瑞鶴圖」。

精緻的工筆，描繪出典麗的殿簷，浮現在低低的雲層中。二十隻白鶴中的兩隻，停歇在簷兩端的魚尾飾上，其餘愉快地翱旋著。雖然是在一千九百年以後，我們乃能讀出上元節次夕，當晚空呈現銀灰藍色，一群白鶴飛來的那一時刻，從來沒有一位皇帝沒有一位畫家的心靈能比他更綺麗更憂鬱的徽宗的感動呢。

同生活在宋朝的蘇軾有天和兩位朋友同遊赤壁，放船在水的中流，想到了生命的倏忽和虛無。夜半時，寂寥的江面飛來一隻鶴。

鶴也曾飛來紅樓夢中，那是賈府的一次中秋夜宴，大觀園的離散已經開始，情景不如往日，雖然勉強歡笑仍有些淒清寂寞。

林黛玉和史湘雲兩人來到近水處賞月聯詩，黛玉的語句越聯越悲涼。如同響應呼喚，黑夜的湖面飛起了一隻鶴。

不要忘記，多情的賈寶玉住著的怡紅院的前庭，也飼養著鶴呢。

世界上再也沒有一種鳥能比鶴更尊貴更典雅更柔美更細膩，和人的關係更親密了。

小女孩站在陽台上，看見大白鳥亭亭立在水沼中，彎下修長的頭頸，形成圓弧；或者曲起一隻腳，把丹紅色的脖子藏去翅下；又或昂首，挺直了身體，發出低低的鳴叫；最好看的莫過於起飛和下降的姿勢了；展開雪白的翅，在空中緩緩滑行，金邊劃出閃閃的S形。

聰明的女孩默默觀察，不久便明白了鶴的言語。試著用自己的肢體練習，不久，也能像鶴一樣地亭立，一樣地展臂如展翅，一樣用小小的脖子配合著手腳，給出各種訊息。

男子很擔心，這種年齡別的孩子都進學校了，偏到現在連話都還不會講。搬到這裏來又發展出鳥似的怪動作。男子眞是愁，不住地摸腦頂，頭髮又掉下很多。

寂寞又無趣的每一天，終於有了談話的對象，女孩倒高興起來。

於是陽台上的一個小女孩和沼地裏的一隻鶴，每天面對面，做出同一或類近的連續動作，似乎是在相互接應，交換著只有兩者才明白的消息或默契。

男子找不出原因，準備再一次搬家。

這一次卻遇到了抵抗，緊緊抓住陽台欄杆的手怎麼也不肯放，又哭又鬧僵持不下。

一位女士出現在公寓，和女孩一同站在陽台上。

女士牽著孩子的小手望著前方，用溫柔的聲音說：

多麼美麗的沼地，多麼美麗的鳥啊。

女孩抬起頭，用一雙憂鬱的眼睛從蓬鬆的劉海後邊望著她，手緊緊揑著她的手。

女士有柔軟的手指，暖和的掌心，美麗的腰身和頭髮。

眼前吹起了一點風，淡黃色的蘆花向一邊彎腰，雲重疊在地平線的邊緣，起伏著的矮山也隨著移動了。

受到風的邀請，鶴緩緩抬起雙翼，排出雪白的扇形結構，展開羽的金邊在日光下閃爍。女孩緩緩抬起她的手臂，舉到過眼的地方，保持了手臂和手腕一直線，手指併攏，七十五度的弧度。

多麼優美的身姿啊，女士用溫柔的聲音說。

後來每一天，女士和女孩都會出現在陽台，牽著手。沼地裏的鶴等待著，變化出各種姿態，打出會意的訊號。

小女孩的頭髮編成整齊的辮子，衣服穿乾淨了，臉紅潤起來了。

男子和女孩和女士一齊搬出了公寓。女孩仍由女士牽著手，男子提著箱子跟在後邊走。

鶴不見了，其他的水鳥一群群飛過來飛過去，發出啾嘈的叫聲。沼地開始了工程，據說是超國際水準的高樓將矗立在它的上邊呢。

一對年輕的夫婦搬進來，常常大打出手到陽台上，女的顯然力氣比較大；黃昏時在陽台上擁抱的時候也頗多，兩件事都做得像是旁邊沒人看見。推土機運來一車車的垃圾，傾倒在沼澤裏，引來無數計的麻雀，黑鴉鴉一片又一片，嘩然降落又飛起，水面越來越小了。

後來只剩下一塊泥塘侷促在公路和高樓的中間，你從公路開車過去，水塘跳進你的眼，閃動如小小的鏡子。

秋天時，候鳥仍舊過境，一種白肚灰身的鳥，一點也不受車輛飛馳在周身的影響，三兩成雙結伍，靜靜地掠過水面，或者停在水央啄食。據說這是種原生在東北亞和西伯利亞地區的鳥，古時由涉過北亞大陸的印第安人——我們是印第安人的後裔還是印第安人是我們的後裔仍是個未能沌清的人類學上的謎——帶過來。

牠們立下南飛的志願，在完成飛行前，遙路上，常在溫暖的台灣停歇。

——一九九三年二月．選自麥田版《夏日踟躇》

李永平作品

李永平

廣東揭陽人，1947年生於英屬婆羅洲沙勞越邦。在僑居地接受中小學教育，19歲返國就讀於台灣大學外文系，畢業後赴美深造取得紐約州立大學碩士及聖路易華盛頓大學比較文學博士。曾任中山大學及東吳大學副教授，現任東華大學創作與英語文學研究所教授。著有小說集《吉陵春秋》、《海東青》、《朱鴒漫遊仙境》、《雨雪霏霏》。曾獲聯合報小說首獎、中國時報文學獎小說推薦獎、聯合報讀書人年度文學類最佳書獎，並以《吉陵春秋》入選「亞洲週刊二十世紀中文小說一百強」。

翠堤小妹子

——眞相大白了！扔出第一顆石頭的人是我。妳害怕啦？瞧妳，這會兒看見我就好像大白天撞到一個鬼，颼地，臉煞白了，好久好久只管張開嘴巴，睜著妳那兩隻冷森森刀一般讓我一看就不寒而慄的眼眸子，呆呆瞅住我的眼睛。朱鴒，現在妳心裡一定在想：這個人心腸很壞喔，小小年紀就幹出那麼可怕的勾當。嘿，朱鴒妳說得對，我是個壞胚子！妳趕快走開去吧，別再理睬我。妳不肯走？好，那麼咱們兩個就面對面眼瞪眼站在台北市華江橋上，耗到天亮吧。妳看，橋頭哨亭裡那個守橋的憲兵，現在又端起手上那枝卡賓槍，瞪著眼睛打量我們，滿臉狐疑：這兩個老百姓一大一小一男一女，搞不清楚到底是什麼關係，三更半夜結伴流連在寶斗里旁邊的大橋上，形跡十分可疑。妳看這個十八、九歲的阿兵哥，沈著臉，繃住下巴，端著槍邁出腳步走出哨亭子，準備上前來盤查我們了。丫頭妳趕快過來！拜託，別怔怔站在那兒，縮起妳那株蒼白的小脖子，博浪鼓似的搖甩妳那一頭亂蓬蓬的髮絲，咬著牙，渾身抖簌簌只顧打哆嗦。我也許是壞胚子，但可不是一個鬼。瞧妳怕我怕成這個樣子！朱鴒丫頭，過來跟我站在一塊。咱們兩個就這樣肩並肩倚在橋欄上，抬起頭來假裝欣賞新店溪的月光。陰曆十月十五，月色多麼皎潔。月娘披上了一襲白頭紗，從淡水河口觀音山頭悄悄探出臉龐來了。妳看她像不像一尊白玉觀音菩薩，俏生生笑吟吟，一逕低垂著她眼眸上那兩蓬子睫毛，俯瞰台北市滿城車水馬龍燈火人家？丫頭啊，這會兒月娘也俯瞰著千里外，南中國海彼岸，婆羅洲島上古晉城外馬當路十哩胡椒園門口，路旁竹林裡那小小的一堆白骨……

那第一顆石頭和那一堆白骨，陰魂不散哦。我離開婆羅洲，在外流浪多年了，而這小小的一顆從馬路邊撿起的鵝卵石，至今還糾纏著我，幽靈般只顧日日夜夜浮現在我腦子裡。這些年不管我飄泊到何鄉，無論我躲藏在哪裡——在台北西門鬧區，在花東縱谷三家村天主堂旁的旅社，在鑼聲若響的高雄港，在紐約市五光十色鬼影幢幢的第四十二街，在天蒼蒼、地茫茫、半夜聽得見印第安戰士的幽靈呼嘯追殺白人鬼子的北美大草原——我腦子裡，三不五時就會上演這齣陰森森、無聲、慢動作彩色電影：日正當中，七個孩子身上穿著繽紛亮麗的新衣裳，喜孜孜興匆匆，手裡握著石頭，在帶頭大哥一聲號令下，倏地邁出腳步，朝向那隻孤零零蹲伏在竹林裡靜靜喘氣的老狗，一步一步走過去……忽然，七兄弟姐妹一齊發狂起來咬著牙詛咒著，高高舉起手上的石頭，一擁而上……

原來我就是那個帶頭大哥！是的，我是這場血腥遊戲的男主角，我是扔出那要命的第一顆石頭的人，而這些年來我卻一直不肯承認。謝謝妳，朱鴒。今晚在距離婆羅洲幾千里的台北市淡水河橋上月光下，妳這個小女生，我在台北街頭迢迢結識的丫頭兒，終於迫使我面對事情的眞相，逼我揪出元兇——我自己。

丫頭啊，這些年來，竹林裡的那一幕日日夜夜浮現在我腦子裡，歷歷如繪，一個動作接一個動作，慢吞吞，悄沒聲，只管陰森森展現在我心眼前，就像一卷反覆倒轉放映的錄影帶，逼迫我凝起眼睛，仔細觀看影片中的每一個人物和每一幅畫面，直看得我渾身冒出冷汗，半夜驚叫一聲嚇醒過來。最恐怖的是這部電影中的人物——那七個身穿新衣手握石頭的小孩——全都是我的同胞兄弟姐妹，包括我們最心愛的小妹子翠堤。

小鳥，我們七兄弟姐妹對不起你。我代表我們全家人向你認罪道歉，行不行？你，小鳥，只是我們家豢養的一隻看門狗，可是在我們小妹子翠堤心目中你卻是我們的兄弟。從小她跟你最要好，就像一家人那樣的親。如今你的身體——你那肚腩上爛出了兩個大窟窿、紅潑潑流淌出一根根腸子的身體——孤零零躺在婆羅洲太陽下荒山竹林中，早就化成小小的一堆白骨。可這些年來，不管我逃躲到哪裡，你那兩隻烏亮烏亮的眼眸子卻一直跟隨我，時不時閃爍在我腦海中，冷冷地、一眨不眨地瞅住我……我帶領兄弟姐妹們幹出這個勾當，向你扔出那第一顆血腥的石頭。小鳥，你儘管找我算帳！我擔了。請你高抬貴手放過我的小妹子翠堤，饒了她吧，拜託你好不好哪？

朱鴒丫頭，妳別老站在那兒張開嘴巴睜著眼睛一聲不吭，睨著我，只顧聽我講述這些陳年舊事！我被妳看得心裡直發毛喔。拜託妳也講講話呀。

——好，我講話。我問你一個問題：你們七兄弟姐妹中到底是誰扔第一顆石頭，眞有那麼重要嗎？害你一輩子念念不忘，嘀嘀咕咕把自己折磨成這個樣子！不要忘記哦，你們七個人全都扔了石頭。說不定你媽懷裡抱著的小娃娃，你那個剛出生的小弟，也向小鳥扔了石頭呢。剛才在你腦子裡上演的那部電影中，你不是看到你二弟拿著一堆石頭，走到你媽身旁，把一顆小石頭塞進這個小弟弟手裡嗎？而你媽並沒阻止他……

——別說，朱鴒！我不知道扔第一顆石頭到底重不重要，可是這些年來我心裡一直在想，好好的七個孩子，無緣無故怎麼會突然狂性大發，成群結夥，幹出這樣殘忍的勾當，用石頭把自己家的老狗活活砸死掉？

——集體抓狂！神父說那是人心中的魔。

——抓狂？ㄚ頭妳說得好！我不知道那究竟是不是人心中的魔。我只知道牠讓我感到害怕……害怕我自己，害怕我的同胞手足。妳看就在那一剎那間，南洋碧藍天空一顆白燦燦大日頭下，七兄弟姐妹突然一齊抓狂，個個齜著牙，瞪著眼，紛紛舉起手裡握著的石頭，使出吃奶的力氣，沒頭沒腦朝向小烏身上砸過去！而這當口，我們家養的這隻老狗小烏，病懨懨躺在地上只顧睜著眼睛，一眨不眨，瞅住這群從小跟牠一塊長大的孩子……誰扔出第一顆石頭，究竟重不重要呢？我不曉得了。我只曉得，扔石頭的人包括我那四歲的小妹子翠堤。這小姑娘是那麼的天眞無邪，心地那樣善良——小烏生病了，翠堤從早到晚守望在牠身邊，用筷子夾自己的那碗飯菜一口一口餵牠吃，唱牠平日最愛聽的一首歌給牠聽：妹妹揹著洋娃娃，走到花園來看花，娃娃哭著叫媽媽，樹上鳥兒笑哈哈……

——喲，你哭了！唱著唱著你就流下眼淚來啦。

——朱鴒，妳現在別走過來哦。我不是人，我是個魔。我們家七兄弟姐妹都是魔。我那個純眞的小妹子翠堤也是魔。

——來，把你的手伸出來吧。

——妳想幹什麼？

——讓我握握你的手。瞧，我左手的小指頭勾住了你右手的小指頭。這表示我心裡已經原諒你了。不管當初剛到台灣，一天晚上獨個兒在寶斗里遊逛時，你到底有沒有進入那個什麼臨春閣、望仙閣、結綺閣……現在我都原諒你了，因爲這次你跟我講小鳥的故事，你終於講實話啦。你們全家人中到底是誰扔第一顆石頭，其實我早就猜到了。我知道誰才是眞正的……好吧，你不准我講出來，那我就不說啦。唉，你太敬愛這個人，不忍心……不管怎樣，我很高興你今天晚上跟我說這些話，因爲我最恨人家欺騙我。噯呀，說著說著你又流下眼淚來了。那麼大的一個男人——不要哭不要哭！你看橋頭哨亭裡的憲兵這會兒又舉起卡賓槍，伸出頭來兇巴巴瞪著我們了。

——管他！我們站在橋上欣賞淡水河觀音山的月色，又沒犯法。妹妹揹著洋娃娃，走進花園來看花……

——你心裡一定很疼惜你小妹，對不對？

——從小我就喜歡讀台灣出版的少年文學叢書，三毛流浪記啦，苦兒流浪記啦，心裡老幻想著，總有一天，我也會帶我小妹子翠堤離家出走，在婆羅洲深山裡浪遊、冒險，穿梭過叢林中那一座又一座達雅長屋，尋找當年日本陸軍大將「馬來亞之虎山」下奉文遺留的寶藏。小兄妹倆一路相依爲命，就像兩個沒爹沒娘的孤兒。我就記得，小時候住在山坳裡種胡椒那幾年，每晚臨睡前我總會坐在窗口，閉上眼睛豎起耳朵，傾聽叢林深處長屋裡鼕鼕傳出的人皮鼓聲，心裡編織著故事，一章又一章，漸漸發展出一部長篇小說來。我是男主角，翠堤是女主角，兄妹倆手牽手浪跡婆羅洲森林，出生入死，經歷一連串驚險離奇的事件……

——唔，新苦兒流浪記。

——她像妳，朱鴒！我小妹子翠堤的性情跟妳滿像的。同樣的冰雪聰明，同樣的好奇。妳這丫頭也喜歡廽廽遊逛，所以我們這一大一小兩個人，天南地北才會湊合在一塊，相識台北街頭。「我們兩個都是天生漂流的命。」這可是妳自己說的，朱鴒丫頭！有一部好萊塢歌舞片《安妮》妳看過沒？一個叔叔帶著他的小姪女浪遊美國，尋找安妮的媽媽。小安妮手裡拎著小行囊，亦步亦趨追隨她那個手裡提著大皮箱的叔叔，一路載歌載舞，結伴走天涯。朱鴒，有一天我也要像安妮的叔叔帶妳這個小丫頭走天涯——台北古晉婆羅洲南洋東海中國世界。但我又擔心，妳會突然在我眼前消失掉，無影無蹤，就像我這輩子有緣結識的那些女孩。咦？丫頭怎麼忽然眼圈一紅？奇怪，怎麼現在輪到妳想哭了呢……我小妹子翠堤現在人在哪裡？如今她流落在南洋婆羅洲沙勞越邦古晉城……她長大啦……

——喂，你想哭就痛痛快快大哭一場吧。

——我想唱歌。

——唱呀！我聽。

妹妹揹著洋娃娃
走進花園去看花
娃娃哭著叫媽媽
樹上鳥兒笑哈哈

——喂，你唱完啦？哭夠啦？心情好過了一些沒？來，拿我的手帕把你那滿頭滿臉淚水鼻涕擦乾淨吧。那麼大的一個男人哦！你抬起頭來看一看，觀音山頭的月娘現在已經飛升到天頂上，揭開她臉上的面紗，低下頭來笑瞇瞇望著你呢。咦？你怎麼還在唱你小妹翠堤最愛唱的那首歌呢？妹妹揹著洋娃娃，走進花園去看花……三更半夜在台北大橋上，聽你扯起嗓門鬼哭般唱這首兒歌，我心裡頭感到毛毛的。你心中一定很想念翠堤。那年，你父親賣掉山坳裡的胡椒園，你們家搬回古晉城裡，翠堤不是跟隨哥哥姐姐們進入聖保祿小學讀書嗎？後來呢？

——剛當上小學生，頭兩個學期她很快樂。那時翠堤六歲了，每天大清早就爬下床來，穿上媽媽給她新裁的白衫子黑布小裙，揹起書包拎起飯盒，喜孜孜興匆匆上學去啦。走在大街上，這小妮子總是搖甩著她那一頭被我媽狠狠修剪一番、刀切般齊耳的短髮絲，睜著兩隻烏黑眼瞳子，探頭探腦東張西望尋尋覓覓，不知探索什麼新鮮事。我們校長龐征鴻神父，東北人，個頭十分高大英挺，無親無故獨自流落在婆羅洲。龐神父每次看到山裡來的這個小女生，總是忍不住搖頭嘆息，絞起眉心瞅著她：「李翠堤，妳爲什麼那樣好奇？」翠堤總是伸出小手兒在心口畫個十字：

「主耶穌，我也不知道我爲什麼會那樣好奇！我不是故意的。」說著，她就甩起頭髮揚起臉龐，乜斜著眼睛睨著神父吃吃笑，樂不可支。龐神父把李翠堤當自己女兒看待，疼惜得不得了，說她原本是在天上侍奉聖母瑪利亞的小丫鬟，做錯事怕被罰，偷偷下凡溜到人間來玩耍。可是奇怪啊，學校裡的修女都不喜歡李翠堤，每次在校園看到她就皺起眉頭，倏地沈下臉孔，說她是撒旦的女兒，被她老子派來人間禍害李家……可不管修女們怎麼說，我小妹子翠堤每天依舊喜孜孜興匆匆，大清早催促哥哥姐姐們起床：上學囉。就這麼樣度過了兩個學期。一天，翠堤無緣無故忽然變了！變得不愛上學，大清早揹起書包拎起飯盒，瞞著哥哥姐姐們獨自個偷偷溜到屋後竹林裡……

——竹林？那不是小烏被石頭砸死的地方嗎？在山坳裡胡椒園門口馬路旁。

——哦，我現在說的並不是山坳裡的那座竹林。我不是跟妳講過嗎？我父親把胡椒園賣掉後，就跟他當年走私黃金的夥伴黃汝璧再度合夥，在古晉城開設肥皀廠。廠房後面有一座竹林。每天上學前，翠堤都會溜到竹林裡坐一會兒，嘀嘀咕咕不知在跟誰說話，放學後她就一溜風跑回家，身上的校服也沒工夫換下來，就走進廚房，拿起碗筷匆匆裝上一碗飯菜，瞞著我媽一頭鑽進屋後竹林裡……我小妹子翠堤變了！變得行跡詭異。她爲什麼會變呢？好端端爲什麼會忽然變成另一個人似的？直到今天，我想破了頭還是沒想通。噯，往後那幾年翠堤她……

——喂，你還沒告訴我，翠堤每天跑到屋後竹林裡幹什麼？

——餵小烏吃飯。

——老狗小烏？牠不是死掉了嗎？

——翠堤說小鳥還沒死呢，這會兒就住在竹林裡。她常常跟牠見面聊天。所以，每天放學後她就匆匆趕回家來，瞞著我媽，端一碗飯菜到竹林裡餵小鳥吃。她從屋裡搬來一張小板凳，坐在小鳥跟前，一邊用筷子夾菜，柔聲哄牠吃飯，一邊扯起嗓門，唱牠平日最愛聽的那首歌給牠聽。

——妹妹揹著洋娃娃，走進花園去看花……

——朱鴒，拜託妳別唱！半夜三更聽得我心頭直發毛。好冷！橋上颳起風來了。瞧，新店溪上白茫茫嘩喇嘩喇搖曳起好一大片芒花，月光下笑哈哈，好像有幾千個小妖精躲藏在芒草叢裡，追逐嬉戲。瞧妳這丫頭嚇得縮起脖子，齜著牙，渾身打起哆嗦來啦。妳抬頭看看河口觀音山頭的月娘。她又戴上了面紗，隱身在雲堆中，不時探出頭來瞄瞄我們，催促我們兩個趕快回家，莫在橋上流連了。烏雲滿山頭，天色一下子沈黯下來。看樣子今晚會下雨囉！咱們快走吧。

——不走！翠堤的故事你還沒講完。後來呢？翠堤就這樣天天放學後從廚房裡端出一碗飯菜，跑進屋後竹林裡，餵小鳥吃？一面唱歌給牠聽？

——後來翠堤索性不上學了，每天窩在竹林裡……

——咦？你爸媽不管她？就這樣讓她天天待在家裡？

——實在禁不起翠堤天天哭鬧，唉，我爸只好讓她休學一年囉。反正那年翠堤才七歲，讀小學二年級。

——那一整年，翠堤每天獨個兒待在竹林裡做什麼？

——煮飯燒菜。

——哦，玩家家酒。

——不是！她做飯給小鳥吃。有一天，翠堤不知從哪裡搬來幾十塊紅磚，歡天喜地，在竹林中央那棵番石榴樹下堆砌起一座小小的灶頭，然後瞞著我媽，從廚房拿來一套鍋鏟瓢盆、兩副碗筷和一把菜刀，整整齊齊擺在灶頭上。此後她再也不上學啦，每天大早起床就鑽進竹林，拿起掃帚，裡裡外外把她的新家打掃一遍，快快樂樂陪伴小鳥過日子，有時唱歌給牠聽，有時跟牠閒話家常。從早到晚兩個兒廝守在竹林裡，嘰嘰咕咕聊得很高興。有時我們鼓起勇氣走進竹林，悄悄窺望。大白天，整座林子靜盪盪，只見天頂那顆大日頭從竹葉間照射下來，悄沒聲，潑灑出一地窸窸窣窣的影子。躡手躡腳，我們六個人分頭四處搜尋，翻遍了整座竹林的每一叢竹子。小鳥躲在哪裡呀？偌大的竹林連個鬼影子都沒有。不知怎的我們六兄弟姐妹只覺得渾身發冷。大夥聚集在灶頭旁，一齊蹲下來央求我們最疼愛的小妹子翠堤：「小妹，別再玩家家酒了！竹林裡只有妳一個人，沒有別的……東西。」翠堤右手握住菜刀，左手抓著一把野菜，颼地揚起她那張紅噗噗的小臉龐，迎向天頂那顆白燦燦大日頭，使勁甩了甩她脖子上那一叢早已留長了的、掃帚樣亂七八糟的髮絲，睨瞅住我們，眼瞳裡閃爍著兩撮冰冷光彩：「怎麼沒有呢？小鳥這會兒就在竹林裡呀。瞧，牠躺在灶頭旁邊那張毯子上，看守著牠肚腩上那兩窟窿的爛腸子，睜著眼睛靜靜望著你們六個人，而你們卻看不見！」說著，翠堤放下手裡的菜刀，垂下頭來，瞅住灶頭旁邊地面上鋪著的一張破舊毯子，伸出手來輕輕拍兩下，眼一柔，噙著淚水，忽然扯起嗓門自顧自唱起兒歌：

「妹妹揹著洋娃娃，走進花園去看花，娃娃哭著叫媽媽，樹上鳥兒笑哈哈……笑哈哈……笑哈哈……

……」我們六兄弟姐妹望著小妹子翠堤那雙冰冷的眼神，心一抖，慌忙拔起腳來跑出竹林去了。一整個下午，竹林裡不斷傳出翠堤那溫柔淒厲的歌聲，鬼魅似地縈繞在屋子四周，只管追纏著我們兄弟姐妹六個人。一直唱到太陽下山，翠堤才躡手躡腳鑽出竹林，抹掉臉上的淚痕，笑嘻嘻走進廚房央求我媽給她一些肉骨頭、菜根和蘿蔔皮，讓她拿到竹林裡煮給小烏吃。於是，就像個家庭主婦似的，七歲的小妮子興匆匆繫上圍裙，往竹林裡那座小小的灶頭前一蹲，洗洗手，忙著張羅起晚餐來。我們躲藏在竹叢裡探頭探腦，只見她拿起刀鏟切切炒炒剁剁，把自己弄得滿頭大汗，氣喘吁吁。翠堤一面燒菜一面還得抽空回過頭來，撩起圍裙擦擦臉，抹掉眼皮上綴著的幾顆汗珠，望著她身旁毯子上靜靜躺著的那隻老狗，柔聲哄牠，笑瞇瞇跟牠說話解悶：小烏，今晚我給你加菜，炒個糖醋排骨給你嘗嘗……小烏，昨天晚上你睡得不好哦！半夜我在屋裡聽見你拉長嗓門哀哀叫……小烏，你生病了，肚腩上爛出兩個窟窿，滴滴答答流出一根根血紅紅的腸子，你痛得受不了才叫喊起來，對不對？明天我爸要進城去賣胡椒，我請求他老人家給你帶兩帖膏藥回來……小烏啊，我知道你餓了，肚子咕嚕咕嚕響個不停，別急嘛，讓我再燉一鍋青菜蘿蔔排骨湯，咱們倆就可以面對面坐下來吃晚飯了囉……妹妹揹著洋娃娃，走進花園去看花……

——拜託你別再唱了！這首兒歌從你嘴裡唱出來，就像鬼哭似的，聽得我滿身直冒起雞皮疙瘩。她……你小妹子翠堤，就這樣一天到晚蹲在屋後竹林裡，煮飯燒菜給小烏吃囉？

——整整一年。

——你爸媽難道不著急嗎？爲什麼不管管她呢？

——沒用。我媽也慌了，找尪姨來家裡作法給翠堤招魂收驚。我爸請堪輿師來看肥皂廠的風水。那陣子我們家族那群三姑六婆最興奮，三不五時，拎著一籃金紙香燭，打扮得珠光寶氣跑來我們家串門子，嘰嘰喳喳，爭相帶翠堤去廟裡拜拜。沒幾天，古晉城裡城外各家廟宇全都拜過啦。翠堤小小一個身子，掛滿各家神佛賜給的平安符，琳瑯滿目，給姑婆們揪著滿城招搖，糗死了，可每天一早起床後她照樣鑽進屋後竹林裡，唱歌，煮飯燒菜，跟小鳥閒話家常，親暱得活像一對恩愛的小夫妻。過了兩三個月，我媽也沒工夫管教她了，因爲那時她肚子裡又懷了一個。

——誰又懷孕啦？

——我媽。

——哦，嚇了我一大跳！我還以爲……唔，我記得你說過你媽很會生。當初第一顆石頭那件事發生時，你已經有八兄弟姐妹了。後來呢？翠堤從此就待在家裡不上學啦？

——後來說也奇怪，翠堤有一天忽然就不到竹林裡去了。沒多久，翠堤就脫下她那滿身披掛的平安符，穿上白衫子黑布裙女生制服，揹上書包拎起飯盒，笑盈盈回到聖保祿小學上課啦。只是……是諸天神佛保祐，把我們家小翠堤的魂魄給找回來了。她什麼都沒講，只是笑。姑婆們說那只是我們校長龐征鴻神父不再喜歡她了，可我看得出來龐神父心裡感到很難過。每次在校園裡遇見李翠堤，跟以往一樣，龐神父依舊停下腳步來瞅著她，絞起眉心搖頭嘆息，但他眼神裡那兩瞳子慈愛的光彩，不知怎的卻消失了，取而代之的是一種——恐懼？惋惜？迷惑？我也說不上來。我只知道我的小妹子翠堤眞的變了！這次她變得……讓我傷透了心。對不起，朱鴒，我實在不想再講這些陳年舊事了。

——拜託拜託，你就再講一件吧！你別害我今晚回去睡不著，躺在床上翻來覆去，心裡老記掛著翠堤後來到底發生了什麼事情，才會讓你傷透了心。瞧你，這會兒渾身打著哆嗦站在淡水河橋上月光下，臉煞白，嘴唇發抖……翠堤的事情眞有這麼可怕嗎？

——好！妳眞要聽，我就跟妳講那件讓我傷透了心的事。一天放學回家，我彷彿聽見屋後竹林裡有狗叫，嗚汪嗚汪好淒涼，大白天聽得我全身寒毛倒豎，頭皮發涼。我鼓起勇氣走到竹林邊，探頭一看，只見翠堤四年前親手用幾十塊紅磚堆砌成的灶頭，如今空盪盪冷清清，矗立在林中那塊空地中央。橫七豎八，灶頭上堆疊著鍋鏟瓢盆，早就生鏽啦，可她那兩副碗筷卻端端正正擺放在灶前一張板凳上，亮晶晶，乍看，就像我們家廳堂裡神主牌前供奉的兩碗白飯。晌午陽光從竹葉間灑照下來。哼哼唧唧，兩條皎白的身影子交纏在灶旁地面上，不住抽搐呻吟。我悄悄走進竹林裡，躡手躡腳撥開竹叢，揉揉眼睛伸出脖子。只聽得腦子裡轟然一聲，我差點當場暈死過去。

——大白天你看見小烏啦？嚇成這個樣子！

——不！我看見鄰家那個小潑皮。

——他在竹林裡幹什麼？

——他趴在我小妹子翠堤身上喔。

——哦，趴在她身上做什麼？

——兩個人赤條條抱在一起，躺在灶頭旁邊鋪著的那條破舊毯子上玩耍……

——那你……

——我就拿起灶頭上的一塊紅磚……

——你把他砸死啦。

——沒！一磚頭砸死他，那就未太便宜這個小王八。

——那你拿起磚頭幹什麼呀？

——我要幫他梳頭髮。

——梳頭？這個時候你還有心情幫人家梳頭髮？

——嘿，我把磚頭當做梳子，給這小王八好好梳一次頭髮。我把他從我小妹子翠堤身上揪起來，狠狠踩在腳底下，拿起整塊紅磚，壓住他的頭，然後咬著牙使出全身力氣，一磚頭一磚頭不停地梳著他的頭髮，直梳到他頭皮上滴出血來。那小王八痛死了啦，殺豬般躺在地上翻滾，伸出兩隻手爪子死命掐住他自己的眼窩。我偏不放手，死命按住他，用盡吃奶的力氣幫他梳頭，一磚一磚……朱鴒丫頭，妳嘗過用磚頭梳頭髮的滋味嗎？瞧妳，害怕了？這會兒妳看見我就好像撞到鬼一樣，只顧齜著牙咯咯咯直打牙戰。我告訴過妳哦，我這個人心腸很狠！莫忘了，當初扔出那要命的第一顆石頭的人就是我。

——我不怕你！如果我是你，看見自己最疼愛的妹妹被人家那樣欺侮，我也會用磚頭幫這個人洗澡。

——可是？那個小王八並沒欺侮翠堤呀。

——咦？他剛才不是趴在翠堤身上？

——那是翠堤自己——願——意——的啊。

——你怎麼知道是她自己願意？

——因爲她快樂得哼哼叫，格格笑。

——天，她才幾歲就……

——所以我才會傷透了心。

——後來呢？

——後來，小王八滿頭流血，跑回家去向她媽媽告狀。他媽媽跑到我們家向我媽媽哭訴。我媽氣壞了，就罰我把一塊紅磚放在頭頂上，站在大門口，面對馬路上來來往往的人車，高聲唸五百遍：「以後我不敢再用磚頭幫人家梳頭髮了！」我打死都不唸，只是咬緊牙根，睜著眼睛瞪住天上那顆日頭，直瞪到太陽下山，直瞪到月亮升上來，直瞪到我小妹子翠堤哭累了，睏了，跑回屋裡睡覺，不再獨個兒蹲在屋後竹林裡，哀哀唱她那首妹妹揹著洋娃娃，走進花園去看花……朱鴒啊，那當口我心裡只感到恨！恨我媽。我甚至懷疑，那年在山坳裡胡椒園門口竹林中……反正自從被我媽罰站後，我就不喜歡待在家裡了，每天放學後就在外面遊蕩，直到高中畢業來台灣讀大學。至於翠堤，我從此不再理睬她啦。嘿，我不敢再看翠堤的臉。每次看到她臉上那朵天眞爛漫的笑靨，我就會滿身發抖。屋後竹林裡那件事，我從沒告訴過別人，連我媽到現在都不知道呢。

——來台灣以後，你再也沒有看到你小妹子翠堤囉？

——看到一次。大學畢業後我回婆羅洲古晉城探望我父母親。翠堤已經長大啦，變成一個亭亭玉立的女郎。她寄給我的照片至今我還保留著呢！返鄉前，我就聽家人說，這些年翠堤進出精神病院好幾次了。為什麼會這樣？我媽寫信告訴我，不知怎的，翠堤忽然迷失了心魂，整個人變得癡癡呆呆，每天神不守舍，怔怔坐在樓上她房間窗口，手裡拈著紅梳子，一邊梳頭髮，一邊斜睨起她那血絲斑斑的兩隻眼瞳子，好半天，瞅望著屋後那一叢影影綽綽隨風搖曳起腰肢的湘妃竹，只是笑。三不五時，她就瞞著我媽獨自溜出家門，也不知道跟誰作夥廝混，在外遊逛了好幾天才突然跑回家來，一頭鑽進竹林裡，坐在矮板凳上，面對著她小時候親手用紅磚堆砌成的灶頭，拿起早已生鏽的鍋鏟菜刀，切切炒炒剁剁。那時翠堤十八歲了。後來翠堤忽然變得愛看電影，而且專挑恐怖片來看，尤其是西洋吸血鬼和日本怪談，每一部她都看得津津有味，格格直笑。每個禮拜五夜晚，她獨個兒搭公車到市中心美麗華戲院看恐怖電影，把自己嚇個半死，回家來半夜坐在窗口，望著天上的月娘只顧扯著自己的頭髮喃喃自語：我害怕我害怕！娃娃哭著叫媽媽，樹上鳥兒笑哈哈笑哈哈笑哈哈……記得，我從台灣回到婆羅洲探親那天，我們家客廳鬧哄哄擠滿一屋子的人，親戚朋友全都到齊了。遊子回鄉嘛！就在大夥兒談笑敘舊的當兒，翠堤看完電影回來啦。那一剎那看到她，我心頭又開始發抖。媽！眼前這個蓬頭垢面臉色蒼白、兩隻眼瞳子滿佈血絲、一身衣裳邋裡邋遢、整個人瘦得像一根竹子的大姑娘，就是我的小妹子翠堤嗎？她看見我坐在客廳裡，登時愣住了，瞇起眼睛站在門檻外直瞅著我，怯生生把我打量半天，眼一柔，臉龐上終於綻露出她那朵天眞無邪的笑靨來啦。突然眼圈一紅，她哭了。淚流滿面翠堤伸出手來，拎起裙襬，顫顫巍巍跨過門檻走進屋裡，忽然放快腳步，匆匆鑽過滿堂賓客朝向我奔跑過來：「哥，我害怕！」她一面哭喊一面舉起雙手，跌跌撞撞直往我身上撲了過來。

——噯呀，那你趕快伸出手來，把你的小妹子緊緊摟進懷抱裡啊！

——我並沒這麼做。那一瞬間，我整個人僵住了。在那滿屋子親戚朋友注目下，就像白癡一般，我只顧呆呆坐在客廳沙發上，一動不動。

——你……你這個人……心腸硬得像石頭哦。

——石頭？嘿！朱鴒，我眞的不知道爲什麼那一刻我這兩隻手硬是伸不出來。我不知道，爲什麼我不敢面對我小妹子翠堤，不敢把她摟進懷裡，不敢拍著她的肩膀對她說：「不要害怕！二哥回來啦。」天地良心，當時我眞的好想好想這樣做啊。

——這次輪到你傷透了你小妹的心！這點你知不知道？你眞的知道啊？那你後來有沒有再回婆羅洲去看她呢？

——沒。但我有寄錢給她。常常寄。

——這樣你心裡就好過一點囉？對不起，我不應該這樣講你。唔！這一輩子你就這樣一直在奔逃，對不對？你老實告訴我，這些年來你獨個兒在台灣，心裡頭到底想不想念從小就跟你最親、最要好的小妹子翠堤？

——不敢想。爲什麼？因爲每一次想到翠堤，我就會想起那第一顆石頭……我就會想起，月光下千里外的婆羅洲島上，古晉城外馬當路十哩胡椒園門口，路旁竹林裡有一堆小小的白骨……然後，我就會想起翠堤從小最愛唱的那首兒歌：妹妹揹著洋娃娃，走進花園去看花……

——二〇〇一年一月．選自天下文化版《雨雪霏霏——婆羅洲童年紀事》

李　黎作品

李　黎

本名鮑利黎，安徽人，1948年生。台灣大學歷史系畢業，七〇年代赴美，在普度大學政治研究所研究。曾任編輯與教職，現居美國加州史丹福。著有小說集《最後夜車》、《天堂鳥花》、《初雪》、《傾城》、《袋鼠男人》、《浮世書簡》等。曾獲聯合報短篇小說獎、中篇小說獎，行政院優良電影輔導金、優良電影劇本獎。

初雪

"His soul swooned slowly as he heard the snow falling faintly through the universe and faintly falling, like the descent of their last end, upon all the living and the dead."

——James Joyce, *Dubliners*

一 記憶

——我記得……。

——不，你什麼也不記得。

——我記得——。

這樣的對話好像是一部電影的開頭，一部很著名的電影，他隱約記得，但又不能十分的肯定，待要再追索時，連原有的一些肯定也動搖了。

近來他漸漸發現，對於自己不是非常確定的記憶，往往就把它存放回去，像把一本擱置已久的書置回架上。他對自己的記憶愈來愈沒有信心，甚至會擔心有些只是某種想像，或者根本是作過而未曾完全忘卻的夢。有一回他眞的把作過的夢當成多年前的一樁事講述給一位老友聽。他近年的夢已很少有極爲離奇荒誕的（或者是他只記住了最合理的），因而並沒有任何破綻地讓自己接受了下來，在一個心神恍惚的片刻改頭換面成了遙遠的往事，直到忽然有一天因某一種難以解釋的觸發，他懷疑了這段記憶的可信度——一旦懷疑了就會愈顯得可疑，人們專司記憶的部門其實並非如自己所一向以爲並自詡的那樣權威的。

他自以爲記得的一樁事是多年前（還是他大學年代，十幾快二十年了吧），曾與那老友到學校附近那家專放外國舊片和藝術電影的戲院，看了一部忘了片名的電影，只記得一個悲哀的結局：兩個人必須拋棄自己過去的一切，假裝不認得彼此，在人海中相忘而重新來過。當他對那友人說起，對方茫然地應著，他接著說看完出來時已夜了，在下著雨，街上溼漉漉的，有暈黃迷濛的路燈，車輛輾過路面的水潑刺刺地濺開……友人終於微弱地附議似乎有些印象。

但有一天他意識到那夜雨中戲院前的街道只是他的夢境，他其實是在一個豔陽高照的日午看的那場電影，且是與另外一個人。他也想過向那朋友更正，又覺並無此必要，每回見到面有意無意的便忘了，可能是他潛意識中覺得這更正的多餘與無意義，況且這對那朋友有什麼區別？完全沒有。耐人尋味的是：那老友何以竟接納了他虛構的陳述？

這使他想起曾經讀過的一本傳記。那中國作者用英文寫了她被監禁在一極權政府牢獄中前前後後的恐怖經歷，而他印象極深刻的是其中一樁：作者的逼供者要她承認某年曾與她的兄弟同赴一處階級敵人領袖的陵墓致敬。她堅決否認，理由很簡單：她眞的從未做過此事。後來她得知她的兄弟也遭到相似的刑訊，差別是兄弟抵熬不住枉招了。多年後他們倆都被釋放，一次重逢時說起舊事，她的兄弟忽然提到：那一年我們一同去中山陵……她惶惑了：那年我們沒去中山陵，從來沒去過，我們這輩子根本就不曾去過那裡。她的兄弟不解地：我怎麼會記得我們過去呢？她終於懂了：他們的刑訊者成功地得到了無中生有的口供，且更成功地（倒並非他原先要達到的程度）植入了受害者的記憶裡。這是多麼了不起的成就，了不起得只有他們那時的領袖愛用的一個形容詞可以達到的境界：觸及靈魂。

他把這些事告訴給珉聽。珉是他的女友——或者該說，他的情人。她的反應很簡單：這怎麼可能。他說：是這樣的，我相信，她還是說：這不可能，我只聽說過強迫遺忘。然而過了不久她讀到一篇文章，提及心理學家用實驗證明記憶可被竄改或贗造，通過暗示或強迫的手段。她一讀過便來告訴他。珉是個很爽於承認錯誤的女子，她從不拘泥於某個成見。對於她，沒有什麼是不能推翻的過去。

然而他是完全不一樣的。要接納珉，他必須先將她定位。

二 雨中燈

他回到住處時已很夜了。然後，不多一會，他感覺到她的到來。他能感到周遭的氣氛有了些什麼不同，像是空氣裡的分子變得凝重了。她總是出現在他身後，說話，他聽到她聲音時總會有一剎那的失神。同時他會聞見她的氣味，像從前她沐浴後抹的一種潤膚乳液，幽遠的香氣，似有若無，正像一種稍縱即逝的記憶。其實他也並不十分肯定他聞到的是她的氣息，也許只是他的錯覺或幻覺，好像聽到她的聲音就喚起了對她氣味的聯想。

她總是在這個時候來，夜深人靜，而他還未睡——她當然知道他一向遲眠的習慣現今更牢固了。但她已有許久不曾來過了。

——外面在下雨呢，她說。他聽著她的聲音，比往昔更溫和。不知是不是他的錯覺，她每次到來聲音都比上一次更輕柔。他試著用同樣溫柔的聲音回答，但不知怎的便帶著悲愴，而她的卻一點也沒有。

他走到對著窗的書桌前，把桌上那盞燈的光扭弱——這燈有個特別的裝置，可以緩緩地調節光度。然後他把窗帘拉開一些，窗外夜色濃黑，隱約看見黯澹下去的燈影映照的他自己的面容，歲月的痕跡照不出來，以致模糊中有著異樣的年輕。他在一霎時對置身的時間有些恍惚了。

帶著苦澀的欣喜他回轉身來面對她，怕嚇走了她似的輕輕說：我才剛回來不久，回來的路上就覺得有些雨絲了。

她似乎做了一個輕微的手勢，他便感覺到她在觸撫他的髮。你沒有淋溼。她說得像嘆息。他有些心酸的不知說什麼好，她的手指已拂到他鬢邊，是她一貫的以手指背拂過的手勢。她靠得那麼近，耳語似地說：你的鬢角有白髮了。

他眞的聞到她的氣息了，抬手試著握住她的手指，可是她的手已移開。這些頭髮是爲妳白的，妳難道不知道？他在心裡說。他不敢說出聲來，有些話一說出聲他就怕控制不了自己的音調了。

——天涼下來了，她說，聲音裡有種詠歎似的調子：然後細細的雨便會凝成冰，下成細細的雪。這城市在第一場雪之後就變得特別美麗。

——那年妳就是這個季節來的。妳萬里迢迢來到，拎著兩口箱子，一口箱子裡是妳的婚紗，另一口是廚房用具。他說著這些話時好像時光夾帶著這些情景流水般在他眼前流過，令他微笑而眼眶發緊。

——下第一場眞正的雪是我們蜜月的時候……沒有錢旅行，我們在家裡，從窗子望出去，妳看呆了……然後就光著腳跑出去，記得嗎？

——我記得。而且只要我要，那時的感覺就可以立刻回來。我此刻正感覺著腳底踩在雪上那一剎那的柔軟與冰涼……

——快樂的記憶都可以這樣喚回來嗎？他問。她說當然是的，我要怎樣才能讓你理解：我們一切的過去與現在都是同時存在著的？

——我不能理解，我只能羨慕妳。因爲我所有的最美好的便是一些記憶，然而它們愈是美好便愈令我悲傷。這是作爲一個倖存者的悲哀。他固執地說。

她搖搖頭，眼中閃過疼惜：怎麼還是這麼說話呢，我以爲你已經走過來了，不是決定了要從頭開始嗎？你和她會好好的，然後有些事你就會漸漸淡忘，或者埋藏……

——永遠不會。他的眼淚還是不爭氣地流下來了。她嘆息著撫拭他的面頰：怎麼還是這麼傻呢，所有一切的最終結局不都是這樣嗎？

他調開濡溼的臉頰，卻見窗玻璃映著微如燭光的燈，那燈像是在窗外的黑夜裡，夜雨裡的一盞燈。妳的燈，他喃喃地說：妳用了它那麼久，我常想如果一個地方，一樣東西也有知覺有記憶的話，是不是比人更可憐？……我們往往以物來象徵人事，是不是物比人還更長久更可靠些？有了這盞燈，我就總會忍不住以爲它可以記得並且見證許多事……如果有一天這燈壞了、破了，難道找到一盞一模一樣的就可以替代了嗎？不，物都不能，何況是人呢？……

她離去之後他又復將燈捻亮，並拉嚴了窗帘。他還是不能忍受她方才消逝後自己獨處在黑暗中。然而，燈的光亮正好像是爲了提醒他有那樣一個巨大的黑暗的存在。

三　戲　局

他的女友珉愛讀偵探小說。多年前當其他同齡的少女還在著迷於那幾位夢幻女作家時，珉已經幾乎讀遍了坊間國產和翻譯的偵探小說。還好她出國得早，到國外唸的大學，因而可以大量閱讀貨源充足的英文讀物。她曾說過：人生一大憾事是愛格莎．克麗絲蒂的小說也有全部唸完的一天。

當她把喜愛的作者的作品全都唸完而又不想看別的時，她便挑印象不深的幾本回頭重看。其實她全有印象的，她讀過的這類小說不可能不記得結局的重要部分——誰是殺人兇手。那是一切殫智竭慮精心佈局的高峰，在那之前一切的文字都只是過場，都爲了描述鋪陳準備著推到那高峰的頂點，幾乎是一種性愛高潮的過程與完成。即使不用這麼不倫的類比，也極像一首樂章的急管繁絃堆砌到最後那鐘鼓齊鳴的極致點吧。她沒有可能不記得每篇故事的那個點，然而她有一種本事，就是可以使自己忘卻那個結局，若無其事地像第一回讀到那樣的讀下去。聽起來有點不可思議，但她就做得到。唯有如此，她才可以永無休止地享受她喜愛的偵探小說。

當然她也會愛看同一題材的電視和電影。她不放過任何一次Murder, She Wrote影集的重播（劇中的主角正是一位像克麗絲蒂筆下人物的業餘偵探老太太）。她的年齡沒有趕上希區考克，但她到錄影帶店找到他的電影，從不見經傳的舊作到膾炙人口的經典，她一部也不放過，看得如醉如癡。

他認得珉時她已過了二十五歲，有個很好的職業夠她終日忙碌，但仍保持著自少女時代起睡前必讀幾頁偵探小說才能放鬆入睡的習慣。而他那時剛經歷過生命中一樁悲劇，酷烈的創痛猶新，可能是本能的自我保護裝置使他對有些事反應遲鈍些，以免動不動就觸及傷口痛徹心腑。奇怪的是他卻即刻便注意到珉的嗜好，驚訝中有著難以理解的茫然。那時他像是被罩在死亡的陰影下，總覺得有某種不可知的魔咒或無形的惡靈游走在他左右窺伺著，在吞噬他所愛的人之後等著下一個吞噬他。所以任何跟死亡有關的事物，哪怕僅只是一種暗示或象徵，亦會置他於無端的懼怖與怔忡裡。

而珉的愛好——天啊，那些接踵而來的謀殺的遊戲！死亡是黑色幽默，一個人或好幾個人生命的終止只是故事裡必有的道具，沒有人會停下來思索，因爲那就會不好玩了，大家心照不宣的遊戲規則是：這是個好玩的鬥智腦力測驗，誰被殺了或誰殺了人，其重要不在一個人死了或一個人竟可以置另一人於死地，那一點也不重要，重要的是破解這個謎的過程有多麼複雜有趣富挑戰性。

當他終於確定自己喜歡上了珉時（那又是好久一段時日以後了），他才試著分析她對自己的吸引力。他悟出那正是她特有的對事物保持距離的能力——她並非對事物無動於衷，相反的她極富興味地熱切參與她的閱讀世界，化身爲故事中的人物玩他們的貓鼠遊戲，但她終究是個局外人。然而她是個熱心的局外人。她曾說過如果一個人能設計出一樁十全十美無懈可擊的謀殺便是一種高度的藝術，但這是不可能存在的，至少在故事世界裡的摹擬事件中沒有這種完美藝術品的存在：每一個謎語都必須有解答。然而她可以抽離謀殺事件涉及生命慘酷中止的悲劇而不假以思索，他簡直要爲之難以置信地驚歎。

與其說他是喜歡上了珉那個人，不如說他懾服於她那游離的從容。從珉那兒他學到了距離的詭弔性；你必須距離來看清事物，但距離又可以混淆事物的性質，比如同樣一樁死亡的事件在你身旁發生就是悲劇，到了一個城市的另一個角落也許成了一個中性的統計數字，而在另一個時間或另一處空間則可能根本不含任何悲劇成分，甚且相反成了一則笑話。當他把這發現告訴珉時，珉立刻說這話已有人說過了：喜劇是悲劇加上距離——是在一部電影裡說的，而恰巧那部電影裡也有一樁謀殺案……

他幾乎要啞然失笑。他好像方才頓悟其實早該知道的一個事實：自己的一切一切的感受，前人或旁人必然早已或正在感受過，他所有的自以爲是獨一無二的經驗，其實都已千萬次以相似或各異的狀態在他人的生命中出現過。當他浸沈在悲哀裡難以自拔時便以爲自己的悲哀是獨特的，珉卻在無意中爲他指出沒有任何事是獨一無二的，太陽底下早已沒有新鮮事了。然而諷刺的是她這一切陳述完全是不自覺的。每一樁離奇巧思的謀殺案對她而言都是新鮮有趣的，雖然中心點是中止一個人的生命這件最古老亦是最重大的罪愆——唯其由於是不可饒恕的大罪，才有藉口不憚其煩地製造種種遊戲過程來搜尋犯罪者。詭異的是她和無數愛讀偵探小說的人卻是從這沈重的罪行——殺人、和沈重的悲劇——被殺，來汲取輕鬆的樂趣。

當一件極其沈重嚴肅的事件被巧妙地化爲可以取樂的材料時，無所逃於生命中巨大罪愆和悲劇的人可以多少在心理上戰勝了，因爲他們將自己置身在一個安全的距離之外。當然，他立即認識到這種勝利的阿Q，但除此之外似乎找不到更簡單而有效的方法。於是他也才恍然大悟爲什麼社會上每當發生一樁聳動聽聞的恐怖事件後，傳播媒體和坊間就會流傳一些針對性的簡短笑話，原來這是人們戰勝恐怖威脅的一種無可奈何但確實有效的緩衝劑，功能可以相近於政治笑話——那種滋生在極權高壓政治陰影下的另一種黑色幽默。

珉和許許多多說那種笑話、聽那種笑話的人一樣，並未自覺到這種行爲的意義，因而更能充分地享受自造的距離所帶來的安全的提升。在那不自覺而浮升的虛幻的高處，他們自信是安全的，比坐雲霄飛車受著驚險假象而明知自己很安全的乘客還更安全並且舒適，而好玩的程度完全不因此而遜色。

四　夢

前天我夢見妳。他說。她才來，他就迫不及待地告訴她：妳知道的，我一直很少夢見妳，爲了這，開始的時候我還怨怪妳，像是故意躲著我不來我的夢裡……

她靜靜聽著。他伸手把枱燈捻弱，她的容顏在燈影的黮黮中像是沒有了年齡。他恍惚起來，難以確定這是她在哪一個年齡階段時的模樣——他從認識她到她永遠的離去，中間有十七個年頭。

他略微失神一刻之後才繼續講下去：那天黃昏時我感到頭疼得厲害，吃了一顆藥睡著了。我夢見妳伸過手來在我額頭上輕輕觸了一下，說還疼嗎；我說不疼了。好像立時就醒了過來，可是妳指尖涼涼的感覺好舒服的，似乎還停留在我額上。而且我的頭眞的不疼了。

她輕輕地笑：是藥，不是我的手……

他固執地說：我的頭疼是那麼眞實，連在夢裡也是實在的，但妳的手指也是實實在在的，那觸感在我醒來之後仍然還在，而疼痛卻已經不存在了。爲什麼夢中的感覺會那麼眞實？就好像現在，此刻，妳在我面前——

他忽然警覺地停下來。是的，此刻的感覺好像也很眞實，這燈光，她的聲音，她的容顏（他記起來這是她二十多三十不到時的模樣，正是珉的年紀），她似有若無的體香……然而他不能說穿，不能點破，一旦他明確地以爲這是眞不是幻，就會有一種幽幽的昏濛的感覺浮起，讓他開始恍惚、迷惑，有點像要睏著了，那清醒的一部分自己推著那漸漸要滑入黑暗的部分說：醒來，醒來，不然這一切都要變成一個夢境！這不可能是虛幻的，不可以！他求助似地凝望她，希望她說點什麼，什麼都可以，她的聲音也能幫助他從幻覺的邊緣掙扎回來……

然而她還是沒有說什麼，只是靜靜地凝視他，眸子深邃幽黑。她曾是唯一可以完全靜默而不會令他不安的人。但他此刻多麼希望她能說些話，爲他肯定這剎那時光的眞實。然而她只幽幽嘆了口氣，眼光憐愛而無奈，燈影中她的容貌如水中映像般捉摸不定，他見到多年前他們初識時她的模樣，他幾乎已經忘了她曾是那般年輕，他已經太習慣她最後三兩年的樣子了：她剪短了髮，臉型豐腴了些，他已很難從記憶中喚出她長髮和瘦削的臉型。下一刻她顯得憔悴，他記起是她生了一場重病的那個夏天，約莫是十年前吧，她正在唸學位分外辛苦。然後，是她最終一刻的容貌，他想要永遠忘卻的，但他知道自己不可能遺忘……

——夠了，夠了！他痛苦地轉過臉去。妳也不能告訴我，哪個是眞的，哪個是虛的，所有我們一同實實在在一起度度過的每一刻，現在回想起來又何嘗像是眞的？而現在，我可以看見妳，觸摸到妳，聽見妳的聲音聞到妳的氣息，但我知道，這不是的，不是的！他的眼淚又流下來了，無論如何努力地忍著，他還是讓她看見了他的淚。他不想讓她疼惜、不捨、擔心——然而是不是在他心底深處正是暗暗希冀她還能如從前那般牽掛不捨呢？

她終於說話了，聲調卻還是一樣平靜：何苦一定要這麼執著於虛與實的分別呢？就算在你得到肯定答案的那一刻，你又怎麼能確定那是一個實實在在的世界而不是又一個夢境？我知道我將永遠不能讓現在的你明白：你以為在意識清醒時生活的這個時空是實在的而其他都是虛幻，其實並非如此……

他覺得悲傷，一種不同於失去了她的悲傷，他悲傷因為她已愈來愈顯得陌生。他失去了她，沒有錯，但在他的記憶裡她從未離開。而在這些她出現的夜晚，她一次比一次難以捉摸、莫測而疏遠。是她有意如此嗎？若她仍在，這會是她應該如是的面目嗎？她是否在試著告訴他什麼？

——至少，請妳告訴我，眞實的妳，究竟存在哪個世界？

——哪個世界都不是。我只是在你的記憶裡。

他俯趴在書桌上盹著了，枱燈的光溫柔地覆罩著他的上半身，如眷顧的眼睛。

五　瓶中船

他是在妻子去世將近一年時遇見珉的，在一個朋友家裡——就是那位他錯誤地記成多年前曾在下雨的夜晚一同看過一場電影的老友。那時他看起來已恢復正常，唯有自己知道他對周遭世界有一種大病初癒的陌生感。妻子走後他必得獨自面對或處理許多事，那種經驗當然是陌生的，而更巨大的陌生來自他很長一段時間無法用以往的心情面對這個世界，或者根本就不去面對。初識珉時他已好多了，只是偶或仍會習慣似地有一種退縮和抗拒的情緒。所以他一直記不起來第一次見到珉的情景。

幾個月以後，當他發覺自己對珉竟然產生了一份渴望與之相處的感情時，他忽然記起來了。那天他倆相約一同到城外一個仿北歐風情的小鎮去玩，她出現時穿一件水青色的上衣，他忽然衝口而出：我們第一次見面那天妳穿的就是這個顏色是不是。她的臉即刻亮了亮，他知道自己說對了，而她是多麼高興他記得這樣的細節，可是她並不知道：他說完之後才在心中一驚，他連自己都不明白怎麼忽然就想起來了，那麼他其實是記得的？但爲什麼始終都不曾覺察？這個問題暗暗困擾了他好一陣子，一如他發現把夢中看電影的事當眞了一樣。

那天他倆在那北歐式的小鎮優閒地度過一個下午，秋日的空氣爽脆如新摘的蘋果。在露天咖啡座喝過咖啡吃過乳酪甜餅之後，他們來到一家賣些精巧手工藝品的小鋪子，門簷上掛著北歐四國顏色各異的十字旗。

在散著北歐木料香的店鋪裡，他們看到一隻橫陳的寬腹窄口玻璃瓶，瓶肚裡是一艘仿維京海盜雙桅帆船的小模型。他從前也看過瓶中船，但並未予以特別的注意，此時看著那艘困在玻璃中的雙桅船忽然覺得有一種無法言傳的象徵意味。

珉見他注視著那船，便湊近來說：每個人的第一個反應大概都是：這船是怎麼放進去的？

他點點頭又搖搖頭：我倒是在想，這船爲了什麼出不來？原該是航行在大海上的船，居然被困在一個瓶子裡，想想不是很殘酷的事嗎？怎麼還會有人出上並不便宜的價錢買下來放在家裡，看著不難過嗎？

珉把眼光從瓶中船移到他的臉上，略微有些訝異，他極少說些很個人的看法，因而讓她難以窺透他眞正的情緒，好在她對於探索面具背後的眞相總有無窮的興趣，而他偶或這樣流露的議論便像爲她在迷宮遊戲中開了一小扇門。她受到鼓舞，拾起瓶子舉高了朝他笑道：

——看到這瓶子，我會想到流落在荒島的人把求救信放在瓶裡讓它漂走，希望被船上的人拾到來搭救。可是現在連船也被關進瓶子裡，眞是一點希望也沒有了！

他看著她笑意盎然的臉，想著這眞是一個幸福的人，她既不在荒島上也不在瓶子裡，一個從不知被囚困滋味的人。先前他對這樣的人會有著因莫名羨妒而生起的反感，然而此刻她被明亮的水青色映照的笑臉眞像一片藍天的許諾。他帶些寬容地拍拍她的肩，說：走吧。

出了店門，她忽然叫他稍等一下，說忘了樣東西，就轉身回店裡去，片刻後再出來時手中提著一個有那店鋪商標的小紙袋。他問她買了什麼，她說回頭再告訴你，順便向他眨了一下眼睛。

他們開車回城時天已黑了，他說帶妳去吃飯，便逕直開到一家安靜的、頗有家庭風味的餐館，牆上掛著舊式廚具作裝飾，枱布樸素而乾淨，胖女侍和藹如老姑媽。

珉坐下來便說我喜歡這裡。他沈默了一會，像下一個小小的決心般說：

——我們以前常來這裡。

珉點點頭。

——如果妳喜歡，我們以後也可以常來。

餐後他送她回家，到了她公寓門口他向她道晚安，她把紙袋交給他說：送你的。他打開一看是一艘雙桅帆船模型，比在店裡看到的瓶中那艘好像大一點。他捧著船對她笑，卻一時想不出來要說什麼。她又俏皮地睞一睞眼，說：

——看你替瓶中船叫屈，我就把它買下來，把瓶子打破，救出船來給你。

她以幽默包裝的體貼眞的打動了他，他把仍然拿住船身的手繞到她肩後摟抱住她，胸前溫暖的軀體令他分外感到背後是個漸漸寒冷下去的夜晚。她感覺到他細微的顫慄，便牽起他的另一隻手，引領他進入她的屋裡。

那晚，她破例沒有讀偵探小說入睡。

六 初雪

他感到她溫暖潤濕的接納與迎合，當他進入她的體內。她低低呻吟，斷續發出細微模糊的話語。他俯視她，闃暗的房裡只有窗戶透進來極弱的微光，他看不清她的臉，但隱約可見她半閉的眸子裡閃爍的火花。

他找到她的手，在她身體兩側各抓住她一隻手十指交纏，她的指甲幾乎陷入他的手背，他壓下她雙手作支撐點抬起上身，配合著她，一同達到一個最後的完成。當所有的火花熄滅之後，他鬆開雙手俯落，臉頰擦過她濡濕的太陽穴，鼻端嗅到她披散頸旁枕上的髮香。

他輕輕離開她的身體，靜極了，屋裡屋外都沒有聲響，而窗上透進來的夜色似乎明亮了一點。他見她披衣下床走到窗前，伸手揭開窗帘一隙時，正好一束光照在她敞開的衣襟下溫柔起伏的胸腹。

——下雪了！她低喚的聲音中有著驚喜。

…………

——今年的第一場雪下得好早。她說。

他望向窗外，很細的雪，輕輕靜靜從夜空中落下，草地、矮樹叢、磚石台階，一落下去便無蹤影，到底是才下，太細而疏，還不能堆積、不能覆蓋。

——這只是雪的預演。等眞正的大片雪花飛舞，一切看起來都不一樣了。

——因爲雪可以遮掩需要遮掩的，醜陋的或者美麗的……直到明春，那時許多事將被淡忘，而新的季節循環又復開始——

——我就要離開這裡了。他艱澀地說。

——我知道。她環視他們一同生活過的這間屋子。室內有疊放的紙箱，一只尚未封口的箱中探出她的枱燈。她輕柔地握住他的手，並示意他再望向窗外。

他漸漸看見多年前的他和她，並肩緩緩走著。他很想過去拍拍那個年輕的自己，告訴他：如果還來得及，也許可以作一個選擇，因爲結局是那樣的悲哀，要改正一個錯誤也許還來得及……但他隨即明白這並非一個錯誤，當事情一旦開始了總有一種結束的方式，也許正在這一刻就有一個未來的自己在試著拍他的肩，告訴他又開始了一樁錯誤……他看著那兩個身影走遠，細雪繼續落下，比方才綿密了些，奇怪的是並不曾沾在那兩人的髮和身上。

他惘惘地收回視線，她也收回她的手，向他作一個輕揮的手勢。他知道他將永遠再不會以這樣的方式見到她了。今夜的她特別美麗，短短的髮梢拂著她豐潤的臉頰，她將永遠以這樣的容貌存在他記憶裡，在他心中——那裡永不下雪，一如他倆原先來自的地方。

——一九九一年十月・選自聯合文學版《初雪》

袁瓊瓊作品

袁瓊瓊

四川眉山人，1950年生。台南商職畢業，曾參加愛荷華國際寫作班研究，並參與電視及電影劇本寫作，現專事寫作。著有小說集《自己的天空》、《滄桑》、《情愛風塵》、《蘋果會微笑》、《今生緣》、《恐怖時代》等。曾獲聯合報小說獎、散文獎及中國時報文學獎。

忘了

發生了這種事，她居然還沒忘記清理廚房，她也不知道這是怎麼回事，好像有點不正常似的。這樣想著，她還是就手又把整座流理台又擦拭了一遍。

忘記了。

她正做著事，忽然間，腦子裡一片空白。就像突然停電一樣，一切的想法思緒在那一剎那斷了線。她怔忡在當地，腦子裡空空的。然而對於自己那剎那間被抽空的情形又完全自覺著；她知道自己忘掉了一件事，但是是什麼事呢？

她呆瞪著眼前的空間，設法要把自己的思想找回來。但是那逸失的，忽然消失的念頭像從沒有出現過似的，毫無痕跡；唯一留下的，證明它曾經出現過的，只有那忘記了什麼的感覺。

忘了，是非常要緊的一件事，絕不該忘記的，絕不可以忘記的，但是，她忘了。

就像在大街上遺失了物件的情形，她試圖回頭，向來時路尋去，期望那念頭會像失物一般，停留在腦海的某處。她低了頭，有點茫然，開始審視自己正在做的事情，希望可以從自己正做著的事上找出答案。

她正在切菜。砧板上，鮮綠色的蔥段切到一半。流理台上放著奶白色瓷盤，一個盤裡是已然切成絲的薑、蒜、辣椒。而另一個盤子裡放著正用米酒和精鹽醃泡著的魚塊。

爐子上燉著肉，透明鍋蓋下，肉塊淹埋在咕嚕咕嚕起著泡的褐紅色滷汁裡。那是她拿手的紅燒肉。另一個爐台上煮著湯，滾了之後用小火細細熬著，整鍋湯靜謐無聲，透明鍋蓋讓熱氣薰得霧白霧白的。她看著，覺得那遺忘的事，似乎和烹煮的食物有關。她下意識的掀起鍋蓋看看，湯熬得只剩半鍋了，她給湯裡續了熱水。又把紅燒肉的爐火撚小。

晚上沈鸝要來吃飯。還欠兩個菜。另外餐桌還沒擺好。她決定不去想那忘了的事，反正，眞的重要的話，到時候她一定會想起來的。

沈鸝跟她是老友，兩個人一兩月總要聚一次。總在她家，沈鸝愛吃她的紅燒肉。兩個人一起從南部鄉下上台北來，卻走了不同的兩條路。她結了婚，沈鸝立了業。生得瘦瘦小小，永遠中氣不足，奄奄一息的沈鸝，卻有她無法想像的精力和能耐，她自己創了個時裝品牌，目前有店面，有工廠，有工作室。單身，不斷的換男朋友，陷入愛情又結束愛情的速度和她的創意一樣快。隔一陣子見面，她身邊總是不同的男人。而彷彿瀟洒自得的沈鸝，在她這裡是另一回事。無數次，兩個人把世文趕去睡客廳的沙發，沈鸝跟她談自己的感情，把眼淚揉在世文和她那張雙人床的床褥和枕頭上。

世文之不喜歡沈鸝，倒也不全是因爲她一來他就得睡沙發這件事。當初兩人要結婚，沈鸝反對得比她自己父母還兇。她就是不贊成，用一堆理由來說服她，沈鸝那種口才，她差一點悔婚。結婚以後，她也同意了世文的看法，沈鸝對她是有一種沒道理的佔有慾，她就是不願意她屬於別人。這兩個人一認識就沒好感，總是明裡暗裡的鬥，話中帶話的互損。最好的情形不過是誰也不理誰，那就算和諧了。所以她向來不大要和沈鸝談世文。怕不愉快。

但是她現在非得跟沈鸝談談世文了。她而且開始覺得，當初實在該聽沈鸝的話，根本不結婚的。

她沒想到這件事也會出在她和世文身上，不過才結婚五年。外遇其實有點像癌症或什麼的，不斷的聽聞周遭這一類的故事，雖然擔心會到自己身上，卻又相對愚妄的用各種理由說服自己不會有這種遭遇。總覺得世文這樣的男人，不可能有這種奇情發生。他是那麼保守，堅持，嫉惡如仇，理智到無趣的地步。

她眼淚滴到了爐台上。「泣——」一響，由長變短，那微弱的吁息沒入了蒸汽裡。一向都是沈鸝找她，這回總算也輪到她找沈鸝了。

她用抹布把滴了眼淚的爐台抹了抹。完全是下意識動作，那上面其實一點痕跡也沒有。她看著潔亮的爐子、流理台、水槽；發生了這種事，她居然還沒忘記清理廚房，她也不知道這是怎麼回事，好像有點不正常似的。這樣想著，她還是就手又把整座流理台又擦拭了一遍。在水龍頭下搓揉那完全沒有垢污的抹布，擰乾，再把水槽又擦拭了一遍。反正把到處都弄得乾乾淨淨她就覺得比較好過一點。

但是她眼淚又滴下來了，她撕了餐巾紙拭眼。想起世文說：「妳……妳就是太好乾淨了。」他說他受不了。給他一個清潔舒適的家他受不了，爲什麼不早說，早說她就不用那麼辛苦，也不是她喜歡整天四處打掃，和清潔劑爲伍。人眞奇怪，就在世文數落她太過潔癖的時候，她一面哭，一面還把拭了淚的面紙摺成四方形去擦他印在桌面上的指頭印子，結果世文跳起來，大叫：「還擦還擦！」他一口氣把茶几下的垃圾筒提起來往桌上一反扣：「你懂不懂？妳就是這樣教我受不了！」

這是最痛苦的一段，她提醒自己不要再想下去，等沈鸝來了再說，沈鸝會知道這種事該怎麼處理。她重新洗了抹布洗了手，在炒鍋裡傾了油，把魚塊放下去煎。同時自發的舉起手來又抹拭了一遍抽油煙機。

餐廳和客廳都是一塵不染，無論家具地面，她全都由上到下用清潔劑洗過。這是幾乎每天都做的事，她清理得很快。而當她開始洗，刷，清掃，抹拭，她覺得自己安定下來，不那麼悲傷，也不再那麼慌亂。

之後她打電話給沈鸝，要她過來吃飯。

沈鸝跟她是很不一樣的。以女人來說，她是驚人的邋遢。因爲熟，她在這家裡就像在自己家似的。進門總先去翻她衣櫥找寬鬆舒適的替換衣裳，她穿來平凡無奇的衣裳，沈鸝總有辦法穿得風韻十足。她使用她的衛浴間，留下滿地水漬，濕答答的毛巾，泡了水的香皀，開著蓋的浴鹽罐……，然後清風似的出來，縮了腿窩在沙發上，沒停的抽著菸，菸灰亂撢。沙發和茶几都讓她燒過；菸蒂胡亂塞在盆景裡。她來一趟像龍捲風過境，等她走了得收拾一整天。

難道這樣的女人會比她好嗎？世文也嫌惡過沈鸝的髒亂無序的，但是他還是跟她一起出了軌。這兩人在她整理得好好的乾淨的家裡背叛她，事後她還不知情的替他們重新清理。想像到這兩人如何在她背後一起嘲笑她，她就覺得心痛和頭昏。爲了使自己安定，她把客廳和餐廳的地板又拖了一遍。

她也沒把握沈鸝到底會不會來，雖然她是答應了。

電話裡，她先是說自己發現了世文外遇。沈鸝應了一聲「喔」，就靜下來。等了好半天，她才又開口，平平的問：「妳知道對方是誰嗎？」她說知道。沈鸝又靜默。於是她說：「我想我們還是三個人面對面好好談一下。」

她鋪好桌布，擺上三份碗筷。關上爐火，紅燒肉燒好之後需要燜一下，其餘的菜也都在保溫狀態。她開了抽油煙機吸掉烹煮食物的煙氣，再用空氣清香劑四下噴了噴。

門鈴終於響了，她去開門，是沈鸝。兩個女人在門裡和門外對看著。沈鸝開口：「我……」她等著，她那神情讓她覺得她可能要說什麼抱歉的話。沈鸝蹙著眉，很是煩惱的神色，她說：「我早就勸過你不要嫁給他。」

這話讓她沒法回答。她如往常一樣，接過沈鸝的皮包，替她拿室內拖鞋。沈鸝換了鞋進屋，手上夾著剛點燃的菸，還沒進門她就已經開始抽菸，顯然也跟她一樣困擾。她邊走邊撢煙灰，問：「他呢？」

她沒回答，替她把菸灰缸放在餐桌上，沈鸝跟著菸灰缸走到桌邊坐下。上菜的短短幾分鐘裡，她已經又抽了兩根。

飯菜擺好後，她照往常一樣，替沈鸝盛上飯，沈鸝摁熄她的菸，問：「世文呢？」她沒回答，專心的替她挑了塊冒著油光的紅燒肉。

就在那時，那遺忘的思想回來了。

她記起了世文去了那裡。醬汁染過色的肉塊看不出差別，沈鸝也絕對分不出那是人肉還是豬肉……她很有把握。

她把碗放到沈鸝面前說：「吃吧。吃完了再談。」

後記

你一定也會這樣。忽然，你忘記了。你只知道你忘了，但是忘了什麼，你也忘了。

記憶和遺忘是我一向深深著迷的事情。這兩件事使得我們可以依自己的意願修改我們的生命。一個人活了一輩子之後，存在的並不是他眞正活過的經歷，而只是他記得的，和他不記得的。「不記得」的空間更大，可以用幻想補滿它。不合理的部分又可以用遺忘修飾，可以理直氣壯的認定它一定合理，只是某些細節被忘記了。

——一九九八年九月・選自時報版《恐怖時代》

張　復作品

張　復

河北大興人，1951年生。台灣大學哲學系學士、美國哥倫比亞大學數理統計系博士，其後工作於AT&T貝爾實驗室，現任職於中央研究院資訊研究所。創作生涯始於35歲，著有小說集《高塔》。

高塔

王台生說，他不記得我們的村子旁有一座像高塔這樣的東西了。不過，他又補充說，也許是因爲他已經離開了那裡太久的緣故。

「那，你還記得那個收買破爛的人家嗎？」我問：「還有那個沒有上嘴唇的女人。還有，還有他們的女兒，張阿錢？」

王台生說，他也不記得了。不過，王台生又說，也許是因爲他已經離開那裡太久的緣故。

「我雖然在那裡住了十多年，」王台生說：「可是我又在別的地方住了二十多年。」

「可是我比你更早就離開那裡的。」我有一點忿忿不平地說。

過去是王台生，才使我對高塔發生了興趣。那個建築其實是一個鋼骨水泥撐起來的大倉庫，年代久了外表的顏色變得有一點兒發黃。然而你站在遠遠的地方就可以看到它聳立在那裡，因爲附近都是魚塘的緣故，所以我們都一直說它是一座高塔。

放學的時候，我們行經那裡，把書包往石灰地上一扔，就開始在畫好的格子裡玩起跳房子來。斜陽把高塔拉出了長長的影子，橘黃色的陽光照在我們的臉上，帶有鹹味的風吹入了我們的皮膚裡。我們在那裡玩了一遍又一遍，直到大人的工廠在遠處吹起了收工的號角來。然後，我們聽到擴音機裡放出了下班的歌聲。（有時候我在想，那些唱歌的男生和女生怎麼會事先知道這些歌是唱給下班的人聽的？）這時，李潔心會突然從地上拿起書包來。她一面走離了我們，一面說：「我爸爸要下班了，我得趕緊回家去。」然後，一個尖短的哨音從魚塘的上空傳了過來，我們又聽到鏈條落地撞擊路面的聲音。然後，透過扭扭曲曲的空氣，我們可以看到一部吉普車從工廠的門口駛出來，後面還緊跟著一排又一排的腳踏車，看起來好像是在跟它做馬拉松競賽似的。這時候，朱華青會說，他也要回去了。王台生說，怕什麼呢！然後我說，我也要回去了。然後，王台生就比我們都先拿起了書包來。

有時候，我們在那裡玩遊戲的聲音太大了，驚擾了張阿錢的媽媽。她便走出屋子來，看看我們到底在幹什麼。

王台生見了她，就先發制人地問：「張阿錢呢？張阿錢怎麼還沒有回來？」

張阿錢的媽媽遲疑了一下才回答說：「怎麼沒有回來！她老早就到家了。」她的聲音從漏風的下顎發出來，可眞難聽得懂。

「那她人呢？」王台生緊逼著問：「叫她出來給我們看看。」

她又遲疑了一會兒才回答說：「早回來了，現在又出去了。」

然後，她慢慢地踱著步子走回自己的屋子去。「不曉得到哪裡去了啦！」她一面背對著我們走著，一面說。

「去找黑狗仔了啦！」朱華青說，隨即大笑了起來。

「啊？」張阿錢的媽媽回過了頭來。

「去找黑狗仔了啦！」朱華青重複說。李潔心則在旁邊罵他。

「不是，不是。」她又遲疑了一陣子才回答：「也許是找她爸爸去了。」

我們又聽到朱華青的笑聲。

有一天，張阿錢的媽媽又走出來，站在門外對我們招手說：「來啦！」看我們沒反應，她又說：「你們進來啦！」然後便轉身往屋裡走去。

我們幾個人互相望著，發了一陣子呆。最後，王台生才對她說：「妳叫張阿錢出來嘛！」

「啊？」張阿錢的媽媽又回過頭來。過了一會兒，她似乎會過了意來。「不是，不是。」她又說：「你們進來啦！」

王台生聽了她的話，果眞跟著走了去。

李潔心在後面叫：「不要進去！不要進去！」王台生沒有理睬她。

我們在外面繼續玩跳房子。我們玩了一陣子，王台生仍然沒有走出來。我就在外面叫著他的名字。隔了一會兒，我們聽到王台生在裡面說：「你們也進來嘛！張阿錢的媽媽請你們吃東西。」

李潔心仍然說：「不要進去！不要進去！」

我們沒有理睬李潔心。我走了進去，隨後朱華青也走了進去。等我們站在屋內，適應了裡面黯淡的光線以後，我發現李潔心也跟了進來。

王台生坐在一張床上，嘴裡在嘰哩嘰哩地嚼著什麼。

「你們自己拿。」他對我們說。

我看了張阿錢的媽媽一眼，她只對著我們笑。在幽暗的房間裡，她的臉孔不再顯得那麼可怕，看起來就像每個人的媽媽一樣。

我在床邊坐了下來。朱華青擠著我身邊也坐了下來。我可以聞到他嘴裡噴出來的一股怪味。在我們前面有一張三合板搭起來的桌子，上面擺著一盒盒的糖果，像學校旁的小店供我們抽籤用的。一毛錢可以抽兩支籤，那是當時的價錢。

我剝開了其中一顆糖的包裝紙，裡面果然還有一個籤紙在。

「眞的不要錢嗎？」我問。

李潔心對我使了一個眼色，同時搖了搖頭。

「中了籤還可以再吃一顆！」王台生說。

張阿錢的媽媽仍然在對著我們笑。

那是我第一次走進高塔的內部去。而我就是要問王台生是否還記得這件事，沒想到他連高塔都給忘了。

我要問王台生，是否還記得張阿錢家的屋頂是那麼的高。（「那當然！」我記得王台生以前是這麼回答的：「他家的屋頂就是高塔的屋頂嘛。」）我還想問王台生，記不記得張阿錢的媽媽請我們進屋裡去是想做我們的生意，卻叫我們給誤會了。

後來，也許就是第二天，張阿錢走進我們的教室裡，兇巴巴地對我們說：「你們吃了人家東西，不打算給錢嗎？」

我還在思索她講些什麼，王台生已回答說：「亂講！是妳媽媽請我們吃的。她說第一次不算錢。」

我卻不記得她媽媽曾經講過這樣的話。

我看著張阿錢赤紅著臉與王台生吵架，心裡想，如果她媽媽的上嘴唇完整無缺的話，是不是也會長得和她一樣並不怎麼討人嫌呢？

他們兩人吵得太兇了，等到老師進來以後，張阿錢才離開我們的教室。老師問，這是怎麼回事。王台生沒有回答，我也沒有回答。老師又問李潔心是怎麼回事——碰到我們有事的時候，她總是會去問李潔心。

李潔心說：「張阿錢是來討錢的。」這話引起了哄堂大笑。

到了下課的時候，我們被叫到了辦公室去。我們的老師在那裡，訓導主任在那裡，張阿錢的級任導師也在那裡。他們反反覆覆問了我們好幾遍相同的問題，卻仍然茫無頭緒的樣子。

「張家是在那裡做生意嗎？」訓導主任問張阿錢的級任導師。

「我沒聽說過。」她回答說：「起碼上次家庭訪問時我還沒看到。」

「即使是在做生意，」我們又聽到訓導主任說：「如果當時張阿錢的母親沒有談到錢的事，我們自然也不便在這裡下任何結論。」

這是我第一次聽到訓導主任說出偏袒我們的話。這件事就這樣不了了之了。然而老師在事後還是留下我們，把我們訓了一頓。她說，張阿錢這個人怎麼樣她雖然並不清楚，但我們貪小便宜的心絕不應該有。

放學回家時，李潔心還噘著嘴說：「我又沒有吃他們的東西！」我們卻一連好幾天都不跟她講一句話。

後來，過了好一陣子以後，張阿錢的爸爸到學校來了。黃人傑看到他站在走廊上跟訓導主任說話。黃人傑對我們說：「這下你們完蛋了！」

然而到了第三堂下課以後，我們仍然沒有被叫到辦公室去。

放學的時候，我問王台生是否知道發生了什麼事。

「哈！」王台生笑了一笑，才說：「他是押張阿錢來上學的！」

王台生果然厲害，他把張阿錢好幾天沒上學的事都打聽出來了。

王台生說，是她爸爸在路上碰到張阿錢的級任導師，才曉得她逃學的事。結果，他在早上偷偷地跟隨張阿錢，把她扭送到學校去。

「一路上張阿錢還是哭哭啼啼的……」王台生說，好像他親眼看到那一幕似的。

「那她偷偷跑到哪裡去了呢？」我問。

「一定是去找黑狗仔了！」朱華青在旁邊插嘴說。

「黑你的大頭仔！」王台生說。

結果他和朱華青互抓著頭扭打了起來。

到了今天，我還很想知道那時候張阿錢到底跑到哪裡去了。沒想到王台生卻連張阿錢這個人都不記得了。

王台生一定忘掉了很多事情，我想，那是因爲他知道很多別人不知道的事。如果一個人知道了太多的事，而他的腦子還想裝下更多事的話，那麼他最好要把很多事都給忘掉才行，我這麼想。

所以王台生也不可能會記得那個寒流來臨的早晨。

那天早上的太陽依舊照著地面，然而透過寒風射過來的陽光卻叫我們直打哆嗦。那時候，我們剛結束升旗典禮，正向操場外的教室散去。我縮著頭藏著手疾步地走著，卻看到操場的邊緣仍然有一堆人沒有散去。我心想，是什麼大膽的小販居然趁著這個時候跑進學校裡來了？

過了一會兒，訓導主任也發現了這群人。他對著他們叫：「幹什麼呀，你們在那裡幹什麼呀？」人群聽到他的聲音後自動讓開一條路，讓他走進去。然而不久，他又從裡面提高了腳尖向外面大聲說：「許老師，許老師，趕快叫楊小姐過來。」

「還要叫她帶醫務箱過來！」

我聽了這些話也隨著一些臨時改變行程的同學湊到了人群的邊緣去。

「衣服穿得太少了！」我聽到站在圈子裡的體育老師說，感覺上卻好像是他在誇示自己只穿著的那套單薄的體育服裝。

「大家回教室去！」訓導主任又高聲講著：「不要儘站在這裡看熱鬧！」

「就讓同學們圍在四周好了。」體育老師說：「這樣可以擋住一點風。」

於是正準備離去的人又圍攏了回去。

我趁著這個空檔向前擠進了一點。這時候，我看到王台生卻從人堆裡擠出來，正好從我的身邊擦過。

「是張阿錢！」他對我說。

然而我仍然看不清她在裡面幹什麼。

不久，楊小姐提著醫務箱趕來了。站在那裡擋風有功的人又自動給她讓開一條路。這時我才看清楚，原來張阿錢是躺在地上的。難怪我剛才一直都看不到她的臉孔。

「是痙攣！衣服穿得太少了。」楊小姐說：「你們不要碰她！」

「千萬碰不得！我去打電話叫救護車來！」

人群又給她開了道。楊小姐小跑步地離開了。張阿錢仍然在地上猛打顫，口裡還吐著白沫，好像是體育老師在罰她作高難度的運動似的。

訓導主任叫人群繼續把她包圍起來。

我在那時離開了他們，走向教室去。

我問王台生是否還記得張阿錢，我心裡想的就是那天早晨發生的事。我想問，後來張阿錢怎麼了？他們有沒有把她送到醫院去？她的爸爸有沒有趕去？她的媽媽是否也跟去了？

因爲，好像自從這件事以後，我就不再記得任何有關張阿錢的事情。然而我還記得那天上第一堂課的情形。我還記得老師一進教室後就叫同學們把門窗都關緊了，然後對我們說：天氣這麼冷，你們要記得多穿一些衣服，還要請你們的媽媽多煮一點有營養的食物給你們吃……難道張阿錢自從那天以後就退學了嗎？在我們那個時候，退學是很容易的事。你只要不來上學，學校就拿你沒辦法。畢業典禮的時候，他們照樣會送你一張畢業證書。

我是在王台生談起朱華青的遭遇時想起這件事的。

王台生說，朱華青前前後後一共服了五年半的兵役，因爲有一半以上的時間是在明德班待的。

「小不忍則亂大謀啊！」王台生說：「他在明德班裡過得比誰都苦，人瘦得只剩下一把骨頭。」

「沒想到他現在卻在德昌大樓裡當警衛。」王台生繼續說：「命運眞捉弄人吧？」

那麼李潔心呢？

「啊！她的命更苦。」王台生說：「李潔心嫁給了一個像我一樣的阿兵哥。」

「歲數可比我大多了。」王台生又補充說：「人也不是什麼好東西。」

這些我是知道的，我說。

王台生點了點頭。王台生不會在乎我已知道哪些事，還不知道哪些事。對他來說，反正過去就是不宜回想得太多。

「我常常說，人要學會儘量往前看。」王台生又說：「像朱華青那樣，貪圖一點往日的享受，卻忘了前頭還有苦刑等著他，眞不值得！」

我看著王台生那結實魁梧的身體，腰帶緊緊地綁紮著到現在還沒有一塊贅肉的小腹。陸戰隊入伍，爆破大隊受訓，蛙人大隊、魔鬼營、單人潛艇小組，這些都是他足以耀人的經驗。現在他的職業是在海底割解廢船。有一次船艙油氣爆炸，差點兒沒讓他斷送一條胳臂。這才是他喜歡談論的事情。比起它們來，我記憶裡的那些瑣碎實在微不足道。

然而在美國定居下來以後，我想的卻儘是這些瑣碎的小事。

我想得最多的是那個高塔，以及我們在下面玩耍的回憶。

只要有閒，我們便會到那裡去玩耍。我們的喧鬧與呼叫會招引更多的孩子。最後，好像魚塘上方的空氣也隨著我們的鬧聲一起擺動著。

有一天，村裡幾乎所有的小孩都到齊了，唯獨王台生不在。

「他們在上頭。」朱華青跟我說。

「哪上頭？」我問。

「你大聲叫他，就知道了。」

我向魚塘的方向胡亂叫了一通。

「不行，你要向上頭叫！」

我又向天空胡亂叫了一通。

「什麼人在叫我？」

啊！原來王台生已經爬到高塔的頂上去了。

「你在那裡幹什麼？」

「你上來嘛！你上來就知道了。」

雲朵在王台生的背後飄動著，好像他站在天上對我講話一樣。

這是我第一次對高塔發生了興趣，不是對它旁邊供我們遊玩的石灰地，而是對那可以接觸到雲朵的塔頂。

「那你眞的爬到塔頂上了嗎？」有一天，妻子聽到了這個故事以後問我。

「沒有。」我說：「只爬到一半。然後我媽媽出現了——有一個鄰居恰巧經過那裡，回去向她告了一狀。」

「一點都不精采的故事！」妻子聽完了以後下結論說。

然後，她說她必須回辦公室去完成一樁事情。妻子的辦公室就在五分鐘的車程內，去那裡像是去自家的車庫一樣方便。

我一個人留在飯廳裡。我們那坐落在郊區的房子，到了晚上以後四周便沒有一點兒聲息。沒有人的講話聲，沒有電視機的聲音，沒有狗吠的聲音，到了第二天早上你也可以肯定不會有雞叫的聲音。

然而我的耳朵裡卻洋溢著我們在高塔旁製造的震耳欲聾的喧鬧聲。

這不是我第一次想起它來。當初我搬離鄉下，進入城裡的學校讀書時，我也時常想起高塔來。

中午的時候，學校強迫我們趴在課桌上睡午覺。教室的四周變得像軍營一樣安靜，只有糾察隊穿梭在桌椅邊。如果他們看到你還在偷看外面，就會用帽子猛抽你一記。如果那個四方臉的訓育組長恰巧站在教室外面，你還會被叫出去。

「精力太充沛，睡不著是嗎？」他會說：「去操場跑三圈！」

有時候，如果實在睡不著，我就張開雙眼看著兩手圈著的洞穴內部。從手臂縫隙放進來的一點兒光線，我可以看到盪漾著碎波的魚塘，和聳立在它們中間的高塔。

後來我又看到更多的東西。我看到塔頂上晾著一張張的床單和床被，還有在它們之間忙碌的女人，還有一年四季不停吹著的風。風掀起了女人的裙角，吹得布巾鼓鼓地響著，吹平了她們背後發亮的雲朵。

我曾經把這個意象畫在圖畫紙上。

「哇！好高的城牆呀。」美術老師對我說：「這是哪裡呢？」

老師的話惹來了幾個同學的圍觀。我抬起頭對他說：「只是想像裡的一個城堡。」

大四的那一年，我們畢業旅行時正好過訪鄉下的一個古蹟。

「走！」我對女友說：「我帶妳去看一個長得很像城堡的建築。」

那是一個接近年底的日子，天氣並不十分晴朗。魚塘的水已經放乾了，有一部分塘底的污泥被掀開來，在空氣中發出一股不怎麼好聞的味道。

高塔也不如想像中那麼威風，甚至看起來並不那麼高不可攀。

不過，我還是抓著那一圈一圈的鋼環爬了上去。

「喂！」爬到了一半，我聽到女友在下面說：「別炫耀了！時間不多，我們得趕回遊覽車去了。」

回到遊覽車，我們被同行的朋友搶白了一頓。女友的臉色變得很難看，而我卻後悔沒堅持爬到塔頂去。

如果爬到塔頂上會看到什麼呢？後來我常常這麼想。

也許會看到我們的村子，甚至可以看到村子後面的河，也許還可以看到更遠的海——那是距我們村子很近，大人卻禁止我們接近的地方。

我也忘了去看看張阿錢那一家人是否還住在那裡。

有很多事情都是以後我才想到的，然而我已不能再做什麼了。

我又問王台生，李潔心爲什麼自殺了呢。

「這我倒是知道一點兒的。」王台生說：「最後那一年，我還在鄉下的路上碰到過她。那時她已瘦得不像話了。三十歲不到，頭髮卻變成了像老媽子一樣的鐵灰色。鄉下人營養本來就不好，碰到了事情又喜歡往極端裡想。」

就像張阿錢一樣，我心裡想，鄉下人的體質本來就很弱。

然而，碰到了什麼事情呢？我問。

「誰曉得！」王台生搖了搖頭：「都是些女人的事吧！」

如果李潔心還在的話，我可以和她談談張阿錢。她一定不會忘掉張阿錢，還有那個沒有上嘴唇的女人，還有他們家所在的高塔。畢竟，一個人即使失去了可期待的前景，她仍然有一些可回憶的過去。可是李潔心已經去世了，連這一點曾經屬於她的東西現在都不在那裡了。

「對不起！」王台生的弟弟王培生從廚房裡走出來，打斷了我們的話。

「剛剛在後面我好像聽到你們在說張阿錢。」王培生說。

我看著他在家裡依然打著領帶的裝束。他們兄弟兩家人住在同一個公寓裡。

「你認識她嗎？」我突然感到興奮了起來。

「是啊！她是我的同班同學。不過她的名字好像不是阿錢，而是阿琴。」王培生說。他還告訴我「琴」字的寫法。

「眞的嗎？我還以爲她是跟我同年齡的人。」

「她跟我同年齡，比你和三哥小兩歲。」王培生說。

「眞的是同一個人嗎？臉長得野野的，講話的聲音粗粗的，媽媽是一個兔唇的女人？」

「不會錯的。」王培生說：「不過我已不記得她的長相了。我只記得她的脾氣很不好，常常跟人吵架，還跟老師吵架。有一陣子，她甚至不來學校了……」

「對了，對了，就是她！」我叫說：「她找黑狗仔去了。」

「這我倒不曉得。」王培生說。

我差一點兒笑了出來。

「啊？黑狗仔？」王台生接過了口說：「這名字聽起來怪熟的。你怎麼會認識他？」

我正想解釋，王培生又接過了口：「現在鄉下變了好多噢。你離開了以後還回去過嗎？」

「有啊！」我說：「有一次我還跟太太一起回去呢！在畢業旅行的時候，那時她只是我的女友。」

「我們的村子已經整個改建了，你知道嗎？」

我說，我剛聽王台生講了。

「但是那個高塔呢？」我趕忙問：「那個高塔還在嗎？」

「也早就拆了。凡是你熟悉的東西現在統統都不在了。」

「噢！」

「什麼時候叫老四帶你去看看吧！」王台生說：「他還跟那裡的人有來往。」

「下一個週末我可以開車帶你去。」王培生說。

我謝了他，但我說，那時我已經在飛機上了。

電鈴一響，我們的對話被打斷了。

大門打開以後，站在門外的人說了一句「生日快樂」，跟在後面的一群孩子們像是獲得訊號一樣立即衝進了客廳裡。王家的孩子們聞聲也從自己的房間裡衝出來接應。王台生的臉上出現了招架不住的神色。王培生則連忙拋下了我們去招呼新來的客人。客廳裡頓時充滿了孩子的歡笑聲和大人的叱喝聲。王培生招呼完客人以後把我安排到他自己的臥室去。「眞不好意思！」他說：「今天正巧是我大兒子過生日，還來不及告訴你。」他向我連聲抱歉，並爲我找出幾本照相簿來。

我坐在房間裡翻了一陣子，外面傳來「祝你生日快樂」的歌聲。王培生拿了一塊蛋糕走進來。我趁機問他：有沒有更老的照片？他反問我：要多老？我說：我還住在村子的時候那麼老。噢！王培生想了一下說：那麼老的恐怕沒有了。他又補充說：那個時候大家還不流行照相嘛！我點了點頭。

我再走進客廳的時候，電視機的前面已經圍滿了孩子。他們的媽媽們則坐在後面的廚房裡聊天。王培生正在用自己的領帶爲一個小孩拭眼淚，王台生則在跟那孩子理論說：「這些武功都是騙人的嘛！爲什麼不肯換個節目看呢？」

「三伯的功夫才是眞的噢！」王培生哄著孩子說。然而孩子們都沒有反應。

「我們看看有沒有更好的節目？」王培生說，一面操縱著電視機的遙控器。

「可是我們找不到更好的節目。」王培生很快就結論說：「三伯只好見諒囉！」

所有的孩子們都高呼：「耶！」

王台生站了起來。我趁機向他告辭。

王台生對我說：「我送你回旅館吧！」

與王台生道別以後，我走進了冷清的旅館大廳裡，站在沒人料理的櫃枱前。過了許久，一個臉上帶著不耐煩神色的男人才從後面的小房間走出來。尾隨著他而來的是刀劍交碰的聲音以及閃亮的光影，顯然小房間裡的電視機正在播出精采的節目，拖延了他出來的時間。我想問那男人裡面的節目是什麼，然而他只交給我房間的鑰匙，便匆忙走回自己的房間去。

我獨自一個人走進了電梯，一股即將別離這個地方的感覺突然湧上了我的心頭。我想著，是不是在離開以前去鄉下走一趟呢？走出電梯後，我從落地窗看到一輪血紅的太陽掛在接近地平線的天邊。這已是將近黃昏的時刻了，我想著，一面看著那藍煙所籠罩的城市，那偪促的建築，狹窄的街道，以及在上面幾乎動彈不得的車輛。我想著，在好多好多年以前，我也曾經站在較低矮的樓層上，看著剛起燈的建築，樂聲悠揚的街道，以及從上面看起來變得平和了的城市，一面遐想著我自己以及世界的未來。然而現在這個城市已變得紛亂而嘈雜，步調變得馳張而急促，人與人相互擠撞著，街道角落與地下發出了惡臭，好像這一切都在說：生命既然對我們如此踐踏，我們也將如是回報生命。

我點著頭，好像在附和著近來聽到的友人的談話。他對我說，從前他希望這個地方能在一夜之間變成另外一個模樣，現在他卻希望這個世界能回復到以前的樣子。因爲，他說，那時候這地方雖然並不特別美麗，但頭頂上還有藍天，馬路邊還有綠樹，而人的臉上也還有笑容。我想著他的話，想著那些逝去卻不曾被我們惋惜的日子，還有那些已經解體的事事物物，以及那些現在只伴隨人的感慨而存的記憶。

這樣想著，我的眼前又出現了那光亮的藍天，閃爍著陽光碎片的魚塘，還有挺立在魚塘中的高塔。我還要不要回鄉下去呢？我又這樣問著自己。然而我還能在鄉下看到什麼呢？高塔早已經拆掉了，王台生則壓根兒不記得它的樣子，塔裡住的張阿錢一家人也不知去向，而李潔心已經去世了。也許，在這個世界上只剩下我一個人還保有著那個高塔的意象。我突然感到了無比的孤單……

——二〇〇〇年十一月・選自九歌版《高塔》

舞鶴作品

舞　鶴

本名陳國城，台灣台南人，1951年生。成功大學中文系畢業，專事寫作。著有小說《拾骨》、《詩小說》、《思索阿邦・卡露斯》、《十七歲之海》、《餘生》、《鬼兒與阿妖》、《悲傷》、《舞鶴淡水》等。曾獲吳濁流文學獎、賴和文學獎、中國時報文學獎推薦獎、台北文學獎創作獎、中國時報開卷版年度十大好書、聯合報讀書人年度文學類最佳書獎、東元（台灣小說）獎等。

逃兵二哥

一

我讀大一那年，二哥開始他的逃兵生涯。在他入伍四個月後，春節放假，他沒有回去。某日清晨，獵人來按門鈴，他只穿內褲出去應門，開了門縫的同時獵人撞破門，他回身就跑，想從樓上的窗口跳到隔鄰的石綿瓦，剛踏上樓梯半階，獵人攫到他的腿，其中一個用掌刀狠狠劈下去，他當下仆倒在梯階，獵人撲上去跨住他的頭。

這初次的逃兵生涯，歷時三十五天又九個小時。這個紀錄，雖不頂光彩但也不輸人了，多的是挨不到三、五天，就被無聲無息的獵人撲倒。二哥不服氣，若不是當時體貼新婚懷孕的二嫂，他不會頭腦壞到自己去應門，可以想見獵人剛到樓梯口，他早已飛過連綿的屋瓦跳到大路上。說這些話的二哥，走在軍營內通廁與通廁間的小徑上，那時他剛自軍監回役，母親要我這個家中唯一的大學生去開導他。他領著我見識通廁，一幢又一幢，他說著話，幾乎沒有我插嘴的餘隙。

幾年後，我在新兵訓練中心回味了通廁的滋味。爲了不讓自己飽讀詩書的眼睛撞見廁溝通道中的屎堆，我習慣在蹲下前先剝下眼鏡，放入褲袋。有回，就在蹲下時，眼鏡掉落廁溝，歇在不知誰的黃褐的糞窩上。我猶豫了有數十秒之久，注視著眼鏡：它底下的糞窩在水流中慢慢蝕毀，而新的糞團不斷攏聚上來，圍成糞的鏡巢。我不知該放棄被污穢了的眼鏡，還是保住能看得清楚的眼睛——忽地我趴下眼瞼，延手撈起眼鏡，同時這廁溝坑了我某種類乎尊嚴那樣的東西。

二

我撈起屎鏡的這時，二哥正在第三次的逃兵中。在通廁間的小徑上，二哥說他正等待一個逃兵的理由。是理由，不是機會，機會多的是，理由好對自己和別人交代。他很快找到理由，距他初回役不過一個半月；午休後點名他賴在舖上，值星班長尋到踼了舖板一腳，他躍起身一拳摺倒對方。母親諒解這樣的理由，要是那一腳踼中二哥的要害，那她不是白養了這個兒了嗎。在稅捐處當稽查的大哥不以爲然，他說逃兵比如逃稅，都是一種食髓知味的劣根性在作祟。我當時不知贊成或反對，但後來入了軍隊也有一拳摺倒人的衝動。

我分發到山腳下部隊後幾天，晚點名時，連隊長宣佈緊急通知：今晚高雄發生暴亂事件，暴亂持續擴展中，部隊必要加緊戒備，防範——。寒夜山氣中，感覺不到暴亂的熱。而後幾個月，我們身在事件的熱潮，電視教學再教學，小組討論又討論，專科畢業的小政戰指名我作總結，我說了事出有因，查無實據那類話。小政戰駁斥我讀死書不用腦筋，因爲人人看得出證據是那樣的雀巢，他把確鑿唸成雀巢，是那麼樣雀巢的證據。不過他贊同我寬大爲懷的看法，做錯事的孩子，父母打他幾下屁股也就算啦，何況是我們一向行仁政的政府，小政戰大膽預測頂多判個三到五年，最有可能是六個月緩刑二年。判決後的政戰日，我發言說這眞是個屁都不通的政府，硬是把塞子塞到人家的屁孔去——拖出去！小政戰大吼著拖出去，拖出去，隨後消毒：剛剛那是一個思想有問題的人講的思想有問題的話。

二哥第二次逃兵生涯，挨不到二十天。獵人跟蹤嬰兒車，在公園的小小動物園柵欄旁，逮到了等待中的年輕爸爸。我寫了至少二十封信給第二次坐監中的二哥，他只回我一信，說他敗在太顧妻兒，有一天他要像狼一樣的橫行，他用橫行這樣的字眼，要像鷹隻一樣的狠飛。第二次回役，他只待了四天，鷹一樣的飛過營區的矮牆，當我被困在某個山腳下，成爲思想列管兵時，二哥不知橫行在何方。

三

後來幾年，往往長時間斷了二哥的訊息。我們已經習慣，家族聚會時我們不提這個人。我相信二嫂曉得他身在何處，我們不問，問了二嫂也不會明白的說。

有個深夜，二哥「長征」到我家，身邊跟著一個老鏢和個少女。老鏢有三四十歲了吧，新婚的妻悄悄貼我耳朵說：來了城隍廟的七爺。我定眼一看，——二哥倒眞像八爺了。當夜，哈過妻臨時弄的魚粥小菜、兩瓶紹興，八爺少女七爺擠到四榻大房間。我們都疑問他們怎麼睡，妻背過身去悶著。我想像八爺的壯蠻對少女的小嬌，久久不能入眠。

……成爲列管份子後，先被免除衛兵勤務。腦袋邪門的，他們不敢讓他拿槍，很可能他私自把槍拿到外頭去賣，或者擁著槍作啥麼生意去。軍法公報上不是告訴我們嗎，有個邪了腦瓜的，半夜挺著自動步槍對著通鋪上的戰友，掃射——。我高興可以夜夜一覺到天亮。衛兵在零度的山氣中站哨，把著彈篋的掌心長了他鳥蛋一樣的凍瘡。爲了撫慰兵們的鳥氣，少校連長蔣志鴻訓話各位，「——不讓他拿槍，就是要叫他當不成軍人，不能履行軍人的神聖使命：軍人不像軍人，甚至可以說是不像人——」既然不像軍人，只能分派不像軍人的工作，時常是廁所或菜圃的臨時幫工。廁所管理員是個也被列管的社會流氓兵，他的工作是廁所的第一手檢查員，檢查臨時工我的掃廁工作成果，等待上級值星的第二手檢查員不定時來檢查他這個第一手檢查員的檢查成果。抽水馬桶高踞第一間廁所，門板上紅漆標明四個大字「軍官專用」，——流氓兵的屁股也專用軍官專用的，我則掃了幾百次廁一次也不敢專用軍官屁股的，——水力弱，定時抽水常變成不定時沖水，糞團團的積在後三間兵們的屁股下。兵仔喜歡下在野戰茅坑，也因此，造就了我的另一份工作：晨曦暮色兩次，顫危危，挑水肥菜圃去。那陣子，我最大志願成爲菜圃管理兵，看他手握著塑膠管在陽光下噴灑開七彩水珠，晶瑩透地的那種感覺，我覺得那眞是可以安身立命的工作。但那是不可能的，即使廁所管理兵也不可能：思想列管份子不能有固定的工作，固定了安定了，他便有剩餘的精力，不知再要生出怎樣異端的思想？同時，思想列管份子不能獨自擔當一個工作，他必需時時在同伴的監看下——爲什麼抽水馬桶老是壞（斷）了螺絲釘（線）？小心有人在水肥中下藥，長出畸種包心菜。如是，上級體貼，不讓剩餘危險的精力，我身兼三種臨時工：不定時廁所打掃工，早晚兩回菜圃水肥工，另加一次午後豬圈清潔工，以廁所爲中心點，豬圈菜圃茅坑剛好在等邊三角形的邊陲地帶，我不定時窩在行政廁所中心，定時出差到邊疆去，沿途看晨昏光影中的山脊稜線、聽林鳥長啾——彎腰駝背豬餿人臭不亦樂乎是眞不像軍人。不過，不定時有什麼東西殺出來擋住路，不必定眼看也知道是我們的政戰長官，先厲聲要你立正站好軍人要有軍人的模樣不要死老百姓，隨後臨時檢查衣褲口袋。這臨檢，重點在查緝任何可能的文件書摘或紙條，上面書寫著任何可能的反政府宣言或顚覆國家的陰謀計畫。平時，查到兩個口袋也就算了，政戰風緊的時候，夏天六個、冬天九個口袋一個不漏，東西扒出來瞄過即就摜到地，要你趴著撿，雷厲得很那個的樣子。我曾經絕食反抗過這種雷厲。我避開思想，將矛頭對準不涉思想的「饅頭或豆腐塊」這個日常生活習題。軍中規定棉被標準豆腐，晨起第一要事捏豆腐捏捏出你的耐力忍受紀律，而我的手工棉被天天評定是饅頭，午睡時間必出饅頭操，頭頂棉被在庫房前側長坡來回跑步五分鐘一個來回否則多加一個來回。我午飯不吃，饅頭操不到，躲到後山空庫房，在庫房與庫房間亂步，晚飯不吃飯後溜回去，即被押到政戰房。「思想又開始偏激了是不是？」政戰第一句話。我堅持只是饅頭或豆腐塊的問題。「思想若是沒有問題饅頭或豆腐塊怎會成爲問題？」我認定我的是手工豆腐塊不會是機器饅頭：思想若是沒有問題豆腐塊就不會看作饅頭就不成問題。「小心你的思想，」小政戰烏著臉，「絕食是如假包換的思想問題。」隔早，指揮部政戰主任來視察營區，召我前去例行談話，「絕食是道地的思想問題。」他再三肯定：絕食是道道地地的，也可說是如假包換的思想問題……聽說你有絕食的意願，希望好自爲之不要眞的著手進行絕食，軍隊不比社會，對這種思想問題我們絕不妥協，之所以你可以放棄這種無謂的抗爭，把你寶貴的精力奉獻給軍隊國家。我頗同感的回說我也急、於、想、把我出生以來的精力奉獻給軍隊同國家可、惜、哪他們天天要我精力浪費在豬圈。「啊哈」，主任恍然悟到，「原來抗爭的是這個——」這個嘛，是屬低層次的思想問題，不過養豬到底爲了養人，就不能說是浪費，你這種頹廢的思想觀念必需校正過來，如同一顆螺絲釘養豬兵，沒有這顆兵整個軍隊這部大機器就轉不開囉啦更甭說國家。我很欣慰：養豬如同養人那不就等於扶養了軍人乃至整個軍隊國家了嗎！我趁機提出我的志願：我志願成爲一名正式的養豬工兵。「——工兵養豬？」主任沈吟了兩秒半的久——，「我們可以愼重考慮你的志願，——只要思想沒有問題。」「豬圈是改造思想的好地方，」我更進一言。主任大爲嘆賞：「豬圈是改造思想的好地方。」這是滿棒的政戰術語。我低下聲腔，「大太陽底下出饅頭操是極不人道的事。」主任爲難了，「軍人嘛不單純是人，也因此不合人道的不一定就不合軍人的道，」不過，「饅頭操大太陽合不合軍人的道」倒是值得討論的思想問題。大政戰慧眼獨具的看出，我認同豆腐塊這個事實，即可說是認同了我們這個大有爲的體制，充其量是屬一種「體制內的抗爭」，顯然思想上我還有改造的希望。主任要我留下，與營部大老一起中飯。我暫代勤務，替大官桌把菜上好、飯一一添好，筷子恭敬的擺好，這中間主任殷殷的教誨，

「你的存在肯定在軍隊中是有存在的價値的，提供一個反面教材，給我們思考反省的機會，希望你把見到的、以及所思所聞到的，報告上來給我們參考知道——」當日中午，不見了饅頭操。小政戰被召去營部，回來鐵著臉宣佈：今後以「饅頭交互蹲跳」代替饅頭跑步。而，我的饅頭開始被評定是豆腐塊，——畢竟，只要抓穩思想，「饅頭或豆腐塊」的問題是不成問題的。小政戰特許我在政治日不發言，小組討論時，我是唯一不享受同時不負擔「人人必需發言這個權利同時也是義務」的兵。上級鼓勵我多吃飯，壯大起來我這絲毫不像軍人體魄的、「畸形知識份子」的病體……

我翻轉到魚肚白時才入睡。午飯，妻煎了虱目魚肚片、蔭豉蒸虱目魚背脊、薑絲虱目魚頭湯，笑說二哥一定懷念故鄉的滋味。這回，二哥「短駐」了兩夜三天，臨別只說往南繼續長征去，說不定會到南沙島。我送路費兩千，妻從後院摘了兩袋芭樂用作等路。這回，妻同我悶了一個星期多，伊說伊實在無法忍受全無肉味的人，伊發誓再也不做飯給七爺吃，不過伊眞心佩服八爺的厲害，半夜能不弄出一絲聲響。

四

二哥第三次被捕，在離二嫂娘家不遠處的一間小戲院。國產功夫與西洋豔情兩片同映的小戲院，即使冬日午後也有許多觀賞的男人，當豔情演完燈光全亮的瞬間，二哥的左右、前排後排都坐著冷冷笑著的獵人。母親感嘆二哥念念不忘妻兒，是大丈夫也難免兒女情長。大哥分析這是逃亡者的慣性，躲在色情的暗窟中：獵捕者當然熟知逃亡者的慣性。

第三次逃兵撐了將近六年。軍法官仁慈，只判了三年半。二哥在軍法庭上說，這幾年他四處流浪打工，爲了撫養寄養娘家的妻兒，他剛自東海岸一個叫靜浦的濱海小村回來，拿錢給妻子後累倒在戲院的座位上。二嫂證實他的說詞。我代母親挑起到軍監面會二哥的責任，在多次的面會中二哥斷續說到，他在靜浦海灘駐紮了幾天，某日晨起望著海，突然想念安平的蚵仔煎，他即刻出發回來，吃過蚵仔煎蚵仔湯後，只剩一張戲票的錢。到靜浦前，他在河谷的岩壁下駐了整個夏天，幾乎不用一毛錢。他是累得昏睡過去，不然獵人的氣味逃不過他訓練多年的鼻子，不過眞正專業的獵人是走到你鼻前你也察覺不出的同你我一模一樣的人。他懷念那香豔激情的影片，他出獄後第一件事好好去那家戲院看它個夠。流浪生活過久了也會倦，他們請他在這比軍營更像軍營的地方休息生養一陣子也不壞。談談你做兵的生活吧，二哥難得笑了，你這個秀才兵。

我禁不住內心的蠢動，顫著手觸摸前座女人的髮頸，在回兵營的客運車上，一個假日的午後。梳得齊整的髮髻，垂下來幾綹髮絲，掩了潤白的後頸。我凝視頸肉的白、其間不時貼入陽光陰影，直到指尖捏住髮梢，顫了幾顫，放手、又捏住，順髮絲而上，——觸著頸肉的瞬間，女人斜過臉來，同時感到指尖的黏達——我開始把所見以及所思所聞到的，報告上去給國家參考知道。報告是以私函的方式，寄給指揮部政戰處一位業務士。營內作戰官性嗜色情錄影帶，時常帶了兩名跟屁兵，鎖在會客室從深夜戰到破曉，白天來面會的客人時常聞到屁股底下發著隔夜的腥騷味。半個月後，來了位軍隊監察官，會客室闢作臨時偵訊室，幾多人次進去獨參後，監察官吩咐營門衛兵今後職兼電視機看守，九時一過嚴禁開機任何人不可靠近。一週後，作戰官改調訓練官。我稍稍浮起左肘，右指潛過左腋，朝鄰座假寐中的少婦的奶尖戳了一下，倏地退回：鵝黃T恤的奶尖，有教堂庭院梔子花蕊的那種寧靜暖馨。夜暗車上，我的手索向身傍女生，在腿側逡巡了許久，——趴上，女生不動聲色，掌心先是貼著腿肌一動不動，之後濡吮起來。車子進站後，女生走在前頭，是往城市通學的高中女生，突然頓住，回過身來俯著眼臉說：我喜歡你的軍服，為什麼你要這樣？營內一直暗藏著流動賭局。有時在夜深後的廚房灶邊，白天在二級修護廠的零件材料間，幾度遊走在後山空庫房，一度移到營外側柑橘園養雞場。設局的兵老大興來便在晚點名後潛出營外，早有計程車等著，到鎮上酒、炮到天亮，趕回來早點名。專長情報佈建的小政戰不可能不知曉這些，不過時非戰時，又不關思想。我私函細繪了賭局流線圖，同時直指小政戰是「那隻看不見的黑手」為了抽頭。一個月內，小政戰在二級廠初次破獲賭局，兩天後在豬舍一角破獲另個賭局。連長慰勉政戰，並訓誡大家，「軍人不是不能賭，軍人的職責就是把性命賭給國家，當國家需要我們的時候——」隨後小政戰陰著臉，「我不怕你們中間誰是細胞，」狠起來，「肏你的狗狼養的才搞這種細胞爛的事！」我手拐頂向婦人的豐乳，伊察覺了，僵起臂肘夾緊腋窩。手拐左凸右突，不得不伊拿皮包護在腋下，拐頭一緊一鬆，感受皮包貼著乳坡一凹一膨。襠凸抵著一個農婦的瘦臀，隨著車子顛、晃，煞車時乘勢撞擊臀股，衝力大到令她足跟離地，農婦回頭來看：儼然一襲綠色軍制服。蔣老連長肉疼他的小兒子，常時帶到營內同吃同睡，我們尊稱小連長，背後喚作小連仔鬼，——不知是誰負擔小連長的口糧。營部大政戰的愛嬌妻，下鄉來探班，關在政戰房內兩夜三天不見動靜，胭脂色的褻衣褲遠遠晾在後窗陽光下，——趴在庫頂做工的兵們打鑽都會打錯了地方。總是默黑著臉的營長，迷上前來勞軍晚會的女主持，當他嚴著綠帽黑臉步入女人開的冰果室時，鎮上的小伙子齊齊挺直腰桿行他注目禮：座車終於停在野外林間，駕駛兵下車把風戒備。「打靶不如打炮」：訓練官的名言，所以整年來未打過靶，他的上呈報表上明確列了打靶的日期，子彈照樣報繳報廢。週四政治日是工休日，每個兵輪流搬了一番堂皇的話後，胡扯或閉目養神。有回電視教學，螢幕上騷亂著紮頭巾的暴民，有個兵衝口喊，「——拉出去槍斃這些人——」小政戰馬上站到螢幕邊緣，「我們不必浪費國家的子彈，國家的子彈是準備來對付萬惡不赦的那些人，像各位現在看到的這些人，我們想辦法思想改造他，將來各位回到社會後——」我私函上參：祖宗孫子不是說過嗎對敵人仁慈就是對自己殘酷，如此的政戰只會搞垮我們的戰力，哪待我們回到社會後——何況他又鼓勵我們三五結群去精割包皮，不管戰不戰備，這不就是居心叵測嗎……

二哥笑說，他在部隊待的時間不夠長到去精割包皮。有半年之久，他在高速公路交流道附近擔任流動賭局的運輸兵。他除了「報告完畢」四個字外，不記得在軍隊中說過什麼話。他曾長征到屏東內山達來、阿禮一帶部落，結識一位排灣青年，他們彼此投緣、因爲交談中每句話他們都要掛上尾巴「報告完畢」。他計畫回到部隊後馬上開設賭局，利潤四成固定用來打點場外，風緊時他可以出到六成、甚至七成，這樣就哪怕它什麼炮戰也轟不到他的場子何況政戰。我說母親懇求他好壞挨過剩下的役期，他回說賭局若是開得順利，剩下的二年半就不是問題，臨時想抽腳也不忍心丟下那些場子兄弟。他曾在南方澳碼頭跟人對賭海面的浮油至少可以浮起一個八十公斤體重的人，結果他贏了一頓海鮮小吃。母親希望他至少看在日漸長大成人的兒子份上。「我哼是軍團祕密派出的隙仔，」突然二哥扭尖聲腔，他是隸屬軍團的祕密細胞，他此刻正在祕密受訓，他的作用是長期考查同時監視那些追捕他的獵人，是不是不時窩在冰果室跟小妞打情罵俏，是不是午飯後就溜到小戲院睡午覺。他是碰巧遇到睡午覺的獵人而被捕的，午覺中的獵人習慣坐成陷阱的形式。

我一直掛慮著二哥的賭局：酒、賭雖不禁，但賭局眞能抵擋得住政戰的威力嗎？某日黃昏，自工廠剛下工的二嫂憂心的上門來尋問，半年前，伊在軍監面會二哥，當時離獄期滿只八天，隨後便失了人影消息。我們安慰伊，可能分發到偏遠的國防要地，不方便回家。二嫂說從來不會這樣。二等兵二哥的假日雖然短暫，是他們夫妻多年來唯一可以好好相聚的時日：伊新買了彩色電視，木床也換成了彈簧床。我答應爲伊走尋二哥。我相信二哥正在逃亡中，除非，分發到月球。

五

我尋問了四個二哥結拜的兄弟。有個擋在門口直說久未見到，門都不讓踏入一步的。有個拉進去扯了一個鐘頭零五分鐘他們當年的英雄氣概。有個說是二哥看不起他這位兄弟，多年沒去看過他。還一個勸我不必再如此麻煩，因爲結拜是民國前的事了。

每週一，我登一則尋人啓事：「二哥見報速聯絡」，加上我的名字共九個字。料想，他無聊時看報總會看到。——某個深夜，近一點，來了通電話，「……想找你二哥請來台北打這個電話……」一種很特別的女嗓，奇怪的低，把電話號碼重複了一遍即掛斷，那嗓音久久不去，像陳年紹興的，醇。妻肯定是迷魂陣，仙人跳一類的。我說我是窮教書的，又是標準丈夫一個跳我什麼，再說誰憑空曉得我的電話。誰曉得哼是哪個舊日情人臨時想到往日情懷？妻醋嘍：可別亂搞人家她們都是有丈夫的。搞到天亮，出了一肚子醋酸，妻才慰慰貼貼的說，「人家知道你是爲二哥，小心就是。」

像偵探影片中的情節，我按電話指示，尋到一家馬殺雞理容院，找二十二號小姐。「這裏沒有二十二號，我們只有十八位小姐。」黑暗中，一種很醇的嗓音，「我是二號。」午夜，出了黑洞，才瞧清楚：乳白鮮的西服套裝繃在寬大的骨架上，高顴，眼窩特別深烏。「叫我二姐好了。」過街時，二姐手慣熟的插進我的臂彎，「第一眼曉得你就是，同一個模子出來的，你二哥說你較斯文，——比他還壞。」過兩條街。二姐在騎樓烤攤買了兩串雞屁股、兩盒壽司。轉入巷子，折過巷尾，轉入另條巷弄，「這就是，套房大樓。」轉出大街，在雜貨店買了兩瓶保力達B，要我提著，「這是你二哥的補給品。」再回巷內，二姐前前後後瞇瞌著，上套房大樓。

十坪大套房，亂葬崗似的，這裏墳起一堆那裏一堆。二哥盤腿坐在墳床中，苦瓜燜肉的臊味。「聽說你在找我。」二姐抱起一團衣物，露出一張海灘椅。「怎麼這麼久才聽說？」我望著二哥浮胖的臉，胸肌也墜了些。「已經九個月沒出門了。」二哥遞過來一杯酒，「九個月零二天，不，現在是，九個月零三天。在罐子內時——」「——啜米酒，」我接下話，「在外頭比較有卡豪華米酒保力達B。」二哥笑。「不是買不起好酒，」二姐拿冰塊來，「有回替他帶了瓶黑牌走路的，喝半口就倒到馬桶去。」二姐吃壽司。「有稀飯，」二哥說，「牛肉滷好了，」朝我笑，「現在會滷牛肉。」「還會豬腳土豆呢，」二姐嘻。在米酒保力達B的微醺中，二哥電鍋滷牛肉土豆豬腳熬粥，可惜不能炒炸，不然眞想學做鱔魚糊。還有一道名菜，二姐提醒，別忘了請三弟，米酒悶鯏溜。

他逃離部隊直直投奔二姐的洞房。有一冬，他駐在大崗山大寺後修道人的洞房，眞正是冬暖夏涼，油鹽米醬民生必需當然不忘煉丹爐，淒迷的是，夜半木魚到洞房，叩叩叩又叩，他決心收腳久蟄煉丹修道，料不到有一日向尼姑請米時，伊說啥麼春元演習隔日早起有人上山來普查戶口。他在軍監中某個燥熱難安的夜晚，突然想到二姐的洞房：大腿肉補藥酒配A片。他駐過廢屋空屋或建築中的半屋，自由逍遙藥酒自備夢中美女到處是，只差蚊蟲多兼又不時飄來尿溲味。慢慢的他想到，也許可以閉關在二姐的洞房。一度他駐在防空洞，霉餿比尿溲難受十倍，黑暗中這裏那裏不時碰到撞到不知啥麼死人骨頭，他有個罐友一出罐便性急同愛人躲入路邊坡坎下的防空洞，恐怖，法醫說是缺氧，哪裏知道是活活被餿死的。他厭了長征短駐的生活。再怎樣的長征，獵人總是跟在屁股後，他命定要在某一次的短駐中被捕。他想，自己有足夠的能耐了，他多年蹲在軍監的功夫，正好用來自閉在二姐的洞房，隔著層層的鋼筋水泥，他的心跳消失在整個都市的心跳中。

我可以感覺那種心跳——逃兵的心跳。在米酒保力達B的微醺中，我告訴二哥我也有一次逃兵的經驗，但首先我要談到槍。終於，我可以擁抱編派給我的那枝槍。「瞧他來時不像人樣，」連長蔣的當著大家的面讚我，「軍隊把他養壯嘍——」初次我從槍架箱捧出槍枝時，一種恩怨情仇愛恨交織的炙燒燙傷了我的指掌。我指蘸擦槍油細挲著槍身，我甘願我的指掌是永恆的擦槍布，我剝下一長條掌皮綣在通槍桿，來回千百億萬次通得槍膛閃電的亮：我是天生的擦槍手。「有機會我推薦你接任我這職位，」槍械士檢查過我的槍。槍回槍箱的途中，我隨手指印沙土，在指尖搓成油泥碎，像某日正午晴天冰雹一樣紛紛打落槍管裏。午夜，我在車場或豬舍衛哨，槍管翹向銀河黑洞或豬仔的屁孔。有一晚，小政戰怒斥大家，「以後不准兩人同蓋一條棉被——搞啥麼鬼在裏面？」當夜，我將槍柄頂在豬柵，槍管廝磨屁眼，準星在我尻骨劃下永難磨滅的傷痕。嗅著豬子或人子的屎溲，我悟到，原來槍身是仿陽具構造，子彈從槍管射出結束精子帶來的生命，軍隊是國家公開展示的大陽具，無數精子槍管朝外也向內，任何個人的小陽具必要陽痿在這大陽具的柄垂下，不然隨時他肏到你的屁股：原來，被死操屁股的同時不禁我伸出可憐的求救的手勢——觸摸任何一個可能的女人。

「啊哈，」二哥感嘆：男人都有觸摸任何一個女人的慾望。有一夜，我拔去刀鞘，刀尖刺入土泥，我脫卻軍服吊在槍屁股，鋼盔罩在屁眼上。只剩汗衫內褲，我越過鐵絲網牆。隔著鐵絲刺，我凝望一會那心身顛倒的槍人，困守著暗窟般的國家豬舍。循著營側小徑往下走了幾分鐘，突地頓停我呆住，——我離開「鋼鐵」的軍隊就這樣走回「散漫」的人群嗎？他們料到，我會逃回散漫，馬上派出鋼鐵的獵人，我想起逃兵二哥，散漫的生活何能抵擋鋼鐵的意志呢？我回身向山腰顛跋而上，——如果以個人意志的鋼鐵放手一搏集體意志的鋼鐵——夜色中，我經過橘園菇棚竹林，爬陡峭的澗谷，營門那兩盞聚光燈的強光交叉成弧濛暈影在胯間時隱時現，仰頭山後披滿珠星迎面洩下來。我在半山腰一處兩尺半見方的平台待了三夜四天，兩度下到橘園採吃橘子。平台後緣岩壁下滴過一彎山澗水，我嚼著龍鬚嫩莖，和著澗水呑下肚：我眺見營內裊起炊煙，灶房正用著這澗水煮著白斬雞。初夜，在蚊蟲叮咬中，我想到，徹底的叛逆是自我救贖唯一、根本的形式，只怨自己忘了帶蚊香上來。第二夜搔著腫癢，尤其是大腿內側和腋窩的痛癢，我感到，兵役制度是一個大王八，必要強姦每一個處男，在每一個男人身上留下污辱的痕跡，幾乎空了的胃翻絞著渴求早餐的大饅頭，嚥著口水我凝望海茫茫的星，爲什麼人一出生便要隸屬某個國家，爲什麼國家從來不必請問一聲你願不願意當它的國民？第三天晨起，腿軟頭眩下到橘園，對著滿目橘隻發愣：原來橘園只是過道，睡意朦朧中我一路蜷向——營區。我捧著五、六只橘子艱難上山，趴爬澗石時掉了幾只，挨到平台癱軟倒地。第三夜我無思無想，其間乾嘔醒來兩次。

我回營後，第一口吃到的是絲瓜蝦米粥。直到今天每逢假日節慶，我必要妻熬這蝦米絲瓜粥。「我是——金瓜粉蒸豬肉，」二哥最懷念軍中的金瓜粉蒸肉。小政戰堅持移送軍法，連長蔣擴大解釋整個後山都屬營區範圍內，因此只是違紀沒有逃兵，電詢大政戰有條件同意連長的觀點。「伊娘的，」在米酒保力達B的微醺中，二哥有條件同意小政戰的觀點：人人有逃兵的心態但不會人人逃兵，如果我當年眞能成就一個逃兵了，就不會有現今這樣無味的人生。他用「無味的」來形容我現在的人生。我被押送指揮部禁閉三週，三週期滿隨即被遣送海邊某個新成立的單位，同行的還有那位社會流氓兵。在米酒B的微醺中，二哥評估我的逃兵經驗是小卒騎馬馬前失蹄都不知，最起碼要帶登山口糧和換洗的衣褲，像他初次逃兵翻出牆後，馬上找到上個休假日埋在草叢中便服襯衫長褲。我望著攤大字在床上的二哥，翻白的臉像剛入土的人，我記起初次逃兵是春節休假忘了回去，——會是第二次逃兵的事嗎？

在米酒B的微醺中，二哥喃咕起一種奧語，二姐是小夜班，他喃到午夜然後纏著人到天亮，二姐若是大夜班，他直咕到天亮然後纏著人到近午。「我上班時間長，」二姐說，「還虧他自己發明自己說給自己聽。」所以叫做奧語，就是要別人聽不懂，聽不懂就不怕洩密，不怕洩密就有隨時隨地開講的自由，有了自由日子就好過。在米酒B的微醺中，二哥開講了，這種奧語，獨一無二的，千變加萬化的，是他軍監生活中逐步開展出來的，等到哪天，他全會了，說得順啦，他就要出發到說這種奧語的地方去，不再回來……。

六

我感謝並請二姐繼續照顧二哥。二姐黯然的微笑說，這是她初次如此完整的擁有一個男人。我們在巷口道別，二姐凹大的眼眶靜靜閃著淚光。我望著夜的海的波光度過剩下的那些日子，我想只有走入那青灰色的光瀲中，才能得到完整的自由。母親說人一出生便要開始學習忍耐。大哥說制度考驗人的耐性，耐力勝人的就在制度中出頭。二哥的耐力勝得過制度的能耐嗎？假日，我自漁村搭車到城市，在暗巷間輾轉徘徊，跟在某個流鶯的臀後，投身到不知哪一張濕霉的床上。

我向妻說果眞是個迷魂陣，兩天一夜我找不到那低沈嗓子的女子。二哥正在完成他的人生藝術，我告訴二嫂，請成全他。何時開始我喝起老米酒，妻哂說是不是要喝到老長壽。在米酒醋的微醺中，我想像同時重演二哥的逃兵生涯。我曾幾個月流連在萬華夜市，天亮後睡在龍山寺正殿後廊，吃供桌上的糕餅水果。隨著宋姓老丐一家，南北趕了幾個廟會，在鹿耳門朝聖的人潮中被甩脫了去，他們嫌我吃得油胖，不像丐家風範。當我沿著某條不知名的溪谷，跋涉到山腳下，彷彿我見到半山腰歪坐著一個臉嫩的逃兵，我喊，「下來吧怕啥麼世界眞正大逃兵多的是，」他一動不動兀自窩在他的安全台。我一連瀉肚下痢兩天，拖著身子到淡水碼頭，怔怔望著嵌在出海口的夕陽，以爲走到了人生的盡頭。無奈我回身投奔情人的套房，情人只說一句「同是天涯淪落人」，同時抱頭痛哭我們。我規定情人的敲門聲一連六下，電鈴聲三短一長，不然鬼來敲門我也不應。日夜我拉攏墨綠色窗簾，我憑日夜滲入來的聲息氣味辨別日夜。不出三、四個月，我已成就一名電鍋作手，但我不止於電鍋作手，現在我學做小籠包子，情人答應下回問問看是否有一種電蒸籠。

我愛長征短駐的生活，雖然要時時當心擦乾淨屁股，免得股溝的氣味惹來那幫永遠的獵人。我「雖不滿意但也可以接受」閉關的生活，這不是比賽耐力的問題，我覺得不值的是，從閉關的那一刻開始便被制度「閉關」了生命。在妻的凝盯下，在酒醋的微醺中，我設想我的失蹤：當「我」這個人失蹤的瞬間，那個閉關在情人洞房的人可以自己開門走出來，以「我」的身分走完他的生命。計畫自我的失蹤不是一件容易的事。我一再演練，直到我能掌控我的失蹤，即時出發去解救那個被閉關的生命，那已是第二年的酷夏。

情人洞房如今住的是一對在舞台秀配舞的年輕男女，男的說搬來時是空房，女的嗤：不如說是垃圾倉庫。我問垃圾中是否有一只電鍋。女的指指擺在進口鬱金香旁電鍋，男的說：看看還能用，就將就留下來用。鍋蓋一跳一掀的：筍絲扣肉的氣味。我晃在萬頭蠕動的水泥蟲林，尋找一張兒時熟識的臉孔。我佇望大廈蜂巢樣的窗口：那張臉正專注著捏他手中的三角紅豆饅頭，——是他向母親偷學的，紅豆餡是母親的拿手。我買了一個竹製蒸籠回去，我向妻說二哥隱在某個不起眼地方，做蒸籠學徒。冬夜，妻拿出蒸籠蒸冷凍水餃燒賣，作睡前點心，我在籠上溫小杯小杯長春酒。熬到春暖，我決定接受如是想像的眞實：有個死心戀上二姐的客人，偷偷跟蹤到二姐的住處，幾個小時後獵人來敲門，叩叩叩叩叩叩，二哥拔起裸身下床應門，「不是我，」二姐嘶，「我在這裏呀！」開了門縫同時獵人正要踹破門的瞬間，二哥用閃電般冰冷的聲音說：不必，隨即大開門，直直走了出去，獵人排班跟在屁股後……

——一九九一年・選自麥田版《悲傷》

宋澤萊作品

宋澤萊

本名廖偉竣，台灣雲林人，1952年生。台灣師範大學歷史系畢業，美國愛荷華大學「國際作家工作坊」研究，現任教職。曾結合同志創辦《台灣新文化》、《台灣新文學》、《台灣e文藝》等雜誌，掀起台灣文化改造及文藝復興運動的熱潮。1978年以《打牛湳村》系列小說轟動文壇，著有《廢墟台灣》、《抗暴的打貓市》、《血色蝙蝠降臨的城市》、《熱帶魔界》等。曾獲中國時報文學獎小說推薦獎、聯合報文學獎推薦獎、吳濁流小說獎、吳濁流新詩獎、吳三連小說獎等。

變成鹽柱的作家

一

當一九九三年底台灣完成了數年一次的地方選舉後的幾天，大街小巷慢慢恢復了她的平靜，像是經過了一番的人民暴動或大地震，這塊土地慵懶懶地躺下來了，她的身上蓋滿了散落的傳單、旗竿、檳榔、垃圾，以及偶爾被翻攪到的黑星手槍和武士刀。

總之，這是一次攪翻天的選舉，是金牛狂奔而良心放假的進行曲，大大宣告著李登輝時代的來臨。

這時，台灣西部的T市也正是如斯懶散地躺在那兒，所有候選人大開支票的競選標語被撕下來，飄到商店的角落，再被市民的腳踩進水溝，所有的市民都慢吞吞地打開他們的門扉，準備再過數十年如一日的無聊生活，大家的手裡都捏著競選時受賄得來的鈔票——五百元、一千元、一萬元，心裡有些茫然的興奮，但卻沒有一點點恥辱和羞愧的感覺。

已經是選後的第七天了，T市政府辦公處所在的中正路先是一片的懶惰，但慢慢有人出來整頓市容，貼滿競選標語位在市府旁邊的經國公園有洗刷工人在清洗殘污，街邊的大排水溝有市府雇來的人員在打撈XO的酒瓶和淤塞的禮品盒，市府的工友又換了一面放射萬丈光芒的國旗掛在府前的小花園裡，市府前的蔣中正、孫中山、母獅、公獅的銅像擦得雪亮，周圍的花草樹木都用水洗過再噴上亮光劑，中正路的每家商店都被指示打掃乾淨，總之一切都顯示KMT市長再度連任，又要創造一番新氣象了。

但是，就在這時，中正路上與市府相對的那家「快樂證券行」出現了引人注目的兩個景象。之一是隨著執政黨的大勝利，股票指數已經連續狂漲了好幾天，豪華轎車、機車也迤邐在街道的兩旁，甚至市府的大廣場都成了市民談論股票的會議場，整個市府的員工開始溜出辦公室到對街的證券行去打聽盤勢，人人都在猜測市長擁有的那支股票會不會有選後行情，更聰明的市府員工早已經買了李登輝總統投資的那支股票——宏碁電腦；有人猜測，不論市長或李登輝的股票，最起碼暴漲五倍，這是景象之一。但是，有一個輓聯也在證券行的廊道被擺出來，剛開始是在證券行入口的旁側，後來擴散開來，排滿在大理石光亮的騎樓下，那些白色的菊花和飄飄的彩幡在陽光下隨著十二月的風適意地在林立的樓下動著，好像要把整個中正路都打扮起來了，許多的輓聯慢慢堆擁出廊道，擴散到市府前的公園來，靈車也連續出入在這兒，大大小小弄不清楚是哪兒來的人士也出現在中正路上，那些人物像是來自各個不相干的市鎮，有些是衣著隨便的，有些是盛裝打扮的，有台灣人也有外國人，有誦經團和警察大隊，後來竟是連T市的基督徒聯誼會的人都來致哀，那些基督徒裡赫然出現了方面大耳，時而嚴肅、時而嘻皮笑臉的市長，這是景象之二。人人搞不清楚，到底出入在這兒的人是爲股票到這兒，或是爲市政到這兒，或爲喪禮到這兒。可是那個喪禮慢慢取代一切，因爲人們慢慢知道，死亡的人是經營著證券行的議長的一個女婿，是教育局的員工，也是一個T市憂鬱的作家，他同時是一個會說預言的小基督徒，最令人感到有趣的是他的死亡是一個恐怖的謎語。

二

作家死亡是在選舉後的第五天，這是指他的屍體被發現的時候，但正確的時間誰也不知道。最先預感到這個不幸事件的是他的一位同事。選舉後的第一個上班日，市政府五樓的教育局裡便發現他的座位空空盪盪，社教課的課長一大早就上班，他推開玻璃門，發現有一個影子離開那個空盪的位置，從窗戶消失，課長趕忙走到窗口察看是否有什麼東西掉下去？一樓前正是市政府花園廣場，除了那兩尊銅像，一個人影也沒有，課長起了一陣的雞皮疙瘩，不過一會兒同僚都到了，他就把這件事暫時給忘了。第二個預感這個不幸事件的是基督教的五旬節教會的吳執事，他在當天晚上抵達教會的門口，手裡抱著一大堆青年查經班需要的海報資料和白板，道林紙成捆地放在他的雙臂上面，他必須仰著脖子走路，走上教會的台階就像踏上天梯一樣的吃力，他的身邊很快地出現一個人影，吳執事斜著眼就看出那人是作家，因爲那人頭大身體小，露出糾纏不清的鬈頭髮，吳執事事後說：「我不必正眼就知道他是作家，除了鬈髮，他的夾克就是那股油墨味，上帝譴責他下十次的地獄我都可以憑氣味認得他。」因此那時，是執事打個口頭招呼著：「嗨，我們的大作家，你也大駕光臨青年聚會呀！又要傳達什麼預言嗎？」吳執事事後表示，他被這位新加入教會的作家困擾很久，因爲加入教會的第二天，這位作家就說預言，無非是某人的心裡盤踞魔鬼的心計，某人斂財必遭上帝責罰，有時竟說某人不可陷溺於房事之中，那些警告的預言很荒謬，卻都不幸而言中。吳執事表示，他有點懼怕那些可笑的預言，因此他只管走進教堂的門階上面來，那時門尚未打開，吳執事想摸索去拿腰間的鑰匙，才發現雙手抱的東西使他摸索不到，他就說：「你過來幫忙抱東西吧。」那個人靠過來，彷彿說：「好的。」但是，當吳執事鬆開手時，東西重重地掉在地上，道林捆紙跌散一地，而白板跌成兩半，他回頭去找作家，卻看到作家寂寞地穿過了厚重的教堂牆壁，隱入鋼筋水泥之中。吳執事大吃一驚，他張大嘴巴，宛如看到了邪靈現身，一會兒，當他驚魂甫定，才想到作家可能出事了。第三個預感作家不幸的人是他的妻子，就在那天的午夜，中正路閃亮的霓虹熄滅到最後的一盞時，他的妻子在證券行旁邊的豪華大廈裡抱著小女兒哼著歌睡覺，她心裡正盤算如何再增加證券行的職員及購進狂漲的股票，忽然女兒醒過來，她清晰地告訴母親說她夢見父親被召喚回天堂去了，一顆星星陪伴著他飛在燦爛的夜空中，他的妻子立刻下了床打電話到西邊市郊區的老娘家，但沒有人接電話，她立即駕著車趕回老家磚屋，荒廢的舊宅的燈都熄了，她扭開丈夫的書房的燈光，書籍、文件、稿紙丟得滿地都是，泡在壺裡的茶葉都生了霉，她知道作家至少有三天沒有回到磚屋，她摸索地在老家的庭院找一陣，社區裡除了隔壁人家的鼾聲和偶爾的狗叫聲外，沒有半點丈夫的聲影，駕車離開時，她驚見一顆星在天邊慢慢滑動，最後以極快的速度燃燒地消失在夜空，和女兒的夢似乎若合符節，她感到她恐怕眞的要失去這個丈夫了。

尋找作家的事兒並沒有很快地引人注意，尤其選舉剛結束，商店、住家、辦公室仍談論著選舉，沒有人會在意某個人的失蹤，但是縣府裡首先追查他的職員不上班的原因，並且發出了處分警告；教友聯誼會開始傳播著吳執事的幽靈故事；最氣急敗壞的是議長，他正爲著這位不中用的女婿不告而別時而生氣時而懊惱，女婿常使他丟臉。

第四天早上，作家的蹤跡終於被發現，就在市府前的大排水溝旁的一排樹下，一對情侶首先在情人座旁發現站著的一座雕像，看起來是由一堆白色的細砂所凝結成的雕塑，失去明確的五官眞貌及肢體形態，只覺那是一個人像，卻無論如何，不敢直接斷定那是否就是眞的人像，他被樹立在隱祕的垂楊樹下，看來彷彿是小孩用白色沙石所堆的一個作品。

民眾開始在那兒圍聚起來，他們談論這個作品的眞正意義，警察也來了，卻不敢去動這尊雕塑，由於樹下遺留有作家的一卷簽名的書卷，他的親友都前來察看。作家的妻子、教友聯誼會、市政府的人都否認這座雕塑和作家有任何的關聯。的確，從外貌看去，他的側影類似作家，但無論誰都不會做出這種粗製濫造的雕塑，它看起來就像是隨時會崩掉的一座沙雕，或者該說是隨時會融化的糖雕。就是最有藝術眼光的現代雕塑解析家也難以猜測它所代表的任何意義。民眾聚合過來不久又散去，每個人的眼睛都露出不解的光芒。這眞是惡作劇！維持秩序的警察笑著在那兒拉著繩圈將這件作品圈圍起來。然而，在黃昏時，一陣雨意外地揭露了這個奧秘，這尊塑像在雨中逐漸潰散開來，它崩落、融化了。在融蝕有如一堆白色糖粒中，赫然露出了作家的骸骨。

逮捕立即開始，就在當晚，和作家有交往的二十幾個人一齊被警局所約談。

三

整個案件像一個無頭公案一樣。警方感到空前的壓力。像議長之流的政要，不必說是自己的親屬被謀害之類的事，就是一件偶爾學童午餐拉肚子的小事，只要議長變了臉，在議會裡警長就會挨刮。警方開始調動所有的人馬，想偵破這一樁離奇的死亡案件。但從來，在台灣，任何的謀殺案也沒有說是把屍體棄置於市府前的，更何況是把骸骨架起來，外面竟能用類似白鹽的東西加以雕塑更令人費解的是，作家只失蹤幾天就變成一具骸骨，除非是兇手使用某種腐蝕劑將作家的皮肉加以蝕去，才能留下那麼完整的骸骨，但要說在屍體被腐蝕時不傷及骸骨的完整也不可能。唯一能確認的大證據是骸骨裡所積存大量的尿酸和止痛劑成分的確是患風濕症的作家的骸骨。

報紙在次日用作家被謀殺的標題作報導，由於不算低的文壇名氣以及異於常態的死法，開始引動很多人的愁緒和好奇，市府開始有許多人將之當成飯後茶餘的話題。

議長爲了便利作家的舊雨新知憑弔作家的一生，也順便給警方壓力，他提早辦了喪禮，並說明，在警方偵破擒住兇手的那天，才是作家出殯的日子。

儀式以作家最後的信仰——基督教的儀式混合著少許民間的習俗舉行，好事的、獵奇的、探究的、觀賞的人們都趕到這兒來。

唯一知道這個案件沒有偵破希望的是警長，他時而忙碌在街道時而坐困警局，他找不出謀殺的一點點起步的蛛絲馬跡。

不確定的出殯日子、離奇的死亡方式使喪禮有愈來愈熱鬧的傾向，鬼魂的謠言輕輕籠罩在證券行及市府的上空，隨之在市聲鼎沸的中正路擴散開來，來到這一帶的人都會下意識地抬起頭來瞻看空中聳入雲霄的大樓，想要發現那兒是否攀住一個鬼魂；證券行和市府裡又有人謠傳鬼魂出現在人們的身邊，總之不管鬼魂的形狀如何，大家都認爲它就是作家。

報紙雜誌利用這個機會做了作家的回顧展。最令人懷念的作品被重新刊登，沒有發表過的書信、手札陸續被發表出來，文學評論家努力去拼湊作家的一生，勉強讓人了解他的成就或失敗；在反文化的現代化台灣中，作家的這次死亡讓人們嗅出一點點文化的餘溫。可惜這一切都無法讓人察覺到作家被謀殺的眞正原因。

四

日子到了作家死亡的第一個禮拜天，天氣意外地溫暖起來，太陽從早晨開始就照遍了整個城市，冬風停止吹襲，空氣乾淨，街道旁樹木葉子竟能反射一點點綠光，彷彿春天提早降臨一般。

假日從市郊湧進市中心來購物的、遊樂的人增多起來，打從早上開始，人群就把中正路塞滿，在市府前的豪華百貨店、餐飲店、遊樂場形成漩渦式的人潮，去了又來，來了又去。當人潮來到證券行時，由於風聞作家之死及鬼魂傳說，都會好奇地佇足而觀，彷彿把它當成假日的一場特別演出。

十一點鐘左右，太陽曾略略地被雲層遮住，溫度也略略降低，市府廣場的遊客短暫地躲入商家的廊道避寒，半個鐘頭之後，陽光又普照大地，人們又回到市府廣場，這時人們才發現，一排的桌子被排列在廣場的中央，有一輛北部來的車子駛進了廣場，布條被拉出來掛在市府台階前了，原來是一場記者會將在這兒舉行，斗大的字寫著「聖靈復臨見證會主辦」。人們先是覺得可能是基督的佈道會，卻又看見有一排字寫著「為作家的死做見證」。

廣場迅速地來了更多的非遊客的人，他們是記者、出版社的人、被警局所約談的涉嫌死亡案件的人，以及維持秩序的警察，一時之間，廣場變得有些嚴肅，但人群卻愈來愈多，連街對面前來向喪家致哀的人也擠到這兒來，想真真正正地聽到有關作家死亡原因的消息。

歌劇院式的市府在假日停止上班，此時偌大的落地玻璃門早已關閉，十幾級的台階正好成為一個寬廣的講台，門前的巨大廊柱高高地撐起，在那兒發表言論頗像是一場歌劇，不過，人們知道，這場戲必然充滿玄奇和樂趣。

市府廣場前的鐘柱上的鐘指向了正午十二點。一個見證人走到高高的台階上來，記者、被約談的人、聖靈復臨會的成員安靜地坐在桌前。人們本來以為發言的人一定會是年紀甚大的牧師之流的人，但意外的，他是一位年不過三十、身材高瘦、長頭髮綁著馬尾的新一代的青年，他穿絨布繪抽象畫線條的長衣，袖子捲起，口袋插著幾枝紅藍筆，使人猜測到他是搞文字工作的人。他開始說出了冗長的一則故事。底下就是一些片段重要的談話內容。

「我是見證會《復臨報》的編輯，教齡有整整三十年以上，也就是說一出生就受洗，是虔信的基督徒。但這不重要。重點是在主編《復臨報》的這兩年裡，我遇到了作家，了解他小丑式的奇蹟的一生，使我深信神的訊息並不一定在哪個人的身上才會顯露出來，即使是最被看笑話的台灣人作家、小丑，上帝都會藉著他們的身體器皿來閃耀一點點的光芒。各位記者先生、廣場的朋友們，我這樣說你們當然了解我的意思。這是指上帝的意旨並不一定要某種權威人士，總統李登輝啦、立法委員王建煊、神父啦、牧師啦的表演中被傳達出來，即令是一個乞丐、妓女、無賴、醉漢身上也都可能有著神意。我想略說一說死亡的作家的一生，先爲這樁死亡事件做背景。喂，請把麥克風的聲音略略調高一些。

「正如近日報紙所言，這個死亡的作家筆名很多，什麼T・S、防風林、黑潮、不白、困居、飛蛾、痴雲……大抵不下十幾個，這是很多人都知道的，他寫過鄉土、科幻、環保、婦女、勞工、歷史、色情、言情……的小說、散文、詩也是大家曉得的。他出版幾十本作品、名列重要著作人、出席過國際的文學會議也是大家曉得的，但有關他窮苦的出身和小丑式的現實人生卻是大家不曉得的。

「作家出生在這個城市邊緣的鄉下，實際的年齡大概在四十歲上下，從報紙登出的照片，大家都會覺得他是正派的、憨厚、有點英俊的人，但那是不可靠的，他很矮小，軀幹、四肢都像小孩，卻有一個勞動過重的苦力的臉——深陷的眼睛、高高的顴骨、糾纏的頭髮，臉大但無肉多骨。我們在兩年前到中部來探訪他，剛見面時，我們以爲是和一個只有一張大人臉的小孩說話似的，他身上有很濃的菸味，要不是他還能講話，我們誤以爲他就是衣服所包裹起來的一包菸。那時，他尚未結婚，仍是市政府的員工，住在市府邊日本時代所留下來的小宿舍裡，我們在他的客廳坐下來立即陷身在一級的貧民窟裡，時而聞到整屋子的木頭腐爛的味道。暫停一下，你們有人問爲什麼作家那麼有名卻爲什麼那麼窮的原因嗎？我想這個因素我是不眞正懂的，那時，我們也彷彿問他這個問題，但他無精打采地告訴我們說：『台灣人藝術家像他一般窮困的只是一種常態，而且愈像個台灣人藝術家就愈窮，直到有一天，藝術家像一隻死貓一樣，吊死在自己破陋的屋角。』那時也正是李登輝開始準備要在總統府聽交響樂、流行歌曲的時候。但這一切都不影響我們拜訪他的興致。我們的注意力完全被他的另一項才能所吸引，因爲三年前的那個時候，作家進入了基督教會，開始說出令人驚訝的預言，簡單講，他轉變得很快，由外邦人的一個作家忽然變成神的差使，這才是值得注意的，喂，麥克風的聲音仍沒有調好。

「那是第一次的訪問，我們非常地小心，因爲我們有一個目的，就是想邀他加入聖靈復臨教會，並請他們爲《復臨報》寫稿，我們團體裡當然不乏見過上帝、說方言、靈魂到過天堂、搞靈療、唱靈歌、打擊撒旦的能手，事實上我們的團體就是這些異人的組合，但我們更需要作家的加入，因爲他有名氣而且以往是外邦人，將來如果有人在報紙攻擊我們團體裝神弄鬼，那麼只要作家寫一下他的親身經歷，就會使那些人閉住嘴巴。我們先表示對他異能的欽佩，而後問他爲什麼成爲基督徒。作家勞苦的臉對著我們，眼睛憂鬱而疲勞，他說他成爲基督徒並不是他願意的，那只是神對他開的玩笑，明知是神給他一點點消遣，但他卻不想違背神意。第一次被帶到教堂是市長的傑作。在市府裡，大家都知道市長是『五旬節教會』的信徒，他常有意無意地暗示市府的員工必須到他的教會去做禮拜，只要有機會，他就不放過，剛開始拍馬屁的人很多，爭相和市長去教堂，但由於沒有什麼收穫，大家就反擊市長濫用職權強迫他人信教，於是市長的行爲就收斂許多。作家長久以來就孤家寡人一個，上班之外就搞爬格子的遊戲，市長早就認識他，一再要他多去教堂，作家拒絕了十七次，在最後一次，爲了顧及市長的顏面，他答應去一次教堂。一想到教堂那種地方作家就發笑，事實上他在臨行之前木造的爛屋子裡讀了幾遍的創世紀篇章，當他讀到亞伯拉罕可以和上帝直接說話，甚至討價還價時，他笑了一陣；又看到古代的人壽命竟可達到九百多歲時，他又笑一陣，荒謬和無稽感占領了他的中樞神經，他笑得渾身發抖，發誓無論冒著得罪市長或背信毀約的惡名他都不會去教堂，他敲打聖經，把它擲在爛書堆裡，又笑一陣，然後躺下來睡一會，可是，等他醒來時，不知道什麼原因，他竟然穿上已不穿的一套西裝，朝著後火車站五旬節教堂而去了。他走進教堂，座位早已被坐滿了，他只好選擇靠窗的那一排書櫃子，一屁股地坐在窗邊櫃上。『五旬節教會』是傳入市區十年的新教派，以靈療吸引不少的信徒。不定期有來自美國、韓國、菲律賓、拉丁美洲的異人（大半都是有名的洋牧師、洋神父）在這個教堂替信徒治病，有時一場有名的靈療大會甚至能吸引台灣各地身染重病的人到這兒來、跛腿的、癌症的、啞巴的、瞎眼的、脊椎彎曲的、中風的、子宮脫落的、歇斯底里的、神經病的……總之，難以治療的末期病患，難言之隱的病患、死馬當活馬醫的病患……時時都會出現在教堂裡，人們戲稱這家教會是瘋狂醫院，充滿迷信和巫教的味道。這次的禮拜聚會是一個剛從神學院畢業的年輕人主講，題目是『耶穌的神蹟異能』，一向五旬節教會都要求講師用台語作演說，這是因爲教徒大半是上了年紀的台灣人，但是恰巧這兩個年輕人有一位是山胞、一位是台北市人，因此把台語說得笨拙無比，上氣接不了下氣，演講到一半的時候已經變成比手畫腳的一場默劇，坐在前排的市長和市政府的員工開始有些不安。作家起先感到很煩，火車站那邊不時傳進來列車的聲音，加以幾十年煤煙的薰染，教堂周圍的高樓大廈都鍍一層黑色，天線像魔鬼的爪牙一樣伸展在天空，而作家的中樞神經又被荒謬感盤踞，只想笑出來。但是在第一次，當那個山地人用很困難的台語說到耶穌在加大拉地區遇到從墓穴走出來的兩個被邪靈附身的人時，作家感到教堂前端講壇附近忽然一片廓然洞開，有一個被光所包圍的人向他發話說：『作家，把你的手放在那側躺在椅子上婦人的額頭上吧！』作家大吃一驚，從櫃子下來，感到有一種溫和的震波盤旋在他的頭上，不一會，他恢復鎮靜，思索剛剛看到的景象，發現沒什麼道理，於是他眞的笑起來，神經中樞又被荒謬感占據，演講又在支離破碎的台灣話中進行，那個奇異洞開的景象又出現一次，後又出現一次。第三次是講師提到耶穌上船、渡湖、回到本鄉，遇見一個躺在床上的癱瘓病人的故事，光中的人又對他發話說：『作家，站在那婦人的前面去，不要猶豫，把手放在婦人的額上！』這次，作家感到一股溫和而靈動的力量住進他的胸坎。於是，作家跳下了櫃子，走到講壇前，演講剛好結束。作家脹紅了臉對一百多位做禮拜的人說：『很抱歉，在座有沒有一位正側躺在椅子上的阿巴桑，請扶她過來。』大家感到驚訝，問他到底要做什麼。作家說：『有人叫我把手放在她的額上。』於是聽道的信徒中扶出了一個瘦得像乾柴的婦人，在她的頸邊有一個皮球大的瘤，醫生曾判定那是惡性腫瘤，情況嚴重。作家遵照指示，把手按在她的額上，後又按在腫瘤上，教堂裡的人就看到那婦人的腫瘤消了，她站起來，笑著、跳著，走回椅子上坐下。教堂響起嘩嘩的掌聲，大聲呼叫：『哈里路亞！』從此作家就變成靈療家。喂！麥克風到底怎麼搞的，請給我一杯茶！

「作家就是這樣變成基督徒了。這是一種最快速的進入基督徒奧義的方法。有人終其一生研討經文，直到死前還懷疑是否耶穌能復活升天；老學究們鑽研亞蘭文、希臘文，爲著創造人類的神是多數或單數而舉棋不定，可是，我們的作家不必，他似乎一腳就踩進神的國度。作家曾對我們說他是少數了解聖經最前面那句話的人，聖經一開頭就說：『太初，神創造天地，地是空虛混沌，淵面黑暗；神的靈運行在水面上。』不錯，那個靈如今還運行在萬物上，而且進駐於作家的胸坎。他連續地在幾個禮拜中又治好了患哮喘的、耳聾的、失憶的，甚至使長短腳的人短腳又長出了幾吋，名聲日漸傳開，使得我們聖靈復臨會的人也不得不格外注意作家的表現，他眞的在幾天之內深通摩西五經和四福音書，沒有人能揣摸作家了解上帝的深度。但這並不是我們今天見證會要談論的重點，我們必須把重點放在他的困擾上，因爲自從那些靈異的事情接二連三地發生之後，T市的五旬節教會，和作家產生緊張關係，他常說方言，那是一種能力，就是突然用各種不同的語言，譬如日語、德國語、西班牙語甚至不知名的語言指出教會的毛病，有時不客氣地斥責背信的教徒，使許多人在教會的禮拜日裡掛不住臉，最後是教會的人大大地害怕他了。在他受洗後，牧師不得不要求他少在教會說方言，尤其有些預言不要當眾宣說，作家回答說：『啊！說不說要看神的意思！』這種緊張的關係給了所有教會的人一種壓力，甚至市長在做禮拜時都會緊張地盯著他看。可是日益增長的靈力使作家不怕得罪人。他說：『自從我寫作以來就得罪過甚多的達官貴人，現在也不怕在教會裡得罪一些教友。』他認爲他就像耶穌死後聚在閣樓上而後獲得聖靈的那批教徒一樣，沒有任何的力量可以阻擋他說方言、講神的話、治癒病患，他要行神蹟，讓人看到聖靈普被在地球上的景象。這次的訪談後，作家成了《復臨報》的重要執筆者，他大力呼籲教徒認罪悔改，已信仰的人更應該堅定信仰，未信仰的人應放棄偶像改邪歸正。作家的神蹟很快傳播開來，在教界的聲望有如一顆閃亮的新星。但一年後，我們失去他的消息，他不再爲《復臨報》寫文章，我們被迫需要再去尋訪他。一定有某種力量正阻止作家發展他的影響力。請再給我一杯茶！

「《復臨報》的編輯人員第二次拜訪作家是去年的春天。那時，作家已經結婚了，對象是議長的女兒，他搬離木造小屋，住進大樓，也就是如今辦著喪事的證券行旁邊的那座大樓裡。各位往對面的大樓看看，那的確是很體面的商業大樓，足足有十八層樓高，是最近幾年中正路一帶建築起來的大商城。作家就住在左棟的第十三層樓。我們搭電梯上樓找到他時，他正在洗一大堆的衣物、作飯並忙著安撫一個三歲大的胖女孩，他的太太正在樓下的證券行上班，作家的臉看來更憂鬱，好像一下子老了十幾歲，身體彷彿有些佝僂了。他把最後的一批衣服晾在樓房的後陽台，之後，我們在他的書房坐下來。令人難以置信的，作家的書房看不到往日那些堆疊成山的書籍，孤零零的幾本烹飪和養育小孩的書擺在書架上，髒黃色的稿紙縐成一團，好像很久不再寫東西了。書房雖大，卻堆滿了小孩的玩具、圖畫、尿布、奶嘴、奶瓶。幾輛小孩的三輪車堆在書房裡和一大堆的積木構成雜物山，基督教刊物被踩在地上，甚至當拭小孩屁股的紙張。作家顫抖地抽菸，寂寞地爲我們沏茶，他表示上帝賜給他更大的說預言、靈療的能力，但卻開玩笑地給他一個無法承擔的婚姻。他認爲他中了騙徒的詭計，整個婚姻就是陷阱。上帝只是開玩笑，但人本身的魔鬼天性使事態惡化到無以復加。他說這樁婚事是市長促成的。一來他痛恨見到市長，在市政府辦公大樓一看到似笑非笑的市長，他就躲開，但是自從加入教會，就常碰面，最少在禮拜堂每星期就要見一次。市長並不在乎他具有靈療和說預言的能力，在教會團體裡市長總是說：『作家的神蹟就像一種魔力，我們該讚佩他還是敬畏他呢？』有時竟說：『作家把他昨夜寫的小說拿到禮拜堂變成神蹟，我們應該相信還是存疑呢？』總之，市長不相信神會以作家這麼頹喪的人當器皿。但是有一個禮拜天，市長跑過來他身邊，和他一起跪著禱告，竊竊地告訴他：『作家，我當媒人，介紹一個小姐給你。』作家不敢相信他的耳朵，後來才聽清楚，所謂的小姐就是議長的大女兒——一個剛離婚的女人。作家立刻推辭，起初他以過慣單身生活爲理由來堅拒，後來以收入微薄爲理由，最後竟說：『要說彼得我當然沒有資格效法他，但要效法食野蜜在約旦河爲人施洗的約翰總不太困難。我還沒聽過彼得或約翰娶了老婆的。』市長一聽作家舉了彼得和施洗者約翰的例子大笑了一會，他告訴作家說：『你怎麼知道把彼得和施洗者約翰放在今天工商業的社會而他們仍不娶老婆呢?你的想法太荒謬，這是中了天主教修士觀的毒素，你怎麼不想一想大衛王娶了一個以上的老婆呢！』於是市長發動市府所有的員工，特別是教育局長出面促成這樁婚事。教育局長的說法比較中肯，說服他的言詞大概這麼說：『人需要改變環境，不管是作家或傳教士，假如缺了家庭就不是完全的人，對人生的體驗就少了些。況且議長的女兒很早就看過你的作品，她以你爲偶像，除了把你當個永遠敬仰的作家外，她不會要求你變成什麼樣的人。』作家百般思考，白天發出了譫語、晚上做惡夢，最後常無緣無故地渾身盜汗，他發誓決不中了魔鬼的把戲，立志一定以耶穌爲榜樣過單身生活，行神蹟異能一直到死。市府的人開始與他爲敵，把他當成冥頑不靈、十惡不赦的人，盡量不和他說話，壓迫他、孤立他。最後是市長在公暇之餘到他的辦公桌來，把聖經翻開，指著創世紀篇章裡的一段文字，那是上帝的話，祂說：『人單獨生活不好，我要爲他造一個合適的伴侶，作他的內助。』作家一看，呆住了，最後淒慘地笑著，他兀自地說：『啊！上帝這樣地說過嗎?祂說過這樣的話嗎?我怎麼沒注意到呢?』於是，作家答應了結婚這件事。婚禮剛舉行完畢，作家就知道他中計了。由於議長擔心作家會在婚禮的當天悔婚，所以婚禮很快地進行，他們先在法院登記結婚，由法官核發一張結婚證書；接著在星期五的時候，選了一家生意冷清的餐廳，市長邀了作家的同事以及女方的親朋好友，開了五、六桌席子，只記得餐廳門口貼出了『兩府合婚』的字樣，婚禮就結束了。新婚夜，正當他們準備就寢時，議長岳父帶了一個三歲的胖女孩到大樓公寓的洞房來，新娘剛開始騙他說小孩是她的姊姊的女兒，但第二天早上，女孩卻叫她『媽媽』，作家才曉得他的妻子和她的前夫已生了孩子，離婚時，女孩歸女方撫養。他的妻子百般安慰他，她說一切都沒問題，包括吃一口飯，她都不會給他添麻煩，而且議長岳父與她一定會給他金錢上和名譽上很大的幫助。但一個星期後，岳父就伸手向作家借錢，他這時才知道岳父早在幾年前已經負債累累，虧欠銀行鉅額的貸款。他的岳父本是市內的土財主，擁有都市計劃前的幾十甲土地，以後靠著市區的繁榮，他改賣祖業，成爲鉅富，但十年來由於競選議員和奪取議長席位，他一再賄賂每個選民，土地變成鈔票的速度是很慢的，但鈔票換選票的速度卻奇快無比，轉眼間，他的現金就幾乎蝕光。

「在企圖撈回成本之餘，開始運用職權，向銀行借款投資經營房地產和股票，但是時機不對，他的岳父幾乎是在房地產的下跌時才和別人合夥蓋大樓的，大樓蓋好，卻滯銷；至於樓底下和一些議員合夥經營的證券行，在郝柏村當行政院長時遭到股票崩盤的拖累，事實上已賠了幾千萬元；近幾月來又爲了競選議員連任，又花了大把的鈔票，使經濟狀況更加惡化，實在已接近破產地步，家裡的六個女兒和兩個兒子過慣遊蕩的日子，不斷回家索取生活零用金使議長窮於應付，唯一控制議長僅存的幾分土地的姨太太袖手旁觀，情況使議長焦頭爛額，知道內情的人都可以猜出議長做困獸之鬥，他的剜肉補瘡的絕技一定支持不過這一屆議員的選舉。他的妻子的遭遇更是名譽的一大敗筆，他從來沒有見過這麼庸俗的女人。不管從哪個最好的角度去看，這個女人都是粗而笨的塊頭，她有一副矮而過寬的骨架子，身上贅肉太多，臃腫缺少腰身，眼睛呆滯而獅子鼻，嗓音很大，滿口都是生意經。結婚的第一天，她就不斷提到她的伯伯、叔叔、阿姨、阿嬸，又是某某在印尼、泰國之間經營木材廠，又是把鞋底工廠遷往大陸，又是在交流道下開設ＫＴＶ

遊樂場，她自認是教導作家認識現實供他寫作題材，她也自認自己是專科的家庭管理科畢業，絕對能為作家管理出好家庭，然而，一切都不對勁，由於妻子的注意力被樓下的證券行所吸引，使她的精神外貌更加粗糙而無文，證券行的繼續虧損則帶給她心情的暴躁和不安。他間接知道妻子和她的前夫的荒唐婚姻。他的妻子曾嫁給一位議員，是她的大哥在酒家認識的朋友。那位議員丈夫是鄉下出身的一個流氓，以搞圍標工程的把戲起家，在市內有幾家彈珠間和色情ＫＴＶ。嫁過去，議員丈夫的家庭老少就不喜歡她，要她給黑社會的弟兄泡茶、洗牌，有時要她送菸酒、器械給各場所的兄弟。缺乏宗教信仰和道德教育的這個鄉下家庭的人都恨她。由於她的右頰有一塊胎疤，丈夫的妹妹們都稱呼她『黑面查某』，弟弟們都叫他『疤面煞星』，婆婆乾脆直呼她『刺面青番』。總之，那段婚姻是屈辱痛苦的，她離婚後，哭哭啼啼回到議長老父的身邊，可惜，缺乏自省的本性仍沒有改變她的外貌和靈魂，她不在乎以前的遭遇，她更加把自己外化，變成那家證券行的化身，整天都待在證券行，要不然就駕著紅色跑車在市區亂跑，簡直是行屍走肉。在飽受幾個月的困擾後，作家簡直快瘋了，除了行房時還能有點生命力之外，作家都活在地獄般的沮喪之中，他已不能寫作，甚至靈療的能力和說預言的能力有時也顯得不可靠，他的信心出現了危機。各位，這就是作家的婚後生活，我們似乎說得太多了，但是假若你們認為這種生活帶給作家直接死亡，那就猜錯了，所有我們台灣人的家庭生活原本就是一場悲慘和失敗，說不定，你們的婚姻比作家更慘的都有。上帝給亞當的後代絕不是什麼舒適的生活，而是要他受咒詛，終至於感知自己的罪而悔改。作家的直接死因不是這樣的，而是底下我們要提到的，請給我換一罐可樂。

「第二次的訪問，我們很快的就聊到最近的社會、政治狀況。如大家所知，近幾年台灣人作家，不論是已晉升大文豪資格的老作家，或是最近剛發表處女作的文藝青年，他們都刻意談社會、政治，好像不這樣做就不算是作家，明知道談那些東西不會給他的存摺增加一分半文，但他們就像患了流行性感冒一樣，張口就發現生了社會、政治的舌苔。這情形和我們教會一樣，在長老會發表台灣獨立宣言後，我們就政治掛帥了，現在你搞靈療及預言的玩意，別人就視你為異端，但只要談一談政治，大家都尊你為救世主。作家並不是這種人，他長久以來就談社會、政治，大概在二十年前，他就在一連串的作品顯露出這種特色，美麗島事件他沒有淪為階下囚並不是KMT的仁慈，而是上帝想在今天用他為教會的器皿。當我們編輯人員和他聊起社會和政治時，他很興奮。就像是剛從戰場的屍堆裡爬起來一樣，他喘了一口氣，在褲袋裡去掏一包菸，他目光閃現恐懼但帶著希望的光芒說：『最近李登輝和連內閣的表現使人稍稍放心。』作家打開話匣子，他說在李登輝與非主流派進行鬥爭的時候，他為這個台灣人總統捏了一把冷汗，但現在放心了。作家自認他具有台灣意識，在長久的寫作過程中，他感到台灣的一切問題就是缺乏一個台灣人總統。幾十年的台灣人作家累積了數千萬行的文字，那些文章有幾百億次作家的呼吸，但在權力中心裡，反台灣的隔音板阻絕了傳導。現在作家們終於眼見權力中心的更換，他們必將可以看到自己的呼吸匯聚成核爆聲，在台灣這島嶼上空引起震動的功效。作家一面說著，一面去廚房裡找食物，他把他的岳父儲藏的歐洲一八〇〇年的香檳酒拿出來，把妻子剛買回來的倫敦高腳美女酒杯搬到桌上來，把公寓的燈光都打亮，把那個胖女孩抱到隔壁的人家去，把雜物都掃到屋角。他說他痛快地想和我們喝一杯，他大聲地說：『李登輝不是也信上帝嗎？我知道他也領受到聖靈的力量，他是接受到上帝的指示了，絕對會把天堂的美景示現在台灣，你知道嗎？這個台灣人總統說他退休後要當個傳教士，別人會認爲這是謙虛，但我認爲這是受聖靈感動說出來的話。你看，神的靈在總統的身上彰顯出來了，我們這些作家所說的《台灣人的原罪》怎麼不被完整地洗清呢？』作家一掃陰晦和不振，慢慢地他的臉發光，手舞足蹈地像個剛初生的嬰孩，我們看到大樓和窗邊他的妻子從假日市場買回來的盆栽那時都開了花，有一大群白色的鴿子沿著中正路的空中廊道款款飛過。那時我們想，作家的生命力令人匪夷所思。這次的訪談使作家又答應爲《復臨報》撰稿，他說他要排除萬難，無論如何要呼籲教界注意台灣，她將成爲神祇錫安的土地，神的旨意將行在島嶼上有如行在天上。但是，就在投票日的前一個禮拜，我們又失去了他的訊息。稿件和信件中斷了，我們被迫又必須到T市來尋訪他。請再來一罐可樂！

「就是市長當選後，我們又和他在T市見面。但這次不是在大樓裡見面，而是在郊區的他的妻子的老家。當我們走進這個老舊的社區時，逐一地問了十幾個人家，引來幾隻野狗的追咬，終於找到了一家舊時的三合院。作家踞守在人畜都罕到的老廂房裡。當時冬天的陽光很衰弱地從舊磚瓦屋的窗櫺中照亮過來，意外地他的書很整齊羅列在靠牆的兩排書架上，他的書桌放著一本偌大的啓導本的聖經。他伏案而讀，當他抬頭和我們說見面語的時候，我們幾乎認不出來是他。當然還是那張很多骨的苦力般的臉，但他戴上了一副深度眼鏡，臉上有了霉斑，看起來有些黛綠色。他終於搬出公寓了，這是他和妻子攤牌的最佳結果。作家表示他曾考慮離婚，既然這樁婚姻充滿了欺騙，那麼他有結束這樁婚姻的權利，他並不是一個可以無限忍耐的人，要和一個俗不可耐的女人廝守終身，他寧願立刻結束生命。

「當他向妻子提出離婚時，他的妻子騙他說懷孕了，作家曾嚇呆了，暫時不敢說什麼，但後來謊話被揭穿了，作家眞的想逃走了，他的岳父就帶著法院的法官來恐嚇他，但作家仍執意想離開，最後是市長出面，他翻開聖經的馬太福音，指著耶穌說過的那句話是這樣的，耶穌說：『除非妻子不貞，任何人休棄妻子，再去跟別的女人結婚，便是犯了姦淫。』作家看了，眞眞正正地被嚇住了，他結結巴巴地說：『耶穌眞的是這樣說過啊！但是這是不是就表示耶穌不贊成我離婚呢？』市長說：『『當然是啊！作家。至少你的妻子並沒有不貞呀！』作家完全被困住了，他在公寓思索許多天，想不出耶穌眞正的意思，他要上班、洗衣、煮飯、帶三歲的胖女孩，一切都逼迫他走絕路，他曾想跳樓、吃安眠藥、上吊或乾脆到街上被車撞死，在這四種死法中以跳樓最迅速而有效，他忍耐地等著，一達到忍耐的極限他就毫不考慮地從十三樓的窗口躍下，結束可笑的一生，正在那時候，他的妻子答應他讓他離開大樓，搬到娘家的老屋，從此娘家少干涉他的生活，條件是不准離婚。作家高興得欣喜若狂，他大叫：『啊！這就是耶穌給我的最好的答覆！』作家表示，最近家庭的事暫時不再困擾他了。我們的話題很快又轉到社會和政治上來。作家又露出了興奮的神色，稍微掃除了臉面上的黛綠。但很快地，他又陷入了一種憂愁之中。我們感到吃驚，彷彿這段日子裡，作家在心靈裡又有一種改變。作家告訴我們，他最近在教會裡遭到一種未曾有的困境，一切都使他覺得神慢慢離他而去了。他問我們說：『如果神給你一個啓示，但你卻沒有勇氣將它說出來，這個結果是什麼呢？』作家這樣地問著的時候，寒涼的冬風隨著陽光吹進廂房裡，三合院前的大馬路上有人抬著一家廟宇的偶像由那兒經過，使我們猛然驚覺到這個社會仍控制在外邦人的手裡。我們於是有了意志回答他說：『那是拂逆神意的運行呀！無論如何都不會有好結果的。對吧？』作家一聽，沈沈地陷入思索之中，他終於說最近地方的選舉完全困住了他。如大家所知，最近的T市選舉，市長又出馬尋求連任，選戰一開始，市長就在郊區找到作家，市長自稱在數天前曾在家裡祈禱，得到神的允許，神表示這次的連任一定成功，市長要作家在教堂裡當眾向信徒宣告這個消息。作家聽了馬上拒絕，他發誓他不能做假見證，也許市長說的話是對的，再加上同是教友的身分，支持市長是必須的，但那不是神對作家親身的啓示，無論如何他不能當眾那麼說。作家表示即使市長把他記過、免職、派人暗殺他、給他一百萬元的現金，要他說一句假的啓示他都不會答應。

「市長待到深夜十二點仍沒說服作家，於是失望的走了。到了午夜兩點，他準備就寢，老宅院停進來一輛紅色的跑車，走下了他的岳父、妻子，市長又重回跟在背後。岳父和妻子表示他們都加入了市長的競選團隊裡，無論如何這次市長能連任與否，與房地產和證券行有重大的關係，希望作家不要使娘家失望，作家猶豫了一會兒，仍不能立刻答應他們，作家發了脾氣，他說：『市長自己去宣告吧！他爲什麼在教堂裡不坦白地告訴所有的教友呢？』這群人在那兒糾纏到三點鐘才離開，作家才剛又想睡覺，又有幾輛車停在庭院，法官、教育局長、教會執事以及剛離去的人又都走進廂房裡。教育局長的話又是那麼中肯，他說：『作家，市長這次非連任不可。你知道，我們有很多教育局的工作都得靠市長再連任才能做好，假如換了別人，我們的計畫恐怕都得重新開始，再說你總不會叫一個外邦人來掌理市政吧！我們不會叫你難堪的，你不必在教會裡宣稱啓示是你親自見到的，你只須說市長曾得到神的允許，暗示市長有連任成功的可能就好了。』作家幾乎要崩潰了，他無力拒絕這麼多人的壓力，終於只能屈服地告訴他們說：『也許以後我會向教友們說的，下個禮拜日吧！我會說的！但你們不要總是以爲我一定會說……』一大群的人走了，作家再也支持不下去。

「這又將是一個不眞不假的騙局嗎？這又是一個陷阱嗎？作家很想大笑一番，但他彷彿沒有那種笑的力量，凌晨五點了，老社區的雞都啼起來了，令人想到彼得對耶穌的背信，作家在胸口畫了十字，做了禱告，他說：『神啊，我該怎麼做才好呢？』話說完，他就仆倒在廂房的小床上，睡了。彷彿是睡了很久，先是時間和空間感的停頓，後來是時間和空間感的消失，正當作家的僅有的一點點意識即將要被拋棄的時候，他看到有一團光在右側出現，剛開始如米粒大，之後慢慢增長，把一切都照亮，他看到中正路狹長的整個街景，服飾店、飲食店、百貨公司、超級市場、電影區、KTV、酒廊、美髮屋、證券行、市政府辦公大樓、花旗銀行、美語中心，而後是整個豐厚的柏油路街道，有一個人穿著西裝和雨靴，手裡卻拿著農人的畚箕，像一個播種者，他從畚箕裡抓出了一把一把的鈔票，沿街揮灑，只有瞬間，綿長約有一公里的中正路蓋滿了厚厚的百元大鈔，類似年節燃放了以後落地的爆竹紙片，厚度達到幾吋，而後那人停在市府前，作家明確的看到那正是市長。作家大叫了一聲說：『天啊！』然後他醒來，尚未來得及分析夢境的意義，他習慣地瞧了腕上的夜光錶，時分針指著凌晨五點十分。他原來只睡了十分鐘。作家又倒頭去睡，正當他行將失去意識時，同樣的視景又出現一次，之後又睡，視景又出現一次，共三次。一切的景象、情節統統一樣。作家從床上跳起來，他很累，但再也睡不著。他想起首次爲頭瘤的婦人治病也是出現過三次的異象。於是作家慌忙扭開電燈，他兀自地說：『神啊！這是又一次的啓示嗎？』他完全了解（每次都如此）異象和夢境的不同。

「異象是重複固定的、而夢境是延續不定的；異象是有靈力的、夢境是自然的。但究竟這個啓示是要作家做什麼事呢？作家在內心禱告說：『神啊！我了解你啓示市長也許會賄選的事實，但是如今選舉，凡是和ＫＭＴ有關的候選人，就是三歲的小孩也默默知道他們賄選的事實，市長靠賄選當選早就人盡皆知，祢是要我責備市長的做法嗎？他是基督徒呀！』作家這樣禱告完畢，於是就有一本重重的書從書架上跌落下來的聲音被他聽到，作家轉身，就看到聖經落在地面，當他把書拾到桌面上來時，才發現他的手按在耶穌所說一句話上，祂說：『你們是全人類的鹽。鹽若失掉了鹹味，就無法使它再鹹。它已成爲廢物，只好丟掉，任人踐踏。』作家大吃一驚，隨後就笑起來。他兀自說：『神的意思應該是要我去得罪市長了。』這時，天色已大亮，作家已無睡意，他反而冷汗直流。喂！請記者們不要略掉我說的任何一句話！

「作家開始困擾不堪了。他不曉得該不該揭發市長的行爲。那時，選戰熱烈地展開了。市長的對手是在野黨的一位青年，反賄選；由於台灣近年的選舉人口愈來愈年輕，思想新潮而反ＫＭＴ。支持ＫＭＴ的選民大抵都是眷村人士，六、七十歲的老人以及心存軟弱的婦女。情況使得市長的連任變得很吃重。市長開始在大街小巷擺出地毯式的宴席，叫全市的民眾都喝得酩酊大醉；又利用大小團體，舉行旅遊式的聯誼性的大請客，作家的大舅子共有九次被請客的紀錄，實際上整個T市的餐館和社區的煮飯師傅都忙不過來，整個飲食業都被市長的金錢所包辦和封鎖。

「唯一拒絕吃喝的竟是教會。作家意志堅決，他開始感到眞正的厭棄了市長，他的脾氣變得很剛硬，有時他鎮日都不離老宅院一步，直覺地感到市長是教會的公敵。有一次，在宅院裡，他對著前來說項的妻子大吼說：『不！我絕不在教會裡說一句市長的好話。反倒是我要揭發他。就我從神那兒得到的啓示，我知道市長又要賄選。這次是空前的，市長將用錢買下整個T市。在禮拜日，我要當著每家教會說出我的啓示，同時，你們會在《復臨報》看到我的文章。』妻子一聽哭了，把他的稿子撕破，把聖經丟到院子，揚言要去自殺，但沒有撼動作家的意志，她駕車離開了。由於事出突然，議長、法官、教育局長都來了，他們勸告作家不要做傻事，凡是聰明的人都該懂得順勢而爲，得罪一個人就是一種損失，況且市長又是作家的上司、教友、婚姻的介紹人，無論如何，擁有正常心智的人就不會做那種行爲。法官嚴厲地警告作家，非法致使他人落選的人要負法律責任，只要作家敢說出任何一句不利市長的話都必須被判幾年的徒刑。作家生氣了，他說：『你們竟然說神意是一種不正常的心智，你們竟說要將我和神判刑嗎？』作家想趕他們離開。教育局長又來打圓場，他說：『先不要生氣吧，作家。市長不會賄選的，就我所知，市長和議長都揹負很大的債務，在上一次，他的錢就已花光了，僅有的中正路那棟五層大樓都被法院拍賣了，法官可以在這兒做見證。而且前幾天市長才當著教會講壇前發誓他絕不買票，報紙也登出了那一場感人的畫面。誰願意冒著破產的危險和毀棄與神的誓約做那種人神共憤的事呢？

「你應該相信市長並檢查你的異象，說不定那是撒旦的詭計，它在製造教會的分裂，從而破壞你和市長之間的信任，最後的結局是撒旦的勝利。』作家聽了愣了幾分鐘，感到教育局長的話有一些道理。但當他又回想凌晨時的那三次異象，心裡就篤定下來，他不被教育局長的話迷惑了，他毅然決然地說：『不！我不懷疑任何神給我的啓示。』那幫人又失望地走了。之後幾天裡是作家飽受鍾鍊的日子，他一連接到許多恐嚇電話，有人說要在作家睡覺時放火燒他的房子，有人說要駕車撞他，有人說要把他剖腹然後在肚子裡頭裝聖經，有人甚至說要把他做成人肉包子吃了他。作家困擾到最後只好拔掉電話線，離開舊宅院，於是他發現有人跟蹤他，在背後推他，在人群中打他；在上班時，他發現抽屜有一枚空的手榴彈。但所有的恐嚇都難不住他，作家決定在投票的前一個禮拜日，要在教堂揭發市長可能犯下的罪行。但在星期六的晚上，市長單獨一個人來了。那天夜裡，天氣很冷，市長披了一件風衣，戴了瓜皮帽，圍巾垂在兩肩，手上拿一個大紙袋，像長角的公羊，但卻臉面和祥，似笑非笑的表情不見了。作家不理會他，請他離開。市長走到桌前來，拿了一張椅子坐下，說：『作家，對你決定要做的事我沒有怨言，但我敢打賭地說將來你一定會後悔。我有一大疊的剪報你要不要看看，還有這兒有一大堆的相片。』市長把大紙袋打開，於是所有的資料都散在作家的書桌上。當作家看到照片，大吃一驚，那兒有一張被放大的以市長競選總部爲背景的照片，居然是李登輝和市長的照片。市長笑了一陣，他說：『李總統爲我背書了。就在今天，他來到競選總部，面對所有的人說我是不買票的優秀才俊。作家，我是你肚子裡的蛔蟲，在市府裡你不是好員工，大家都知道你辦公時在偷偷寫作，但我也不是好市長，我在辦公時偷看你的作品，我很欣賞你高超的想像力，雖然你有時胡說八道，但我了解你最近一直稱讚這位台灣人總統卻是出於眞誠的。我當面把話說清楚好了，如果說你使我這個市長落選了，那就是使李登輝的麻煩增加了，李登輝和我的命運是一體的，並且我還要提醒你，李登輝也是受聖靈洗禮的人，他會做假見證說我不買票嗎？你要相信李登輝還是你那狗屁的異象呢？而且坦白地說，你有沒有眞正的證據說我眞的會買票呢？如果我開了玩笑，當你以上帝的啓示宣告我將買票，但我偏不買票，那麼你的預言不是落空了？以後誰都會譏笑你是冒耶穌的名卻行謊話的人，那時就會有人問你到底是神的差使還是撒旦的乩童呢？』作家一聽，沈默不言了很久，荒廢古宅的外邊，星兒都不見了，四周的燈光顯得微弱了，他連續再去思索他的異象，但被市長的話混淆了，顯得竟然有些模糊。尤其市長提醒他應該信任李登輝的見證還是他的異象使作家動搖了信心。他開始舉棋不定，一直到市長離開時他都意識不清，只記得市長走的時候，發動的市長的座車傳來一陣哄然的笑聲。第二天，作家走到街上，他看到幾百幅李登輝和市長握手的照片被懸掛在整個T市。作家徘徊在大街小巷，由於信任台灣人總統，他不敢走進教堂去見證他的啓示，直到禮拜結束，他跪倒在十字架的面前，竟說：『神啊！我和祢打賭，那個異象絕不是祢給我的異象，那必定是魔鬼的把戲，如果眞是祢的旨意，請降懲罰給我，就讓我在世上的光陰急速地縮短吧。』作家禱告完畢，走出了五日節教堂，他覺得坦然，覺得重擔完全釋放，他笑了，沿著中正路，他一直看著一幀又一幀李登輝和市長的握手照，他完全相信李登輝，那種相信竟是那麼地舒服啊。一個禮拜後，在選舉的前一天晚上，市長花了兩億的台幣，以一票五百到五千塊不等，買下了T市所有的選票，連作家棲身的古宅院都聽到了買賣的吆喝聲。喂……要錄音的記者都站到我身邊來！

「作家的臉開始生出老人斑那樣的東西了，像是一種黴菌，剛開始不明顯，但慢慢地擴大，腳脛部分也發出了黛綠的光。作家在那次的訪談表示，他不想再發表任何的預言，他決定離開教會，從沒有一次，他感到他背棄了神的意旨有這麼厲害，他不再是信神的人，也不再是教會的人。我們聽作家這麼說感到難過，但還是請作家爲《復臨報》寫文章，作家勉強答應，我們就離開了。幾天之後，我們卻接到他的一封信，他表示有一些東西要給我們，這是他一生最後的物件，因爲他說他恐怕離死期已不遠了。

「最後一次的見面，我們又重回到市府旁邊的那所日本宿舍裡頭。作家說他不想再待在妻子的舊宅院，那裡永遠被刻上他背棄神的印記。他想在這個宿舍等待死亡。當我們問他怎麼確定自己就要死亡了，作家的眼睛閃過一絲恐懼的神色，但那種神色立即被苦力一般的憂愁掩蓋了。

「他說：『當然，這就是徵候。』他用右手食指去指他的臉，這時我們才看清他臉上的老人斑更多了，而且那些黴斑已褪去黛綠轉成淺白色，事實上整個臉由側面看去都有些淺白，就像敷上了一層薄薄的白粉，不但臉是這樣，手背和腳脛都有了那樣的顏色，作家表示神給了他一個公平的懲罰。他說他企圖再和神討價還價，甚至打賭，但他並沒有翻本，卻只能落入一個更大的絕境。原來在市長當選後的幾天，他有幾次深而長的悔恨，他也後悔不該和神打賭，但一切看來似乎很難更改，他的身體正急速地老化。可是他心有未甘，他匍匐在教堂裡有好幾天的時間，他一再在禱詞裡抗辯，他說：『神啊！我竟然如此輕易地背棄了祢。可是這世界的騙子原來就這麼多，且是最靠近身邊的人就是最大的騙子，我是軟弱易信的，怎能分辨眞假呢？神啊，我願意再和祢打賭一次。假若祢又有異象啓示我，只要我還有一口氣，第二天我就會向教會說出祢的啓示，我不會像亞伯拉罕和雅各一樣常和祢討價還價，只期望再有一次的機會證明我擁有神賜給我的勇氣。就以下一次的大選來打賭吧。神啊，我說的是總統的大選。只要祢有任何的啓示，我都會照辦。』當作家結束了他的祈求，就回到古宅來。同樣的情形又發生了，仍然是在凌晨的五點十分，又出現了異象，共三次。所不同的是那街景被換成整條的高速公路，整條連綿數百里的公路都擺了筵席，所有的地上的車子運載著珍餚在奔跑，像螞蝗的人沿著各處攀爬到公路上赴宴吃喝，直升機盤旋在天空灑下了閃亮的銀幣，遠處四周的土地發生了大火，將天空都燒紅了，每隔幾步的高速公路就懸掛著台灣人總統及內閣人員的玉照。這次的異象眞正地打擊了作家，彷彿看到世界末日的景象，作家不相信這是台灣未來的光影，他知道他的打賭是輸了，他完全不敢說出也不忍揭發那個台灣總統候選人。他的夢破碎了。作家拿起聖經翻到創世紀的篇章告訴我們說：『上帝給我的懲罰我很清楚。就像蛾摩拉被燬時回過頭去瞧看蛾摩拉的那個女人一樣。有許多的經文家對那女人被變成鹽柱的看法不一，但我一向總把他解釋成是那女人對罪惡的蛾摩拉的眷戀比對神的話語的信任要多一些。雖然這個世紀已不是亞伯拉罕的世紀，這個地方也不是中東的死海，但神的靈和懲罰仍然是一樣的。先前我自比是施洗者約翰，但現在我了解他的首級並不是懦弱者的首級，而我不能趕得上他萬分之一，卻只是一個蛾摩拉的女人而已。我了解上帝正逐漸把我變成一樁鹽柱！』作家想去除他恐懼的神色，伸手去遮掩他的臉，這時我們更加觸目驚心地發現他的頸子出現了白色晶體的顆粒。我們由憐憫變成驚恐，終於帶著他留給我們的經文和日記逃出那個宿舍。

「各位，這就是作家死亡的最終原因。上帝爲了責罰他的懦弱以及他對世俗偶像的喜愛，終於把他變成鹽柱。所有的事實有他的日記做證，在本期的《復臨報》我們開始連續登載它。我的話說到這裡，感謝你們的傾聽。」

五

作家喪禮的第二個禮拜，中正路愈來愈熱鬧起來，市長的連任賀喜及狂漲的股票帶來愈來愈多的人潮，直到每日的凌晨三點鐘商店才打烊，一大早商店就提早開門了，就像床第的遊戲一樣，每當T市有一次狂潮後就有一次慵懶，有一次慷懶之後就有一次狂潮。警局仍沒有查出作家死亡的科學原因。法官、教育局長、教會都勸議長早日辦完喪事，以免影響中正路的歡樂和證券行的生意。法官的話最中肯，他說：「人死了就盡快地埋掉！」議長打消爲作家申冤的念頭，他說：「既然如此，我不再堅持。」

告別式最後由市長致詞，他又用那似笑非笑的臉說：「作家是我的好友，也是大家最好的解悶劑，他的一生充滿了詭異性的創造，他的作品、生活、神蹟都令人感到驚奇。他是上帝的傑作，雖然他在我最需要他的這個時候離開了我，但我覺得這也是神對他所做的傑出計畫，如果他還活著，必定會在將來與我們共同創造T市和台灣驚人的奇蹟。我們眞的爲痛失這樣的英才惋惜，哀哉！」

喪隊沿著中正路緩緩走了一遭，喪禮的擺設慢慢被拆除，人潮逐漸將一切掩蓋，但路人似乎養成了固定的習慣，在路過市政府及證券行時都舉目四顧，好像某處攀附了作家的幽靈。

——原載一九九四年三月二十六日～四月六日《自立晚報》

黃克全作品

小說卷

黃克全

福建金門人，1952年生。輔仁大學中文系畢業。現專事寫作。著有小說集《玻璃牙齒的狼》、《太人性的小鎮》、《夜戲》、《時間懺悔錄》。曾獲吳濁流新詩首獎。

夜戲

屍首撈起來的時候已經泡得腫脹不堪、面目全非。依法醫推斷跟金典失蹤的時日看來，他死了十三四日了。很明顯的，金典是酒醉，不小心跌進糞坑死的。關於這點有好幾個人證，當天下午，他們那一攤在一起喝酒的誰提議去廟口看做醮看演戲，金典嚷著不看不看這齣戲沒什麼看頭，還要跟嘉保拚酒，再喝不到三杯，他自己卻開始打起酒呃來，而且直打個不停。接著他便跑到龍虎門旁邊的豬槽，把剛剛吃的東西都吐個精光，回到厝內後他被眾人哄著在長板凳上面躺著休息，其他三人——嘉保、東方、友聯，繼續在房內喝酒。沒多久，金典清醒過來，說要回家，眾人挽留不成，也就讓他走了，臨出門前，還取笑他可不要跌到糞坑。不料卻一語成讖。

我們當然也留意到這點巧合，當天晚上說不要跌到糞坑的是嘉保，嘉保後來也承認他跟金典兩個人同時愛上翠文，不過這都已經成爲過去了，他跟金典是從小一塊長大的好朋友，不會爲女人翻臉的。他先退出，不久金典也跟翠文疏遠了，但大家見面還是有說有笑的，感情並不減。金典當天晚上沒有回到家裏，嘉保他們等三人在金典出門之後，也都來到廟口看做醮看戲，一直到深夜十二點多，才各自回家。

錢財，或者平常什麼做人做事的恩怨，是沒有的，這點我們都調查過。金典是個樂觀豪爽的人，在村子內人緣不錯，除了愛喝酒以外，任何不良習慣都沒有。但也看不出喝酒跟這件命案有什麼牽連。如果要說有的話，大概就是當天晚上喝多了，害他失神跌進糞坑吧？

既然嘉保提到個女人，我們就想，或許跟感情有關。結案之前幾天，我去了一趟這個叫翠文的小姐家裏。跟她相依爲命的父親水紋伯正好出門不在。儘管破敗，護龍厝打掃得十分潔淨，厝落牆角缺磚露土的牆角還種了棵芭蕉。從塌了半邊的矮牆牆角望出去，有條小路，近身這邊是菜園，另外那邊是八九個連接成一列的糞坑，在本地，這種糞坑每個村子都有好幾處，常常都設在路邊，不加蓋，糞坑用石頭或者水泥空心磚，砌成一小間一小間露天廁所。那個年代，抽水馬桶在島上不是沒有，就是有，只有少數幾個達官顯要家才裝得起吧？糞坑這麼靠近路邊，撈起金典的那口也是，尤其是夜裏，人又喝醉，一個閃失掉進去的可能性，的確不是沒有，不，可能性簡直就很高。

這樣看來，金典八成眞的是自己倒楣跌下去淹死的——那個要命的糞坑前的路面有點陡，糞坑邊緣還長了幾棵雜草，人跌下去前大概踩到了，有點披倒雜亂——。更何況，死者家人，包括他的太太金蟬，也都這樣想，不想再做追究。局長也說，打架、傷害是可能的，謀殺嘛，諒這些說好聽點純樸，說難聽是楞頭土腦的鄉下人，也幹不出來。

不過既然來了，那再問問看也不要緊。擺菩薩跟祖宗神主牌案桌的廳堂沒人，我正要出聲，穿了一身鵝黃洋裝的小姐從廳堂旁房間掀開碎花布門帘，走了出來。不用說，她就是翠文了。她的臉不能算多漂亮，不過，乍看就是跟我們本地小姐有著不大一樣的輪廓，我想起日前打聽來的消息，翠文跟她現在的父親，水紋伯，的關係其實是養父女，三十七年從廈門某個多子女的貧苦人家那裏抱來的，現在兩岸隔絕，不用說，一般人都會把在大陸那邊的親人只當做是死了。只聽說她父親也不是在地的廈門人，是別的省分到廈門海關當差的，派駐到金門的那幾年娶了翠文的母親。

我們坐在廳堂講話，一開始我就表示這只是例行公事，請她不要見怪。她右手握著左手腕笑笑說不會。我盯著她的眼睛，我看見的是一雙陌生的眼睛，也沒有絲毫的驚慌不安之類的影子。做醮當天晚上她到廟前看歌仔戲，看不到半個鐘頭，頭有點痛，就先回家睡覺，睡太死了，所以她父親什麼時候回來自己並不知情。我問她有沒有當天晚上看戲的人證？她說有，而且舉了幾個人名。好，沒事了，打擾。我站起來告辭。跨出廳門時隨和地問平日做什麼消遣。她又笑笑說聽聽唱片看看小說。噢，我聽說了，水紋伯早年在廈門就教過私塾，他的古冊小說想必不少。這是芭蕉吧？我指著牆角問。我們這裏很少見到這種樹喔。是啊，她又笑笑。從外地移過來的……。

說到這裏，陳啓呷了一口葉片都沈落杯底、早已涼了的茶，一邊撫玩著擺在身前桌上的帽沿。坐在對面的同事廖晨信起身撥開帽子，湊近細看著今早才壓在桌面玻璃下的照片。

「這是你故鄉的村子？」

陳啓沒答腔，只微點了下頭。

「看起來就像回到古代。」廖晨信又說。

照片裏一座小小廟宇，廟前有尊鬆上五顏六色的風獅爺，起點一隻黑豬或狗的小路蜿蜒，盡頭處成列簷啄掩翳在木麻黃樹梢間的厝落，沒半個人影，照這張相片的時候應該是下雨後幾天內，因爲風獅爺前面的水泥地一汪水潦。

「有一種沈靜之美。」

「在你眼中看來是沈靜，我呢？我可不一樣，」陳啓突然高亢的強調引得同事微微詫異著：「或者，那其實是死寂也說不定呢？」

「你怎麼這樣形容你的故鄉？」

陳啓恍若未聞地沈浸在某種思路裏，兀自繼續說著：「以前我曾經跟你說過，我對故鄉最惦掛的並不是那裏的人、人事，而是風景。不，現在我才知道自己錯了，理由很簡單，我們絕不會愛上風景畫片上的外國風景，對不對？不管那種風景多漂亮多迷人。你看這張照片裏的風景，我家鄉這些厝落，說是有一種沈靜的美，我不能說你錯或者幼稚什麼的，就像我們不能笑誰讚美欽羨瑞士的風景幽美乾淨。我的故鄉，對你來說無非就是外國吧？那其中沒有跟你有任何牽連的人跟事。我呢，就不一樣了。直到被一股窒悶的氣氛逼得逃出來之前，我整整在那裏待了三十一年。有一天上午，我忘了爲什麼事情從鎮上回到自己村子，天氣很熱，蟬在四處樹上叫著，我走過一個又一個厝宅牆堵，轉角、巷口，沒見個人影，平常那種——也不能說是害怕，但總是有點異樣的感覺又悄悄上了身。隱隱約約的，我忽然明白到了，這不是沈靜，是死寂，是人精神的死寂使厝落變得像眼前這樣死寂的。不知不覺中，我也成了個死寂的人了。那一天上午——金典之死結案半年多之後，隨著這點明白而來的，沒有任何直接在法律上可以作有效憑藉的證據，但我就是恍然察覺到這件命案的眞相。恐怕不是原先想的那樣子。」

「那你——」

「先不要打岔，聽我把話說完。」陳啓作了個制止的手勢：「那時候我們當然也拜訪了金典剛娶不到一年的太太，她叫金蟬，漂亮，老是在腦袋後面綁著個粗辮子，賢慧，再來就是——呃，不妨說她有鄉土氣吧？總之，是個很傳統很認分的婦女。她也接受了丈夫是自己不小心摔死的講法。坐在前廳板凳上，她有點忸怩地暗暗挪動屁股，很明顯的，即使像下面這些帶關心的埋怨的話，她也是費了很大的一番勁才說出來的；她說也要怪金典自己爲什麼還走那條近路，明知那裏不大乾淨。」

不大乾淨？妳是說？——我問。

是啊，我跟金典成親不久，有一天晚上到廟裏燒香點火，走那條路回家，看到一個黑影——

會不會你自己看花了？

不會，還有頭有臉，女人的，金蟬撫著胸口說。剛從廟裏燒香回來，就碰到髒東西，我很害怕，也很丟臉，恐怕是自己哪裏犯著神明吧？都不敢讓別人知道。後來金典自己先告訴我，說他也在那裏碰到一次鬼，我才敢把這件事情說出來。金典想了一下，說，我們商量還是不要把碰鬼的事情說出來。

爲什麼？

我也不知道。金蟬回答。大概是說，只有我們夫妻，別人都沒碰見，怕別人見笑吧？

我在金典太太身上查察到這裏爲止。我本來想到什麼，隨後一想，還沒嫁過來之前的金蟬應該不知道她丈夫婚前好像有個女人的事。我還是去問同村平日跟金典在一起喝酒的朋友，來得妥當些。

金典婚前確實跟我們同村的翠文交往過。挑水澆菜的嘉保坐在架在兩隻水桶中間的扁擔，望著宮前的石獅爺說。翠文雖然跟金典同村又同姓，可是血統相差很遠，照說也可以結婚的，但兩人到底沒什麼結果。說出來你可能不相信，是金典主動不要的。爲什麼？我們總覺得，我們跟她不相配。

不相配？你是指哪方面不相配？

很多方面啦。譬如說她愛看書，我們不愛。

你們愛喝酒。我心血來潮打趣地插了一句。

對，我跟金典都愛喝酒。不過她對喝酒這件事倒沒有嫌我們，反而說這才是男人氣概。對太愛看書的女人我們總有點覺得怪怪的，她應該嫁到台灣哪裏才對。怎麼？翠文跟金典的死有牽連？

不知道。事情沒有明白之前總是要多問問。

我跟嘉保告辭後，來到他們村子廟口。廟口右側空地還有當天搭戲棚留下的痕跡。聽說這次演戲是他們村子十幾年來的第一次，戲班是遠從烈嶼請來的。當天晚上，戲棚下擠得熱赤赤，連外村都有人來看呢。我站在那裏，眼前逐漸浮現出戲台上搬演來往的人影、唸白，跟唱腔。離開那裏，我沿著小路繞在讓金典喪命的糞坑，快來到糞坑前，有個玩捉迷藏的小孩從左側路邊的蘆笛叢裏跳出來，從我身邊沒命般跑開。就在路邊的糞坑成排都沒加蓋，金典葬身的那個最靠邊間，供人蹲著解便的那半邊，被伸進來的馬櫻丹枝葉侵占大半，大概就是這個緣故，少人用，屍體才會遲遲讓人發現。

不知不覺中，我來到水紋伯家，映入眼中的先是半堵矮牆，牆角的那棵芭蕉。放慢腳步，我走到可以瞥見小天井的角度，坐在廳堂門外藤椅上的可不就是翠文？今天她換了一身藍底白點連身裙裝，往左偏著頭，一本什麼書用手扶著，蓋在半邊臉，身子一半浸在日影裏。我看不清她的臉孔，可是，哎，我得承認，在那一瞬間，我對眼前這女人著了迷，不是她的臉孔，而是她整個人，給人一種謎樣的感覺。我假裝綁鞋帶蹲下來，偷偷望著她。儘管她沒察覺，可是我也不能老是站在這裏。隱隱約約的直覺告訴我，她跟金典的死有某種關聯，突然滋生起走過去直接質問她的衝動。我沒有任何證據呀！十幾年了，我待在這個叫人悶得發慌地方，工作跟生活都像一灘死水，現在，總算有一件重大案子落在我身前。我影閃閃意識到這件案子將可以救我脫離死海。我不是指記功升級這些事。事實上，比金典的死更讓我關心的事，藉著這件命案本身，打破眼前這死寂生活的假象。正因爲潛意識當中的這點要求，我不甘願讓金典僅僅就以自己無意中跌死，跟別人無關這樣的結論來結案。我終於克制不了衝動，直起腰來，朝水紋伯家中走去。

聽到我的腳步，翠文睜開眼，瞧著我。不過並沒有站起來的意思。我一眼瞥見抓在她手上那本書的書名：「五虎平西」。

妳看這種書啊？

對呀。她笑了一下說：有些書是白天看的，有些書是晚上在燈下看的。

我心裏無緣無故跳了起來，強作鎮定地問：哦，什麼書是在晚上看？

譬如說霍小玉、鶯鶯傳啦。她神色一轉，正經地問。怎麼又來問案嗎？

我猶豫了半刻，到底忍不住問了，金典的死，跟妳有沒有關係？

她慢慢挺直了脖子，兩眼盯著我：你看呢？

我緊閉著嘴。

她咳了一下，理了理啞了的喉嚨，往下說：我只能告訴你，可能有關係，可能沒有，誰知道呢？

突然，我對她這搖擺不定的說法感到失望，一股微微的厭惡泛起，我掉頭就走。

回到局裏，局長對我未能儘早結案有著言溢於表的不滿。對他來講，安撫民心，維持一種地方上表面的安和靜是很重要的。他暗示這是上級的意思。事實上，金典他們村子裏已經傳出許多流言。我明白村子的想法。他們不喜歡自己牽扯進去，命案未破，許多人都有了嫌疑。而且，他們簡單地認定死者分明就是酒醉，自己無意中掉下糞坑淹死的。當年，我很瞧不起他們。日後一想，就這點來講，他們未必不對。我自己不也就是依簡單的直覺，來認定金典的死跟翠文有關的？

隔年我便辭掉警察的工作，考進這裏，不不，這跟那件案子沒什麼直接的關係，我只是要從那個窒悶的地方逃開。在那裏，唯一不窒悶的那個人卻叫我害怕。我左右不是人，只好離開。就在昨天，我在候機室碰見一個高中同學跟他表姊，閒談中知道她曾經跟過××歌仔戲團。心血來潮，我問她記不記得有一年在某某村子宮口做醮演戲？想了想，她記起來了，當天晚上演的戲碼是「霍小玉傳」。

我腦袋好像被甩了一耳光，辭掉警察的工作後，排遣無聊吧？我也拉拉雜雜看些古文小說。在「霍小玉傳」裏頭，霍小玉見到站在身前的負心郎李益，把酒潑灑在地下，恨恨地說：「李君李君，今當永訣，我死之後，必為厲鬼，使君妻妾，終日不安。」李益日後跟他表妹盧氏結婚，霍小玉鬼魂果然前來作怪報復。是的，金典跟他太太金蟬兩次在同一條路遇見鬼，那名鬼，分明就是翠文扮的。做醮當天晚上廟口演了「霍小玉」，翠文睹戲生情，又引起了她的愛恨。她料準金典會走這條路，自己先扮鬼躲在小路左邊蘆笛後面，金典一來到，她撥開蘆笛，喝醉了酒神智不怎麼清楚的金典猛一嚇，往後退，就跌進了右邊路旁的糞坑。翠文原來只是想用嚇嚇來懲罰他而已，她只模仿了小說中的愛恨情節，並無意要置對方於死地。沒想到金典會跌下糞坑淹死。所以翠文第二次跟我見面才說「我只能告訴你，可能有關係，可能沒有，誰知道呢？」

「慢，慢——」廖晨信搶著說：「我明白你跟翠文這句話的意思，你的意思是說，金典的死可能要歸咎於他自己喝醉酒，腳步沒走穩才摔死的；也可能要歸咎於看到翠文才嚇得退後摔死的，可是，這句話模稜兩可。翠文她真正的意思也可能是指，她或者只是想扮鬼嚇嚇他，但或者也真的想謀害他呀。對不對？」

陳啓盯著他的同事一眼，隔好一會兒，才說：「你說的沒錯。這要看她對金典的恨意多深來決定。」

「依你看呢？」

「這要看她遺傳到父親或母親，哪一方的血統比較多。」

「聽不懂。」廖晨信搖搖頭。

「假如翠文的血統性格偏向她母親這一邊，也就是說，屬於我的故鄉金門這邊，那她恐怕沒有講難聽是走極端、講好聽是決絕的性格。那麼，她不過是想嚇嚇他而已。假如偏向於她父親那一邊，我不明白他們，那就很難講了。」

陳啓沈思了半刻：「喜愛芭蕉那種柔弱東西的人，其實正好有著相反的性情吧？就像古文小說上許多具決絕復仇性格的女子，其實都是那些浪漫柔情容易傷脆的女子，我在翠文身上看到這種雙重矛盾性，所以才迷戀她的吧？但我懦弱的在地人性格，拉住了我，使我又害怕她，就像金典嘉保他們一樣。我到底不敢明白示愛。你猜得不錯。翠文當天晚上在廟前，從誰口中得知金典那一夥人在嘉保家喝酒，回家時也會走往那條路，她提早躲在樹叢裏等他。金典跟嘉保也許並不是條件多好，多值得翠文傾心的對象，但他們兩人居然分別都放棄了她，這給予她的自尊心打擊之大，是可想而知的。金典在村子裏是出名的美男子，翠文對他用情恐怕很深，之後的由愛生恨也就越強烈。金典淹死的那座糞坑邊緣凌亂的雜草，或許是跟翠文兩個人扭扯下踩出來的吧？第一次見到她的時候她握著右手手腕，莫非在掩飾拉扯時被金典抓傷的抓痕？金典，與其說是個不懂用情的魯男子，倒不如說他有先見之明，知道自己跟眼前這名女子是不相配的。只是他明白得到底晚了些，而惹來了殺身之禍。」

兩人都各自沈默著。廖晨信先開口：「不過，直到現在，你還愛著那個叫翠文的小姐吧？」陳啓沒回答，他戴上帽子，走了出去。他眼前浮現出一個女人在無聲的燭光下手扶書冊的身形，她的身子半浸在暗影裏，一手握住另一隻手腕。

——一九九四年三月·選自爾雅版《夜戲》

彭小妍作品

彭小妍

廣東紫金人，1952年生。政治大學西洋語文學士、台灣大學外國語文碩士、哈佛大學比較文學博士，曾任教於台灣大學外文系，現於中央研究院中國文哲所從事現代文學研究。著有小說集《斷掌順娘》、評論集《超越寫實》、《歷史很多漏洞：從張我軍到李昂》並主編《楊逵全集》等書。

細妹仔

細妹仔第一次到我家來的時候，兩條棕黃色髮辮垂在肩膀上毛扎扎的，洗得泛白的一身花布衫褲，腳著黑布鞋，手長腳長，看起來有些尷尬。她叫了媽媽一聲太太，就站在一邊發呆，由陪她來的嫂嫂全權代表說話。細妹仔家就在離我們仁愛新村不遠的客家莊，姑嫂兩人都不會說國語，說的客家話和爸爸的梅縣客家話腔調不太一樣，尾音提得高高的，有點像唱歌唱了一半就戛然而止。媽媽那時懷孕了，挺著大肚子不太方便，家裡需要幫手。媽媽笑咪咪地看著細妹仔，問她嫂嫂：

「名就叫細妹仔嘿，有其他的名字嗎？」

「嘸了，她阿爸死得早，未曾讀書，不識事體，請太太多多關照。」

「生得安靖呢，幾歲呢？」

「十四歲，屬牛的。」

「我們家裡眞簡單，將將三個人，要洗的衣服也不多，掃掃地，摘摘菜，也沒有太多的事情好做。順便陪珊珊玩，做個伴吧。」

「隨太太吩咐。我們細妹仔沒見過世面，有什麼做不對的，要打要罵，隨太太管教。」

我在旁邊樂得很。要等媽媽生出來的小弟弟還是小妹妹陪我玩，太遙遠了。如今立刻有現成的玩伴，我早就快坐不住了，想馬上拉她去後山灌蟋蟀。細妹仔對我一笑，眼睛瞇成兩條縫。果然媽媽交代她做的第一件事，就是上山採番薯葉。我自告奮勇，帶細妹仔到後山去。出了家門，蹦蹦跳跳七拐八拐的，來到學校東側上山的小路。從這裡開始雜草就多了，褲管都沾上了白茫茫的草刺。我邊走邊問細妹仔：

「這裡蛇眞多，你驚嘸驚蛇？」

「嘸驚。」

「青竹絲眞多，」我炫耀自己的知識，「會從你的鼻孔鑽進去。不可以把母蛇打死，不然半夜公蛇會找到你家去報仇。」

我常常夢見我家院子裡的一小片竹林上爬滿了青竹絲，就是因爲聽多了鄰居說公蛇復仇的故事。細妹仔笑笑，問我：

「你驚蛇嘿？」

「我才嘸驚。」我問她：「你看過殭屍嘿？殭屍會追人，你驚嘸驚？」

「嘸驚。你繞著樹跑，殭屍就會撞到樹倒到地上，爬不起來。」

好像很有道理，我大爲佩服。當年不上學的日子（例如颱風天），鄰居的大哥哥大姊姊常聚在一起，講鬼故事給我們一群小蘿蔔頭聽。我們的宿舍傍山而建，屋外是竹林，一起風就沙沙作響，陪襯著大哥哥大姊姊誇張的聲音和表情，製造了不少懸疑氣氛。如果碰到停電，大家更是聽得毛骨悚然，一打起雷來，都忍不住掩耳尖叫。窗外雷電閃閃，屋內尖叫聲此起彼落，平添不少戲劇效果。我從來沒聽過繞著樹跑可以害殭屍跌倒的理論，於是不禁刮目相看，馬上決定細妹仔是我最好的朋友。

後山小溪邊本來荒蕪一片，爸爸學校的工友王伯伯閒來無事，在水溝邊挖了幾塊地，種起一些容易長的菜蔬，登時荒野變綠地，於是大家夥都有免費的菜吃了。平常都是王伯伯摘了菜送到家裡來，如今細妹仔既然來了，媽媽就吩咐她當這個差。到了小溪邊，細妹仔手腳俐落地摘了幾把嫩番薯葉，順便挖了幾顆番薯，說要帶回去做薑糖番薯湯給我吃。紫紅皮的番薯肥肥的，她拿在手上掂一掂，抖落了一些泥塊，放進籐籃裡。

「細妹仔，我們灌蟋蟀好嘍？」

她欣然同意，熟練地蹲在地上，立刻找到好幾個分布在附近的蟋蟀洞。我飛快地跑到小溪邊的木屋，找到一個小桶子跑到溪畔，胡亂舀了一桶水，三步併作兩步地抬到蟋蟀洞那兒。細妹仔接過桶子，緩緩將水注入一個拇指大的小洞，我拿著早就準備好的玻璃罐子，在一旁聚精會神地守候。才幾秒鐘的時間，一隻蟋蟀從另一個洞口探出觸鬚，我立刻把罐口對準洞口，等牠完全爬出洞時，正好自動爬進罐子裡。我立即把罐口蓋上，總算舒了一口氣。蓋子上有幾個用釘子打的洞，好讓牠呼吸。七、八隻蟋蟀陸續從其他洞口逃竄，都爬進了我的玻璃罐，恐怕完全不明白發生了什麼災難。我和細妹仔相對一笑，很滿意第一次合作的成果。十月的山風吹在臉上十分宜人，細妹仔瞇著眼打量受困在玻璃罐裡的蟋蟀，微褐色的臉泛著一抹紅暈，毛扎扎的頭髮迎著風零亂拂動著。

細妹仔是童玩專家，第二天她用家裡剩下的零頭布，爲我縫製了一套沙包。當年丟沙包是女孩子最流行的遊戲之一，花花綠綠的零頭布作成五個兩公分見方的布袋，裡面裝滿沙子後把袋口縫起來，就大功告成了。我和她比賽，兩人面對面，盤腿坐在地上。規則很簡單，先向上丟出一個沙包後，趕緊抓起地上排成四方形的四個沙包，然後立刻接住正垂直掉下來的那個沙包。抓四個和接一個的動作必須眼明手快，一氣呵成。成功了，就進行向上丟兩個，地上抓三個。其次再向上丟三個，地上抓兩個。最後是向上丟四個，地上抓一個。我人小，反應不夠靈敏，第一回合時來不及抓完地上的四個沙包，向上丟出去的那個就已經落地了。換細妹仔來，她由第一回合到第四回合竟沒有一點失誤，動作乾淨俐落，令我嘆爲觀止。此後我每天起來第一件事就是練習丟沙包，一直到上學爲止；放學回家後，書包一放下也是丟沙包，比準備考試還認眞。不到兩個星期，我的技巧就練得和細妹仔一樣，難分軒輊了。

和細妹仔相處的一段時間，平淡的生活增加了一點樂趣，例如烤番薯、烤花生之類的，是我童年時代最多彩多姿的記憶。我們仁愛新村坐落在苗栗一帶偏遠的山區，對外交通就靠一座石造的新生橋，當年完全沒有公共汽車，唯一的交通工具是腳踏車，高級一點的就坐三輪車。村子裡長年難得看到什麼外人，除了推著攤子來賣菜賣雜貨的小販以外，只有鎭上天主堂的修女每週三下午固定來一次，輪流到各家辦活動。每週她們倆騎著腳踏車進村子時，孩子們早就從橋頭排起長長的隊伍等著，心裡都充滿期待，不知道她們又帶來了什麼好吃的點心。瑪麗亞媽媽枯黃的金髮在帽子底下隨風翻動，白色的衣褸讓風鼓脹得飽滿，碧綠的眼睛在陽光下閃耀著。村子裡每一個孩子的名字她們都記得一清二楚，一路上親切地招呼這個，招呼那個。

「瓊瓊，弟弟生病好了嗎？」

「阿珠，這禮拜作業有沒有按時交？」

「阿強，又頑皮讓媽媽生氣了吧？」

這一天到了村子門口的王媽媽家，兩人跨下地來，腳踏車一倒就歪在籬笆牆邊上。瑪麗亞媽媽長得高頭大馬的，黑髮黑眼的茱莉媽媽站在她旁邊，顯得像小鳥依人一樣。兩人各自卸下腳踏車後座上的籐籃子，提著走進王媽媽家，裡面早就擠滿了一屋子的媽媽們，孩子們跟著魚貫進入。瑪麗亞媽媽和茱莉媽媽打開籃子，拿出一包包的麵粉，還有砂糖和芝麻，媽媽們的眼睛全亮了起來。最後又掏出一包巧克力糖，孩子們歡樂地拍手。

今天要炸麻花和開心果，王媽媽廚房裡早就準備好了油鍋，大家圍著飯桌，排排坐成一個圓圈，擀麵的、揉麵的、捏麻花的，大家七手八腳，忙得不亦樂乎。孩子們一面吃巧克力，一面看著牆上的圖畫，聽瑪麗亞媽媽說耶穌受難升天的故事。細妹仔在客家莊早就聽過這些故事了，可是卻和大家一樣聽得十分著迷。當然，和大家一樣，她更感興趣的是修女們帶來的麵粉，還有麵粉做出來的香酥爽口的炸麻花。活動完結後，大家分了一些炸麻花和開心果各自帶回家裡。細妹仔在廚房裡，邊準備晚飯邊和我有一句沒一句地說話：

「做修女上教堂眞好，有那麼多好吃的東西吃。」

「是呀！還會講好聽的英文，會唱好聽的歌，」我一得意就唱了起來，是修女們教的〈我們將勝利〉。那些英文詞句我實際上並不太明白，但是每一個音符我都記得很準，第二次唱到「在我內心深處，我眞的相信，有一天我們將會勝利」時，細妹仔跟著旋律哼了起來，聲音高亢，震得我的腦子裡嗡嗡作響。

「細妹仔，你唱得好好聽，你唱過這首歌嗎？」我興奮地問。

「嘿呀，聽你唱一遍就會了。我會唱山歌，你愛嘿愛聽？」

「要聽要聽，快點唱！」我慫恿她。

細妹仔拉開嗓門唱了起來，我一輩子再也沒聽過那麼悅耳的歌聲：

月光光，秀才郎
騎白馬，過蓮塘
蓮塘外，一池塘
養得鯉魚八尺長
頭拿來煮，尾拿來娶新娘
討個新娘高如天
煮的飯，臭火煙

討個新娘坐矮凳
煮的飯，香噴噴

客家莊的老老少少都會唱，有時候媽媽帶我去那兒拜訪什麼人，街上總看見老太太搬個板凳坐在自家門口，唱得太陽下山，群鳥歸巢。我那天晚上睡得特別香甜，好像細妹仔就在我枕邊清唱一樣。

當年沒有洗衣機、冰箱之類的電器，大家夥不是在自家屋後的水龍頭邊洗衣服，就是到新生橋下面的溪水旁。那兒總是看見一群群客家莊的女人，褲管挽到膝上蹲在溪邊，就著一個平整的大石塊洗衣，大件的衣物用棒槌拍拍打打，咚咚咚的擣衣聲響徹周遭。偶爾歌聲揚起，擣衣聲像打節拍似的，令人神往。細妹仔洗衣特別勤快，她說家裡水龍頭的水量太小，洗不乾淨衣服，因此總是一大早到溪邊洗衣。開始時媽媽有些奇怪，手腳那麼俐落的一個人，怎麼每次洗衣服都要兩個多鐘頭才回來。可是見到每天曬乾的衣物眞是潔白乾淨，也就不多說什麼。幾個禮拜以後有一天，鄰居藍媽媽從溪邊洗床單回來，立刻熱心地到家裡打小報告，媽媽這才有些明白。於是第二天細妹仔出門後不久，媽媽挺著大肚子，半信半疑地跟到橋下，果然看見細妹仔帶出門的水桶邊多了一個大籃子，裡面的衣物堆得像小山一樣高。細妹仔看見媽媽，嚇了一大跳。媽媽一件件翻著籃子裡的衣物，和顏悅色地問她：

「這是誰的衫？你阿嫂的。這條褲子是誰的？你阿哥的。這些呢，是你姪子姪女的？這麼多衣服，怎麼都拿給你洗？」

「阿嫂說，我們沒有肥皂，叫我用太太的順便洗乾淨。」

媽媽這才恍然大悟，爲什麼家裡用的黑橋牌洗衣皂，最近才叫了一箱，用不到三個禮拜就快用完了。媽媽沒有再說話，默默地回家。以後細妹仔就乖乖在家裡的後院洗衣服了。

有一天我從學校回來，沒精打采的，媽媽奇怪我和往常不一樣，問我：

「珊珊，怎麼啦？學校發生什麼事啦？」

「今天給罰五毛錢了。」我噘著嘴。

「上課和同學講話了？」

「才不是，」我把頭搖得像鼓浪一樣，「體育課下課的時候，鍾田妹一直跟我說客家話，蔣麗就去告老師，說我們在說方言。」

「哦，就這點事啊，下次不說不就是了。」媽媽笑起來。

「人家這個月已經被罰第三次了，零用錢都快花完了。都是鍾田妹，每次跟她說都不聽。」

「下次記得就好，不生氣。肚子餓不餓，吃點餅乾好嗎？細妹仔的阿嫂帶了自家做的金桔醬來，塗餅乾很好吃呢。」

我的確肚子餓得咕咕叫了，衝到廚房，細妹仔正在張羅給我吃的點心。金桔醬黃橙橙的，看了就讓人食指大動，學校配給的軍用餅乾變得可口極了。那天晚餐吃炸排骨，沾上金桔醬吃，有一點酸酸的，又有一點甜，爸爸和我都多吃了一碗飯。媽媽笑著說：

「怪不得最近家裡的米吃得這麼快，再這樣下去，我們配的米都不夠吃了。」

就這樣的，細妹仔到了我們家以後，每天我從學校回來都會發現一些驚喜，不是吃的，就是玩的。那年頭物資不豐盛，日常吃用大半都是自家手工製造的，像梅子、李子做的果醬，封在罐子裡半年左右就可以吃了，特別香醇。尤其是自家釀造的梅子酒，一直到今天，我還是覺得連進口的開胃甜酒都比不上。當年大家都很節儉，仁愛新村家家戶戶每天吃剩的飯菜都倒在一個有蓋的桶裡做餿水，由客家莊的人定期挑了去餵豬。村子裡一直有三、兩隻野貓在四處覓食，因爲貓會抓老鼠，所以媽媽們也很歡迎牠們，倒剩飯的時候，會挑出一些魚骨頭讓牠們大快朵頤。

有一天我回家時，發現廚房的角落裡蜷伏著一隻大貓咪。黃白相間的條紋像隻小老虎，吐出長長的舌頭擺著腦袋舔身體。我高興地湊過去想摸摸牠，牠立刻警覺地抬起脖子，綠光閃閃的眼睛瞪著我。細妹仔阻止我：

「牠還不認識你，會抓你的。等一下食飽飯，你餵牠食一點魚骨頭，慢慢地牠習慣了，才會同你玩。」

小老虎就這樣成了我們家的一員。細妹仔教我怎麼樣接近牠，想抱牠的時候，要捏著牠脖子上的皮把牠抓起來，再抱在懷裡。小老虎眞是貪玩啊，隨便一條小繩子在牠面前晃一晃，就可以惹得牠滿地雀躍，一個小玻璃球就可以逗得牠四處打滾。細妹仔教牠撲開紗門出去，在院子的土裡大小解。牠大解的時候，總是選好一個地點，用兩個前爪來來回回地先在土上耙個洞，再規規矩矩地蹲好，屁股眼對準洞口，尾巴翹得高高地辦事。辦完事立刻用旁邊的土蓋上，還四周嗅一嗅才離開。要回家的時候，牠總是往紗門中間一撲，把紗門往外彈開一個縫，然後趁紗門關上之前一溜煙似地鑽了進來，再安安穩穩地躺回牠的紙盒裡舔屁股。紙盒裡鋪著我的舊衣服，小老虎躺在上面，很舒服的樣子。

小老虎能夠這樣自由地進出我們家，事實上是因爲那年頭仁愛新村根本沒有什麼防盜意識。天南媽媽們整天到處串門子，自己的家門也沒鎖就跑到人家門口，紗門往外一拉就登堂入室了。天南地北聊起來，一口氣兩、三個鐘頭，總要到燒晚飯時候才回家。如果有小偷的話，恐怕家裡被搬空了都還不知道呢。

那時候媽媽已經懷孕五個月了，走起路來總是肚子比人先到。可是沒想到媽媽還沒生，倒是小老虎的寶寶們先報到了。小老虎才來了一個月左右，就慵慵懶懶地不太有興致玩耍，肚子一點一點地鼓起來。有一天牠忽然不願意睡在紙盒裡，跳到房間裡的壁櫥裡不出來。牠在裡面拉長聲音哀哀叫著，細妹仔不讓我看牠：

「小老虎要生孩子了。不能去看牠，一看到人來，牠就會把小孩吃掉。」

我深信不疑，只能在壁櫥外面乾著急。可是小老虎實在叫得太慘了，細妹仔走開的時候，我忍不住從壁櫥拉開的縫往裡面偷看，只見小老虎瞪著綠光光的眼睛看我，叫聲停住了。我想到細妹仔的警告，連忙縮回頭走開，小老虎卻又哀叫起來。我爲難極了，小心翼翼地把壁櫥門再拉開一點，往裡面看，昏暗中小老虎側身平躺在衣堆裡仰頭看我，很軟弱的樣子。我輕聲和牠說悄悄話：

「小老虎乖，勇敢一點，我等一會兒再來看你。」

我人還沒離開房門，小老虎又叫起來。不管了，應該是想要我陪牠吧。於是，我下定決心不走了，留在小老虎身邊安慰牠。小老虎總算不叫了，慢慢地，第一隻小貓咪黑白相間的頭出現了，眼睛是閉著的。一會兒終於全身擠了出來，帶出一點血水。第二隻是黑色的，後腳有一點跛。第三隻和小老虎一樣黃白相間，第四隻又是黑白色的。四隻小貓咪好像眼睛看不見，一出來就跌跌撞撞地爬到小老虎肚子邊，你擠我我擠你的，鼻子觸到奶嘴就爭先恐後地吸起奶來。小老虎舔舔這隻的眼睛，舔舔那隻的小腳，很滿足的樣子。

我興奮地告訴媽媽我這次「接生」的經驗，晚上爸爸回來又照樣說了一遍，大家都跑來看小貓咪。第二天早上一起來，我第一件事就是看小老虎一家人。沒想到竟看見小老虎正把一隻小貓咪的脖子啣在嘴裡，其他的小貓咪都不見了。我嚇得差點驚叫起來，想到細妹仔的話，以爲小老虎把孩子都吞到肚子裡去了。說時遲那時快，牠啣著孩子縱身一跳，就跳出壁櫥，飛快地鑽到客廳，一溜煙竄進了離地面將近四公尺高的壁櫥裡。原來小老虎在搬家哩，其他三隻小貓早就已經安安穩穩地被搬到新窩裡了。不知道爲什麼，後來小老虎又帶著孩子們搬了好幾次家，可能是沒有安全感吧。

就這樣的，細妹仔點點滴滴地豐富了我們的生活。說著說著，媽媽再一個月左右就要臨盆了。爸媽和我商量的結果，認爲家裡有小動物的話，可能在衛生方面對新生的小寶寶不太好，決定忍痛讓細妹仔把貓咪帶到客家莊送人。小老虎和貓咪們要送走的前一天晚上，我抱著小老虎流了好多的淚。小老虎舔著我的臉，不知道牠明不明白以後就不能見面了？以後還會記得我嗎？

童年就是這樣吧，有一些欣喜，也有一些心痛，大部分都隨記憶消逝了。那時，細妹仔每天都想出一些新花樣來逗我開心，打彈珠、跳格子、烤番薯、抓螢火蟲、唱山歌，日子過得慢悠悠的，好像時間一到仁愛新村就靜止下來，杵在村子門口笑咪咪地看著我們玩耍，忘了自己催人老的任務。外國修女還是每周到村子裡來，發麵粉、做點心，宣傳聖經的道理。大哥哥大姊姊們還是每到周末就把小朋友們聚在一起講故事。但是細妹仔在我們家卻待不久；沒有人趕她，是她自己堅持要走的。事情發生在媽媽臨盆一個月以前。

這天下午錢媽媽到家裡來串門子，媽媽正挺著大肚子坐在廚房門外的後院裡納涼，一面揮著扇子打蚊蟲。院子裡一叢桂花陣陣飄香，木瓜樹上的果實青裡透黃，兩年前爸爸親手栽植的葡萄也結了串。媽媽剛剛才覺得肚子餓，錢媽媽正好穿過前院，帶來了一大碗紅豆湯圓給我們。媽媽高興地要細妹仔從廚房開門拿湯匙出來，想立刻品嚐，可是站起來接的時候沒站穩，湯匙一溜就掉進了門邊的餿水桶裡。細妹仔急著去撿，錢媽媽彎下腰搶先往桶裡掏，掏了兩三下，「咦」地一聲頓住了：

「咦——這麼多米呀！」

錢媽媽的手從桶裡抓出了一大把白米來。說著，她立刻把餿水桶放斜，將餿水全倒入水溝裡。餿水倒完了，媽媽一看，乖乖，桶底竟積了至少三寸厚的白米粒！是沒煮過的米。

細妹仔當下就默默整理衣物回家了。那天晚上吃飯的時候，驟然少了細妹仔，大家都很不習慣。爸爸和我還是餓得狼吞虎嚥，可是扒完了半碗飯，忽然覺得飯桌特別的沉默，就停止了動作。媽媽有些吃不下的樣子。爸爸不想再提細妹仔，於是找學校的話題來逗媽媽說話，但媽媽終於忍不住說了：

「你知道，要不是那把湯匙鬼使神差地掉到餿水桶裡，還不知道要多久才發現呢。」大而化之的媽媽，說來也怪，凡事都有神助。

「你還老說是我們飯吃多了。」

「是呀，怪不得配給米差點就不夠吃。以前幾乎都剩一半的，還能送給老宋他們。」老宋是爸爸辦公室的工友。

「老宋的老婆最近看見我，都欲言又止的，我差點想到外面買米送給她了。」

「都怪我太粗心大意了。」媽媽有些自責。

「不計較小事才有福氣。」爸爸安慰她。

「你那條灰色的西裝褲，不是找了幾個禮拜都找不到嗎？恐怕也是細妹仔拿去了。」媽媽嘆口氣。

後來媽媽自己下廚作家事，才發現家裡許多東西都已經不翼而飛了，像碗盤之類的，我的球鞋也掉了一雙，洋娃娃少了幾個。媽媽不久就臨盆了，生下了小妹妹。從坐月子到吃滿月酒，家裡大大小小的事，都是鄰居媽媽們幫忙招呼。此後我們就沒有細妹仔的消息了。幾年後我到外地念中學，才聽說她進了修道院，將來要做修女。細妹仔是爲了有好吃的東西，才想當修女嗎？還是爲了學唱好聽的歌？直到今天偶爾午夜夢迴時，我還會不由自主地問自己這個問題。

——原載一九九七年三月十五～十六日《聯合報》

林文義作品

小說卷

林文義

台北市人，1953年生。台灣藝術專科學校廣播電視科畢業，曾任報社記者、《自立晚報》本土副刊主編、國會辦公室主任、電視、廣播節目主持人，現為專業作家，並在電子媒體評析時事。著有小說集《鮭魚的故鄉》、《北風之南》、《革命家的夜間生活》、《藍眼睛》。曾獲第二屆中國時報文學獎散文獎、金鼎獎優良圖書推薦獎。

鮭魚的故鄉

一

那天，陪他到協調會去拿入台簽證，第一次，我看見他那一向憂愁的臉顏，展露出十年來少見的愉悅；雖然，他們只給他一個月的停留期限。

我們沿海岸公路返回灣區的住處，回程的路，他要我開車，我清楚的看見他的手微微顫慄，那本護照幾乎失手掉落。

「來，把護照給我。」

我隨手接了過來，放在儀表上的凹槽，然後踩足油門，向前奔馳；定睛一看，前面的交流道下去就是國際機場，長長的滑行跑道遠處，茫茫的太平洋，一架華航的客機正飛離地面。

「華航呢，回台灣去的吧？」

他的視線凝注著那架逐漸拉高的客機，語氣裏充滿了熱切的渴望，連聲音都有些口吃。

「過幾天，你也要回去了……帶孩子回家給他們的阿公、阿嬤看，我下個月中旬就趕回去跟你會合，我們，在台灣相見……。」

「美惠，謝謝妳。」

他伸過手來，輕握著我的右手，我的左手抓緊駕駛盤，可以感覺到他握住我右手的掌心微微沁汗，那般的語氣溫柔，我笑著把手抽了回來，放在駕駛盤上——

「我，要專心開車。」

「啊，終於可以回台灣去了……美惠。」

他的眼神茫然的望向左側太平洋的海面，那架華航客機已經在遠方，極微小的一個銀點。是的，拿到入台簽證，對他而言，是一件悲喜交織的事實，我知道，此時他的心很亂，情緒很波動，我必須要撫平他。

十年來，爲了達成返鄉的願望，他幾乎是碰撞得頭破血流。我不知道家鄉的統治者究竟要把異議的台灣子弟阻攔在海外多久?我只知道「黑名單」是一件毫無人道的暴行。只因爲，他秉持著一個知識分子最起碼的良知、道德勇氣，他就遭受到被放逐的惡運，多麼不公平!他不應該受到這種無理的對待。

終於，他要返鄉了，思思念念的台灣，他就要回家了……多麼漫長的苦痛等待，十年，人生有幾個十年?只爲了起碼返鄉的願望，他苦等了十年的放逐歲月，我眞的心疼他。

我心疼這個懷抱台灣的男人，我的丈夫。

二

記憶中忽然浮起了一個夜暗幽靜的小湖，我那時剛與他初識，我們常攜手到那湖邊散步；在歷史系唸書時，就喜歡和同學到那湖邊小坐。她們說，有個痴情的女生爲了一個負心的男同學而身殉此湖，這已經是杜鵑花城一樁流傳已久的故事……我還很深切的記得那段日子。

他在史研所高我兩屆，專研宋史，有些羞澀、靦腆；記得初識時，和我說話，有時還會臉紅、口吃。別人卻把他在報紙副刊上的文字拿給我看，我才知道，他竟然是一個薄有聲名的年輕作家，寫詩也寫文學評論。

他的詩抒情而典雅，文學評論卻是尖銳而直接……而在我前面，倒是沉靜、斯文的男子。我喜歡他濃厚的書卷氣，文學的才情，我們攜手走過一段生命中燦麗如夏花的戀愛路程。他很善良，有點孩子氣，也十分的疼愛我，我十分的堅信，我們往後可以攜手走過一生。

像許多相愛而受祝福的戀人一般，我們順利的結婚，他拿到史研所碩士學位，然後去服一年十個月的預官役；我則專心一致的把史研所的課業讀完，等他退伍後，我們要去美國。

那是我們多麼美好而遠大的願望。

北美與加拿大邊境，一所以人文學系著稱的大學給了我們獎學金，我們相信，只要拿了博士學位，我們就回到台灣來教書，夫妻兩人同樣在大學執教歷史，該是多麼令人稱道的世間美事。

沉且，我的叔父在政府擔任極高的職位，在黨政方面有他決策的權力。叔父說，只要我們學成返國，台灣的任何大學都不會拒絕我們。

或者，我們也可以決定留在美國；終究，那是一個實質自由、民主的國家。我們在美國成家、生子，一切的優越條件似乎都那麼符合我們最初訂下的計劃，前途是無限的光明遠大，比起別人，我們眞的是一雙天之驕子。

出國留學之前，在政府擔任副部長的叔父，在他那幽靜而雅致的日式官舍裏，設宴爲我們送行；我還記得，那是一個秋晚，我們走進時，叔父庭院的大榕樹紛紛掉下枯黃的葉片。

「仲林，美惠，阿叔祝你一路順風。」

方臉大耳的叔父舉起酒杯，熱忱鼓舞的說。

那是一杯中國的孔府家酒，叔父的酒量在我們家族裏是最被稱許的；從小叔父最疼愛我，雖然，他與我的父親有些意識形態的相異，但叔父爲人的耿介、淡泊，連父親都頷首。

父親一生經商，平日沉默寡言，在我們這個成員龐大的家族裏，父親排行老二，大伯年輕時就舉家遷移到日本，一直很少回來。有一次，我問起父親大伯的事，他臉色忽然一黯，搖搖頭，示意我不要再問大伯的事——

「妳大伯在日本很好，早就歸化做日本人了，在那裏做醫生賺很多錢，就是這樣。」

偏偏小叔也在旁邊，他插了話進來——

「妳大伯以前是台北帝大醫科畢業的，二二八的時候，對咱的祖國完全失望，就搬去日本，他說，寧可做日本人，不願做……」

「你給我住嘴！你給美惠說什麼？」

父親怒不可遏的拍桌站起，小叔一臉驚怕。

「爸爸，什麼是二二八？」

事後，我疑惑的問著父親，從小到大，我不曾看過父親發那麼大的脾氣，為什麼說到大伯，父親就會生氣成那樣，我不懂。

「二二八？唉，美惠，二二八不能說啊。」

「為什麼不能說？」

我不服氣的追問。父親走到我的前面，用著充滿關愛、疼惜的眼神端詳著我，雙手溫藹的放在我的雙肩，囑咐我一同在長沙發坐下。

「美惠，妳下個月就要和仲林去美國了，那是一個生命新的開始，我只希望妳和仲林記得爸爸的一句話，那就是無論留在美國，還是回到台灣，記得，要做一個有尊嚴的台灣人。」

我似懂非懂的點頭，覺得一直疼愛我的父親會這樣凝重的說這一番話，一定有他的道理，我也不再追問什麼是「二二八」了。

「仲林，美惠，來，用菜！免客氣，自己的阿叔，不要生分。」

叔父及叔母殷勤的為我們挾菜，並且與仲林乾杯，仲林很少喝烈酒，喝了一口，就痛苦的皺起眉來，結結巴巴的對著叔父說——

「阿叔，我隨意就好了，我不會喝酒。」

叔父笑滿了他的方臉，笑聲朗脆而豪邁。

我端詳著叔父，一面想著他會一路被擢升到副部長的職位，這與他壯碩的身軀，與方臉大耳的體面，有極大的關聯吧？父親常說——

「妳阿叔一臉官相，注定會做大官。」

但是到後來，總會有些不屑的加上這麼一句——

「做國民黨的官，也沒什麼好驕傲的啊。」

叔父從胸袋裏拿出了一個厚厚的信封，伸長了手，遞到我手中，才發現是一疊美元——

「阿叔沒什麼可以送你們的禮物，一點點錢，給你們當路費，表示心意，一定要收下。」

仲林和我正想退回，叔父笑著做了一個搖掌的姿勢，然後一臉眞摯的握住仲林與我的手——

「一路平安，要記得，保重自己。」

三

北美的邊境城市，西雅圖。

仲林與我在此，過著平靜而美好的生活。我們的第一個孩子生下來，是個健康而強壯的小男兒，初爲人父的仲林笑得那樣開心。

他非常努力的研修博士班課業，我則在一家私人的工程公司找到會計的工作，對未來，我充滿著美好的希望與憧憬。

孩子滿月，仲林說要帶我出去走走。

「抱孩子出去？」

我訝異的問他，仲林點點頭——

「沒錯啊，妳已經是個媽媽了。」

我低下頭來，看到仍未恢復的身材——

「還很醜，不能出去。」

仲林走過來，溫柔的輕摟著我，說——

「美惠，妳是全世界最漂亮的媽媽哦。」

這個擅長說甜言蜜語的男人，我笑了出來。

西雅圖的確是個美麗而寧靜的城市，翠綠四佈的森林、湖泊，黑潮在太平洋的此岸交會，溫暖的北國，銀杏與白樺四處可見。

仲林帶我到一處河與海的交會口，那是一個類似運河閘門的堤岸，是華盛頓湖及太平洋接連處，許多遊艇排列等待，閘門開了，讓湖水、海水的水位相等高度，船隻就可以通過。

「美惠，我們走梯子下去看鮭魚。」

仲林小心的護著我，懷中擁抱的孩子掙扎了一下，還好沒哭，倒是睡得很沉。

旋轉梯走到下頭，是陰涼的堤岸底部，有一面巨大的透明玻璃，類似水族箱的感覺——

「我們現在是在河底。」

仲林的聲音在陰涼而幽暗的室內迴旋，我仔細的端詳，果然是成片的水草，彷如千百隻手，在湍急的河底不斷的揮舞。

狹長的物體忽然閃跳而過——

「美惠，有沒有看到？鮭魚！」

鮭魚？在那裏？仲林拉著我挪近身子——

「有沒有看到，左下角一大群……。」

果然，七、八條鮭魚清楚的在我眼前。

接二連三，牠們往右上角水流湍急的一處出口，急躍而去，有的似乎被反彈回來。

我驚見被反彈回來的鮭魚，身上的鱗片竟然脫落，並且鮮血淋漓……。

「怎麼會把自己弄傷成這樣？」

仲林的臉色閃過一抹淒楚，認眞的對我說——

「鮭魚，要回到牠出生的地方，這是牠回家的路；就算受傷，甚至死亡，鮭魚都要回家……這是鮭魚的本能，誰都阻攔不了。」

仲林的聲音顯得愈加的疲倦，這是我從來不曾見過的，我關切的問他，他苦笑的回答——

「沒什麼，只是我有個感覺……我覺得海外的台灣人，就像鮭魚一樣。」

「什麼意思？我聽不懂。」

「政府禁止一些海外的台灣人回去。」

「就是那些台獨份子，政府當然不能讓他們回去……聽說，他們都是暴力份子。」

「美惠，這是誰告訴妳的？」

「阿叔也這麼說啊。」

「妳阿叔是國民黨官員，他當然這麼說。」

「仲林，你怎麼了？」

我微惱了，仲林怎麼會批評叔父呢？

「那些鼓吹台獨運動的人，都是留美的博士，一流的人才，怎麼會是暴力份子？」

「仲林，你不能這樣講話！」

「美惠，我們不要爭吵，好不好？」

我抱著孩子，蹬蹬蹬……爬上梯子，迎面冷風吹來，感到濕濡，我竟然哭了。

「對不起，美惠，妳，不要生氣。」

仲林的手伸了過來，握著我抱孩子的右手，一股溫暖傳來，我抬起眼看他一下——

「仲林……不要，不要談政治，好不好？」

情緒似乎就隨著午後的小爭執而恢復不起來，悶悶的回到住處，仲林就躲在書房裏，久久沒有出來。我在弄晚餐，並且泡奶粉餵孩子，把孩子哄睡了，我去敲書房的門——

「仲林，吃飯了。」

他快快然打開了門，手裏還攤開了一本書，我看到那是一本英文的傳記，他似乎察覺了什麼，把書闔上，封面正對著我——

「美惠，我覺得，妳可以讀這本書，妳是學歷史的，一定有興趣，談戰後台灣以及二二八事件……。」

我疑惑的接了過來，書的封面印著——

George Kerr: Formosa Betrayed

「柯喬治：被出賣的台灣……。」

我隨口用中文唸了出來，然後再追問——

「你說，裏面……寫到二二八？」

仲林微笑不語的點頭，我急忙把書翻開。

「慢慢看，不要急，我們先吃飯。」

二二八，二二八……我的內心像波潮一樣的翻滾不休，我驀然想起父親與小叔的爭執。

終於，我要面對二二八的答案了。

四

一九七九年九月底，那個被國民黨政府撤職的桃園縣長，帶著妻兒抵達了洛杉磯。已經完成博士論文的仲林，顯得急躁而不安，似乎有某種矛盾與猶豫——

「美惠，我，想到加州一趟。」

「你不要去，我們不要管政治，好嗎？」

「我想去見他，和他談談，一個當年被國民黨大力栽培，卻為了高雄余老縣長被誣陷，而挺身而出，不惜被拿掉縣長官銜的人，我想要了解他究竟是怎麼的一個人？」

「那是國民黨和黨外的事，我們不要管。」

「美惠，妳讓我去，很快，我就回來。」

他去了洛杉磯，果然幾天後，就回來了，顯得悶悶不樂，竟日埋首在書房裏。我送了茶點進去，看到他從大學東亞圖書館借到的，一大疊有關台灣史的書，還有《彭明敏回憶錄》、王育德的《苦悶台灣》，他鬱悒的抬起頭來——

「美惠，到現在，我們才讀到台灣史，老天！我們還是史研所的碩士呢？連自己的台灣史都不知道，眞正羞愧啊。」

「你一向不是大中國主義的嗎？」

我把茶點放好，微笑的反諷他。

「美惠，我們被欺瞞好久了，中國歷史四千年，從軒轅氏到清光緒，記得滾瓜爛熟，而我們竟不知道台灣先民怎麼渡過黑水溝，怎麼抵抗日本佔領軍，還有二二八事件……」

仲林愈說愈激昂，握緊雙拳，臉色泛紅。

「仲林，先把史學博士拿到再說吧。」

我淡淡的勸他，我一直認爲，做爲一個知識份子，安心做學問，那些政治只是骯髒。

不到三個月，島內傳來美麗島事件的惡訊，官方報紙的航空版大力譴責那些黨外人士，說他們是暴力份子，打傷憲警，政府已決定嚴辦那些首謀份子，整張報紙寫得風聲鶴唳。

四天後，又傳來島內大逮捕，所有的反對派領袖幾乎無一倖免，就只脫逃了施明德。

仲林顫慄的搜尋報紙的每一行文字，神情異常的悲憤、痛楚，嘴裏喃喃的沉吟——

「他們怎麼可以這樣？怎麼可以？」

海外台灣人幾乎都被激怒了，仲林不顧一切的和一些台灣留學生在校園裏散發傳單，公然抗議國民黨政府大肆剷除異己的逮捕行動。

我開始憂心忡忡，也開始和仲林發生了多次的爭執——

「這不是我們能夠管的事，你不要插手。」

「美惠，到這時候，還不表示抗議，這樣的知識份子有什麼用？台灣正在轉捩點上，那些希望改革的精英被一網打盡，這還有什麼公理？什麼正義？而我們在幾萬公里外逃避！」

我還是耐著性子，要他先把博士學位拿到後一切再說。我有預感，他如果一腳踩進去，那就是一條不歸路。我很害怕，我只是一個弱女子，我幾乎是用哀求的語氣，勸他不要涉入。

「你這樣發傳單，表示異議，你不怕被校園裏頭國民黨的職業學生打你的小報告？」

善意的朋友也一再的向仲林勸說，仲林憂傷的掉下眼淚說——

「那些關愛台灣的人都在獄中受苦，我們還在遙遠的北美洲害怕，我們算什麼？」

一九八〇年二月二十八日，林義雄的母親及一對孿生姊妹慘遭殺害。仲林他決意暫停唾手可得的博士學位，他要到洛杉磯去參與一份由海外反對人士所辦的政論刊物。他那麼的堅決，讓我都感到悲痛不已，彷彿，我就要失去他了，我一再的挽留再挽留，似乎什麼都無法動搖他那堅定的信念。

仲林要走，他非走不可。

五

我埋怨他，我有好一段時日眞的很埋怨。

我不懂，原是有那麼光明燦爛的前程，何以他要選擇一條完全背離的路；那麼艱辛，那麼坎坷，爲什麼？他至少也要爲我們母子想一想……爲了台灣？誰像他這麼執著？

我在西雅圖，他在洛杉磯，兩地相隔千里，我埋怨但是我沒有恨意，我與仲林相愛那麼多年，從戀人到夫妻，他是一個多麼溫厚、善良的人；文學才情、史學認知都高人一等的知識份子，我相信他的抉擇必然有他的道理。

「美惠，辛苦妳及孩子，就搬來洛城好嗎？我想念你們……台灣家鄉，爸爸來信說，情治人員常去找他們，說我是海外的台獨份子。我很抱歉，連累了雙親，也連累了妳及孩子。」

往往接到仲林的航郵，就讓我淚流滿面。

我看到在仲林他們所辦的刊物上，他以幾個不同的筆名寫政論文字，從歷史、文化觀點大力批判國民黨政府；我一面替我的丈夫擔心，一面又覺得有這樣一個秉持良知、公義的丈夫爲榮……當年在台灣，那個羞澀、靦腆的文學青年，浪漫詩人竟然已是海外的一枝健筆！

叔父終於專程從台灣抵達西雅圖，他一臉凝重的與我面對，久久都沒說話。我把咖啡泡好，遞到叔父面前，他沒有喝，只是看著我，看了很久很久……輕輕的一聲長嘆——

「美惠，你們怎麼會這樣子？」

「阿叔……」

正要接下去，叔父隨即打斷了我的話——

「我在公家機關做事，你們這樣，我要怎麼辦？連國安局長都來問我，說仲林怎麼會變成台獨份子？」

「阿叔，他不是，他只是……」

「我知道仲林不是，他是個很好的青年，我也明白他是個有公義觀念的知識份子……但是在台灣，誰跟你談這些理想？多少留美回來的知識份子，只要肯聽話，想到那個大學教書都可以，誰像仲林這樣不識時務？」

「阿叔，仲林他沒有錯。……」

「報告都送回台灣了，我這個做你們阿叔的，也都沒話可說了。我這次專程趕來，是要來幫忙你們，叫仲林回西雅圖來吧，不要再去編那本反對刊物了，回來把博士學位修完，到時候，你們要返台，我也才可以助一臂之力。」

「阿叔，讓您爲難了，對不起。」

「唉，算了，沒關係啦，反正我也一直只能當人家的副手；到了這把年紀，再上去我看也不可能了。美惠啊，阿叔只是關心你和仲林。」

「阿叔，我知道……。」

「不要給妳爸媽操煩，叫仲林回來。懂嗎？唉，本來大好的前途，自己都弄砸了……。」

叔父告辭時，一邊搖頭一邊走出去，送他上車離開，偶一昂首，才發現已是天晚，西雅圖滿天的星光；忽然感覺到異常的淒寒，第一次，想到遙遠的台灣，好想好想與仲林，帶著兩個孩子回去，就在那裏教書，什麼都不要理會……好想仲林，他此時還在千里外的洛城。

我們回台灣去好嗎？仲林……。

六

那年夏天，仲林應邀到台灣同鄉會主辦的夏令會，演講有關台灣歷史與文化的專題。

我們帶著兩個孩子，開著一部豐田旅行車，跑了十個小時，我和仲林輪流開車，孩子們乖巧的坐在後座玩他們的拼裝玩具。

「我跑了好幾次協調會，還是不給我簽證。」

「我去簽，一次就是五年，倒是俐落。」

「妳不是黑名單，他們對我可不是這樣，把我護照拿進去，用一枝簽字筆，就把我的回台加簽劃掉了，意思就是不讓我返鄉。」

「怎麼可以這樣蠻橫？」

「他們劃掉我的回台加簽，還面帶笑容說，陳先生，抱歉，我們無法幫您忙。」

「仲林，你是不是很失望？」

他苦笑了一下，還是認命的點頭了。

「寫信給阿叔，請他幫忙好嗎？」

「台灣是我們的家，爲什麼不能回去？」

他忽然聲調提高，轉過頭來對我說，我看到仲林的雙眼竟然噙著淚水，他咬著嘴唇——

「爲什麼我不能回去？」

「仲林，別這樣，有一天，我們一定會回去的。」

我把手伸過去，輕輕的拍著他的肩頭，覺得一陣心疼，仲林，我最心愛的丈夫。

夏令會揭幕當天的晚上，來自島內的民謠歌手邱垂貞，彈著吉他，以著高亢的鄉音，唱著令人動容的台灣歌謠，像四季紅、望你早歸、恆春調、牛犁歌……唱得台灣同鄉們時而笑逐顏開，時而感動傷懷，邱垂貞是個好歌手。

最後一首歌，按節目表上的安排，是邱垂貞帶所有與會的台灣同鄉一起合唱，那是一首海外台灣人耳熟能詳的歌謠「黃昏的故鄉」。

只見邱垂貞以著充滿感情的語氣，一面說，一面輕撥著琴弦——

「我來美國巡迴演唱已經兩個禮拜了，走到那裏，大家都要和我合唱這首歌，若是唱起這首歌，咱台灣的同鄉就會含著眼淚，因爲，有很多人，很久沒有回去台灣了……不是他們不回去，而是無法回去，因爲黑名單……。」

「來！大家不要悲傷，咱用勇敢有力的歌聲，大家一起來唱這首『黃昏的故鄉』！」

吉他聲鏗鏘而起，邱垂貞高吭著——

「哦——親像在叫我的！」

全場不約而同的揚起歌聲——

叫著我，叫著我
黃昏的故鄉不時在叫我
叫我一個苦命的身軀
流浪的人，無厝的渡鳥
孤單若來到異鄉

有時也會念家鄉
今日又是來聽見著
哦——親像在叫我的
叫著我，叫著我
黃昏的故鄉不時在叫我
懷念彼時故鄉的形影
月光不時照著的山河
彼邊山，彼條溪水
永遠抱著咱的夢
今夜又是夢著伊
哦——親像在等我的
叫著我，叫著我
黃昏的故鄉不時在叫我
含著悲哀也有帶目屎
盼我返去的聲叫無停
白雲呀你若要去
請你帶著我心情

送去給伊，我的阿母

哦——不可來忘記的

我看見仲林，大聲的唱，唱得滿臉淚水，聲音幾近瘖啞，我走過去，雙手緊緊摟抱著他，在我懷中，他，是多麼疲倦而憂愁的男人。

被拒絕返鄉的仲林，你不要悲哀好嗎？

我摟緊我的丈夫，淚水也無以忍抑的流下來，我緊閉雙眼，彷彿看見——

一群又一群的鮭魚，逆著急湍的水流，拚命也要返回牠們出生的源頭；鱗片脫落，沾滿鮮血的傷口，鮭魚，無論生死，一定要返鄉！

——一九九〇年二月

李潼作品

小說卷

祝建太／攝影

李　潼

本名賴西安，台灣花蓮人，1953年生。曾任教職、雜誌編輯，現專事寫作，作品以少年小說最多。著有《我們的魔鬼巖》、《夏日鷺鷥林》、《尋人啓事》、《相思月娘》等。曾獲國家文藝獎、中山文藝獎、洪醒夫小說獎、洪建全少年小說首獎、中國時報短篇小說評審獎、宋慶齡兒童文學獎、陳伯吹兒童文學獎、楊喚兒童文學獎。

相思月娘

母親想去金門，這些年已說過許多回。

金門還沒開放觀光前，中志有幾次機會受軍方接待，隨藝文團體去參訪，次數多了，也不是那麼來勁。幾次行程大同小異；木麻黃夾道的水泥路、看砲操、馬山喊話站、擎天廳的花崗岩洞、爬太武山、聽賈廠長促銷純正陳年高粱酒、到王家古厝看廳堂裏的大石頭。戰地風貌，有別於台灣的繁華雜亂，軍管地區的民風人情，還是有些可以看的，可什麼所在禁得訪客一年走上三兩回？訪客終是訪客，新鮮勁總不長久。

後來的幾次機會，中志想放棄。下班後，繞到隔兩街的母親家，閒聊提起，母親倒又都說：出外走走也好，不要違了人家的好意；金門那所在，不知變了多少呢。

母親受過日本小學教育，是彰化女高畢業的，說話的神態和語氣，幾乎是日本女人的風味。中志自小聽慣，卻還分不清對於去金門的事，母親是禮貌的尊重或多少眞心的鼓勵。因爲這樣，中志又去了幾次。

母親固定禮拜六下午到他家來過夜，極少變動。中志在事後想來，才記起他每次要去金門前一夜，母親總破例過來坐坐。也是母親那樣的神態和語氣，讓中志無從察覺異樣。她微笑著，問起行李是否準備好，出版社的業務有沒有需要交代，要不要明天一早撥電話來叫醒。即使母親有一回說起，要是能到金門看看，那也是很有趣的事呢，中志聽得愛笑，直直就說，是人家特定邀請的，不是想去就能去。其實，金門也沒多少稀罕，眞想去，說不定哪天也會開放。

中志當作是，過度寂寞的母親走來閒聊，隨口說些想像。所以母親問到太武山上的石勒，自山頂望海峽的可能，中志也以爲她偶爾一個人去看電影，從國歌影片看來的話題，是沒到過金門，對金門的典型印象。

每次從金門回來，中志隔幾天，帶一盒貢糖給母親，留兩瓶陳年高粱給父親。母親又什麼也沒問起，像接受客人禮物，說，那也這麼工夫？含笑收下，微微傾身。

母親的寂寞，可能她時有往來的女高同學也不知，父親在她親友的面前，總是表現得殷勤得體。他們夫妻同年同月同日生，去年做六十大壽，母親的老同學，給父親招來十幾個，她們趁興起鬨，還說要推舉他們是模範夫妻，詳問戶籍所在地，要去找哪個單位報名。

同年夫妻，母親也不嫌老。她的優雅，隨歲月更有風韻，比起每週染髮，應該是老年紳士派頭，卻不時換穿帥哥T恤的父親，母親是更得體。

父親的身材，刻意保養得極好，他小飲烈酒，不喝啤酒，品味之外他是怕有個啤酒肚。父親年少時的英俊瀟灑，母親是提過一兩回，那也是看中志盛裝作客，脫口讚美的，其餘，都是父親自己說。母親向來不提父親風流韻事，而父親當作講別人閒話，在中志和兩個小弟成人後的這十多年，父子們難得對飲，他不顧母親走前走後，一樁樁說來，漏了些中志另外知道的，都讓人分不清乙丙丁。

母親受過的教育，讓她如此優雅而懂得服侍丈夫，是否也教她顧全雙方顏面，呑忍父親的粗暴和對家庭不負責，掩飾她的寂寞和悲情。

父親在家鄉的地政事務所工作一段時日，中志在成人之後，陪母親回鄉掃墓，陸續才知道父親愛穿白西裝，是他離開事務所，炒作土地也變賣祖產後的事。而父親的粗暴，在這之前就知的，父親的惡言和毆打，因爲母親的呑忍，從來沒有大場面，母親在事後絕口不向孩子提及，但三十多年事件的累積，母親看似不動聲色，中志卻難以忘懷。

中志來台北，先做房地產，人手忙不過來，再把小弟引來幫忙。父親對他們的買賣，不曾過問。也許眞有那麼些遺傳，一路做事都極順手，兄弟成家，分住敦化南路一幢公寓二、三、四樓，將母親和父親接上來，五樓的屋主有意頂讓，父親也沒意見，母親卻執意她看中的兩街外房子，還高在九層樓頂。她的神態和語氣溫婉，說：這幢樓有中庭花園，上陽台也許可以種花、種菜。無人說得過她。

父親的風流是沒有地域限制的，中志當時想切斷他和情婦們的往來，沒料到父親到台北更有發展，也沒料到年紀漸老的人，也還會起腳動手。中志會在下班後，不時到母親的住樓找她聊聊，因爲母親曾連著兩禮拜沒到敦化南路，去看她時，母親眼眶的烏青還沒消散！

向母親提議和父親離婚的話，當兒女的實在不該出口，但是三兄弟聯合還在淡江念國貿的妹妹，無異議也說了。母親含笑聽著，雙手疊在膝上，沉默看著兒女們。深呼吸說：人總是有情分的，歐多桑是有情的人，你們小時生病發燒，伊再忙碌，夜再深，也會騎腳踏車載你們去敲醫生的門。伊的人緣好，各路朋友會自己找上來，伊還是有心放在這個家庭。

母親從來不說父親的惡質，不提自己的苦愁，她守在離兒子們不遠不近的樓層頂，意外給發現了什麼，大抵只是慌張，旁的都包裝起來。但，這又爲什麼?!

不能不相信，優雅的人固執起來，是可怕的。

母親到金門觀光的想像，沒想到這麼快就實現。金門解除戒嚴的報導，不大不小，主要放在民政移轉和未來可能的熱烈競選。母親的金門之旅，讓中志第一次感到異樣，是她居然打聽了前去金門的所有手續，雖然她說有個老同學在旅行社，所有事由她代勞，但她說，陪歐加桑走一趟好嗎的神態，近乎堅決，讓中志對母親謎樣的迫切，感到不安。

能到金門走走，也是一件有趣的事，她說；也不是任何當兵的人，都有機會到金門的呢。

母親的迫切有著欣喜，彷彿是個回鄉的人。對於這樣的心情，中志不忍多問，想自己即將出版一本叫座的好書，即將談妥的一筆房地產買賣，那種心情，也是不容旁人多問的，難以說上來，說上來似乎又要減損幾分的。

至少是前三批到金門觀光的旅客，機艙內的氣氛，很有結伴出遊的味道，戴草帽、穿短褲的旅客們，不安分地走動，幾十分鐘航程也坐不住。

母親靠窗，不時貼窗探看，喜孜孜地模樣，看有幾分少女的嬌羞，也不是誇張的話。因爲開心，話題便跳動得厲害。

太武山，應該不是太高的山頭吧？山上的相思樹，種得多嗎？說是管區附近的山腰，有一間視野很好的寺廟。在太武山，可以聽見潮浪的聲響嗎？

母親的語調，從沒急促過，問這些話，更是輕柔，不一定要人回答，像說給自己聽。中志愣了一下，母親對金門的認識，不是泛旅遊式的，總有人對她做過這些細微描述，旅遊手冊上不會記載這些。

歐加桑知道得不少，中志這樣反問，母親頷首搖頭。模糊的印象裏，太武山應該有些相思樹，都是不長紅豆的台灣相思，倒是黑松和高大的白楊搶眼些。寺廟是有的，前年去的時候，住著兩個剃髮服役的年輕和尚，老住持已不在了，記得沒錯，應該叫海印寺。至於附近有沒有軍營，這又不確定，金門到處看到軍車和軍人走動，營區反又掩飾得認不出。

母親靜靜聽著，一等他說完，突然轉了話題。

母親和若蘭的婆媳關係，無疑更像母女，嬌橫的若蘭，每週末和母親談話，也會輕聲細語。但她怎麼學不會呢?!鎮日疑神疑鬼，找碴就要鬧一頓。有一次和一群文友到靈鷲山參訪剃度大典，停了兩夜，從山上打電話回去，若蘭不知想些什麼，電話裏就說，誰知你去哪裏，現在就回來，要不就不要回來了。眞是豈有此理。

母親對於若蘭和他的婚姻，也許知道不少，但她從來沒多說兩句，不多問，即使中志偶爾到母親家探望，閒談說起，母親也不接話，頂多一句：夫妻一場，總有情分。

母親突然說：你的人緣好，各路朋友都會找上來，你的女人緣，是要注意的，和出版社往來的女人，想法比較新，但有些舊的想法，有時也要守住。

又說：若蘭總記得一件事。母親側轉半身，說，在你當兵之前，你們就結識了，伊記得一件事，永遠不忘。記你當兵時，翻刺網圍牆出來赴伊約會，一身衣服破了十幾孔，血漬滲出來，你脫衣讓她敷藥時，伊禁不住要哭，守著你的心意，也是彼時下定的。

母親說這話，竟露了少女般的嬌羞。

中志著實一驚！這事早已淡忘，若蘭卻記得這般真確？母親信口說來，也許她聽過一回，牢牢記住，也許，母女般的婆媳，悄悄談心，說過幾次了，只是他懵懂不知，遺忘多時了。

幾十分鐘的航程，給這樣的說話，弄得心生波瀾，中志一個人醒轉過來，母親謎樣的金門之旅，中志提高警覺，但愈想愈迷惑。

勞動母親的老同學安排的住宿和行程，卻給母親搗亂了。

安頓好行李，母親即刻便動身，招來一部計程車，直驅太武山。她不管中志熟識的吳上校代為接洽的幾處難得景點，也婉拒吳上校熱忱隨行，不管吳上校說：黃昏上太武山，時間晚了些，路是好走，但看不到風景。母親含笑致意，堅持上山。

她說：路好走便行，今晚該有月娘。

司機眼尖，而且好意，特地將車子在金門繞了一大圈，母親卻無心多看。在王家古厝修整的民俗館前，母親也不肯下車，待察覺司機的意思，反倒要他直驅山腳入口。

父親曾在金門服兵役是在太武山腳，經母親提及，中志才猛然想起的。對於父親的種種過往，中志有意無意都要忘掉，在這服役的事，父親是說過的，大概只有一次。

母親向司機問清了路線，要車子在山腳等候，只要中志和她，母子兩人在靜謐的黃昏登山。是山路陡長，走得氣喘。母親的腳步不輸中志，中志放慢了，母親甚至超前，初秋的太武山黃昏，有清涼山風，無旁餘閒人走動。在鄭成功弈棋的石洞階梯下，母親氣喘，微笑不在了。她從手提包掏出一封信，交給中志。

泛黃的信封，貼著莒光樓郵票，平整的封口是剪刀剪開。這是歐多桑在金門當兵寄給我的，母親說：掏出時要小心，裏面夾有一張相片。

輕薄得近乎透明的信紙，因泛黃得厲害，竟像蜻蜓的薄翼，似乎稍一不慎，就會撕裂。鋼筆字跡，透過薄紙，幾處給筆尖刺破，墨漬斑斑。中志謹慎抽信，還是忘了交代，讓夾附的相片飄落在石階上。

身著憲兵服的青年，在照相館正正式式擺了半側的立影。是年輕時代的歐多桑？中志將相片撿起來，拍掉紙背沾黏的青苔，這一拍，卻畫了一道寬寬的綠線。這時已經和歐加桑結婚了嗎？

還沒有呢，認識半年又十天，歐多桑就來當兵了。

時常寫信給妳？是要給我看這封信？

只是一首詩。歐多桑曾是個有情的人；有情的人寫詩文，每一字、每一句都教人難忘。這是歐多桑到金門寫給我的第一封信，沒想到是這麼好一首詩。算算也保存四十年了。母親說，歐多桑大概忘了這首詩，伊是忙碌的人。帶來這封詩文的信，你可以看看，主要是給我自己看的。母親氣喘未停，張口微笑，竟像啜泣。詩文後簽署是在這太武山，有著相思樹和月娘的所在。這麼多年來，我時時都想來探望歐多桑昔時的心情，是什麼款的月夜，給伊寫這麼好的詩呢。

月娘在相思樹的暗影頂
浮動的暗影想起汝一人
是拍岸的海湧聲
還是風吹樹影代替阮
聲聲叫著汝的名
相思相思只有阮知影

欣羨月娘光光無界線
照東照西無阻礙
汝在東邊阮在西
月娘喘也不喘代替阮

阮的鍾情獻給汝一人
相思相思只有汝知影

是歐多桑親筆寫的詩文？中志展紙細看。年少的歐多桑筆跡生嫩，詩文卻有生嫩的眞純，說它好，也只有當事人加倍疼惜，旁人另有想法也說不定。這手筆出自父親，在中志的理智是不可置信的。這樣一個對兒女無可無不可，對妻子粗暴不負責的人，也會有這樣溫柔的浪漫，在那警戒森嚴的時期？或許誰替他代筆，或從何處抄來的吧。

是這首詩，讓歐加桑動心？

母親說，我們再到那廟寺邊的營區看看。說是在半山腰，可以看見月光在海峽的波浪頂，直直照向我們故鄉的彰化。

太武山的花崗岩間，果然有著葉片細長的成群相思樹，樹相高瘦，枝葉繁茂。中志前幾次來金門，沒特別留神，難說便是枝葉過於繁茂的緣故。

當兵時，攀越刺網圍牆赴若蘭的約，刮破衫褲和皮肉，其實並不疼痛，若蘭卻嚇壞了，一逕發抖和掉淚。那一身嚇人模樣，兩人不敢上醫院，若蘭買來藥水、藥膏，兩人也不敢到旅館，找得無處去，也是找到一片枝葉茂密的樹林，不知什麼樣的樹。

黃昏樹林間，有斜照夕陽，樹下青草綿軟，亮麗卻乾爽。只有脫卸衣物，才能上藥了。若蘭一直將臉半側著，不敢正視中志脫衣，中志脫得只剩一條草綠短褲，斜靠在樹幹，讓若蘭上藥。

若蘭手腳慌亂，側著臉，胡亂塗抹，反倒把中志搔癢，笑了起來。她兩手發抖，緊抿嘴唇，只說過一句，你當兵，怎麼皮膚還這麼白？

初吻是給若蘭的，兩人都毫無章法。中志弄濕了褲子，兩人不知怎麼辦，傻傻地笑。那個綠蔭林間，在關東橋附近，哪一天，也許找若蘭再去找一找，林木比人的變化少，應該還在的。中志想：若蘭的生日不遠了，就選那一天吧。

從金門回來第三天，母親親筆寫了離婚協議書。

不知所以的父親拿了紙張來敦化南路找中志。這是他第一次對兒女低聲說話，他仍舊穿著白色西裝，只是有些縐了。都老夫老妻了，頭殼壞去才這樣！父親看中志的兩個弟弟不說話，急了，一時又罵不出口，將紙張摔在沙發上，紙張飄落到茶几底，中志沒去撿它，是若蘭撿起來的。她說讓我去和歐加桑談一談，歐多桑先不要生氣。中志說：我沒有意見，看歐加桑的意思。父親氣得瞪中志一眼，轉身就走！

若蘭掐中志的手臂，罵，你不會講話就不要講，這事讓我來嘛。

母親優雅的神態和語氣，在遞交協議書時，該是雙手奉上的。他知道母親的語氣，是最溫婉的堅定，她想得很仔細，想了四十年、三十年、二十年了，中志想到這裏，看若蘭奔去攔阻父親，竟打了個哆嗦。若有這一天，換成驚收協議書的是自己，母親肯爲此向若蘭說情？她們母女般的情感，必有一些共同的驚人想法。

就像金門之旅一樣，母親都安排妥當了才出口。她在第四天雇了一部車，將自己的東西搬走，搬去金門街。

那天，在太武山半山腰，找著了軍營和鄰近的海印寺。依山砌築的海印寺，仍是那個削髮阿兵哥小和尚守著，另一個在半年前退伍了。

母親拾階而上，在海印寺各處走看。落單的小和尚把偌大寺廟整理得極清淨，花草都修剪過。母親上香，添了香火，在靠近香爐的迴廊坐下，眺望遠景。小和尚知禮，端來兩杯熱茶，茶煙裊裊，和旁邊香爐的炷香交糅。母親端捧茶杯，沒喝，說：歐多桑給我的信，想是在這海印寺寫的，他說有位老住持，怎麼換來年少的和尚？啊，年歲是這樣過去的。老住持待歐多桑很好，讓他來寺廟看書寫字。給我的信，在這迴廊寫的也說不定。

母親掏出那封詩文的信，小心的，像捧出一對蜻蜓的薄翼。她將歐多桑年少英挺的相片交給中志，再雙手捧上信封和詩文，開懷大笑起來。

母親的笑，如此朗朗，這是中志第一次見到。夕陽已落，寶藍色的天際，潔淨無比，一輪蛋白圓月已隱隱若現。母親的笑，引來小和尚，他不明究理，也跟著綻露歡喜。

中志是驚喜而駭怕的，他退在石柱邊，看著母親捧信到香爐正前，對著寺外的滿月和成片的相思樹暗影，一拜，將整封信，在香爐邊的紅燭點燃。

母親說：還願。

信封和詩文接繼燃起，霎時火光熊熊。母親以手指拈著，高舉在香炷頂上，直到火焰觸著她的手，才放下。

燒透的那張詩文，縮成墨黑薄片，不禁風吹，落入爐內，捲飛上天。

太武山的夜色，有月娘照路，水泥路迤邐如一條河，盤往山下。這款的美麗，也是沒話說的。

——原載一九九三年三月六日《聯合報》

蘇偉貞作品

張良綱／攝影

蘇偉貞

廣東番禺人，1954年生。政治作戰學校影劇系學士、香港大學中文系碩士。曾任職國防部軍聞社、中央電台等，現任《聯合報》讀書人周報主編。著有小說集《魔術時刻》、《封閉的島嶼》、《夢書》、《沉默之島》、《紅顏已老》、《陪他一段》、《世間女子》等。曾獲聯合報中篇小說獎、極短篇小說獎，國軍文藝小說金像獎、銀像獎，中華日報小說首獎，中央日報小說第二名，中國時報文學獎百萬小說評審團推薦獎等。

日曆日曆掛在牆壁

老太太撕下日曆又回房間寫日記了。細字黑墨水紙上上嘩嘩嘩！生活的回響。老遠聽到。不多久工夫，新的生活訊息在日曆頁面上複寫完成，接著循由早已鋪架完成的通路傳遍屋內遠近角落，最後回到老太太桌面。說來說去，九十歲老人了呢！

親愛的好人，我的納爾遜：在這小房間裡給你寫信真好。現在是下午五點，太陽在小村莊和綠油油的丘陵上空閃耀柔光。窗户開著，桌子靠在窗邊。❶

馮家女眷個個跟老太太學了愛寫日記（不是一家人不進一家門）。老太太民初風格好使鋼筆，（還只灌派克墨水，後來缺貨，找死人！）媳婦們新時代人物慣用原子筆，孫女阿童卡通脾氣喜歡鉛筆可以不斷削它。

筆不是重點，問題出在別人日記無非記個生活瑣事，哪像老太太，日記不叫日記，似密碼新編，（摩斯第一通電報：上帝到底寫了什麼？）一寫半世紀，光聽都像隱藏什麼內情。

另外就是用紙，不知道是何理由，她開始便選定極家常八開日曆紙，磅數雖輕但挺吸水，老太太私人專屬。九〇年代後期，環保意識抬頭，嫌大型日曆浪費紙漿減產後，年底四處張羅老太太新日曆成了件大事兒。作爲陪寫員，久而久之大夥兒內心底莫不有了底，寫日記這事兒上要超越老太太，遙遙無期，便紛紛棄械認輸。倒是意識到越早培養接班人才是辦法。阿童就是活體實驗。阿童有個外號叫巴夫洛夫・阿童，那個訓練狗聽到鈴聲就流口水制約反應的俄國生理學家，馮宅便是巴夫洛夫古典實驗室。

《邊城》開始就告訴了你一名爺爺領著小孫女生活的故事：

到了一個地方名為茶峒的小山城時，有一小溪，溪邊有座白色小塔，塔下住了一戶單獨的人家。這人家只一個老人，一個女孩子，一隻黃狗。

女孩子的母親，老船夫的獨生女，十五年前同一個茶峒軍人，唱歌相熟後，很秘密的背著那忠厚爸爸發生了曖昧關係。❷

阿童初識字便擺出對家庭瑣事極度興趣姿態，成天窮忙和比賽誰知道的事兒多。大人告訴她日記不是事多就算，講究的是內容，譬如人事時地物之類的。「那我學奶奶寫在日曆紙上是不是就有內容？可我們家只有一本日曆啊！」她回嘴。小人成天盼望親戚上門，譬如愛倫小嬸。（她問：「愛倫小嬸妳以前念過小學沒有？」「白痴！誰沒念過小學!?」「那我可以跟妳聊聊。日曆日曆掛在牆壁一天撕去一頁教我心裡著急。妳唸過嗎？」「妳小孩子發神經病！哪兒來這麼多廢話！」「我就知道妳根本沒唸過！那我沒辦法跟妳談了。」她拿喬呢！）

但是你不上門，她電話十萬火急催，你剛現身尚未站穩，小人早大門口等著急猴猴拖著往樓上奔：「快！我們去看日記！」合著愛倫生性也沒大沒小，當然要快人快語鬥嘴：「還看呢！盡吹牛！明明跟我一樣大字不識幾個！」朱大小姐脾性難測，有個外號叫「矛盾小姐」，老太太給取的，以前老爺絕倒於二〇年代「紹興師爺魯迅」文章：「有想法！夠勁道！」老太太跟著看，朱大小姐沒那般狂勁，所以比對同代作品充滿舊式家庭人物的矛盾，給取了「矛盾」，好玩，取其諧音。

馮家是早期一樓一底洋房，樓上主臥屋，老爺進來先選定了。八百年前事兒。當初怕孩子鬧，居高臨下既方便管教又隔音。老爺在政府裡當顧問，負責經濟政策諮詢，另外大學兼幾堂課，有清譽，怕吵。「光男人怕吵？山高皇帝遠，孩子出事誰倒楣？」馮家老爺事蹟只消開個場，保管朱愛倫小姐罵臭頭。這位「矛盾小姐」，性情既洋派又傳統，娘家進出口貿易出身，有圖案的東西只認得鈔票。大小姐首度受邀作客，眼界頓開，雖說壓根兒不懂書法，偏偏對牆上字畫極感興趣，那是莊嚴的〈臨好大王碑〉——出主子有聖命駕……；和瘦金體書〈辛稼軒詞〉——不向長安路上行卻教山寺厭逢逢味無味處求吾樂才不才間過此生。虧得她有本事率性而為唸來吭吭巴巴還樂和得很。

這笑話流傳下來得歸功老太太日記。（看！沒一本帳成嗎？老爺以前常掛嘴邊。）還記得那回登門拜訪，她被強烈暗示可以翻閱老太太日記瞬間七魂迷了六竅，馮朝旁邊涼快沒轍。傳說馮家按「魏晉南北朝」排長幼，可是當年痛下心志打著改朝換代一脈相承旗幟的打算，到了台灣一攪和，其實都沒了「主義」。

拿馮朝打比方，分明渾身流露著馮家正字標記書生氣質，一派溫文害羞模樣，偏偏逆向喜歡活潑俊俏女孩，可以想見追起朱愛倫那種如臨深淵並且荒腔走調模樣。

納爾遜，我的愛：在今天灰暗寒冷的星期天我不知道為什麼這麼深深地愛你，但我確實愛你。

妙的是，別看朱愛倫洋味兒十足，性子純烈，倒講究江湖氣派願賭服輸。兩人雙目四眼一對，老太太人見多了，看在眼底心知肚明。

機會來了，是駐台美軍撤離前的盛大通宵化裝舞會，台北社交名媛花招盡出，莫不鑽破頭冀望出奇制勝。老太太這廂神閒氣定取出壓箱底前朝衣飾給拿主意打扮。當晚朱愛倫祭出文化陣仗舉座驚艷。馮朝去接前老太太仔細交代：「愛倫矛盾性子發了你可穩住，少唱和也別反對，由她自己折騰！」

納爾遜，我的愛：你說最初你不知道是同什麼人打交道，我也一樣。這是我們整個關係中最奇怪的地方。……你要知道，對我來說，活著從來不容易，儘管我總是快活的，也許因為那是我非常想幸福、快活。我多麼想活著，我恨有一天會死去的念頭。

夜色沉底，一對璧人經美軍俱樂部所在中山北路，繞四分之三圈圓山飯店，宮殿圖騰倒影基隆河面伴著天地正氣太原五百完人衣冠塚。不久轉進西式建築美軍俱樂部，一個童話小天堂。

近水人家多在桃杏花裡，春天時只需注意，凡有桃花處必有人家，凡有人家處必沽酒。

舞會中盛裝男女裝模作樣，彷彿永不融化的糖衣蛋糕。愛倫勁道衝了上來：「什麼灰姑娘故事最討厭聽！」既興奮又低落，擾得不知如何自處：「管他呢！」馮朝靜若處子，一旁屏息鎮靜，算是寵辱不驚通過考驗。舞會最高潮他們抽身離開原路反向回去，只是夜愈發晚了，不！天快亮了，「管他呢！」朱愛倫又嘀咕一次。這次馮朝再忍不住欠身吻上去堵住她的嘴。朱愛倫安靜下來，雙眼盯緊馮朝彷彿說：「是你媽告訴你的？女人頂躲不過傳奇！」在一個時代終結前狠狠出盡了鋒頭，朱愛倫再無所求。這故事台北起碼流傳十年。朱愛倫強調：「媽會的那套我都不會！我好生學著點吧！」她甘拜下風歡天喜地跟著老太太，從此矛盾小姐鳴金收兵歸隊，都叫她馮家最後一個媳婦。馮家頂特別是幾個媳婦嘴裡從未出過半句老太太的是非。

歸隊指的是老太太帶頭領軍五位媳婦後來加上阿童。

馮家男孫進進出出，老太太眼前沒人似的，絲毫沒意識到當上了奶奶。都說阿童從天上掉下來以後，老太太天眼頓開，從此心甘情願正式升格，根本活脫脫古代寡母孤兒熬出頭現代孤女版：「可憐了大半輩子！」朱愛倫母親說。重點是「憋」！那也曾經是個日記迷兼刀子嘴豆腐心，最愛亂嚷嚷只怪老太太光會生兒子，生不出半個女兒，所以咒了兒子不幸也只會下男丁：「能怪誰!?」朱愛倫可不就意興闌珊連生三個兒子，牌桌上的術語——三卜落。牌打背了。朱愛倫說：「生了老三我老作噩夢，每次都夢到又生兒子，嚇得我都不敢睡。」

納爾遜，我的愛：這場暴風雨過去後，我又恢復了平靜，……我真正喜歡和尊敬的女性只有一個，就是我跟你說過的那位老夫人。對其他人來說，我有點像母親、大姊姊，可我沒把她們當女兒看待，我不想要女兒。

天上掉下來阿童，馮家開始進入阿童元年。老奶奶正式宣布她和老爺跟老四馮北住。

親愛的西蒙：我不會再和這個女人來往，但是有一點不會變，那就是我有朝一日要擁有她在三、四個星期中給予的——我自己的地方，和自己的女人，甚至自己的孩子一起生活的地方。

大家聽了就聽了，老奶奶從來就住這房子，沒搬過，是老四馮北結婚後住家裡，田林林一懷再懷，生了四個大胖小子，人都生鈍了，不死心也不成了。現在阿童算她生的，合著她住家裡理所當然；二來老太太最大，得護著權威，她該得的。至於老爺，早沒了。八百年前就把這個家給甩了，主要甩老太太，因爲外頭有了女人，是個妖嬈貨色，年頭上興這排場，太太們睜隻眼閉隻眼早學會拿捏蒙在鼓裡分寸。

納爾遜，我的愛：我怎麼從來不在你床上？你卻常在我的床上？

虧了老爺還是知識分子，骨子裡可不。誰沒聽過馮主委說起話來雲山霧罩：「男人一輩子，不就圖個風流，誰曉得下輩子投胎成個什麼？」朱愛倫轉述聽到的流言義憤塡膺：「呸！看他吹的！都忘了這輩子活得還沒結論呢！他投得了胎，豬還不想跟他同類呢！」

老爺恐怕玩得太過，「騷貨」趁勢抓機會鬧開了，不給名分等著瞧：「你馮二爺好歹得付點代價，你怎麼當的官別人不知道！我還不清楚？風流！少往臉上貼金！」限期給出交代。故意用「二爺」稱呼，窩囊人。

這次，害怕東窗事發的秀才遇見兵，打不過求情更沒用，三十六計降爲上策，只捨不得屋裡半輩子收藏和研究。這邊老太太總不出門，老爺苦無機會搬家當，眼看期限在即，急得魂不守舍。

寶貝納爾遜：下一次，如果你想和一個人睡覺，那就睡吧！這次你沒有這麼做，我把它看成一份柔情蜜意的禮物。但是一份禮物不等於贍養費，你不欠我什麼，因而這份禮物極為珍貴，再說一句：請永遠告訴我實情。

誰能忘得了那天發生的事？老爺情急之下使出調虎離山計，開了張菜單硬支使老太太親自上城北大市場買辦，菜單煞有介事羅列各色珍鮮材料，擺明磨她個一上午；這還不夠，另外交代城西去買他慣用的紙墨。

當老太太回到如遭洗劫的家。手上捏緊再用不著的極品宣紙，臉色五顏六彩跑馬燈似的，呆立房門口久久迸出一句：「都打算走了，姿勢還擺得這麼眞，這說明老爺是個多麼糊塗懦弱的人。」

天夜了，有一隻螢火蟲尾上閃著藍光很迅速地從翠翠身旁飛過去，她說：「看你飛得多遠？」轉身下樓，洗洗弄弄，晚間開出整桌菜，就按照老爺的菜譜。用完餐，上樓繼續寫她的日記——「燒菜可不就像談戀愛，必須有適當的火候、刀工、材料及餵食對象。懂得戀愛的人讓你生出某種心事，悟出沒吃這道菜前，已經開始想念它滋味的道理，我們老爺就有這等本事。」從此平空闖出一塊創作空間。那年馮朝都已經結婚了。

親愛的納爾遜：這棟安靜的屋子最近發生一些可悲的事，人們陸續來到這裡，安靜的生活就此結束了。

老太太日記寫在八開日曆紙上，每天仔細撕下來循空白處填滿，密密麻麻，標日期都省了。

十一月七日下午五時三分進入立冬節氣日出時間六時六分當令種植蠶豆莧菜芥菜大蒜南瓜。（《聖經》記載：我們活在一個正在上演的故事裡。）頂古怪是日曆頁上有自己的節氣：八月二十六上午十二時進入處暑節氣。九月七日晚上十時十四分進入白露節氣當令種植菠菜花椰菜辣椒胡蘿蔔大蒜萵苣青花菜芥藍小白菜紫蘇莧菜。七月初七九時四十八分進入小暑節氣日出時間五時十八分日落時間十八時五十二分。八月五日晚七時進入立秋節氣日出時間清晨三時十八時四十分日落時間。六月四日午夜十一時十八分進入芒種節氣典型夏季氣無法種活長芒的作物。一月二十七下午一時二十二分進入大寒節氣當令種植香菜菠菜茼蒿茄子水稻蓮藕茭白筍當令水產七星鱸白加納刺鯧鯊魚。

老太太不記天氣。（約翰・凱吉：「何者是錯的？天氣還是我們的日曆？」）想知道當天晴雨濕度，參考日曆僅夠了，大夥兒壓根從沒想查證或者坐實哪天天氣。每回都年三十晚一過，便將日記裝訂成冊，以陽曆爲本，舊曆年初一始除夕止，裝訂完成，看上去彷彿又是本新日曆。

早年老太太動作可麻利了，扔了筆隨時去做家事，手上得了空立即又折回桌前續上。多年養成的習慣，老太太寫日記用站的，方便有事兒的時候行動。「我腦袋裡存的總是看出去媽的背影的畫面，她老孤零零站在那兒寫日記。」馮朝說他永遠不能了解：「人餓了想吃，生活需要得賺錢，賀爾蒙作怪驅使你去結交異性，可這寫日記到底是爲了什麼？」

老太太日常工作無非伺候老爺養孩子，重心是老爺。五個孩子還沒一個老爺費事，老太太奉行一夫一妻制如信仰一位神祇。

親愛的西蒙：我必須回到這裡，回到我的打字機，回到我的孤獨，感受一個需要靠近的東西，因為妳是那麼遙遠。

納爾遜，我的丈夫：我可以放棄旅行和各種娛樂，我可以放棄朋友和巴黎的甜美，永遠和你在一起，但是我不能僅僅為幸福和愛情而活著，我不能放棄這個對我寫作和工作唯一有意義的地方。這不容易，而愛情和幸福卻又是那麼真實和牢靠。

老爺走後，老太太日記寫著寫著岔出她的信仰之路，尤其對兒子們的專注力整個消失了。這屋子裡唯一沒變的是大家還像以前，習慣信手翻看，先頭還感覺有些不對，但也不眞往心裡去，久了，更是不當件事兒，人總有出神的時候。在老太太這兒呢！也一樣，由她瞳仁看到的老爺就像貓頭鷹族夜間透視，只有她看見而且視爲平常。

納爾遜，我親愛的：我仍在寫作，生活得越來越像一隻貓頭鷹。因為我無法接受坐在咖啡館和餐館裡的那一張臉孔。當這一切過去後，也許我去你那裡，也許你來，也許我們能再見面。

不過這群人可不包括朱愛倫，她極鄙視老頭子行事作風，以致完全拒絕他，更別說隨眾複習他的眉批和筆跡，「如見故人」。遂打定「三不主意」——不聞不問不看，宣布退出「讀者」隊伍。就這樣十年過去。

最親愛的金臂人納爾遜：你寫出那麼好的書，可卻喜歡那麼差的書，怎麼回事？也許你會回答：妳寫出那麼糟的書，卻對好作品那麼挑剔，怎麼回事。

所以她簡直不知道老太太日記裡行走大塊大塊迥異以往的風景。另段旅程，脫胎換骨。還有老太太胃口這階段起了突變，變得比任何時期都好。還開始大量畫圖，一出手便顯出素人畫家還原本色的架式。那是最底色的記憶，影影綽綽所歷經山水人物，凸浮出岫，圓融傳神，鋼筆素描。八開黑白記憶，一路由北往西南轉東移動，最後跨越東海來到台灣。（極光北國芬蘭小城，拉普人穿著雪白毛皮大衣乘著馴鹿拉著雪橇前往緯度更低處，人們叫他們「被追趕者」。）群雁南移，節氣春夏秋冬，區域北京、貴州、廣西、台北，可疑的洗掉坐標後的地圖，故事無處落腳。不過這都是重要而不是主要事件，只是背景，最主要是什麼呢？日記吧？爲什麼？（薩依德說，流亡是最悲慘的命運之一。）你難道不明白嗎？「她寫的不過就是流亡。」馮朝說。

後來朱愛倫感覺好像多年後又懷孕了，「不會吧！這麼倒楣？」她亂嚷嚷急成一團，需要立即證明，顧不得什麼原則了，急忙去求助於老太太的日記。

中間落太長時間，愛倫快速挑著相關時間看以作爲「觸媒」，即便如此，詭異段落仍大刺刺自動跳出，干擾並逸出記憶中老太太記事脈絡。宛如另一完整的故事發展：

> 清晨在夢裡被濃郁的桂花香氣撩撥醒來，昨晚春風暖和，老爺早上醒來氣色舒張，屋內全是他的氣息。今秋桂花忒香，是喜兆，在黃昏沾上露氣前，得搖落桂花下來給老爺釀酒，既順脾胃，老爺壽辰也好款待客人。

老太太日記默默進入陌生領土，章回小說兼筆記小說紀事新坐標。大陸漂移，年平均溫○℃以下，最低溫可到零下七○℃。

耽溺極凍之原生活，彷彿血液流動是冰，酷吸冷空氣的因紐特人西元前一千年前遷至格陵蘭，氣候越來越冷。W型天后坐標中心交叉點五倍距離就是北極星。日記是一座陸橋，帶領大夥兒在亞熱帶地表迷路，渾不察覺書寫歲月已然迷津失渡。

翠翠依然是個快樂人，屋前屋後跑著唱著，不走動時就坐在門前高崖樹蔭下，吹小竹管兒玩。

之前呢，老太太日記便不存在隱私權，隨時攤在那兒，人人得以翻讀，有時候拿它當百科全書用，李府標會底標、張總娶媳婦上了多少禮、冬至穿什麼衣服去趙宅作客、四月某天逛街不意撞見了誰的什麼勾當、馮朝出過疹子沒有？習慣了在裡頭求證，朱愛倫常掛嘴邊：「別說呢！光拿它當工具書查，都既好看又好用！」如果加上老爺興起時朱筆眉批更有看頭。當然老爺純粹自娛，秀那手好字。

今天四北請我和老爺上館子。台北這些年變化不謂不大，進入市中心街頭高樓疊架高樓彷彿走在地下道，臨馬路店面佈置得雅致大方，又不失個性，有些路段的路樹濃密深蔭，映在店舖玻璃窗上，不知怎麼彷佛回到年輕故事裡最神奇而且已經失落的夢中。

愛倫七情上臉隨內容反覆，問題出在老太太好些年大門不出二門不邁了。日記字裡行間儘是摸不著頭緒的發生從何說起？愛倫把原本要找的訊息拋至腦後，急吼吼下樓抓住田林林追問：「老頭子前天回來了？」田林林不正面回答：「妳看到日記了？」不僅老爺沒回來，也沒吃小館，老太太日記裡那些街景，很可能來自電視或者什麼《台北畫刊》，原來這一向老太太不知道把大家帶到哪兒去了。

我親愛的納爾遜：巴黎比任何時候都美。我坐在盧森堡公園，長長注視光禿的黑樹幹，襯托著淺色的天空。我感冒了，有點發燒，整天不斷地喝摻水烈酒和一種藥片。難得感覺自己有點異，跟平常不一樣覺得滿不錯。

妯娌倆抿緊唇線但願自己是那個口風緊而不是洩密的人。但這稱得上什麼不爲人知的祕密呢？模模糊糊的概念如夜空迷航她們掉進不明領空。她們被點了穴原地久佇眺望一張透視圖，霧面窗台爲樹蔭掩映，老太太坐靠緊鄰窗桌子，再往內推，影影綽綽拼湊出全家都在的幸福畫面，從未折損歲月畫面一角，問題是大家並不眞正進入。生活必須有一條線，才好知道底線在哪裡。關於眞實與幻想，那條線於此徹底消失。難過的是，在那個失眞的國度，他們知道，他們失去了聯繫。

不久老太太爲老爺擺六十大壽生日局，足歲才五十八。娘始十個月，七加八加還有男人不過九。倒沒廣發帖子四處張揚，以前是，現下仍舊是。選擇一直謹守著這點不輕不重的分際，歸之爲一種家族風俗，存活小小世界。

我最親愛的納爾遜：你說要使感情死去不容易，對我來說也一樣，某種意義上，它永遠不會消失。現在我已安排了一個新的生活，已確定無疑了，但是我對你的愛不只是一個回憶。

老太太事前先是下達全員到齊令，漸漸逼近，大壽當天不假幫手擺出了整桌酒席，清清楚楚老爺愛吃費工費時菜色：大蒜煨黃魚、極品魚翅燴烏參、素十錦、油燜冬筍、乾煎薺菜、烤茄子、蔥爆明蝦……大夥兒臨入座，碟碟尚冒著熱氣。不提這些，老太太展現的是素來訓練的精練及拿捏火候的恰到好處；更別說老爺固定席位如常排列老爺獨鍾的月牙白瓷碗、整套紅槐精雕長筷頂端鑲鍍細條金邊。一切稱得上明淨淡雅。

翠翠站在小山頭上聽了許久，讓那點迷人的鼓聲把自己帶到一個過去的節日裡去。

這餐飯會吃得大家多不是滋味，只待控制得緊才能不當場點破。老太太既以極罕見正經態度看待此事，當然興致爲首要必備元素，她先招呼全家依序落坐，接著鄭重其事破天荒舉杯敬酒。酒過幾杯，馮魏老大馮漢調皮霸佔老爺位子勸不下來，第三代是以民族「漢滿蒙回藏」排名。馮魏吆喝：「那是老爺的位子，你小孩子上什麼桌！」馮漢吃吃嘻笑：「我沒看見什麼老爺啊！這是我的位子！」馮魏多了兩杯，主要心裡嘔，被父親拋棄，這透明人現在若無其事坐在他們身邊。於是上去作狀揍人，老太太四兩撥千斤：「你們馮家不作興打孩子。再說爸爸難得過大壽好歹討個吉利！」「魏晉南北朝」眉觀眼眼觀心，面面相覷，一向母親是不動手，但作爹的誰不看臉色被掃到誰倒楣，尤其碰上女伴那兒吃了排頭簡直無意願掩飾。然而馮家「魏晉南北朝」順位，怎敵得過種族「漢滿蒙回藏」。母親這關馮家一族、或者歷史情結都過不去。往寬處想既然老爺不在場，犯不上爲他不愉快。如此，這齣戲才撐得下去。

親愛的：我太累了，也太想你了。重返法國你知道有多難。對我來說經歷這一過程是很艱難的。在法國有一種傷感，然而我喜歡這種傷感。

如是數年幾回合下來，兒子媳婦最主要擔心老太太精神狀態，進一步才思度事情怎麼這樣詭異？（日曆日曆掛在牆壁，一天撕去一頁，教我心底著急。）即使往後逐漸習慣了，也還時不時大吃一驚。一直到老太太日記平空多出個女兒馮馮，他們才意識到自己縮頭烏龜太久，怎麼可以這樣若無其事等問題發生？沒錯，他們一直是。被困在日記裡。

這同時是一個遊戲，不去正經八百看，就不會出事。從此，任由千里漫遊，亞熱帶一路漂流到極地格陵蘭。老太太的女兒，僅存在於日記裡。如一本書一篇小說情節人物，那般合理。老太太需要人陪，在一個說不清坐標的時間程，沈從文《邊城》裡小女孩翠翠內心永遠守著爺爺和渡船；西蒙・波娃經營長達十七年（一九四七～一九六四）私通美國祕密情人納爾遜・艾格林書信；再自然沒有的，老太太寫她的馮馮之生活和日記：

馮馮今天上小學，這是女兒生命中一處重要關口，從今天開始，她將會越走越遠。老爺和我一起陪女兒去學校，走過挺拔的大王椰林，九月的清晨像生命中最美好的一段初旅，我很高興馮馮和老爺在我身邊。

馮馮加入這個家庭，和大家一起生活，詭異的是大家同感互動空間比以前稍擠，「每人多少付出了點空間。」他們是這麼想的。主要老太太眞花了不少時間在馮馮身上，她獨自下決定成爲造物主，想來不容易，老爺是最佳觸媒。

老太太反映了一個雙重的馮馮喜怒哀痛青春期初戀什麼的，一樣都沒少。

可是到了冬天，那個圮坍了的白塔，又重新修好了，在月下唱歌，使翠翠在睡夢裡為歌聲把靈魂輕輕浮起來的青年人還不曾回到茶峒來。

山中一日，世上十年。老太太生活逸出日曆頁碼，她不能沒有馮馮，便越活越年輕，打定主意如果想活下去便得忘記年歲。她死去，馮馮就沒出路。人生是依附在眞實故事上的。老太太反向且堅決活下去。

直到毫無徵兆老太太突然病倒。明顯的，馮馮氣息忽地削弱。那段時間愛倫每天回家陪老太太。而馮馮趁勢轉身自行長成了少女，且面對不了情感糾結服藥自殺，躺在床上的老太太活似馮馮顯影。婆媳倆相對，毋需隻言片語交談，話都說在日記裡了，那兒，老太太守護著垂危的馮馮。

馮馮屢闖死亡邊界，像駕駛飛船飄進另層新奇國度成癮，最後馮馮沒死，老太太差半口氣耗上性命。老太太升至日記圖騰上空，親眼目睹自身日復一日的生活，已脫離死亡象徵：

馮馮的求死有如隕石捶打地面，形成一面巨洞。摟抱著妳，我不想問為什麼，為什麼有人如此決意離開？為什麼我的小女兒用情如此深？為什麼遺棄者不是妳？失去意義的情感是最不值得的，妳怎麼可以不明白？我希望妳以最快速度穿越這些痛苦，回到我身邊。

闔上日記，朱愛倫哀悼這場生活筆記通過現在成爲史前史，一個私我的先民遺址的建立。若有朝一日出土，後世如何解讀？非傳說中秦始皇墓穴或龐貝古城，是活蹦亂跳的現代。對於隻手創造一段不存在的歷史，老太太渾然不覺，她是一個安土重遷的人。朱愛倫依靠床頭，輕執起老太太手掌，那是一雙如男人般的大手：「媽，馮馮將來一定懂得。我們一起想辦法。」

老太太雙眼直視前方深處淚流滿面：「她爸爸回來我怎麼交代？」馮馮長得像誰？朱愛倫沒問，任何人無法得知。

他們終於沒有留住馮馮。看似老太太豁然覺悟，放由馮馮決絕而去；另一個原因是眞實生命的確會發生：阿童出現了。

如同面向一座廢墟，朱愛倫筆直下沉，她摸到某頁摺角，老太太刻意作的記號。翻開來，內容寫著老爺回國了：「日記裡什麼都可能發生！」

老爺回國顯然在爲「孫女」阿童的出生作準備。更清楚的是，未來，他們之間只容得下一個人存在。

馮馮不見那天，老爺在日記中再度出國：

小寒節氣，宿星鬼辛巳年，不利西方。老爺生平頭一遭出國，送他由松山機場出境，敦化北路風吹樹梢林蔭翛然，一派大户人家後院。他將經過日本停留三天，以後一路往東，越過換日線，一天兩次黑夜。為什麼他去西方，卻往東走？

大家看著老爺一路向西方出走。

在另本書裡，摺角作記號的段落，翠翠有個永遠的等待：

這個人也許永遠不回來，也許「明天」回來。

以後，老爺有沒有回家的可能呢？用什麼方式回來？

親愛的芝加哥男人納爾遜：我們往東飛行，幾乎沒有夜晚。

老爺怎麼死的？當然死在女人手裡。那距老爺「出走」十年光景。

親愛的納爾遜：無論是再見或永別，我想說的是我不會忘記你。

老爺入土當日五個兒子披麻戴孝去送葬，劇情重演，仍舊掩飾外頭女人那樣隱瞞老太太。葬禮結束，兒子們回來懷裡藏了個剛出生幾天老鼠大小脫水似女嬰掩護運進屋。

最親愛的納爾遜：在你死前聽到你的情況令人高興。你不想寫信，我也就不想寫信。要能見到你該有多好。我已五十五歲。

等阿童回過魂長了點肉才正式被抱出來亮相，老太太、女嬰照面霎時兩人歡笑相認，一直都在等待的信件終於寄到：「這是誰的孩子？四北的？小童子臉長得眞像你爹！」從小這麼叫，大魏、晉二、南三、四北、朝五。現在阿童連身分都有了。四北的就四北的吧！認了親，太順利了，滿屋子男人一律手足失措，全缺乏長輩氣派，倒像阿童是晚到四十年的小么妹。如此遙遠如此靠近。

阿童幾乎養在老太太房間，老太太說法是老爺會喜歡。阿童第一個發的單字是「爺爺」。阿童還老對著虛空叫「爺爺！爺爺！」好像那兒眞有個人。

黃昏把河面裝飾了一層薄霧。翠翠望到了這個景致，忽然起了一個想頭，她想：「假若爺爺死了？」

阿童就這樣一天一天長到了十歲。

最早，《邊城》的故事是這麼開始的。

在一種奇蹟中這遺孤居然已長大成人，一轉眼間便十三歲了。為了住處兩山多篁竹，翠色逼人而來，老船夫隨便給這個可憐的孤雛，拾取了一個近身的名字，叫作翠翠。

咱們阿童則長成一個不知天高地厚成天走來晃去瘦腰翹屁股小女生，有六年日記寫齡。老太太這廂日記堂堂邁進入第某個十年，早失去展覽的姿態，沒那麼長展期的。不必等到第五個十年，日記已經儼然活化石，如高加索露天史前岩畫，中世紀蜥蜴、牛群、山羊、尖嘴鳥、跳舞、游泳、狩獵……誰要考古先民生活，這裡就是了。

日子過著，沒什麼正常不正常，倒稱得上平靜。這天，沒任何道理大家恐懼的事兒乍然迸開了：「越怕的事越容易炸爐！」阿童名分上的母親田林林說。

非常親愛的不那麼噁心的你：金花鼠和蘭花鴉對冬天的來臨有什麼反應？

阿童生母不知道打哪兒冒出找上門，指名道姓要找老太太。之前這個家庭裡的人都當她死了。

最親愛的納爾遜：十一月漫畫悲哀，我母親正在死去，她最終離開了人世鄉。正如你說，這些老婦人緊緊抓住生命不放！最後三天，幾乎一直睡著：「今天，我沒有活著。」以後再也不會有母親要去世，我也不會耽擱那麼久才給你回信。

阿童上學去了，門戶洞開，恰巧就是老太太應的門，她這幾年很喜歡搶著做這些雜事。田林林隨後聽到聲響出來，老太太喜樂純稚與阿童生母面對面滿臉笑意，完全不識眼前是毀掉她半輩子的禍首，田林林可記得清清楚楚，當下背脊乍涼，寒著臉抓起訪客手腕不好當老太太面硬拉姑且暗中使勁兒，老太太也沒起疑心，阿童生母撂下話逼老爺攤牌般要回阿童以爲威脅，當然是限時解決。

這下可好，人生被同樣一個女人鬧得雞飛狗跳的機率有多大？總之只好再度使出瞞字訣，不過可瞞不過阿童，反正她不知怎麼就問起是不是有這麼個人。不同以往，阿童雖沒弱點握在「這麼個人」手裡，她長久以來擺明不需要這個生母，但是阿童的身世是個大祕密，這比弱點還更具殺傷力。

父親卻不加上一個有分量的字眼兒，只作為並不聽到這事兒一樣，仍然把日子很平靜地過下去，女兒一面懷了羞慚，一面卻懷了憐憫，依舊守在父親身邊，待到腹中小孩生下後，卻到溪邊喫了許多冷水死去了。

「這麼個人」急迫約了見面時間，當晚稍早大家先圍在圓桌四周，有如脫胎中亞遊牧部落亞瑟王及圓桌武士，馮家的「異教徒」文化。大家惜語如金，自愛到一如老爺當家時期，還都怕傷害阿童。很有風度地沒人發難：「就知道不該抱阿童回來，看吧！說了遲早出事！」

消夜讓老太太多吃半個這兩年極迷的手工揉麵大饅頭，老太太心滿意足提早上床。這場子豈不正像深夜召開的巫師大會，孩子們重返往日樓下活動盛況，全員到齊。（我去而復返之後，看見他們，他們臉上沒有流離失所或被迫流動的陰影，他們就在那兒，幸幸福福和他們的家人相守，穿著舒適的服裝和雨衣——薩依德《鄉關何處》）。

阿童生母堅持要在此處協議，一到便祭出狠招要看女兒：「小咪，這可是她爸爸給取的！」「妳難道沒考慮現在是深夜，小孩子應該上床睡覺？話說回來，看了人然後呢!?」朱愛倫冷言冷語，將爭執升高成女人對女人的抗衡。阿童生母這兩年明顯有了年紀，卻更渾了：「就看你們這些作哥哥嫂嫂的囉！」

「看他們幹嘛？看我就行了！」大家轉頭，循聲望去，阿童小巧人影立在門檻框架底線，臉容往上，逼視生母，非常堅定。

翠翠在風日裡長養著，為人天真活潑，處處儼如一隻小獸物。

關於這天的來臨，馮家人上下裡外想過不只千百遍，不過他們是個老實兼大而化之的家庭只等事情發生而不節外生枝，如今多麼令人意外的阿童的強悍。馮氏家族從未顯示這種血統，看情形換個種是對的。

阿童生母呆若木雞面對小女兒冷漠複雜、五味六色交織的臉龐。立刻就後悔時隔太久讓阿童有了想法，阿童還擲地有聲說道：「拿我當人質？奉勸妳想都別想。現在看到我，可以走人了。要不走，等著我告妳遺棄！」沒什麼既定母女相認嚎啕大哭然後敘舊的場面。

馮家在台第二代便出了個「強」角色，他們這一代以前都被老闆壓扁了像紙人。

「你別教他們騙了，我可是你親媽！」「沒誰騙我。妳自個兒心底有數。」阿童言簡意賅，言語交鋒間沒使力戳人際敏感點，真教她名義上的爸媽叔伯嬸娘看了既慚愧又開眼界。當初就少這麼個人辦交涉，朱愛倫算得上有個性，但總是媳婦。話又說回來，如果當初留住老爺，可不就沒阿童了？

翠翠坐在溪邊，望著面為暮色所籠罩的一切，且望到那隻渡船有一群過渡人，其中有個吸旱菸的打著火鐮吸菸，把菸桿在船邊剝剝地敲著菸灰，就忽然哭起來了。

「怎麼說？快點拿主意！」阿童咄咄緊逼。頭一遭，馮家不必聽任事情變質。來人沒轍，不想挨告而且說穿了也根本不想要阿童，這會兒被逼出原形頓時露出本性：「這麼壞，怪不得我不要妳。」「沒關係，個人有個人的命。」阿童冷靜堅強毫不受影響，一派大人氣，不知道哪來的清潔乾脆，只好歸之於天賜或長期寫日記的訓練。阿童送人出去，被拉著不知暗地講了什麼。到底是孩子，轉過身來眼底蓄滿淚水。

隔天，阿童放學後沒回家。像她這樣的小孩料必留下線索，大夥便去翻她的日記，果然上頭留了話，她不要別人打擾奶奶，是她惹的事她了結，去去就回。

親愛的，計程車又一次駛開了，我最後一次見到你的臉，片刻之後最後一次聽到你的聲音，我的心中只有悲痛，但在耳中感覺到了愛。

家裡不知道怎麼跟老太太開口，老太太也沒問。如此一連五天音訊全無，老太太日曆也不撕了，讓舊日子停留牆上，假裝沒過這幾天，也沒阿童這個人。

阿童和她親媽如何易地單獨相處，沒人知道細節。阿童郵局戶頭歷年累積一筆不算少各種名目的存款，她全數領出拿給生母，附帶條件是一切等老太太過世後再談：「幹什麼都不准再上門！」阿童的兇有種理性與純淨，不容反駁。

阿童回家後，老太太這才又開始撕日曆。從此以後沒再邁出大門。他們馮家越來越相信什麼都可能，再荒謬的事也會發生。他們自然形成一個團體，稱之為家庭。（一種飛船，掛在新奇城市的上空，經過那些外國城市上空，卻沒有眞正的接觸。——薩依德）朱愛倫就說：「不是這樣嗎？」誰都可能擁有五分鐘傳奇，朱愛倫、阿童生母、老爺……，但是只有老太太的日記可以一輩子寫下去。

親愛的波娃：我被困在這裡，正如我對你說，你也明白的，我的工作就是寫這城市。但這種生活使得我幾乎沒有可以交談的人。換句話說，我是作繭自縛。

寫著寫著老太太失憶症突然就正式發作。好像她有選擇能力。只是沒有絕對標記哪分哪秒這症狀找上了她。老太太是那種暗中的漸進方式，其實她清醒的時候會說：「發生在人身上的事兒都是這樣吧？」徵兆如浮標，覺察到動靜拉桿就已經有狀況了。她完全不記得兒子，可沒少寫一天日記，每個字記得清清楚楚，還有，她光認得阿童，正正經經為阿童取個乳名：馮馮。日記裡永遠的主角。

老太太知道阿童是老爺外頭生的女兒？怎麼會不知道？唯天機不可洩露。

就這樣，老爺繼續在日記裡又活了下來，正式死掉那天，爲了表示哀悼，日曆紙上一片空白，沒半筆字。他又死了一次。

翠翠想：「這是真事嗎？爺爺當真死了嗎？」

不久，老奶奶日曆上選定一天「跟著走了」，片面宣告於人間消失。

親愛的：當這一切過去後，也許我去你那裡，也許你來，也許我們能再見面。我很希望死前能說一聲：「永別了，芝加哥。」

但這不表示她日記結束了。以前的她仍活著。面向熟悉的記憶長河，並且眼睜睜看著她離大家越來越遠而離日記越近。

沈從文一直這麼認爲：他們生活雖那麼同一般社會疏遠，但是眼淚與歡樂，在一種愛憎得失間，揉進了這些人生活裡時，也便同另外一片土地另外一些年輕生命相似，全個身心爲那點愛憎所浸透，漸寒乍熱，忘了一切。

又經過一段短時間後，老太太終於完全無法辨識任何眼前或過去人物。家人指著四北問她：「媽，這是誰？」「是老爺啊！」她笑咪咪反問：「誰是媽？」

她迅速進入選擇性失憶症另個階段，不復明白任何事。彷彿權當自己死了。初初日常來往的親友還假裝她活得很好，不久變了質，明明沒死，提起她，用的是過去式兼加油添料留口德公式，並且當著她的面，像極了唱戲：「以前她在多好玩啊！碰到年節，請飯請酒約好牌搭子，臨走還有得拿。都過去囉！」「她活得比誰都有心，話不多，就是體貼，一句話形容，通情達理。哎！都說好人不長命。」說著說著老太太站在門口一塊兒聽，話說多遍等於宣告老太太活著也是行尸走肉。馮家倒不拿這些流言來徒增困擾，他們明白，除了不認人，老太太生命力可頑強著呢！她最明顯的生物行爲是每天絕對不忘撕日曆。（彷彿時間對她還有什麼意義，一般人家以收冬衣什麼的區分四季；老太太是撕日曆。）其他一律呈遊魂狀態；屋裡晃蕩、剛進食轉身就忘又吃、拿起筆便寫。「誰規定人一定要怎麼樣生活？」朱愛倫說。

納爾遜：當我漫步格林威治大道，坐在華盛頓廣場上的長條椅，我覺得舊有的那個鬼魅自我已經擁有一個身體了。

然後又幾個月工夫，老太太進入不知飢飽冷暖狀態。最明顯表現在吃這事上，家裡稍不留意，她可以吃個沒完沒了，撐死恐怕都沒知覺。馮家開始把可以下肚的東西到處藏，老太太錯以爲跟她玩捉迷藏呢！（老爺失去消息何嘗不像這種遊戲。）找到了什麼總是讓她非常興奮迅雷不及掩耳往嘴裡放。田林林說：「要能這樣找出老爺就更像鬧劇了！」

遠處鼓聲已起來了，她知道繪有朱紅長線的龍船這時節已下河了，細雨依然落個不止，溪面一片煙。

阿童現在多個任務——看緊奶奶。祖孫倆一塊畫畫、蒔花種樹，奶奶喊餓時，阿童可會哄了：「咱們少吃多餐身體棒，好不好？」阿童還最擅長轉移奶奶注意力：「來！我們撕日曆去，今天讓你多撕一張日曆，高不高興？」

這天，朱愛倫母親約了女兒和田林林一起看古玉，這些年沾了點文化邊，不過日記是不寫了，嫌少女氣又沒見什麼立即的成果，得一天一天累計，久了像做壞事處處留下證據，非常可怕積少成多一大本人贓俱獲證據。

朱太太大剌剌邁進客廳老奶奶正步下樓梯口，兩人一照面，朱太太頓時見了鬼驚聲尖叫個不止。聞聲跑出的阿童故作鎮靜：「朱婆婆，那是我奶奶啊！妳別怕！」拿朱太太當弱智哄，朱愛倫趕上前去也莫名其妙：「媽，妳在幹嘛？」朱太太根本許久沒上馮家走親戚，聽外頭人雜言雜語說多了自動將老太太除名，潛意識當她死掉了，這下難怪活像見了鬼。老太太這頭表情是看見一個女人對著她尖叫，面無反應繞了過去。現實生活中，她已經不認得任何來自姻親、同事、其他關係的結盟者。所有訊息她都接收不到。

親愛的納爾遜：我在不斷寫作，沒發生什麼。

晚上，老奶奶日記寫完，田林林每天檢查阿童功課似檢查日記，看完撥通朱愛倫的電話，張口便朗讀：「今天愛倫來家玩，看見我突地細聲尖叫，活像我已經死了。是的，有人死了，別人的生活因此改變。都說時候到了就會變，爲什麼我從來不相信『變化』，生命中最不變的事情就是變化。譬如死亡。」田林林迷惑道：「媽把妳娘認作是妳了。」「也許沒有！別忘了，正常時空對媽和阿童來說沒意義。」朱愛倫低聲道。田林林亦不禁嘆息：「這一切眞的好合理。妳知道嗎？我對這種事越來越不怕。雖然阿童在她身邊，沒有比這個更古怪的了。」一個沒有景深的日記世界：

天未亮。整個人被掏空般醒來，異乎尋常的一具扁平身軀，緊密貼在床面。我感覺這輩子從不曾如此空虛。

新世紀台灣第一道曙光照在蘭嶼。六時三十三分日出，世紀落日最後一次寫下日期。

親愛的納爾遜：我正在寫我的回憶錄最後一本。現在越寫越長了。

——二〇〇二年五月・選自印刻版《魔術時刻》

注釋：

❶為引述西蒙・波娃在一九四七年到一九六四年間與美國芝加哥納爾遜・艾格林書信內容。選取自《越洋情書》（時報文化版）

❷選取沈從文《邊城》中有關爺爺和翠翠的事。（臺灣商務版）

吳錦發作品

吳錦發

台灣高雄人，1954年生。中興大學社會系畢業，曾任電影公司助理導演、編劇、《台灣時報》及《民衆日報》副刊主編，現任電臺主持人。著有短篇小說集《放鷹》、《靜默的河川》、《燕鳴的街道》、《流沙之坑》；長篇小說《春秋茶室》、《秋菊》等。曾獲中國時報文學獎、聯合文學小說新人推薦獎、四度獲得吳濁流小說獎，作品有日、德、英文翻譯。

流沙之坑

要到龍鎮是吳君臨時起意的。

就在桃市的巴士站等車的時候，茫茫然望著緩緩駛進站、駛出站奔向各預定路線的諸多巴士中，他看到有一班正在發動，準備開往龍鎮的車；突然，有一個念頭閃過他的腦際：就到龍鎮去吧。

他提起旅行包，匆匆忙忙衝到車前，車門已經關了，車正慢慢啓動後退，他用力拍了拍車門。

車掌使勁把車門拉開，氣呼呼瞪著眼看他；他把頭一埋，衝上車去。

補了票，找到一個後排臨窗的位置，他望著窗外發呆。

爲什麼要到龍鎮去？

也許只因爲它接近桃市的關係吧？也許不是。

這次他是「逃家」出來的，告訴妻說報社派他到各地去巡迴採訪一個星期，實際上他是向報社請了一個星期的假。

他漫無目的在各地旅行。像婚前一般，感到精神鬱悶無法自我紓解的時候，他便喜歡獨自一個人到處去旅行，全憑一時的興致，搭上車後便任由車帶到任何地方去。

這次逃家是婚後的第一次。在結婚的前一晚，他也曾興起逃家的念頭，搭上北行的火車；但車過了兩站之後，不知怎地，又回心轉意了，茫然地下車，搭了另一班車回到家裡。

並非是因爲不愛結婚的對象而潛逃，決定和他結婚的女人，是他深深愛著的。不是害怕女人，而是害怕婚姻；或者說是因爲害怕附著於婚姻而來的「家」的感覺，而恐懼得意圖潛逃吧！

爲什麼會恐懼「家」，而常興起逃家的念頭？他自己也弄不清楚，從童年的時候起，他就不喜歡待在家裡，他總感覺到家帶給他很大的壓力，只要離開家，便覺得那種心理的壓力獲得了紓解。

那是源自於父母並不十分美滿的婚姻嗎？似乎也不全然如此，父母的婚姻雖然一直不免於吵鬧鬥氣，但對於那時代的鄉下家庭，哪一對夫妻不是如此？比較關鍵的因素，大概是因爲父親也是有習慣性逃家紀錄的人吧，他外出從不和母親說一聲，常常兩三天家裡沒有一個人知道他去了哪裡。

祖母告訴他，父親從小就是這副德性，據說他祖父年輕時也經常如此，直到六十歲以後，性情才穩定下來。

他的婚姻顯然比他的父母幸福多了，太太是賢淑而且脾氣柔順的女性，事事都順著他，很少有頂撞他的時候；而且她深懂他的個性，每當察覺他有所不快的時候，她便會很巧妙的避開可能引發衝突的焦點，使他萌發起來的怒意像撞到鬆軟的棉絮堆一般，得不到反彈回來的力量。

婚後三年，他們有了第一個女兒。他的婚姻如果照一般的標準來看是非常幸福的；幸福得常使他感到無限悵惘；或者說，有時甚至感到恐懼。

幸福的婚姻也會使人感到恐怖，這是他始終想不透的。那是一種非常矛盾的情緒，一方面害怕失去幸福，一方面卻害怕「幸福」帶來的拘束感；他像一匹被馴服的狼，在溫暖舒適的豢養環境中，仍常止不住有屬於野性的什麼在血液中衝撞不已。

他先是常藉著報社出差的機會逃離家的束縛。出差第一天，他習慣先打電話給太太，簡略向她報告往後幾天可能的行程，然後便一通電話也不再打，直到出差期滿回到家裡。他太太常為這種事向他抱怨不已；但這卻常常觸動他莫名的惱怒，然後堅定決心下一次一通電話也不打，以徹底掙脫家所帶給他的焦慮、拘束之感。

這次，他甚至編了一個假出差的名義，到各地去遊蕩。

到龍鎭去的眞正原因，大概是因為在桃市等車的時候，看到那班開往龍鎭的車，驀然想起了一個住在龍鎭的朋友，而浮現出去探望他的家庭的念頭吧。

那位朋友已經死去三年多了；三年多來他從未去探望過他的家庭。他是在一場車禍中喪生的，聽說是在黑夜的省公路上，開著車被一個醉鬼迎面撞扁在駕駛座上；那是他非常知音的朋友，但他卻連那個朋友的葬禮也沒有參加。

他寧願相信那個朋友是出國了，或者是暫時離開家鄉到哪兒去了；他不願說服自己，這個朋友是從這個世上徹底消失了。

未結婚以前，他和這個朋友都住在台北，那時他們兩人都以寫作界新崛起的新人，而廣受到文藝圈的注意。由於兩個人在文學觀念上接近的緣故，在很多場合，他們經常同時出現；久而久之，他們遂被視爲同一路線的「死黨」。以他們彼此間的交情，他們的確是孟不離焦的知己。

這位朋友脾氣怪異得很，他是那種經常在群眾的場合中，突然會像水蒸汽般消失的人；有很多次，他們聯袂去參加文藝界的餐會，中途他卻失去了蹤影，事後見到他，他總是輕描淡寫的說，看到某某人的嘴臉覺得厭煩便走了。

令他印象最深刻的一次，是他們兩人爲了招待一個從日本回來的友人，在一間啤酒館喝酒，大家談興很高，連著喝了好幾桶的生啤酒；中間那朋友離座上廁所，便沒有再回來，大家慌了，生怕他喝醉酒出了什麼事，找了一整夜。他到他住宿的地方等到天亮，才看到他緩緩開著車回來；他追問那個朋友昨晚到哪兒去了，那個朋友若無其事地回答說：「心裡悶，開著車亂兜，早上醒來的時候，發現我把車停在安全島上。」

就是那樣一個傢伙，所以他不願意參加他的葬禮；說不定棺材裡是空的吧，只是這回他不知道又把車停在哪個安全島上睡著了而已，全世界的人都被這小子騙了，還煞有介事地爲他奏樂哭泣。

但爲什麼三年以後，他會突然想到龍鎮去探望這個朋友的家庭呢？

他不知道，也許他希望像那天早上一般，在等待了一整晚之後，突然看到那個朋友在晨霧中幽幽然駕著車回來，然後告訴他，他只是因爲酒醉，不小心把車停在某一個不爲人知的角落睡著了。

或許也不是。他只是碰巧看到這一班通往龍鎭的車，便下意識地搭上了它也說不定。反正就這樣，他如今已在這班開往龍鎭的車上了。

車子在鄉間的小路上奔馳，每一個村莊都停靠，也都有人上車，上車的絕大多數都是面貌黧黑，穿著儉樸的鄉農。車子停靠幾個站後，車內的人便滿了，有個阿婆連鞋子也沒穿；他坐在前排，清楚看到她那雙大腳丫，隨著走路的姿態，一曲一張的趾間黏著些許褐黑的泥垢，她穿著傳統客家式的藍衫，嘴巴裡嚼著檳榔，多皺紋的嘴頰因嚼動而向著唇中央時陷下去時鼓起來，手裡牽著一個年約三歲，流著鼻涕的小男孩，背上還揹著分不出性別，才幾個月大的嬰孩。

由於車內已擠滿了人，她上車後，便拚命要往後擠；但前面的人潮擋住了她的前進，後面的人卻又不斷往她身上推，受到擠壓，她手上牽的小孩和背上的嬰兒同時放聲大哭起來。阿婆一時情急，扯開嗓門用客家話嚷起來：「短命！大家向後面行哪，偓介孫子要被你們擠扁了！」

她一嚷，卻猛地像點燃了一顆笑彈般，全車都嘩然爆笑起來。

他把這些全看在眼裡，然後從座位上起來，拉住阿婆的手，把座位讓給她們祖孫三人。

阿婆嘴裡邊咕噥著：「安好心（這麼好心），安好心的後生！」邊坐了下來。手中牽著的小孩止住了哭聲，猴子一般迅速爬到她祖母的雙腿上坐著；背上的嬰兒也咿咿啊啊不停地用手抓弄那阿婆的頭髮。

他手拉車環，站立微笑地看著這溫馨的畫面；那坐在阿婆腿上的小孩，突然抬起頭盯著他文文的笑。

他起了童心，向那小孩輕吐了一下舌頭裝鬼臉；孩子「嘻」一聲笑了出來，同時用衣袖一抹，把流到唇際的鼻涕抹掉了。

他別開臉望向窗外，他知道那孩子還在盯著他，但他故意不再看他。只茫然地看著窗外急掠而過的鄉野風光。

他也有一個像男孩一般大的女兒，他非常疼她；當他初為人父的時候，內心眞是滿意極了，晚上常搶著和妻擁抱她入睡，偶爾妻帶著她回娘家去住幾天，晚上他一個人獨睡，聞著床巾上遺留下來的嬰兒乳香和獨特的尿騷味，竟覺得無邊的寂寞。

那也是另一種困擾著他的深沉的幸福之感吧。對他，那是比嬌妻的溫柔更難掙脫的幸福韁繩，輕軟舒適地緊套住他意欲奔馳而去的狼的頸項。

他故意不看那坐在阿婆腿上的男孩的眼睛，不，他不敢多看那雙清亮的眼睛，天下恐怕再也沒有比小孩無邪的眼眸更難掙脫的陷阱了吧。他知道，他只要再多看上一會，他勢必會結束這次的逃家之旅。

車晃晃盪盪了一個多小時，終於到達龍鎭。

這是位於山間的古樸小鎭，鎭民大都是操客家語的客家人，大約是在鎭的中央，有一個大而深的潭，昔時作爲灌溉農田用的蓄水庫；以前幾次來訪友，都發現潭裡覆滿著布袋蓮，現在潭水上的布袋蓮都開了長串的花，遠望過去一大片紫色，迎著風在微綠的潭水上如波樣般顫動不止，風拂過那兒，那兒的花群便顫慄不已，在略微陰鬱的天色下，使整個潭帶著幾分神祕詭譎的美。

他在潭邊一棵老榕樹旁下了車，憑著多年前的印象，繞過一座古老的廟宇，廟宇的後方是喧嘩的菜市場；攤販在狹窄的小街兩旁搭起帆布的篷，擺上各式各樣的攤，把原來就狹窄的街道擠得益發水洩不通。

他左閃右躲地走過那條菜市街，就在街的盡頭附近，他驀然看到了那熟悉的老作家的背影，老作家依舊如往常般，戴著一頂美術家常戴的那種圓頂呢布帽子，他正站在一個賣魚的攤子前選購鮮魚。

「政伯！」他興奮地呼叫老作家。

老作家正從盆裡撈起一條活蹦蹦的鯉魚，聽到他的呼喚，猛轉過頭來，露出驚訝的神色。

「啊，阿芳仔。」老作家把魚遞給魚販，微笑地走過去，握住他的手，「從那裡來啊？」

「從桃市坐巴士來的。」

「……」老作家溫煦地笑著，仔細打量著他：「你很久沒來了。」

「三年多了吧。」他顯得有些激動。

「來，回家裡坐坐。」老作家接過魚販秤好的魚，付了錢，提著魚在前面領路。

他在後面看著老作家仍然堅實的背影和沉穩的腳步；被用藺草穿過鰓提在手裡的鯉魚，隨著老作家的走動，仍不停扭動身軀，自鰓上滲下的血滴，稀疏地滴落在老人走過的狹窄的巷弄路上。

老作家不時回過頭來向他問話，他慌忙湊近答話。

老作家是朋友的父親，許多年來，他一直像自己的父親一般尊敬他。朋友車禍過世之後，他曾經寫過一封長信向老作家表達內心的傷痛，老作家回給他的信卻很短，這裡面只寫著這樣一句話「了無生趣」，毛筆的字跡有顫抖的痕跡。

朋友的家在山邊一條古老的街上，這條街大都是具有五、六十年歷史的台灣式平房，間或有一兩間古舊的日式二層樓水泥洋房。朋友的家是少數幾家日式洋房中的一家，據說那是因爲朋友的祖父曾當過日據時代公學校校長的緣故。

「きく，きく（菊）！」老作家一踏進家門，便扯開嗓子向內喊。

「噯——」回應的聲音從廚房傳來。

「阿芳仔來咧。」

過了一會，從裡面走出來圓團臉的老婦人，看到他，也露出既驚且喜的臉色。

「鍾伯母。」他恭謹地向她打了招呼。

「眞久沒看到你囉。」老婦人趨近過來親切地拉起他的手。「身體還好嗎？太太孩子都好嗎？」

「……」他不知道如何回答，只默默地以著和善的眼神回看她。他發現才幾年不見，霜雪已明顯地飛上了她的髮際，灰白夾雜的髮絲使她原本和善圓團的臉龐帶了幾分滄桑之感。

「哪，燒一道豆瓣鯉魚，我記得阿芳仔喜歡吃魚是不是啊？」老作家把提在手上的魚遞給他的老妻，順手幫他把旅行包提了過去：「來，我們到樓上聊聊。」

二樓是老作家的書房，書房外面佈置了一間小而溫暖的客廳。

剛在沙發上坐下來，他抬起頭便看到牆上掛著的，那張似笑非笑的朋友的遺像。

那張像正好盯著他似的，他猛地像受到電擊，抬起的頭一時愣住了。

老作家從容自書房拿出一罐茶葉，從茶罐內抓了一小撮茶葉放在瓷茶杯上，把茶杯湊到保溫開水罐口，壓了開水沖泡了一杯茶。

「來，喝杯茶。」老作家把茶遞送到他面前，看到他的情狀，順著他的目光也瞄了那牆上的照片一眼。

他強壓著逐漸激動起來的心，把目光收了回來，很多往事卻如電閃般在腦海中凝聚了起來。

老作家親切地問了許多話，都是一些關於他家庭生活的近況，以及有沒有再繼續寫小說等等日常的話題。

兩個人愉悅地談了近一個小時的話，卻一點也沒有觸及到逝去的朋友身上。

小客廳裡裊繞著老作家從菸斗抽吸出來的煙，煙霧緩緩的升起，蜿蜿蜒蜒交纏著在室內翻滾，使得他和老作家之間被薄薄一層氤氳隔著。

他和老作家的對話也像從菸斗冒上來的煙一般，緩柔而又若斷還續，話題浮上嘴際的並不多，但他清晰地感覺到，沉潛流淌在彼此心中的，卻豐沛而澎湃。

「阿公，阿公。」正當他和老作家的對話變得稀疏之際，突然從樓下傳來童稚的呼喚聲。

「噯。」

隨著啪噠啪噠小步跑上樓來的腳步聲，衝進來一個年約四歲，活潑可愛的小女孩。

小女孩簡單地綁了個馬尾巴，兩頰透著令人愛惜的嬰兒紅，一雙眼睛大而清澄，骨碌碌轉，最顯著的是那一雙濃密而長的眉，竟使她帶有幾分童稚的英氣；他的朋友一家人都有著這樣的一雙眉。

「阿公，阿婆說午飯準備好了！」她憋了一口氣趨近老作家身邊說。

「來！」老作家一把攬住她，摸摸她的頭說：「叫吳叔叔。」

「……」她靦腆地盯著他看，卻忸怩著不肯開口。

「快啊，叫叔叔啊，他是爸爸的好朋友呢。」老作家慫恿著她。

「是威的孩子嗎？」他微笑地回看小女孩，輕聲問老作家，威是朋友的弟弟。

「……」老作家露出神秘而和氣的笑容，盯了他好一會兒，才以沉緩的語氣回答說：「是豪的呢。」

豪是他好友的名字，他一聽霎時呆住了，豪的孩子他是熟悉的，他只有一個女兒，當他車禍去世時，女兒已經四歲多，現在應該已經唸小學了吧，哪裡冒出來那麼小的女兒呢？

「……」老作家始終以神祕的笑容直盯著他，許久才又迸出一句更令他吃驚的話：「是豪在外面生的，起先我們也不知道，豪去世之後，她媽媽才帶著她來找我們。」

他難以置信般地張大了嘴，本欲站起來的身子，又重新坐了回去，眼睛直直盯著小女孩瞧。

小女孩似乎頗解人事似地，把頭埋進阿公懷裡，別過眼，露出一隻眼睛怯怯地瞄向他。

時間也不知僵凝了多久，老作家站起來，拍拍他的肩膀說：「芳仔，我們下去吃飯。」

「哦，哦。」他無意識地跟著走下樓去。

在餐桌上，他仍然沒有回過神來，胸中波濤洶湧，只一味盯著小女孩看。

小女孩似乎較習慣了他的凝視，大方地回看他並露出天使般的笑容。

她的祖母也似乎注意到了他的神情，挾了些菜到他碗裡，若無其事地說：「多吃點菜，芳仔。」瞄瞄小女孩，向他暗示性般微笑地說：「豪生前眞作孽！」

他沒吭聲，把神回了來，寒暄著和老婦人邊吃飯邊聊起家常來，直到吃罷午餐，沒再提到一句關於好友的事。

吃罷午飯，和老作家又回到二樓客廳，喝了茶聊了一個多小時天，小女孩對他逐漸變得熱切起來，叔叔長叔叔短的，他強自按捺著喜悅的心，不停地藉機拉拉她的小手，摸摸她的頭，小女孩吃吃笑著，露出天眞無邪的笑容，笑聲中已沒有一絲陌生之感。

「去看看豪的墳好嗎？」他突然向老作家這樣要求。

「……」老作家正舉起茶杯喝茶，聞言愣了一下，然後若無其事輕啜了一口茶。

「我很難過三年前沒有來送他。」他誠摯地解釋說。

「過去的事啦……」老作家慢慢放下茶杯，幽幽地說。

「我想去豪的墳上看一看。」他又重提了一下。

「唔。」老作家露出了溫煦的笑容，拍拍他的肩膀說：「好，走吧。」

老作家走進書房，戴好那頂圓呢帽，拉拉小女孩的手：「要不要跟阿公去看看爸爸啊？」

小女孩馬上點了點頭，神情顯得非常愉悅。

三個人走下樓來，走到門口，老作家似乎想起什麼似地，又轉身向屋內喊了喊：「きく，きく——」

「嗐。」老婦人從屋後應聲走了出來。

「我和阿芳要去看豪的墳，妳要不要一起去？」

「哦，哦。」老婦人顯得有幾分意外，一絲奇異的神色掠過臉顏：「你們去吧，我有些累，想躺一躺。」

墳地位於鎮郊山腳下，離老作家的家不遠。老作家牽著小孫女的手，領著他沿著屋後的老街走，在街角一家花店前停了下來。老作家走進去買了一束花。

花店老闆是一位四十開外很有韻味的婦女，她似乎和老作家非常熟絡。

老作家牽著小孫女走進去，那婦女忙過來寒暄；蹲下來捏了捏小女孩的臉，然後用像似頗有默契的口吻問說：

「和以前一樣的嗎？」

老作家點了點頭；她便入內去，從花架上抽了幾樣花，將花配成一束用緞帶紮了起來，那束花是由兩三枝帶有長柄的百合花為主體配成的。

走過老街，往鄉郊的路變成紅土小路，路的兩旁雜亂地長著些燈籠花，蓖麻和狼尾草……。

小女孩一會兒吵著要老作家替她摘幾朵燈籠花，一會兒又吵著要老作家揹她。

老作家一一依了她的要求，把盛開的燈籠花夾在她兩邊耳鬢，小女孩趴伏在她祖父的背上，隨著老祖父的走動，那垂著長長花蕊的燈籠花便是晃啊晃的。

他走在老作家身後兩步遠的地方，靜靜地看著這一老一少的身影。

野外風大，一再把老作家灰白的髮鬢翻飛起來，那真像白色的火炬呢，燃燒在枯槁的顱上。

小女孩一再在老作家的背上使嬌，扭動著身子，老作家只是呵呵不已地笑著，並不時吟哦般念著：「小倩乖，小倩乖，小倩是小天使送來的啊，小天使知道阿公傷心，從好遠好遠的地方把妳送來陪阿公的啊。」

聽著老作家的吟哦聲，他突然為三年前沒有來替他的朋友送行感到無限的悔恨起來。

「到了，到了！」小女孩掙扎著從老作家背上滑下來，幾個雀躍，自一片墳堆中找出其中一座，用手指著，稚氣十足地向他喊：「叔叔，爸爸就住在這一間！」

他眼眶熱了起來，把花獻在好友墳前，和老作家緘默地佇立在那兒好一會兒。

「回去吧，風好大呢！」老作家悄聲說，眼眶紅著。

回家的路上，老作家仍揹著小女孩，走在他兩步前的地方。

要回家了呢，

你要跟著我回去嗎？
唱首歌給你聽吧，
你聽得到我的歌聲嗎？
兒啊，你循著我的歌聲回家吧……。

老作家邊走邊哼著日文的歌曲，小女孩也許覺得那歌好玩吧，一再回頭向他俏皮的笑。那眉毛，那嘴角，那鼻梁，那眼神……啊，他彷若又看到了，那天清晨，好友從薄霧中開著車緩緩回到了家裡……。

剎那間，他突然覺得心裡疲憊極了，但也有著暖暖甜甜的什麼在胸中騰升起來。

他打算待會就向老作家告別，在昏黃的暮色中，他迫切地想起了遠方的家，他暗地裡計算著，如果現在離開龍鎮，大約晚上九點就可以回到家。

家，那個充滿著幸福的流沙之坑；是的，幸福的流沙之坑，流沙之坑……。

車奔駛在回家的路上時，他一直在心中重複念著這樣的句子……。

——原載一九九〇年十二月·選自晨星版《流沙之坑》

郭箏作品

小說卷

郭　箏

本名陶德三，湖北黃岡人，1955年生。現為職業作家、電影電視編劇。著有小說集《好個翹課天》、《國道封閉》、《上帝的骰子》、《鬼啊師父》等。曾獲洪醒夫小說獎、法國「杜維爾影展」最佳編劇、六次新聞局優良劇本獎。

上帝的骰子

你在某個記憶遙遠的夏天來到小鎮。

你已搞不清那是八〇年代還是七〇年代，記憶早已退往渾沌的歲月。總之，那天你開著閃亮的轎車，車上坐著衣裝時髦的太太和玲瓏可愛的女兒。你只是路過小鎮，停下來買些飲料。你用可樂安撫住吵鬧的小鬼，自己則拿了罐冰啤酒。本來你喝完了就要上路，在這小鎮上留下一點垃圾，卻不打算留下一點懷念與痕跡。

你討厭這樣的小鎮，討厭這樣灰樸樸的建築，討厭這樣拙劣的招牌，討厭這樣土裏土氣的人，討厭這樣遍布臺灣表面、卑微死板毫無特色的斑痂。

你站在車邊，望了望靠著前座打盹的太太。即使透過擋風玻璃，你仍可看見她翕動的鼻翼，或許甚至還可以看見她鼻孔裏的鼻屎。你拉開啤酒拉環，左右晃蕩了幾步，午後陽光洗得街道金黃金黃，你伸一下懶腰，耳中聽見清脆的聲響，好像破碎的風鈴墜落地面。

你在雜貨店旁邊的空地上發現幾個五、六十歲的老漢正聚在一起擲骰子。賭注很小，老漢們開心的閒聊著，骰子有一搭沒一搭的落在海碗裏。

你踱過去，觀望了一會兒，一名老漢咧嘴笑笑，邀你參加，你也笑了笑雙手一攤，表示從沒玩過。

老漢們繼續遊戲，你則繼續觀望。啤酒喝完了，你仍沒離開，反而蹲下來加入遊戲。空地周圍長滿了姑婆芋，陽光使海碗閃出圓潤的光澤，骰子如同四隻小狗，打滾、歡跳、翻肚皮，微風吹過草地，將「叮咚」脆響帶向遠方。

你脫去西裝上衣，跟老漢們一樣咧嘴大笑。你太太氣急敗壞的尋來，催促你上路，但你卻連理都不理。太太拉你、扯你，甚至破口大罵，你依然無動於衷。

那天你直賭到半夜十一點方才罷手。從空地邊緣屋子裏臨時牽出來的燈泡，掛在竹竿頂上搖擺，你意猶未盡，但老漢們終究散了。你一個人捧著海碗，叮叮咚咚的敲著骰子，走向鎮上唯一的一家破舊不堪的旅社。

你的太太和女兒萬萬想不到在她們的生命中竟會有一個晚上落腳於如此破爛的地方，都憤慨的在房間裏等你。

你女兒抱怨肥皂是黑色的，毛巾有尿味。你和你太太大吵一架，胸中甚至升起了揍你太太的衝動，但不行，你是高級知識分子，在高級的企業中擔任不算太高級的主管職務，住在不算太高級的別墅住宅區，同時還擁有一部不算太高級的進口車。所以不行，你不能有不高級的舉止行爲，你只能跟你太太吵一場沒有結果、溫吞吞的架。

你上床睡覺，腦中演奏著骰子的音樂，眼前跳躍著海碗的光澤。你一大清早便跑去空地，老漢們還沒來，你耐心等待，眼睛望向空蕩蕩的街道及路旁的檳榔園，也許你就在那時聽見了這輩子從未聽過的聲音。

你在都市裏住得太久了，你嚮往田園生活，雖然明知那是不切實際的念頭。你常常坐在客廳沙發上，從搬弄著無聊鬧劇的螢光幕裏看到青翠原野與瀑布激流，從老婆對著卡拉ＯＫ嘶吼的聲音裏聽到鳥叫蟲鳴。你明白這些都只是幻聲幻影。偶爾你會帶著老婆孩子到一些觀光勝地去滿足一下虛妄心理，你老婆卻一馬當先鑽進某家觀光大旅館，一進房間就扭開電視機，然後跑上陽臺大叫「好漂亮的風景」，讓楊麗花在背後哀哭。她把清涼的空氣關在窗外，躺在冷氣機製造的空氣裏抽菸，把早餐叫到床上來吃，出門打起陽傘，不敢坐船，逼迫你開車沿著湖畔匆匆兜一轉，就算達成了遊山玩水的任務。其實你一向都不反對這種調劑方式，但在那個並不吸引人的小鎮上的早晨，你確實聽見了許多聲音，模模糊糊，一如心臟底層遙遠的呢喃。

你又和老漢們閒賭，你看見你太太駕車載著女兒駛過空地邊緣，直奔臺北方向。這正是你所期望的，對不對？你渴盼如此情景發生已有好多年了，可能就正從你結婚當天開始。你一揚手擲出一把「一色」，海碗裏一片紅點，好像節慶日施放的焰火。

你在小鎮上住下來，每天按時去空地報到，直賭到深夜才回旅社睡覺。你用不慣黑色的肥皀與尿味的毛巾，但不須多久便甘之如飴。旅社老闆娘從未招待過你這麼高級的客人，爲了表示她的受寵若驚，在你太太離去後的第三天深夜，帶著對街裁縫店的老闆娘來見你。他說她的同伴想賺點外快，所以……

你當然立刻就回絕了這份榮幸。你認爲這簡直是侮辱。那婆娘看起來如此傖俗，在別人幫她拉皮條的時候，竟還不知羞恥的齜出牙床呵呵笑，多肉的屁股在凳子上磨來磨去，一副等不及被人幹的樣子。

你從不假惺惺，你偶爾也會偷偷腥，甚至躲在廁所裏捧著「閣樓」雜誌摩摩擦擦，這些都不是見不得人的事。但你把她們兩個轟了出去，眞正用轟的轟了出去。

你開始覺得這種生活有點齷齪，有點墮落，有點無聊，而你幼稚的反抗有何意義？你非常明瞭文明的價值與人類存在的目的，你在這裏同樣找不到「我是什麼」的答案。

翌日你決定離開，不屑的經過空地走向車站。你發現依舊聚在海碗周圍的老漢們實在有夠惹厭，你懷疑這些天究竟是怎麼跟他們相處的，但你忽然止不住手癢，想擲最後幾把玩玩。

你一抓就抓了個「十八」，再抓又是個「十八」，三擲還是一樣。你把骰子握在手裏，心中覺著莫名的感覺，那聲音跟你第一天聽到的不同。你再擲三把，都是「十八」。你喉管苦澀，肌肉抽緊，第七次擲出骰子，老漢們立即驚嘆出聲。

你站起身來，嚴肅的說：「這證明了神明的存在。」

你從沒相信過任何宗教，然而你一直相信世間蘊藏著某種神力。你打麻將時有很多規矩，不數錢、不撒尿、聽牌不抽菸，你和朋友討論風水與紫微斗數，你經過廟宇也常會跑進去胡拜一氣，口中念念有詞。

這些都只是把戲，直到那天你才初次捉摸到神的長相。

你繼續待了下來。空地上的小場子炒熱了，圍在海碗旁邊的人愈來愈多，賭注也愈來愈大，老的、小的、男的、女的，整天川流不息，而你一定擲滿十二個鐘頭。

你根本不注意你的對手，你全神貫注在骰子撒出的弧度，落在碗底的角度，以及自己手腕、手指所用的力道與旋轉度。

骰子運行、翻轉、落定，有著常人不能了解的不規則的規則，即使當它們看似靜止下來的時候，其實仍在那兒騰騰跳躍。它們產生的磁場多麼微妙，它們相互之間的引力、電磁力、弱核力和強作用力，使得它們千變萬化，而又有軌跡可循。

星球的運行不正是如此？宇宙的規則在哪裏？誰說宇宙不是上帝一甩手所造成的呢？上帝如果重擲一遍，宇宙會不會還是今天這種樣子，完全相同的機率有多少？又是誰阻止了上帝擲第二次呢？

你當然還不能夠解答這些問題，但你已逐漸能解答骰子與海碗的秘密。你只要一瞟人家揚手的姿勢，便幾乎能猜著出現的點數，你也逐漸掌握擲出大點的秘訣，只是有時肌肉不聽指揮，這是非常精細的動作，幾十條肌肉之中的任何一條出了差錯，擲出的點數便天差地遠。

你思考這些狀態，心知自己遲早能參透造化的奧妙。

你的一個同事卻遠從臺北跑來打擾你。他是你最親近的朋友，帶來了他的勸告、你太太的警告和公司的最後通牒。

你覺得奇怪，是的，從來沒有這麼奇怪過。他們難道不明白，你在公司的職位可以交給隨便哪一個人？你身爲人夫人父的責任也可以交給隨便哪一個人？你在這裏的位置卻是獨一無二的。

你把莫名其妙的朋友塞入車內，叫他順來時的路回去。

那天晚上你輸得很慘，你一心專注骰子的運行與變化，卻忘了什麼點數才會贏錢，你把你從臺北帶來的錢輸得精光。你兀自賴著不走，想用拍巴掌來代替下注。一個名叫阿海的年輕人扯你起來，叫你滾蛋。

你說你是這裏的主人，你一手指天，一手指地，彷彿是「天上天下，唯我獨尊」的意思，然後你馬上看見一個方形的東西朝面門直撞過來。你鼻子一酸，眼前七彩閃爍，你倒在地下，好久才恢復神智。

海碗旁邊的人連看都沒看你一眼，你摀著鼻子爬起身，走離空地。你感到恥辱，但並不很強烈，你現在急於要做的是隨便到哪裏去弄一點錢來翻本。

你在黑漆漆的地面上搜尋，希望能發現一兩張鈔票，你趴在早已打烊的店鋪門前一寸一寸的搜索，你絞盡腦汁思考身上有什麼東西可以變賣。

當你蹲在那兒幾乎絕望的時候，有一雙腳出現在你眼前，那是裁縫店老闆娘的腳。她同情的看著你，問你在幹什麼？

你說你在找錢。她說你在臺北不是有很多錢？

你愣了愣，驚奇自己居然從未這樣想過。你搖搖頭，那已跟你沒有關係。

她問你想要多少，她願意借給你。你幾乎開不了口，最後才向她要求一塊錢。

她說她不知道你在這裏幹什麼，你一定有你的理由，你剛來的時候是方的，現在卻好像已變成圓的，她再也想不到你竟會趴在地下尋找一個銅板。

她的語氣中有你從未聽過的溫柔，你卻被針戳了一下腦袋，你始終沒忘記骰子是方的。

你從她手中奪下一塊錢，如同捧著寶貝似的直奔空地，正好輪到阿海坐莊，你鑽進人堆，把一塊錢摜在地下，大家都笑了起來。

你瞪著阿海，說你要連贏他二十把。阿海也瞪著你，說你是瘋子。旁邊的人都瞎起鬨，阿海終於接受了你的挑戰。

你心頭篤定，忘了骰子有六個面，整座天體在你腦中運行，宇宙正是從極小的奇點開始的。你想像宇宙初始的大爆炸，光子、電子、中微子以極快的速度向八方擴散，時間與空間驟然啓動的一刹那。

你在毫無知覺的情況下連贏了十三把，面前的賭注已累積成八千一百九十二元。阿海臉色發白，大概沒想到區區一塊錢搞到後來竟變得這麼可怕，他已沒錢可賠。

你說沒關係，你還是要連贏他二十把，其中只要「走」了一把，就不算你贏。阿海果然像一頭待宰的豬，無論怎麼擲都擲不贏你，最後一把他擲出了十一點，歡喜得跳起來，大家都爲了你的功虧一簣而嘆息。你不動聲色的說：「神正是要讓你們知道祂的存在。」

你一揚手，四個六點一齊朝上。你說：「阿海，你一共輸了一百零四萬八千五百七十五元。這裏輸給我的只有八千多，其餘的一百零四萬就算是你通往宇宙祕密的貢禮。」

從那天開始，你成了小鎮的神。他們著迷於你揚手的架式，更著迷於你充滿玄機的語言。他們傳述你的話，宣揚你的事蹟，從不賭博的婦女小孩都湧到空地上來，只是為了瞻仰你的丰采。

警察也來了，你的名聲侵犯了他們的權威。他們把你帶回局裏裡，加給你好幾條罪名，把你關進拘留所。

鎮民們火大了，全體出動包圍住警察局，搗毀了十八扇窗戶中的十七扇，警察只好放你出去。大家把你扛在肩上遊行，那一天放掉的鞭炮比十個新年還要多。

你在清晨回返旅社，站在窗前向對街的裁縫店老闆娘招手，你要還她那一塊錢。你幹得她大叫，你從來沒有這麼爽過，緊緊捧住她豐滿的屁股，一次又一次的往裏鑽，你對女人的慾望，終於獲得徹底的解決。

你神清氣爽，精力充沛，從早到晚不知疲累，如同永不停歇的宇宙膨脹。你不再探究骰子的轉動與弧度，那是不可理解的部分，你只須捕捉上帝的精神就夠了。

當你太太帶著離婚協議書來找你的時候，被你所處的狀態嚇了一跳。她無法用「好」或「壞」來形容你現在的模樣，她癡呆的坐在你對面，無謂的盤算如何在回臺北之後向親友描述你淪落的慘狀，你從她張大的嘴巴裏聞到了男人下體味道。

你無知無覺的簽了字，讓出了臺北的房子、車子、銀行存款和女兒。

那晚散局後，你仍然蹲著不動。你想起你的過往歲月，簡直跟夢一樣飄忽。你幾乎都快忘了自己是從哪裏來的，你唸過的學校、待過的公司，剛離去不久的太太的面貌，則像火車窗外飛馳而過的零碎站名，草屯、六龜、狗屎……它們不必有何連貫，一旦落在背後就如肥皀泡泡一般迸碎在玄秘的空間當中。

黑暗裏，阿海走近你，問你爲什麼煩惱。

你站起來，笑了笑。你說你總有一天要做一隻很大很大的海碗，和這片長滿了姑婆芋的空地一樣大，然後你用雙手捧起無數粒骰子，一古腦兒撒下去，那將是人類有史以來最壯觀的景象。阿海放聲大笑，說你眞是前所未見的大瘋子。但你認眞的說，在你有生之年一定要這樣做。

是的，我相信你總有一天做得到。

——原載一九九一年八月二十八日《中國時報》「人間副刊」

林宜澐作品

小說卷

林宜澐

台灣花蓮人，1956年生。政治大學哲學系畢業、輔仁大學哲研所碩士。曾任《中國時報》人間副刊編輯，現任大漢技術學院通識教育中心副教授。著有小說集《人人愛讀喜劇》、《藍色玫瑰》、《惡魚》、《夏日鋼琴》、《耳朵游泳》等。曾獲洪醒夫小說獎。

抓鬼大隊

黑貓昏倒了

貓難得四腳朝天。那晚麗香跟貓一樣躡手躡腳穿過市場後面的泥濘空地，到木板搭建的臨時廁所小便時，卻結結實實地摔了一個四腳朝天。幾分鐘之後，一位路過的歐巴桑發現內褲已褪至大腿的麗香昏死在地上，便像看見強姦命案那樣大聲尖叫了起來。淒厲的尖叫聲首先驚醒躺在地上的麗香（唉，這苦命的女子，她跟隨一個五人的歌舞團巡迴全省各縣市跳脫衣舞，匆匆已進入了第三個年頭），隨後引來了有一堵牆那麼厚的圍觀人群。歐巴桑見多識廣、知書達禮，在人牆還沒形成之前，一大步往前跨，彎下腰伸手一拉，將麗香的內褲拉回原位，再把裙子下襬往下放，總算恢復她一個不失楚楚可憐的模樣。一會兒人多了，七嘴八舌的聲音由小變大，由弱轉強，嘰喳嘈雜，凡人無法擋。「月經來潮，身子虛啦。」「恐怕是撞到這根梁。這根。就這根。」「你娘哩，這什麼廁所！那麼矮，狗進得來，人進不來。」「醒了嗎？」「這查某人是誰？」「這麼水噹噹的姑娘仔你不認得？剛剛那團黑貓團的啦！」「你們在圍爐啊？還不送醫院？快啊！」「免啦，她不好好的嗎？」「小姐，妳怎麼了？」「小姐，妳怎麼啦？」「小姐，妳怎麼呀？」「小姐，妳……」「……」「……」

黑貓仔麗香的記憶停留在五分鐘前的恐怖狀態：五分鐘前，她像隻貓那樣躡手躡腳地跳過十幾個水坑，來到一坪大小的廁所前面（這座熱鬧繁華的市場除了賣菜賣肉之外，每天夜晚有各路人馬到這裏飲酒作樂，不時還有像麗香所屬的歌舞團那樣的表演者來唱歌跳舞賣膏藥，這種地方需要一間廁所，就像空軍基地需要一座彈藥庫那麼地順理成章），月色昏暗，廁所大門門板破裂的縫隙裏流出一絲絲黃暈的光線，麗香急急忙進入蹲下，讓憋了一晚的尿水如箭一般射出，啊，解放身心，解放這輩子坎坷的悲情史……一會兒，微笑的麗香正準備站起之際，頭才稍稍一仰，竟在上邊的窗戶裏看見一個蒼白抑鬱的男人臉孔，那男人整張臉貼住窗戶，兩眼上吊，長髮散亂披肩，舌頭怕有一尺長……啊！啊！麗香急火攻心，半晌發不出一點聲音，只覺得心臟連踩幾輪空步，便眼前一片金星閃爍地往無邊的黑暗中墜落下去了。

這時候她全都想起來了便放聲大喊：「鬼！有鬼！鬼！有鬼！」鬼在那裏？鬼在屎溺，鬼在秭稗，鬼在你家屋頂，鬼在他家衣櫃，上帝無所不在，老鬼新鬼處處都有。就這樣，黑貓仔麗香的淒厲叫聲提醒了大家，保命防鬼人人有責，小心鬼就趴在你家廁所的窗戶上。眾人面面相覷，一片咿咿呀呀不知所云，還是歐巴桑細心，她走過去牽麗香起身，說：「小姐，不要急。來，慢慢講。」

殭屍萬歲

「不要急，喝口茶，慢慢講。」刑事組王組長泡了一杯凍頂烏龍放江阿新面前，江阿新像剛剛吃下了一頭犀牛，飽脹的腸胃使得他全身痛苦得扭成一團，他抱著自己肚子坐在刑事組的藤椅上，暴凸的兩顆眼珠直刺刺地瞪著辦公室的磨石子地板。他倒沒眞的吃下一頭犀牛，不過就是今天清晨他要到運動公園慢跑時，在旁邊一處四下無人的小樹林裏，撞見了一具吊死在樹上的屍體。「那時候天還沒亮。」他喝下一口熱騰騰的烏龍，抖動的手臂讓茶水給濺到了衣領。「天還沒亮？」王組長順他的話再問一遍。「還很黑。」「多黑？」「黑到幾乎看不見電線桿。」「那豈不是半夜？」「差不多。」「你每天都那麼早起來運動？」「倒沒有。昨晚是因爲跟老婆打架，覺得人生無趣，所以天沒亮就出門了。」「走到樹林裏差不多幾點？」「四點半。我用鼻子聞就知道，一天裏面每個時辰的味道都不一樣。」「好厲害的鼻子。」王組長點點頭，稱讚了一下江阿新的鼻子，再問：「然後呢？」這時候江阿新臉上抹過一道陰影，手裏的凍頂烏龍又上下左右地微晃了起來，他索性將茶杯放到茶几上，隨後深吸口氣，兩隻手掌平貼腿上，像個日本武士那樣神情肅穆地看著王組長，說：「我那時低著頭走，你知道，天很暗的，低著頭才看得清楚路，走著走，我突然覺得上頭有東西。」「用鼻子聞的？」「不是，就是一種感覺。」「少年仔說的，一種來電的感覺。」「組長，不要開玩笑哩。」「然後呢？」「然後我很自然就抬起頭看……」江阿新說著說著又拿起茶几上的凍頂烏龍啜了一口。「就看到那個吊死鬼？」「就那吊死鬼……或者說，殭屍。啊……」江阿新激動得快要說不出話來了。「殭屍？怎麼說？」「殭屍跟鬼跟死人都不一樣。殭屍會動，會追人，會拿指頭往你鼻孔插。」「江先生，你電影看太多了。」「我不看電影，我看錄影帶。」「你錄影帶看太多了。」「我租月的，我們那裏六百塊看一個月，隨便你看。」「那麼好啊？改天我去租。」「我今天不是看錄影帶，我看的是眞的，眞的殭屍。」「有這種事？說說看。」「組長，你看到死人會怎樣？」「跑啊！」「你是警察哩，還跑？」「跑去報警啊。」「對啊！我看到那吊死鬼立刻拔腿就跑，我是打算跑去報警。」「你腳沒軟？」「軟了幾秒鐘，啊……我出娘胎後可眞是沒這樣軟腳過，我邊爬邊跑。」「邊爬邊跑？」「是啊，爬一爬就站起來跑，跑一跑跌倒了就用爬的。」「幹嘛跌倒？」「幹嘛跌倒？……哼！」江阿新這時嘴角露出一絲輕蔑的笑意。你這組長站高山看馬相踢，你不知民間疾苦，你沒被殭屍追過，你懂個屁啊你！

「組長，黑漆漆的樹林裏有個殭屍在後頭追你，你跌不跌倒啊？」「啊……」王組長站起來點了根菸，問：「那吊死鬼從樹上跳下來追你？」「組長老大，你不要再問了好嗎？我要回去吃豬腳麵線了。」「殭屍……」王組長低頭沉思，十秒鐘之後他有了結論、「你娘哩！什麼殭屍死人骨頭，根本就是人裝的。」他嘴巴一嘟，吐了個煙圈，走過去拍拍江阿新肩膀，說：「老江，你不要想太多，那是人，不是鬼，更不是殭屍。」隨後他目光炯炯地盯住江阿新的鼻尖：「我老實告訴你，三天來，我們這裏已經收集到至少五個被鬼嚇到的故事，你這麼一講，我全都懂了。回去吃豬腳麵線吧！祝你長命百歲。」

在圓桌會議上

巡官陳立德用指頭捏死了三隻在桌上漫步的螞蟻，還有一隻讓牠給跑了，跑到桌子邊緣，往下一彎，不見了。會議馬上開始，由局長親自主持，這事被列爲重大刑案，到目前爲止，總共一死一傷，另外有十八個人心理嚴重受創。死亡的是一名心臟病發的婦女，住在瑞鄉，也就是說，一星期來，歹徒扮鬼嚇人的範圍已經遍布全縣，城裏有，鄉下也有。不幸死去的婦女三更半夜在自己家廚房給活活嚇死，她臨終前的呢喃令人聽了爲之鼻酸，她說：「榮仔，是你回來了嗎？是你嗎？」榮仔是她相知相愛多年而英年早逝的老公，都死了十年囉。

受傷的則是一位年輕騎士，白天做鋁門窗，晚上讀補校，樂觀進取，不可多得。那晚他下課回家，路過建國路底一個美麗流暢的大彎道時，突然就一團白影蹦進他那打得老遠的車燈裏，他年輕氣盛，第一秒鐘沒被嚇著，第二秒鐘確定是個鬼之後，便嚇得連人帶車在地上打了三個滾，全身上下摔得坑坑洞洞。

「唉！這年頭有誰那麼無聊，那麼可惡，會想扮鬼嚇人？」會議開始，局長要言不煩，劈頭便切入問題核心，一語點出破案關鍵。是誰那麼無聊，那麼可惡？不偷不搶就只扮鬼。這問題如果有個明確答案，歹徒不就呼之欲出？

「精神病患。」陳巡官首先提出看法。局長聽了，馬上就從鼻子裏噴出一道瞧不起人的氣息：

「這是最懶惰，最沒有想像力的猜測。」「報告局長，請問為什麼？」「為什麼？這還需要為什麼？如果只要是莫名其妙的事情就推給神經病，那我們這警察局也可以拆了。多用點腦筋好嗎？各位。」「報告局長，這可難說。您想想看，有多少大案是神經病幹的？弑父、弑母、毀容、咬人……」「咬人也算大案？」「咬到咽喉就算是了。」「這案不一樣，各位想想，一連嚇了十幾個人，卻沒有留下任何蛛絲馬跡，精神病患有那麼細密的腦筋嗎？」「報告局長，我打賭你沒看過電影《沉默的羔羊》，那裏頭的神經病可是聰明到頭都禿了。這種病例全世界多得很，從巴黎到加爾各答都有。」「就我們這裏沒有，國情不同啦。」「報告局長，你實在很頑固。讓我在這裏做個大膽假設，我覺得那個整天從中正路逛到中山路，再從中山路逛到中正路的遊民阿順仔十分可疑。」「阿順仔？那個瘋子？」「他很瘋，但是他很聰明。我曾經看他用一片葉子和強力膠做了一把可以削蘋果皮的小刀。」局長有點不耐地揮揮手，嘴裏唸著：「再說，再說啦。」隨後頭一撇，問下一位。

「張巡官，你有什麼看法？」「我認為是匪諜。」「匪諜？」「是啊！匪諜。怎麼？大家都忘記有這玩意兒了？」「怎麼會呢？檢舉匪諜，人人有責，這是個不錯的方向。說說看吧！」「各位，請回想一下，當年，當年我們全國同胞齊心齊力抓匪諜時，社會是多麼安和樂利！不要說是假鬼，連眞鬼也不敢亂來。現在呢？現在的社會亂成什麼樣子了？」張天送巡官有點激動，他嚥了一下口水，繼續：「半個世紀來，共匪對我們的威脅從來沒有消失過，這就像人每天要吃三餐一樣，是不可能停止的。他搞飛彈演習，搞外交封殺，這是明著來，明的不成他就來暗的，扮鬼嚇人就是來暗的。各位……」他停頓了大約有三秒鐘，隨即以更低沉、更嚴肅的口吻說：「千萬不要小看這鬼嚇人的事情……沒處理好的話……我們的社會可是會垮的。」

一陣不算小的掌聲響起，局長口頭嘉許：「張巡官，我完全同意你的看法，一個神經兮兮的社會是會隨時崩潰的。很好，我喜歡你的推測，你這說法很有想像力、觀察力，不過……」局長的話在嘴唇邊打了三個轉，不過他還是說了：「你確定現在還有匪諜嗎？」

匪諜不死，他只是逐漸凋零。局長當下就指派張天送巡官負責掌握這方向，去努力尋找凋零的匪諜。

會議繼續，王組長說話了。他經過一星期的苦思之後，終於另闢蹊徑地提出一個唯物論的觀點，在他看來，這是一次勒索，對象是某金融機構負責人。「這怎麼說呢？」王組長站起來自問自答。他雙眼微閉，兩手拄在桌上，額頭則露出他連日來因爲苦思而新添的幾道皺紋，他用沙啞的聲音神祕兮兮地說：「這幾天我把所有被害人家裏的財務狀況做了一番調查。」「財務狀況？……啊，王組長，你眞是天才哪！」王組長強忍住得意的笑容，平靜地答道：「報告局長，相信這點大家都沒想到吧？」「是啊，我到現在都還沒想到你查他們的財務狀況幹嘛？」「大有用處。局長，吃葡萄不吐葡萄皮，不吃葡萄吐不出葡萄皮，這天底下所有的事情當然都有個道理在。」「你發現了什麼？」這時王組長再也忍不住內心裏的得意，他笑了，他說：「報告局長，我發現幾乎所有的被害人都在山多利銀行開了帳戶。」「每一個？」「幾乎。除了黑貓歌舞團那女的，她四處跑碼頭，錢都歸她團主管，他們是共產制度。」「每一個？……這倒有趣哩！還有呢？」「接下來才是重點。我發現他們最近全都到銀行把錢提出來，而且陸續有人跟進，人數愈來愈多，看著好了，不出三天，本地將會有個超級金融風暴橫掃全縣。」「怎麼會這樣？」「因爲有個耳語正在迅速傳播中，那速度簡直他媽的比颱風還快。」「我怎麼沒聽過？」「報告局長，因爲你在颱風眼。不過快了，等颱風過境，你很快就會發現自己被颳得滿面全是豆花。」「耳語怎麼說？」「風水論。說那家銀行的風水剛好是金庫通鬼庫，這會讓你賺的每一張鈔票都變得跟冥紙一樣，難怪大家紛紛撞見鬼。」「風水上有這種說法？」「鬼才知道！」「說得很好，鬼才知道。」「我肯定這耳語是扮鬼集團做出來的，他們就是要大家把錢提得光光光。」「然後銀行倒閉，董事長含冤莫白，抑鬱而終。」「報告局長，請問這是不是勒索的好時機？」「你給我五百萬，我還你五十億？」「沒錯！」「怎麼可能？提走的錢可是別人的。」「報告局長，你腦筋拜託轉一轉，能扮鬼就能扮神，鬼要你提款，神就要你存款，簡單得很！」「全天下的人都跟豬八戒一樣笨死了？」「你才知道！」

眼看案子就要被王組長偵破之際，進來倒茶水的工讀小妹突然活見鬼似地尖叫一聲：「有鬼——」啊！你娘哩，還眞的有鬼！立刻，一屋子的局長組長巡官全往小妹目瞪口呆的方向看過去，驚鴻一瞥中，只見一道影子掠過，匆匆之間彷彿留下了一張男人憂鬱的臉孔。「好，很好，裝鬼給我裝到警察局來了。好，很好。」局長不知道是因爲想到一筆偷偷存在那家山多利銀行的私房錢，還是因爲破案的壓力，竟沒跟著大夥一起衝出去抓鬼，就自己一人坐椅子上，失了神似地喃喃自語了起來。好，很好，裝鬼給我裝到警察局……

薛西弗斯的鬼話

局長跟一屋子的人都搞錯了。剛剛在窗外稍縱即逝的巴比特並不是歹徒裝扮的假鬼，他是眞鬼，在整個事件中，他是唯一眞正的鬼。這也難怪大家轟隆隆地跑出去抓鬼，卻一個個滿臉狐疑地走進來，「人呢？人跑哪去了？就有人這樣一溜煙不見了？」人當然不會眞的一溜煙不見，但人不會，鬼會，有一張憂鬱臉孔的巴比特是鬼不是人，他當然一溜煙就不見了。可惜這點沒人知道，我們這個社會喜歡把假的東西當成眞的，所以眞的就常常被當成是假的了。可憐的巴比特在人間死亡已經超過一萬年，但做爲一個鬼魂，他的生命可還渺茫悠長得很，運氣不好的話，他可能跟這宇宙一樣地萬壽無疆。一萬年來，他每天在無邊無際的時空中等待重生的機會，不過，鬼跟人一樣，有幸與不幸，並不是每個鬼魂都能夠像傳說中那樣順利地投胎轉世，巴比特每天耐心等待，他飄浮的魂魄必須週而復始地繞行宇宙，分分秒秒都擁抱著風、乾澀的空氣，和令人沮喪的黑暗。一萬年，太久了，巴比特其實已經忘記一切，包括他的名字（天可憐見，這巴比特三字並非他的本名。五千年前的某一天，他發現他眞的忘記了自己的名字，便決定用這毫無意義的聲音稱呼自己）、他的國籍、他的死因、他的親人、他可能的豐功偉業，甚至他是不是眞的死了有一萬年之久，他全都忘了。不過這倒無所謂，這是歷史的宿命，歷史的意義原本就會隨著時間的拉長而稀釋，終至煙飛雲散，完全無法捉摸。

有著一張憂鬱臉孔的鬼魂巴比特，如今最快樂的事莫過於在無止境的宇宙蕩遊中與人間的時空不期而遇。在那樣的短暫交會中，陰陽兩界可以意外地並存，你泥中有我，我泥中有你，互相把對方嚇個半死。人怕鬼，其實鬼也怕人，但巴比特喜歡那種驚訝，終究那比空無一物的百無聊賴宇宙要有趣多了。近百年來，他在人間出現過三次，一次在一位王爺的姨太太房間裡，他黏上了那女人的視網膜，她在睡夢中掙扎、尖叫，流下來的汗水幾乎淹過了雕花木床的床腳，他趴在她的視網膜上微笑，他喜歡看人的困窘，人處困境時會散發出一種濃濃的求生氣味，嗅聞那種氣味可以讓他飄泊的魂魄增添一些踏實的重量。五十幾年後，巴比特在一條幽靜的鄉村小徑上遇見了一位醉酒的士兵，鬼怕三種人：節婦、營兵、醉漢，這醉酒的士兵兼有了其中兩種，當士兵迎面而來時，一股嗆鼻的陽剛氣味直衝巴比特其實並不眞正存在的腦門，那回是他落荒而逃，他一路咳嗽著往天空飛奔，唉，眞是一次難堪的經驗。

然後就是這次了。事實上巴比特把臉貼在警察局會議室的窗戶上已有一陣子，他覺得滿好的，甚至還有一絲絲幸福的感覺。他不想嚇人，他一點都不想嚇人，當他聽到他們的抓鬼計劃時，他還想幫這些警察一臂之力，一隻眞鬼幫忙人類抓假鬼！這將會傳爲美談：巴比特是一隻待人和藹、愛好和平的萬年鬼……

工讀小妹的尖叫破壞了這一切，巴比特被從屋子裏衝出來的轟隆隆腳步聲給震懾住了，他必須以鬼魂的方式離開現場，他不想嚇人，他一點都不想嚇人，剎那間，巴比特化做一縷輕煙，隨後便無聲無息地消逝了。

我在你左右

陳巡官決定不理會局長在會議桌上輕蔑的言行，他打算找個時間跟蹤遊民阿順仔。阿順仔不分四季穿件棉襖拿根釣竿在路上閒晃已有多年，早已是市容的一部分，也就是這樣，幾乎沒有人會注意他到底想了些什麼或做了些什麼，他就像一根電線桿或一道水泥牆，你必須不小心撞上它們時才驚覺這些東西的存在。「但不管怎樣，一個人整天這樣子晃來晃去，遲早會出問題的。」陳立德一早在餐桌上對他老婆說。「你年輕時候晃來晃去，後來就當了警察。」「當警察好啊！爲民除害。」「你是周處除三害。」老婆邊咬土司邊看報，這幾天報紙鬼影幢幢，各種謠言揣測像蝴蝶般飛舞，老婆喝下一大口低脂牛奶後問：「今天還抓鬼嗎？」「我今天盯阿順仔。」「他眞那麼可疑？」「愈看愈像。」「像什麼？」「像鬼啊！你沒見過鬼？」「看你就夠了。」老婆站起來收碗盤趕人，陳立德點根菸伸一伸腰，嘆道：「人還沒抓夠，倒抓起鬼來了。這年頭！」

兩個鐘頭之後，一線四星巡官陳立德一身便服出現在阿順仔附近五十公尺處，他戴了一副黑漆漆的墨鏡，以防讓人看見他溜溜轉的眼睛所窺視的方向。不過這樣做似乎沒什麼意義，剛剛錶店老闆阿祿仙從他身邊走過時拍了拍他肩膀：「陳仔，抓人啊？抓阿順嗎？」他咧嘴笑笑沒吭聲，倒是耳根子湧上一陣紅熱，歹勢啦！我要抓誰你都知道？你娘哩，是你警察？我警察？

阿順仔在前，陳立德在後，一個走路肩，一個走騎樓，路上人不多，兩人倒像很有默契似地保持著一定距離，兩旁店家一些閒著沒事幹的店員大概一眼都可以看出這畫面像極了烏龍偵探片裏的跟監行動：前面被跟的一開始裝做若無其事，然後步伐愈走愈快，愈走愈快，時不時還回頭瞥上幾眼，不久發現苗頭不對便邁開大步狂奔了起來，前面跑，後面追，兩人於是一路踢倒這個，撞翻那個，嚇得路旁行人大呼小叫……

可阿順仔卻一點都沒這樣，他老神在在拿著釣竿低頭走他的路，陳立德看他一頭又長又亂的頭髮在空中飄，心想：這還不叫鬼要怎樣才叫鬼？可不是？這阿順仔雖然一年四季全身裹了一層厚厚棉襖，可從那張臉看來，此人脫下衣服必定骨瘦如柴，骨瘦如柴的身體扮起鬼來效果特佳。沒有人看過胖鬼，輕飄飄的鬼魂跟肥胖在本質上有一定的衝突。

阿順仔拐了幾個彎後往廣東街尾走，那地方靠海，鹹濕的海風讓人覺得頭上老是飄浮著一隻隻各式各樣的魚。阿順仔完全無視戴墨鏡的便衣陳巡官的存在，他不久走到一處廢棄的工地（就是那種老闆收了錢卻跑了人，讓一堆自救委員會成員搥胸頓足、哭訴無門的傷心地），幾隻野貓野狗在那裏各據地盤，冷不防便汪汪咪嗚地竄出來叫喊。大家把不要的舊東西都丟進來了：破皮缺腳的沙發、朽壞的桌櫃、渾身生鏽的偉士牌機車、龜裂的馬桶、泛黃的老冰箱、凹了個大洞的洗衣機、空罐頭、酒瓶……。工地旁邊有間簡簡單單的事務所，四面牆都被寫了字或畫上圖，從政治到色情，祝福到詛咒，十足展現了斷簡殘篇的魅力。阿順仔走到門前，像回家那麼自然地推門進去，暫時在陳立德跟監的視野中消失。他來這裏幹嘛？吃飯？睡覺？洗澡？或者化鬼妝嚇人？這一想，陳立德興致來了，他決定用最原始的方法來掌握阿順仔在裏頭的動靜，也就是偷窺，他必須馬上找個有利位置將裏面看個清楚。念頭一起，陳立德立刻像武大郎那樣矮下半個身子往窗口前進，今天出了大太陽，亮晃晃的光天化日之下，他陳立德巡官倒比較像個雞鳴狗盜之徒。唉，管不了那麼多了，他小心翼翼地從窗戶下緩緩站起……

「你看到什麼了？」回家後老婆問他。「喔！我就看他坐地上參禪，兩手平放膝上，雙眼微閉，一副天下事管他娘的德性，看了令人羨慕。」「你也可以去找個師父參一參，不要整天疑神疑鬼的，每個人讓你一看都變壞人。」「這是當警察的基本條件。」「不要理阿順仔了，你們局長講得很對，這太沒想像力了。」「他懂個屁！」「罵得好！但是，你又懂個屁？」「說的也是。」「去找魯腳吧。」魯腳是老婆的表弟，遊手好閒多年，是城裏的包打聽。「對啊！我怎麼沒想到他哩？」陳立德拍拍自己腦袋瓜。警察需要靠大量的密告辦案，否則人海茫茫，海浪滔滔，不管抓人或抓鬼，簡直就是神話。魯腳功在黨國，對於打擊犯罪、維持社會安定有莫大貢獻，找他談談是好的。「妳約他，明天晚上七點，布魯斯。」「又喝酒。」

與君一席話

這時間店裏的人不多，阿特佩伯的薩克斯風從喇叭裏一個音一個音慢慢滑出，一點點沙啞，一點點黏膩，給中年男子催情用的，讓他們聽得老淚縱橫，覺得人生只有過去，沒有未來。陳立德走進去，魯腳已恭候多時，桌上擺了幾個空啤酒瓶。「姐夫，又想到我了？」「我從來沒忘記你。」「抓鬼嗎?」「是啊!很熱門的。」陳立德為自己倒了一杯啤酒,咕嚕一口直灌喉嚨,隨後順著冰涼酒氣張嘴用力哈了一大口:「啊哈……這啤酒好。」「此風不可長。姐夫,這裝神弄鬼是小人行徑,務必繩之以法。」「老實告訴我,是不是你幹的?」「姐夫你愛說笑,我天不怕地不怕,就怕鬼。你問表姐,我從小半夜上廁所要三個人陪,我爸,我媽,還有我外婆。」「有沒有聽到什麼可疑人物?」「當然,我今天是有備而來,現在腦子裏至少有三號人選,一個比一個可疑,三個人搞不好是同一國的,是個扮鬼集團。」陳立德聽了有意思,再倒杯啤酒,黃橙橙的液體上面鋪了一層細白泡沫,看起來希望無窮:「說說看。」魯腳點了根菸,咬著菸屁股說:「首先是個被老公拋棄的女人,女的!沒想到吧?是個女的。」「這沒什麼奇怪的,女人會做的壞事不比男人少。」「有道理,有道理。」「這女的怎麼了?」「這女的住南濱,跟幾個案發地點有地緣關係。最近行蹤詭異,常常半夜出門,手上還拎個包包,這不是很可疑嗎?我看那包包裏頭裝的正是道具,長髮、長舌頭、長袍、白粉、紅漆之類的,哎喲!我想到就全身起雞皮疙瘩。」「你虧心事做太多了。」「就算是吧。」陳立德出拿出紙筆,一一記下特徵,打算依可疑程度將嫌犯分A、B、C三級,這女的A級。「另外兩個呢?」「有一個是被他爹娘拋棄的叛逆小子。」「又是被拋棄?」「不能好好當個人就好好當個鬼吧!這倒是很自然的。」「他幹了些什麼事?」「這傢伙有前科,他在學校嚇過女老師,一個美豔女子。」「扮鬼?」「那倒不必,他杵在那兒就很像了。」「杵在哪裏?」「女教師專用廁所,他老師才一開門就昏到尼泊爾去了。」「就這樣?」「這小子的劣行劣跡罄竹難書,泡馬K藥恐嚇勒索,他全懂。我聽我一個細漢仔說,這小子最近一次酒後吐真言,裝鬼嚇人的事，他招了。」「自白不能當唯一證據。」「那你家的事。我只是提供線索。」「好吧。」陳立德在紙上寫B，這只能是B級，不過B級抓來海扁一頓有可能升為A級。

「第三位？」「唉！此人說來極慘，是個被社會拋棄的夢遊症患者。」「夢遊症？那不必了。」陳立德搖搖頭，順手寫了個C，就這樣A、B、C三級，一級一個，算是與君一席話，收穫特別多。「謝謝你喔！魯腳，與君一席話，收穫特別多。」「喝酒吧，姐夫，喝了酒我再告訴你十八個，真的……」

專家開講

主持人面色凝重，螢光幕上看起來像隻焦慮的山羊，他說：「這事情一天比一天糟，我看現在至少有一百個人撞見鬼了，再這樣下去，這裏遲早會變鬼城。張博士，你有什麼看法？」博士兩根指頭拄住下巴，沉思數秒後抬頭：「這是一個集體潛意識投射後的現象，是一個共同人格分裂的罕見案例。簡單地說，當人的主體性在形而上的層次無法安頓挺立，則客體會形構出一種迫人的壓力，這使得原本具有可逆性的主客雙方，至此就會失去存有的最小公約數，而墮入某種虛無的漂泊情境，隨後面臨二元對立的恐懼。就西方哲學史來看，從笛卡爾的我思故我在開始，其實就已經預示了人類這種存在的危機。如果人鬼之間具有這種抗辯的特質，那顯然在深層文化的結構上，我們傳統陰陽合一的觀念正遭受到空前的挑戰。」主持人：「張博士，你的簡單地說可真不簡單，我聽了半天沒聽懂，相信電視機前面的觀眾也沒有一個人聽懂，你可不可以把你的簡單地說再簡單一下？」「好，簡單再簡單地說，這是一個社會轉型過程中的文化危機問題……」「眞謝謝你啊，張博士，你就當我沒問好了。」

主持人回過頭來面對鏡頭，眉頭一下又多了幾條皺紋，他對觀眾說：「張博士已經盡力了，我們謝謝他。」隨後在胸前拍拍手，接下來請縣議會吳議員：「吳議員，你的親友裏面有沒有被嚇過的？」「有，我太太。」「嫂夫人還好吧？」「還好，就是昏迷了三天三夜。」「那還好。是在什麼時間撞見鬼的？」「就一大早剛起床。洗臉刷牙之前。」「那鬼豈不也被她嚇到了？你知道，女人早上起床臉還沒張開時，那模樣挺可怕的。」「是啊，我想那鬼是落荒而逃，匆忙之間還撞翻了我家院子裏的幾盆蘭花。」「那你對民眾有沒有什麼建議？」「玻璃。」「玻璃？」「所有玻璃的後面都加裝防颱板就可以了。這些假鬼十個有九個都出現在玻璃後面。」「眞的啊？這太好了，吳議員，謝謝你給我們這麼好的意見，防鬼如防颱，你給我幾塊木板，我給你一個愛的世界。」

主持人臉上漸漸有些愉快表情，他說：「我們來賓的談話愈來愈精采了，接下來莊仲韻小姐要發表一些意見。莊小姐是一位知名的女性主義作家，文筆犀利，一針見血，她的文章讓許多男人坐立不安，個個發覺自己罪孽深重，恨不得一刀把自己給閹了。莊小姐，請。」莊仲韻面帶微笑輕輕點個頭，開宗明義便指出：「這又是一次父權意識在我們社會遂行其殘暴意志的實例。」「啊，莊小姐眞是三句不離本行。」「不必到三句，我一句就不離本行了。」「好極了，請繼續。」「各位恐怕沒有注意到一個統計數字。這次事件到目前爲止，根據警方統計，被害人的男女性別比例是二比八，男性二，女性八，也就是說，受害者絕大部分是女性，這可以再一次印證，在我們的社會，只要妳是女性，不管妳是博士還是不識字，工友或者女強人，你就會面臨比男性更多的遇害機會。」主持人拍拍手，提問題：「那這次事件中有一些男性受害者該怎麼解釋？他們會不會是被女鬼嚇的？」「請注意，我所談的是結構，你不要見樹不見林。就整體結構而言，那幾個膽小鬼的存在並沒有什麼意義。」主持人尷尬地擠出一點笑容：「對他們個人有意義吧！據我所知，其中至少有一個現在已經性無能了。」「他家的事。」女作家的鼻子裏隱然噴出一道不以爲然的氣息，眼睛則不自覺地瞇得只剩下一條細縫。

主持人做小結論：「我很茫然，但是我很高興。茫然的是，到現在我們還是不知道鬼在哪裏，高興的是，今天我們聽到了張博士鞭辟入裏但不知所云的言論，也聽到了吳議員雖然有點鴕鳥卻具體可行的防鬼妙方，更聽到了名作家莊仲韻小姐與眾不同的觀察，這是個成果豐碩的討論會。接下去我們開放觀眾叩應，幾位專家學者將會在這裏幫你消滅心裏的鬼影……」

終於破案了

局長因爲焦急得連續兩個禮拜沒刮臉，嘴巴四周已經長出茂密的絡腮鬍，這使得他看起來有點像電視廣告裏一個賣「好蘭迪」飲料的中年男子。中午十二點正，局長把全體抓鬼小組的成員全部召集過來，像一個月前首次開會時那樣圍著圓桌坐著，人事依舊，但個個面目全非。其中臉色最難看的當然是局長，絡腮鬍子讓他原本就黝黑的臉孔更加黯淡。大夥兒坐著，沒有人知道局長是要罵人還是罵鬼，氣氛沉悶，山雨欲來風滿樓，每個人嘴裏都像堵了一粒芒果，都不知道該怎麼說話。終於在一旁倒茶的小妹說話了：「局長，你先講話吧！你不講話，沒有人會講話的。」局長瞅了她一眼，揮揮手要她走，隨後才以少說有三百公斤那麼沉重的表情說：「各位同仁，我最親愛的戰友們……」他深呼吸，再說：「我們必須承認我們失敗了！」剎那間，一桌子人全都永懷領袖那樣子地低下頭來。

局長目光如鷹，空中噴農藥般掃過全場。

「張巡官，你的匪諜呢？匪諜抓到了嗎？」「報告局長，這年頭抓匪諜不比當年，不是說抓就抓。」「當然，你是說不抓就不抓。」「不是不抓，是還沒抓到。」「等你抓到，那匪諜早給鬼嚇死了。」「報告局長，下次改進。」「不必了，你下輩子再改吧！」局長眼睛會發出呼呼呼聲響，他隨後呼呼呼地看著陳立德：「你呢？你的神經病呢？」「報告局長，他痊癒了。」「你神經病！」「我說眞的，我盯過他，發現他會打坐，一坐下來就一副天下事管他娘的樣子，有點境界的。他沒問題，一點問題都沒有。」局長已經氣得有點抖動，忍不住聲音又提高了二十分貝：「他沒問題，你有問題！」緊接著：「王組長，你的金融風暴呢？登陸到哪裏了？菲律賓！小琉球？還是曾母暗沙？」「報告局長，應該是曾母暗沙。」

「好了，全部給我閉嘴。」局長坐下來，近乎喃喃自語地說：「這案子再不破，我怕有三十五萬人口會瘋掉……」既然如此，「好吧！」局長又站了起來，這回他的聲音沉重到貼著地面滾：「只有這樣幹了……」

三個鐘頭後，局長親率一班人馬準備出發，六輛摩托車在前，八輛會咪嗚咪嗚叫的警車在後，一前一後之間則緊夾著一輛小貨車，工友小郭站小貨車上，全身從頭到腳罩了一件大白布，看起來鬼意盎然。局長過去拍他肩膀：「辛苦了，小郭，爲國爲民。」小郭在布裏面猛點頭，整片大白布便眞的像鬼那樣抖動了起來。局長勤前教育，手拿麥克風做最後演練：「待會兒跟我喊。記住，聲音要有信心，不能有絲毫懷疑。來，再跟著我喊一遍。」

局長：「各位鄉親，我們抓到歹徒了。」

眾警員齊聲高喊：「我們抓到歹徒了。」

局長：「歹徒就在車上，就是他，就是他裝鬼嚇人。」

眾警員齊聲高喊：「就是他！就是他！」

局長：「今天晚上大家可以安心睡覺了。」

眾警員齊聲高喊：「可以安心睡覺了。可以安心睡覺了。」

局長：「打擊犯罪，人人有責。」

眾警員齊聲高喊：「人人有責！人人有責！」

終於，在一次比一次高亢的呼喊聲中，局長放下了心中那塊就要發霉的大石頭。一個多月來，他第一次感覺到如此輕鬆，簡直輕鬆得就像鬼魂那樣，可以飛上天空，可以在宇宙中自由自在地奔馳，啊！他是多麼地希望自己眞的是一隻鬼啊……

——一九九四年四月・選自麥田版《惡魚》

王幼華作品

王幼華

山東汶上人，1956年生。淡江大學中文系畢業，現就讀中興大學中文博士班，竹南高中教師。著有小說集《惡徒》、《狂者的自白》、《廣澤地》、《土地與靈魂》、《洪福齊天》、《騷動的島》等。曾獲吳濁流文學獎小說獎、中國文藝協會五四文藝獎章、中山文藝獎小說創作獎。

我有一種高貴的精神病

我太厲害了，
一個人站到巔峰的感覺是沒有人能體會的，
那種極端的興奮和驚顫……

這個症狀最早種下的病因

我想是讀了孟子公孫丑篇「夫天未欲平治天下也，如欲平治天下，當今之世，舍我其誰。」以及范仲淹的「先天下之憂而憂，後天下之樂而樂」的文章之後。

那時我正度著一種極度憂鬱的青春期。在小鎮我是位文化貴族，痛恨的事非常多，什麼庸俗的流行歌曲、歌仔戲、山歌，以及同儕友伴們根本不懂得救國救民大志；他們渾渾噩噩的生活，不關心國際大事，不聽來自對岸共匪的廣播，不知道韓戰、越戰，不看黨外政論刊物，不敢戀愛，不知道讀古聖先賢的教訓，上軍訓課打瞌睡。總之，他們從來不曾懷疑過什麼是人生，生命終極意義何在？人來到世間的目的何在，甘願做平凡百姓裡的一員，只想庸庸碌碌的像他們的父親、祖父、曾祖父……那般，兩隻腳骨，一個卵巴，弄個女人，生一堆孩子，賺些小錢而已。我怎麼會是那種人呢？我很早就聽到呼喚——那呼喚來自極為遼遠的天空，極為深邃的地底——常常我就可以聽到有一個濃重莊嚴的聲音告訴我：

「你賦有神聖而偉大的使命——」

有時那種呼喚是來自人群的，幾萬人聚在一齊的吶喊，那呼喚是如此飢渴而眞切，我也是那般激動的回應他們的激情。當然，有時我也會以爲這些都是自己在胡思亂想罷了，是閱兵典禮看多了，受到希特勒、受到幾十萬人狂熱擁戴紀錄片影響，誤以爲自己就是希特勒、蔣中正或毛澤東。不過一會我就回過神來，我知道我絕對不會是普通的人。

每當什麼中東危機爆發，印巴邊境武力衝突升高，韓國街頭暴動，越南情勢惡化，南非種族、愛爾蘭革命軍火併，我便心情亢奮，渾身充滿力量。我熱愛天氣異常的時候，天空雲霧翻騰，狂風驟雨，顏色詭變，雷電交加之際，我站到曠野之處，在騷亂之中舉起雙臂，渾身溼透，頭髮亂舞，我用盡全身力氣喊叫，和暴雷一爭高下……。每當國慶閱兵時，我就想盡辦法擠到總統府最前方；僞裝過憲兵、歸國華僑、指揮官、內閣官員、童子軍，看著軍容壯盛的三軍將士，他們精神抖擻，動作劃一的通過司令台，還有那些愛國的民間團體，他們拿著領袖牌、標語、國旗如潮水般地湧向我面前。他們的內心充滿愛國的熱忱，他們效忠領袖，準備隨時爲國犧牲生命。當他們舉起手臂，十萬隻絕對忠誠的手臂，隨著司儀高亢的語調喊叫：「××萬歲！××萬歲！」時，我的內心便充滿欣慰及神聖的使命感。眼睛裡溢滿淚水，在嘴裡喃喃念著：「我不會辜負大家的……我不會——」

我的命運坎坷，大學混了六、七年才畢業，研究所在兩百多人中的筆試第二高，口試時卻被教授暗中做掉。到工廠應徵工作，好的人家不要，爛的豈是我這種人願意屈就的。這個社會完全沒有人了解我，知我者還沒打娘胎出來。這些暗中害我、阻撓我的人，如何精心設計陷害的過程，我都詳細的記錄下來，除了告訴所有親朋好友之外，也將傳給子子孫孫，仇人嘛——怎麼能隨便忘記呢？這些人不知道我是有大志的，身負救國救民重大責任的人物。唉！之後我去考了兩次公務人員考試，一次在應試途中發生車禍，我的摩托車撞上一輛紅燈右轉的計程車，我不但跌斷了右臂，還被司機打腫了臉，掉了兩顆門牙。

考試時間我是趕上了，只不過因爲流血過多，暈倒在桌子上，鮮血染溼了國父思想的考卷，主考官並沒有因我這種悲壯而慘烈的狀況錄取我。第二次，每科考得差強人意，出人意料之外的是作文太低分，這眞是太可笑了，像我這種從小即有神童、文豪之稱的傢伙，竟然考三十多分，可能嗎？我做公務員的夢始終沒有實現。沒機會當公務員，就沒機會枵腹從公、夙夜憂勤、吐哺握髮、鞠躬盡瘁、恩澤及於天下蒼生！我的人生路太多驚嘆號了！

爲了解開命運如此侘傺的謎，我研究了手相、面相、紫微斗數、八字、測字、星象，看了兩百本的書，請乩童、摸骨、仙姑、道長、居士等大師算過，還到全島靈驗的廟去求了三百多張籤，屋內貼了幾十張各類的符咒，讀了五百本偉人傳記，四百本心理諮商、精神醫學、反敗爲勝、從逆境中奮鬥向上充滿光明面的書，聽了一堆名嘴作家的演講，沒有任何作用。這些東西削了我太多錢，我甚至寧願挨餓也去算命、買書，好幾次餓得發昏，仍捧著「如何在三十歲之前賺一億」的祕笈，一邊顫抖一邊翻閱。這些毒藥只讓我興奮一陣子，以為悟到了人生至理而去「奮鬥」了一段時間，最後藥效退了，只剩下更空虛的軀殼。

有一天——我突然省悟了。

原來是有個集團，有計畫的、有步驟的，隨時在注意我的一舉一動啊！眞的是不得了！我重重的打了自己幾個巴掌，這就是了。這個團體一定存在。這個團體對我工作多年了，經過再三的回想，他們在我還是孩子時就開始跟蹤了，難怪從幼時不論在做什麼，旁邊總感覺有人盯著，當我驚覺時，他們便立刻迴避走開，假裝與我無關。我是一位受到上天屬意的大人物，這件事，相信他們是了解的，所以故意出來打擊我，刻意的不讓我成功，我要做什麼事，他們事先都會先去打點，先去安排，不讓我達到心願。

那麼主謀者是誰呢？我是不屑和那些眞正對我動手腳的小人物生氣的。他們只是奉命行事罷了，每個人都要吃飯，不是嗎？我要談判或者是消滅的是幕後主謀者。雖然，我也曾對那些奉命行事者生過氣，動過手（誰能嚥得下那口氣呢？）有時候，但通常倒楣的都是我，對方是個集團，人多嘛！他們在打我的時候，令人深深體悟到「千金之子不死於盜賊之手」的道理。我忍耐、忍耐，好比蘇秦、張良、韓信那般忍受嫂子、老人、胯下的羞辱。

沒有任何線索查得出主謀者，我曾經懷疑是調查局局長或是國安局局長或是憲兵司令部，因爲他們的模樣極其神祕，總是負有極重要任務似的。後來覺得省主席比較可能，有次我在街上和一群小學生被他的車隊攔截下來。那天雨下得非常大，大家渾身都溼透了，兇惡的警察攔住我們，不准大家動。警車上的燈閃個不停，紅綠燈控制在戴墨鏡面目冷酷人的手中。等了十幾分鐘，幾部大型的旅行車飛也似的馳過，濺起一堆水花……報紙上說他是幾位省主席中最親民的，留學美國得到博士學位，最懂得民主的眞諦，一點官架子也沒有。報紙登過他和農民、工人握手的鏡頭，電視有他擁抱孩子，熱情親吻的慈愛畫面。我懷疑是他……只有這種人格分裂的人才會做出這種「事」來，他必然是嫉妒人才的，必然會想消滅將來足以威脅到他前途的人，古代帝王就會請占星家、望氣者隨時觀察天象，到全國各地望氣，凡天象有異，出現紫氣，或有龍穴被發現，一定會採取防患未然的措施，絕不讓有可能和他爭天下的人出世，事先就會斬草除根。他們做這些事時，是無所不用其極，且手段毒辣的。於是我便開始跟蹤他了，開始收集他的資料……這工作我進行了三個多月，做成了三十大本的剪報，他每天的行程我都能掌握，穿什麼牌子的內衣，左腳第三趾有灰指甲，夫人顏面神經失調，唸忠信國中的小兒子公民考試時作弊，女兒寫給男同學的信，某省議員爲他買了一千萬元股票，任命建設廳長時明顯的做了干預，手段相當粗糙……。

最後我放棄了，也覺得他不太可能是主謀者，說實在當省主席相當威風，大權在握，要討好他的人太多了，掌握了一千多萬人的生活，而他要巴結的人不會超過十個人。我沒有把握自己如果坐在同樣位子時——當省主席會不會和他一樣威風十足，場面擺那麼大，做事那麼人格分裂—

—我想我一定會的，被人奉承的滋味實在美極了。只要簽字蓋章就能推山倒海，要幾萬人集合在運動場等你來，排出字幕歡迎你，隨時有人恭恭謹謹的圍在身邊提供阿諛讚美的話，提供發自內心的笑臉，提供親朋好友食衣住行育樂，你只要稍微講些話，就有人再三複誦，仔細研究再三分析，甚至交給教師、學生做爲教材，做爲考試題目，每天各種媒體不斷提到你的名字，照片出現在幾十個國家，名字、名字、名字、照片、照片……他暫時不可能是陷害我的人，在調查他的過程中，我已經充分知曉要怎麼當一位省主席，怎麼做才恰如其分，更知道要怎麼比他幹得更好，我已經做好準備去接下這個職位。

沒有人知道我的重要性和具有神聖的使命。直到……「聖靈降世」教會正在聚會，兩位慈祥的母親站在門口招呼人們，要迷途的羔羊或找不到人生道路的盲目者，進入神之殿堂。其實我剛離開「普照人間大佛會」，爲了這大佛會建廟，我與另外三位傻子用三跪九叩的方式，徒步環島一週，膝蓋爛了又好，好了又爛，手掌、手肘血跡傷痕累累，脊椎有一節磨得變形凸出，開了兩次刀也不能復原，爲他們賺了五、六百萬，我希望他們承認我是文殊師利投胎轉世的，是代表了智慧、慈悲、吉祥的菩薩降世，他們竟然不肯相信，其實我下了相當多的功夫禪修、打坐、唸經讀經才領悟到，我的言行舉止及高深不可測的智慧靈光，是其來有自的，所謂「大而化之謂之聖，聖而不可知謂之神」，大佛會裡幾個有點知識、道行的和尙，早已不能教導我，在課堂上有很多次，釋迦牟尼直接由座位上下來向我說法，這個事情我向住持說了，那時他微笑著要我天機不可向他人洩漏，在我爲他們募到了那些「善款」之後，他們的態度竟然大大的轉變了，廟蓋得金碧輝煌，愚夫愚婦來參拜的愈來愈多，我卻愈來愈不受歡迎。大佛會的錢賺得飽飽的，沒有人肯承認的文殊菩薩正式與他們決裂了。他們一毛錢也沒打算賠我，那麼我就鑿下了大殿上釋迦的頭帶走了。

這個教會的牧師太不厲害，西洋人比我們傳教的方式差得多，雖然他們的理論在佛學研究深湛、且已達菩薩境界的我看來，還稚嫩得很，不過這些人看起來文雅得多，也沒有剃光腦袋，穿紅穿金，不吃肉類，弄得營養不良，每個人有氣無力陰陽怪氣的。他們向信徒搞錢的手法太差了，靠過來的人也分不到什麼油水，簡直無利可圖，難怪沒什麼人要信這個教。我聽了五次的教，赫然領悟到，原來文殊菩薩非常可能即是耶穌，耶穌應該是釋迦牟尼的弟子之一，因為他們談的道大部份都很類似。當我在教會中舉手發言，信心十足提出這個看法時，廖牧師極其驚訝，滿臉是汗，半天說不出話來。沒有人像我如此精通佛教、基督教兩大宗教的教義，並且能融會貫通，直指要害。

「聖靈降世」教會在一個巷子裡，這巷子歪七扭八又髒得很，房子也都破破爛爛讓人待得很不舒服，教友不過三十多人，年紀都很大，不然就是有身體和精神上的毛病。廖牧師經營得很辛苦，我的言論嚇到這些可憐的人。廖牧師希望我不要這麼說了，盼望儘快忘記這些言論，幾位老太太並在我的身邊禱起告來……。

他們把氣氛搞僵，弄得我焦躁不堪。我是真想幫助他們的——真的非常想。

我舉起右手，握緊拳頭。

我是耶穌！

每天晚上我都來到教會，舉起右手，握緊拳頭，用力伸直。開門就進去，關門就在門外。牧師來勸我，信徒來勸我，鄰長、里長、警察、記者、議員……都來看我。但我不放下右手。「聖靈降世」教會出名了。

一個平凡人怎麼可能伸直手臂五個月而不放下。走路、吃飯、穿衣、上廁所、說話、做愛、坐車、逛街……都不放下手，這種人怎麼會是普通人而不是神呢？有非常多人成為信徒，這條巷子因此而熱鬧起來，多了三十個攤販，每週增加一噸垃圾。終於有人承諾我是耶穌了，可惜，我對這位有勇氣的人不滿意，她是位被丈夫拋棄而有些精神異常的婦人，個子太瘦小，頭髮從不梳理，她跪在我的面前淚流滿面，要求我赦免她的罪，拯救她陷溺的心靈，驅走靈魂中的魔鬼。唉！讓無知的人崇拜，有什麼好得意的！不過據說有人摸到我的右手臂後，陳年惡疾竟不藥而癒，中風的人口鼻竟然不歪斜了。

我果眞不是常人！

舉手滿一年的記者會上，在眾多媒體記者面前，我放下了手臂。然後告訴大家——我發現自己不是耶穌，我誤解了，我的手痠了。

有另外一個偉大而神聖的使命在等待。我必須迎向前去。

我失業的時候做過很多事，表演特技則是很少人知道。

吞劍並不難，只要多練習就可以。你要練這個首先要能後仰，把脖子盡量的向後仰，使咽喉和食道成爲直線，人們很少做這個動作，一般人常低頭，昂起下巴的時候不多，實際上人們不習慣向上看。懂得這個竅門後我就開始練習了，首先是呑點小東西，像原子筆、筷子、米達尺等等，凡事起頭難，難免噎得難受，口水直流，喉嚨也不斷哽啊哽的，有時吃的東西全部都吐出來，不過只要多練習就不成問題了。我在練習時插傷過幾次喉嚨，食道也磨破過，什麼事不流血而能做得好呢？流血流汗流淚——革命是這樣，跳舞是這樣，特技當然也是這樣。等我可以很輕鬆的呑下一柄五、六十公分長的劍後，便慢慢加重份量，呑一柄或兩柄劍太平常了，最後我練到同時可以塞進六把劍的地步，這大概是項無人能及的紀錄吧。但我覺得還不夠，在這工商業如此快速發展的時代，什麼新鮮刺激的事人們沒見過呢？不搞些更難更新鮮更刺激更怪誕的節目，賣得出去嗎？誰要買過時的把戲呢？之後我練呑霓虹燈管，通上電就可以發出綠的、黃的、藍的光芒，我試了多次，以黃色燈光效果最好，紅的太嚇人了，很像鮮血，有人說當我拉出燈管時好像血噴出來那樣，或是肺、心臟、腸子也跟著被扯出來了，特技搞到這樣觀眾會受不了的。

我又練了呑鐵鏈、不鏽鋼的鐵鏈、一百串小指頭般粗的鐵鏈，慢慢的呑到肚子裡，鐵鏈大約也有二十公斤吧，這節目「搏命大驚奇」是觀眾們最愛看的，很多漂亮的小姐、太太還會走向舞台來，摸摸我鼓起來的肚子，塞點錢在我褲襠裡。我的喉嚨、食道是夠強健的了……好像可以呑下所有的東西，練了那麼多東西，我時時想有所突破，創造紀錄，最後我的目標出現了，我去到職棒大聯盟，向最有名的強打者「路易斯」買了他一隻常用的棒子，這棒子可是打出近二十支全壘打的寶貝，我請他簽上名，盼望他在我練成那天來夜總會看我表演呑棒特技。

我在街頭、夜市、夜總會的表演總是十分轟動，圍滿人潮。我的表演眞槍實彈，花樣又多，不推銷什麼藥品。電視台曾經考慮邀請我上節目，但據說他們節目部經理，看過帶子之後難過了很久，還嘔了一堆，他的神經實在是太脆弱了。

我終於呑得下一根鋁棒了。

我喜歡棒球。

在這個島上，似乎就這項運動還像個樣子。

這些選手站在球場上模樣很威風，以前我們的選手什麼籃球、摔角、游泳、拳擊、舉重、田徑在大型點的比賽裡出場比賽，一種莫名其妙的悲哀就從我的眼睛裡滿出來。那黃色矮小的身體，那麼輕易的被打敗，選手們那麼笨拙的移來移去，羞恥感滿在胸口，眼睛不忍直視。而那些白種人是那麼高大強壯，那些黑種人是那麼強勁充滿爆發力，而我們……但是棒球選手至少有些表現……。

我呑下了球棒最粗的前端三分之一。

全世界沒有一個特技家玩這個，也沒有任何人敢挑戰。

當我緩緩呑進「它」的時候，我恍惚間變成世界矚目的超級巨星，聽到四周如雷的掌聲，眼淚像打開的水龍頭般瀉出，我太厲害了，一個人站在巔峰的感覺是沒有人能體會的，那種極端的興奮和驚顫……我洗刷了所有黃種人的恥辱，成爲黃種人的驕傲，所有的國人將爲這樣的成就狂喜！我應該到拉斯維加斯、紅磨坊……或者奧林匹克運動會場表演，讓全世界的人分享我偉大的成就。

這些事都是可以預想到的。我拔出棒球棒，覺得不想再下去了。

依這樣的能力，再練下去將可能吞下一根電線桿，人的潛能是無窮的。

我開始練鐵砂掌。

買來了一個裝滿鐵砂的鍋子，每天將手插入其中，反覆的炒動，大約兩千次。在綁有草繩的木樁上劈砍，每天左右手也各一千次。手掌側邊的疼痛、紅腫、破皮、烏黑是必然的。堅忍是走向成功唯一的道路。此外爲增強手臂和手指的力量，還練了伏地挺身，最早是雙掌伏地，然後雙拳，然後是十根指頭；單手——單手三根指頭，然後是單手單指的伏地挺身，那單指是右手的食指，這食指爲了撐起我七十公斤的身軀，斷過一次，但受傷後變得更粗大，更堅韌，我的手掌極其粗礪，下側組織壞死，堅如石塊……

我隨身攜帶著殺人武器，一雙可怕的手。

我的可怕沒有人眞正了解，也沒有人眞正畏懼，因爲我只能在眾人的面前劈磚塊、冰塊、瓦片，表演單指伏地挺身或倒立而已，換點表演費而已。讓滿肚子酒肉，頭腦昏沉的傢伙開心；讓濃妝豔抹，賤里賤氣的女人嚇得張大嘴而已。

我手臂的肌肉像堆亂石般稜稜角角，綳起腹部，八塊腹肌便整齊畫一的浮起來，隨時我站在原地就可以把腳掌抬起來，橫放在頭頂上，可以連續做上、中、下三種高度的側踢三百次。想成功必須極端，不平衡者才有力量。

我是個武功蓋世，瞬間可置人於死地的高手。

可是——我僅能做取悅別人的事。

我必須在汗流浹背，氣喘吁吁時向他們微笑，我的身體蓄積的力量那麼大，卻要向那些人乞討。

我的心開始偏斜，不再那麼辛勤的練功。

菸、酒、過度的性交，使我的身體虛軟下來。

維持身體的堅強很辛苦，放鬆它卻很容易。

不願意工作，使我的存款急速下降。

一個電視台來訪問我，要拍用食指瞬間穿透一塊紅磚的功夫。

要是我的錢夠花用。我這武林知名的「風雲鐵掌浪客」，是不願隨便接受採訪的。

鐵指出了些狀況。我用力的鑽那塊紅磚，這磚水份很多，是他們故意浸過水的。鑽一塊磚通常只要一分鐘就可以，我最強的時候，可以用食指、無名指直接刺入牛肚子，一拳打碎豬的天靈蓋。一會，我食指前端的皮就破了，血滲出來，很痛，磚已經穿了一半，演出費很高，爲了那錢，我努力。

有時拔出手指來，把血和泥在褲管上抹一下，散熱，讓痛止一下，然後繼續刺進磚裡。訪問的小姐很驚惶，我安慰她，要她鎮定——接下來的表演是「鋼筋刺喉」的功夫，這是用兩根拇指粗的鋼筋頂住脖子，然後我用力把它頂彎。

電視台小姐拿著那塊已弄穿的磚塊向觀眾解說。

鋼筋頂住脖子，我深呼吸、運氣，擠出脖子兩側的肌肉，手臂、腰、腿一齊用力！

手指滴著血。採訪小姐向我眨眨淚水漣漣的雙眼。

「啊！」鋼筋稍微彎了，但它偏開，擦過喉嚨兩側，彈到旁邊去了，我應聲倒下，並感覺頸子兩側一陣冰涼，心想，有兩塊肉被剮去了吧。

我住進了醫院，然後不再表演特技了。

至於那位尖叫不已，陷入歇斯底里狀態的小姐，我感到很抱歉，她年輕又漂亮，讓如此美麗的小姐受到驚嚇，實非男子漢的作爲。

慶仔是專練吊陰功的。他在台中某個大飯店裡駐店表演。演出費十分高，客人男男女女，東洋、西洋的都有。如果要不遮布，完全用陰莖表演，是要多收一倍費用的。

慶仔是我當兵時的好弟兄，兩人曾經一起受過苦難，所以很是相愛。當他知道我失業窘狀時，希望我同他一起練這個功夫。這個世界絕無僅有，大陸失傳多年的絕世功夫。

他在家裡爲我表演，如何運用勃起的陰莖吊起十公斤、三十公斤、五十公斤的鉛塊。

他的「東西」又黑又紫又腫。我們分手八、九年，他爲了生活竟然去做這種行業——當他熱情的、耐心的、奮力的指導我——我看著他的「東西」感到人生的殘酷和無奈。

我曾是那麼可怕的武術高手，吞劍世界第一的名人，今天竟落到如此的地步。慶仔生活過得非常好，住在高級別墅裡，開朋馳320的車，三個老婆，六個孩子，兩個菲傭，八條羅威納猛犬，地下錢莊的董事。手上戴鑲鑽勞力士，常到泰國、菲律賓、馬來西亞、印尼打高爾夫球。他在各大旅館、別墅、飯店裡演出，他已經練到可以用籃子吊起一個豐滿女人的境地。不過他還不及他的師傅，吊陰大師——阿善師。此人年紀已近六十，卻可以做到吊起兩百五十公斤火候。阿善師曾環遊世界，在紐約、巴黎、柏林、倫敦、莫斯科、東京，世界六大都市演出過。

我的身體確因酒肉過度而壞掉了。我試過，但再也振作不起來。

我很不願做這個，慶仔不斷勸我，送了兩罐藥水給我，教我練氣、使力、搓磨，要我練好後兩人一齊演出，他實在忙不過來，而且這門功夫在工商繁榮的未來，必是非常熱門的行業，遠景極好。事實上也是如此，專程來向慶仔學的徒弟多達五十餘人，還有人希望他到高雄、台南、花蓮去開班授徒。

在經過幾天幾夜的考慮後，終於答應他了。

這個決心下得十分慎重，每夜在床上輾轉反側，幾番失眠後才痛下決定的。使我想法改變的關鍵，主要是憶起了漢代寫史記的先賢司馬遷，他因爲繳不起折合現在新台幣一億多元的罰款，接受了武帝的刑罰，犧牲了生殖器。在飽受羞辱、折磨、痛苦之下，他處心積慮、耗盡心血寫出了曠世不朽的巨作，影響了二千年來中國所有的讀書人。我……相信依我做事力求完美的幹勁，相信一定能創造出驚人的成績，一定能在「吊陰功」這方面出類拔萃，後出轉精，達到無人可比的地步，我將要吊起……唉！這種無畏的力量和毅力，就是我最高貴的精神啦！

——一九九八年七月．選自華成版《我有一種高貴的精神病》

阮慶岳作品

小說卷

阮慶岳

福建福州人，1957年生於屏東。淡江大學建築系畢業、美國賓州大學建築碩士。現為華梵大學建築系講師。著有《紙天使》、《曾滿足》、《阮慶岳四色書》、《哭泣哭泣城》、《重見白橋》等。曾獲台灣文學獎短篇小說推薦獎，中央日報文學獎短篇小說第三名，文建會台灣文學獎散文首獎。

曾滿足

他第一次見到她時就愛上了她，即使三十年後仍然沒有人相信這件事。他當時立在成群大人間看小鎮富戶鄭氏迎娶他內弟的新婦，他那時五歲餘不足六歲，擠在大人間看見她由胖胖的汽車中跨身出來，她垂著頭快步走進大門內。他記得她很美，他盯著她下車到入門，全程也許只有十秒鐘，但是他記得很清楚當時的感覺，那是他這一生第一次也許是唯一一次由異性的容貌中得到這樣澎鼓不停的打擊震撼，那時他只有五歲不足六歲，沒有人相信他的話。

婚禮儀式並不稱門戶的簡單，鄭氏及他的內室顯然都不怎麼喜歡這個婚事。他由大人間的耳語閒談知道了一些情形，鄭氏內弟據說是一個不務正業的男子，他到了已當立業的年紀，卻決定依附富裕親姊姊過活，而不願獨立自主；他用時髦衣著在鄰村贏得當時還在美容院工作曾滿足的傾心，也巧妙運用他姊夫的名聲幫助他取得她婚約的首肯。他們的新房是混凝土造在院落西側緊臨他家圍籬的獨立屋宇，曾滿足很安靜，很少步出屋子。

他家並不富裕，但由於他父親是小鎮有歷史傳統小學校的校長，因此兩戶的毗鄰而居倒也顯得適當。他母親是個善良熱心的婦人，她是小鎮婦女界的中心人物，在曾滿足婚後半年內，她走訪鄭宅幾次，在餐桌上他聽母親告訴他父親一些關於曾滿足的事，譬如她仍然未能被允許與鄭氏一家同桌進食，以及不得私自沒有陪伴外出等等。他也知道因爲她來自客語鄰村，使她想在這個純閩語小鎮贏得友誼的努力更顯困難。

他常徘徊在圍籬附近，藉口玩彈弓打麻雀遊戲，實則是希望看見曾滿足能在窗口出現或甚至走出屋子。有幾次她眞的出現了，卻叫他忸怩不知如何是好的奔回屋內。他有時可以聽見鄭氏內弟用粗暴言語怒斥曾滿足，他聽著會用彈弓裝上石子狠狠的向著他們的牆投擲過去，有時曾滿足也會發出低低哭泣的聲音。他有一次緊咬著自己的唇，把投擲的彈弓抬高了一些，一個飛快的石子便砰的打碎了窗玻璃，他看到曾滿足驚慌的臉在窗玻璃缺口中出現，他跑回屋子抱著母親哭了，他母親以爲他不小心做了錯事自責哭泣，甚至咬破了下唇使鮮血不斷滴落，便帶他到鄰戶道歉。他沒有得到任何懲罰，反而由鄭氏內室手中得到包裝精美進口的巧克力糖，他相信是他流血的唇解救了他，心裏也因爲知道這鮮血是爲曾滿足流的而有些驕傲。曾滿足隨後在他母親堅持要親自道歉後出現在廳堂，她仍只是低著頭不說話，他母親拉他到曾滿足面前要他說對不起時，他覺得自己幾乎要昏厥過去，他母親笑著說他從小就是靦腆的孩子，曾滿足看著他笑了。他母親說要曾滿足有空到他家走走，她想向曾滿足學一些客家菜燒法，曾滿足沒說話只看著鄭氏內室，鄭氏內室推說曾滿足其實不懂得燒菜，他母親再三堅持，並邀請鄭氏內室提供三盆插花在小鎮年度婦女會插花展中展示後，得到首肯。

他之後幾度纏著母親表示想吃鹹菜鴨及滷豬腳，那是他僅知道的客家菜，他母親眞的託學生家長由鄰村帶回來滷豬腳，他咬了兩口便不想再吃，他告訴他母親他想吃她自己做的滷豬腳。他終於讓他母親準備好一切後邀請曾滿足過來，那個下午他興奮的期待曾滿足的來臨，自己在屋內換上過年才新買的衣服鞋子，那是預備給他上小學時穿著用的；他走進廚房時，他母親驚訝的看著他的衣著，曾滿足背對他正剁著豬腳，發出砰砰聲響，她穿著白素上衣，一件碎花百葉長裙，她有很纖小的腰身，她用低低的聲音告訴他母親煮食的過程，她的閩南語有種奇怪的客家腔調，他迷惑的站在廚房一角聽著她們簡單的對話。最後曾滿足在豬腳下鍋後，回轉身來，她用兜在身上的圍巾揩著手，看到他立在一角，走過來蹲下問他嘴唇都好了嗎？她母親說他即將上小學一年級了，曾滿足露出敬佩的神情說眞了不起，上學校去求學問，長大了作有用的人。他相信他後來求學過程十分出色順利，都只是爲了不讓曾滿足當時的敬佩神色有任何失望的可能性；他日後成了鄉里間人人敬讚的好青年時，所有的讚語都只有叫他再回想起那一個下午曾滿足眼中閃過那一霎的敬佩神情。

他後來上了小學，他喜歡甚至堅持擺置自己小小的書桌在臨窗可以望見曾滿足屋子的位置，他要叫曾滿足可以看見他努力讀書的樣子。小鎭當時開始有些北部商人湧進投資的事業，新近冒起的富裕人家彼起此落，鄭氏一家相形之下便不再顯赫如前了，曾滿足也因此似乎有更多出入的機會；她有時會到他家來幫他母親做些家事，例如晾曬衣服，或是年節時做年糕粽子，他常捧著書在一旁唸著，一邊聽兩個婦人間斷續的談話。曾滿足走時總會走過來拍拍他的頭說好好用功，作個有出息的人。他母親說曾滿足從來沒有上過學校。

有時候他母親會帶曾滿足和他一起去看電影，他坐在兩人之間，覺得世界上沒有比這個更幸福的事了。

他母親有次告訴他父親說曾滿足結婚兩年多，一直沒受孕，很招鄭氏一家不滿。鄭氏內弟後來決定一人去北部闖事業，曾滿足仍留在鄭宅。

一天他在廚房裏聽他母親說關於一對外鄉來窮困夫妻的事，那個以苦力爲生的男人不知道患了什麼奇怪的病，漸漸衰微，他瘦瘠的女人有天去鎮上的廟許願，把她的命切割十年給男人，後來那男人果然就好了起來；他記得曾滿足在聽這故事過程中，如何停止手中剁切動作側身望著他母親的模樣，她臉上有一種困惑閃爍的光芒。他們還是一起去看電影，曾滿足會在電影回程散步經過外鄉夫婦陰黑屋子時緊緊掐握住他的手臂，他喜歡她細細柔柔的皮膚，以及她身上散出來一股淡淡的香味。

後來他母親又生了他小妹，曾滿足更時常過來幫忙。有一次他母親要求曾滿足爲他洗浴，他驚嚇的拒絕在曾滿足面前脫掉他的底褲，曾滿足無可奈何笑著去找他的母親，他的母親正忙於嬰孩瑣事，走過來沒說話就拉掉他的褲子，他讓曾滿足洗浴他的身子，覺得全身赤熱而時間好像永恆一樣漫長。他後來幾天都避開曾滿足，他覺得太難爲情去面對她了，之後，他便決定開始自己洗浴，叫他的父母驚訝並贏得更多成年人的讚賞。

他母親由於初生嬰孩，變得十分忙碌，沒有時間再一起去看電影，她建議曾滿足帶他去看電影，她說反正有小孩在旁邊，別人也不會說什麼閒話。曾滿足常帶他去看電影，他發現她漸漸又快樂起來，開始把她新婚時一些花裙子翻出來穿，也會上一些妝。他喜歡看她快樂而且美麗的模樣。

有一天，他母親叫他到一旁問他有沒有看到曾滿足在電影院和什麼人說話，他說沒有，他母親叫他不要聲張什麼。之後，他較留意，有時曾滿足在電影一半時會抽身去上廁所，遺他一人在座位上，或說是去買零食給他，她離開的時間愈來愈長，有次她回來時沒有帶回什麼零食，他見她坐下，眼淚串串不停的流下來，他知道那並不是個悲慘的電影故事，而且曾滿足從來不爲電影的故事流淚，她坐著把紮在腰間的小手巾掏出來抹著臉，然後在兩手間絞著絞著，後來電影沒散場，她就帶他回去了。

他母親又一次叫他過去，告訴他以後不能再和曾滿足去看電影了，他由大人間嚴寒的臉以及低語的姿態，知道有些事發生了，曾滿足也不再到他家中來。在北部少出現的鄭氏內弟一夜突然回來，他坐在自己書桌前，見他們的屋子燈火明亮，有尖銳的爭執聲傳來，他一夜覺得頭疼無法入眠。隔日晨他母親決定讓他在家請假一天，母親出去買菜時，他搬張椅子坐到院子正盛開的白蘭花樹下，希望再一次看到曾滿足的臉；忽然間有尖叫聲嘶嚷劃過空氣，他看到曾滿足由屋中赤足衝出來，她一邊哭叫著一邊向他家奔跑過來，鄭氏內弟手中執著一把菜刀追逐出來，曾滿足穿過圍籬的門，跑進他家廚房扣鎖上門，鄭氏內弟追上用刀在門板上狠狠的剁著。這一次他體內所有的寒熱都一起湧上來，他大病一場，整個外面的世界全都離他遠去。

隔幾天，他在房裏聽見曾滿足和他母親說話的聲音，然後有哭泣聲，他掙扎著從床上起來，等他出來時曾滿足已經走了，他跑到大門口，只看到遠遠的曾滿足穿著她喜歡的花斑長裙跟著另一個婦人及手中的行李走了。他用盡了他全部的力氣叫著曾滿足的名字，但已經記不得她有沒有回頭了。從那個下午到他下一次再見到曾滿足時，已是在異國的二十多年之後了。

他仍然繼續朝著人人讚賞的方向成長，間歇聽見一些關於曾滿足的傳聞，說她後來並沒能和她初戀的男人結婚。他幾次隨著校工在黃昏時爬上學校的鐘樓，立在最高點眺望南邊當時是曾滿足居住村子的方向，那距離對他來說太遙遠不可及了。

他順利考上縣裏最好的省中，在鄰里間引起了一些騷動，也因此開始了他中學時期離家住宿的生涯。他看著自己及同齡同學陸續成長成男子，有些人已經忙碌於偷偷書寫情書給心儀的女生，他冷眼看著這一切，心中仍然想著曾滿足。他在一個暑假回家時，碰巧間聽見他母親告訴他父親說曾滿足已操起酒女生涯了，他沒聽見全部的故事，只聽見他母親最後似嘆息的語氣說：可憐哪！也眞不知道自愛呢！

他自此沉迷於一人垂釣。每個夏天，他一早便帶著釣具走到鎮上水泥大橋下坐著釣魚，大人們都以爲他只是個好沉思的好青年，實際上他是坐望著河對岸當時風月區的房子背面，他期待見到曾滿足如往常般在窗玻璃上出現的臉容，他所有中學時代的暑假就在這樣垂釣的期待與失望中度過。

他順利無誤的上了北部一所知名大學，離開家愈來愈遠，在眾多初履青春的愛情追逐同伴中顯出落落的姿態，心中仍然想念著曾滿足。他輾轉聽到一些若有若無的傳語說曾滿足後來跟著一個美國士兵回美國了，他以爲自此不會再見到曾滿足了。

之後他熟識的朋友陸續成婚建立起自己的家庭，他一人負笈美國，學習光電科技，很快在一知名公司任職。他仍然念著曾滿足，他以爲他永遠不會再見到曾滿足了。

他在公司沉穩努力贏得了器重，公司派他轉赴鳳凰城，協助經營不如理想的當地工廠。鳳凰城多椰樹與山嶽的景觀叫他常想起已久離的故鄉。

他見自己年紀邁過三十，仍然十分寂寞，他會和公司裏一些年輕單身同事一同去飲酒跳舞。有時在週五下班後，幾人呼嘯開車夜半至洛杉磯，找到旅店沉睡至週六晚，然後到習常去的迪斯可吧跳舞，他們通常跳舞徹夜到日明，他多半是獨自一人跳著，他的同事們也已習慣他的作爲而任他行素。週日夜裏他回到在鳳凰城的公寓時，會有把自己生命汁液絞耗乾盡的疲倦爽朗感覺。

日子便這樣如恆的下去，他已經不再期待任何事情了。

有一天他驅車在街上穿梭來去時，忽然見到迎向一輛陳舊小卡車駕駛的女子像極了曾滿足，他不能相信自己的眼睛，當時交通極紊亂，他無法轉向跟上去，只由反光鏡中見到紅色有斑彩的車身逐漸遠去。

之後他用所有工作之餘的時間在城裏來去找尋紅色斑彩小卡車，漸漸懷疑當時見到的只是純然的幻境。曾滿足不會在這裏，在這個叫鳳凰城的地方出現。但他仍然來去巡逡，只是有時會突然忘記了自己眼睛盯視尋找的究竟是什麼而停愣住，曾滿足的模樣也有時清晰有時模糊到無法輪廓出來的地步。

他有天搭公司老闆的車去鄰市，回程時走上一條他一向少去不熟悉的大街，街上有各色少數人種開的店，像墨西哥餐廳，印第安人藝品店，黑人的廉價旅店，有幾間中國雜碎館子；然後他注意到一間小小乾淨的日本快餐店，也不知怎樣的就被那店吸引住，他要求他老闆停車吃些東西，他老闆驚訝的看著他，不明白他爲什麼要停到這日本店。車子停妥後，他見到店後面泊著紅斑彩小卡車，他知道爲什麼他不能免的被吸引進來了，他走向店門口時胸口澎湃怦跳，開始期望店裏的女人只是一個貌似曾滿足的東方人或日本人什麼的。

他一推開門就知道他錯了，他見到曾滿足立在櫃檯後，和他二十五年前第一次見到她時一樣美麗，他知道他的生命自此後再也無法自我掌握了。曾滿足正和一個墨西哥女孩幫手說話，只抬頭看他們一眼有禮的笑笑。

她不會知道我是誰，她可能根本忘記我這個人了，我當時只是個小孩。

他們點了食物，他已經記不得點了些什麼以及怎樣吃完盤中的食物。出店後，他恍惚的樣子叫他老闆擔心起來，他只推說頭疼便回自己公寓。他躺在床上想著這一切眼淚就流了下來。天黑後他起身駕車回到店名叫京都的快餐店。他在店外來去幾次，無法下定決心停下車來，最後找到對街一間酒店，坐靠著個可以守望京都窗玻璃燈火的窗口，他淡淡的喝著酒，直到曾滿足熄了燈，進入她紅斑彩小卡車啓動離去後，也才離去。

他一日一日不間斷到酒店也漸漸和酒保熟悉起來，由酒保口中知道曾滿足英文名字叫南西，她離婚獨居，到鳳凰城已幾年了。他就這樣過了一個冬天，在春天到來所有沙漠中仙人掌全部開出眩目燦爛花朵後一夜，曾滿足如常的鎖了門，卻沒有跨坐進卡車而轉身走向酒店來，店裏只有闌珊幾人，他驚惶的望向酒保，酒保卻迴開了他的眼睛；曾滿足推開門，直走向吧台要了杯啤酒，大口啜飲著轉向他來，立在他前面盯著他看了半晌，說：

我看過你，我想不起來在那裏或是多久以前了，你知道我是誰對吧！

他點著頭。

你是誰？

我是誰我是誰我守望著妳閃爍不定的面容逾二十年我是誰我是誰。

他低下頭，用耳語的聲音說他不認得曾滿足，只是曾滿足叫他想起他初戀的情人。

喔哈！她說。然後坐下來，問他一些來去事，他都照實說了，只是避開了小鎮成長那幾年的故事。

你也叫我想起一個人。

誰？

一個沒勇氣的男人。

他沉靜了會，然後問：

妳還想他嗎？

我誰也不想了。我太忙了，沒時間去想別人。

然後她說她得走了，他在她臨出門前喚住她，怯怯的問她可不可以每夜去她店裏吃晚飯。

當然可以，只是你會膩的。

我不會。他知道他不會的。

他此後夜夜去曾滿足店裏吃晚餐，他通常坐在角落上默默吃著他的食物，眼睛安靜的跟著曾滿足四處游轉，曾滿足不太理會他，偶爾過來說幾句話，店裏常出入的是一些貨卡車途經的司機，他們用粗大的聲音喚點飲食並與曾滿足說笑，他只靜靜的看著，彷彿回到他無力的五歲童稚時期。

曾滿足有時會特別煮些食物讓他換口味，有一次她從冰箱中取出凍著的滷豬腳，他看著盤中的豬腳，情緒波瀾不能自抑，終於棄了食物倉皇奪門而出。曾滿足隔夜很抱歉向他表示以爲他也是台灣人，當會喜歡豬腳，沒想到他也像美國人一樣嚇壞了，他只笑笑說是自己不舒服和豬腳無關。這件事之後，似乎叫曾滿足更關心他了，她在不忙時會坐過來閒聊，問他年薪多少，他據實以答，曾滿足露出十分驚訝的神情，然後說：

你這樣好青年，什麼都有了，怎麼不找個對象呢？如果我年輕二十歲，我就纏上你不放了。

他也只憨憨的笑著。

他公司在八〇年代末期鳳凰城經濟開始衰頹時決定撤離這個城市，許多低層技術人員被遣散，他被調回中西部總廠。他回絕公司的改調震驚了所有的同仁，他的老闆喚他去談話，以爲他另外找到別的工作，但他說他只是無法離開鳳凰城。

爲什麼？

因爲一個我愛的女人。

帶她一起走。

我不能帶她去什麼地方，我只能跟著她，跟著她一輩子。

但是你的專業技術在鳳凰城找不到第二個工作，這裏不要你這樣的專門人才，你找不到工作的。

我活得下去。

他老闆嘆息不解的離去了。

他晚上去店裏告訴曾滿足，她停下手中動作坐了下來，說：

你不應該這樣做，你要繼續上進才對的。

又說：

究竟是什麼原因，你要留下不走呢？

他把告訴他老闆的話再說了一次，眼睛盯著曾滿足。她垂下頭，喃喃說著：

你是個傻子，你是個傻子。起身走了。

他離開熟悉的專門技術領域後，果然無法找到任何工作，整個城市急劇蕭條的景象更增長了謀生的困難。他因爲手邊有些存款，也不甚著急的度著日子，曾滿足看他天天坐在店角落，反而替他擔心起來。她一日對他說：

我到對面酒店去過，他們說可以添個酒保，你反正跟那些人也熟，就過去做做，也是個頭路。

他就開始在酒店工作，待遇不太好，但他並不在乎，他很高興可以在工作時，隨時抬頭看到曾滿足店裏的燈火。晚上他會配合時間驅車伴著曾滿足的車回到她住處，曾滿足漸漸爲他這樣不易的舉動迷惑了，有時晚上就不堅持的搭他的車回去；日子久了之後，也會留他宿在她處。她早晨起來，在廚房弄早餐時會突然轉頭回來說：

但是我大你二十歲呢！再十年我就是老太婆了。

你應該找個年輕女人結婚，生幾個孩子。

你會過膩這種生活的。我們是不一樣的人，你是有學問懂技術的人，我一個英文字都不會寫。你會膩的，你會後悔你沒有回去原來的大公司。

你會後悔的。

他從來不辯白什麼。他看著曾滿足叨叨不停的在廚房忙轉著，心中有種快樂滿溢的感覺。

他也曾問過曾滿足是不是願意嫁給他，她躺在床上大聲的笑起來，一直笑一直笑到眼淚縱橫滿臉。她說：

嫁人？嫁給你！我這輩子不能再嫁給任何人了，男人都是吃腥怕膩的，你要娶了我，不要三天你就要膩煩了。

我不會的。

你不會？哈！你太年輕了，你還不知道你自己要的是什麼呢！

我知道的，我一直知道的。

你只是嘴硬罷了！

他們後來決定開始尋覓一間合適的房子搬住一起。房地產價隨著經濟狀況跌落，他們因此可以買得起一間小巧的房子，從荒瘠的後院可以看出去整個石礫的沙漠以及遠處紅色的山落。院子有幾棵橘樹，在冬末結了滿樹橘子後，會開始開出白色小小幾乎不可見的花，這白色的橘子花入夜後瀰漫出一種無法消失的香味。他們工作夜裏回來入寢時通常已過了午夜，他們喜歡把所有門窗敞開，任橘子花香浮入寢房，整個城市此時在月光與橘香中有如夢境。

他通常和曾滿足同車去工作，大半是曾滿足駕著她的紅卡車，有時順道去裝些貨品到店裏。他喜歡這個城市許多女性駕著一點也不纖細的貨卡車坦然來去美麗的樣子。

他有時佯稱自己是男人，不能老坐著女人的車來去，曾滿足會轉頭看他，然後說：

那你下去開你的小日本車。

他就大聲笑著。後來把日本車賣了，覺得自己愈來愈喜歡這個多勞工住戶的鄰里；他讓自己粗率自在的活著，有時會忘記這個世界上除了曾滿足外，什麼人還和他有任何牽連關係。

但是他以爲已經永遠離他遠去的事業生涯突的又返回了。久無消息的老闆一日出現在他工作的酒吧，望著他驚異地搖著頭，走前坐在吧台飲酒和他閒聊，提到公司決定再次開始在鳳凰城的工廠，並將擴大規模成爲主要生產線，他和老闆約好改日去他家中談其他詳情。他當晚告訴曾滿足這一切時，兩人間有奇怪的靜默，他們不知道當怎樣對再次連繫上這個外面快樂繁榮的富裕世界作反應，兩人都知道這是他們無法拒絕天堂的邀約，但同時也暗暗滋生著一些他們無法解釋的憂慮。

他改日將屋子整頓清潔候著他老闆的來臨時，自己審視這間已經居住近三年的屋子，好像第一次驚訝的發現屋子的簡陋；他不安的來回轉著，甚至執意要曾滿足換上她平日少穿著的一套正式衣裝。她好像可以清楚聽到他脈搏緊張怦跳的聲響。

他老闆和他談到各項細節，包括將重新起用他為副廠長及技術指導，他們興奮的討論著如何籌劃重建程序；時間近中午時，曾滿足岔入表示必須去店裏，他要曾滿足為他向酒店請一天假。

他老闆隨後帶他外出午餐，在昂貴餐廳裏他開始回想起這些似乎遙遠又熟悉的優雅生活方式。他老闆說已開始在北郊為他尋找新房子。

在哪個區域？

樂園谷區。離我住處不遠，你會喜歡那個地區，安全乾淨，是養小孩的好地區。

然後看他一眼，說：

你們結婚沒？

沒有。

你有什麼打算？她好像比你年紀大些。

他只低下頭沒說話。他老闆很快便轉了話題：

另外去找個好車子開，該添購的東西去買，把自己好好整頓起來，你可能也該為她買些必要的東西。

曾滿足聽他說這些時沒有太多的反應與表情，只在最後喃聲說：

你要繼續上進的。我是不會搬去北邊的，我就住這裏，我要照顧我的店。你不用花功夫在我身上，我是已經長直的木幹彎不了。你要繼續上進，我還是會在這裏，你要來要去自在隨意，我是會留在這裏的。

他想勸說曾滿足放棄她已有的這些東西，就跟他搬去北郊，輕鬆自在的過度生活，但曾滿足很快側身背向他睡了。他想也許不用急，隔兩天再慢慢和她說。

夜裏他覺得寒涼忽然醒來，不見曾滿足在身邊，聽見院子有瑣碎聲響，到窗前見曾滿足立在木椅上專心的摘橘子，他看錶才四點半，披衣走出去問曾滿足怎麼回事。

她說也沒事，不知怎樣睡不好，老翻來翻去，怕要吵醒他，又想到答應給店裏那個墨西哥女孩帶些橘子，反正也睡不著，乾脆起來摘了。

晚上黑，又沒人在一旁，妳要摔了下來，誰看護妳呢！

我會照顧自己的。

他有些作疼的感覺，扶她下椅後，他們在院中坐下，他擁著她，他想告訴她所有未來他的一切都要與她分享。

她說：

我這幾天老做夢回到老家去。離開那麼久了，從來沒想回去，這幾天卻老是夢到一些舊的人和東西，眞想回去走一趟呢！

妳要不要我陪妳回去一趟。

你自己呢？你的老家在那？你不想回去嗎？你不想看你媽媽？

他靜聲沒說話，半晌說：

曾滿足，你知道我是誰嗎？

我知道。

那妳爲什麼不說？

你自己怎麼不說？

我不知道，我想妳不記得我了，我那時只是個小孩，妳也不會相信我的話的。

我不能和你一起回老家去，他們看我纏上你，怕十八層地獄都不夠我下的了。

我不在乎他們的。

我自己是不在乎再多下幾層地獄的。只是你不一樣，你不要讓我絆了你。你有你的前途，你要繼續上進的。

我不在乎。

曾滿足只是笑了。

他們繼續坐著，橘子花香愈來愈濃，好像可以在空氣中擰滴出一些汁液來似的。

妳記得我母親告訴妳那對外鄉夫妻的故事嗎？那女人許願折了十年壽給她男人，後來不知怎樣了。

我記得很清楚，他們是艱苦的夫妻，作外鄉人不容易的。

妳後來有沒有想過會再見到我？

命吧！

曾滿足，我想也許我們一起回去走一趟，我們一起去那個廟許願，把我們剩下的命全部拌在一起再對分成二，什麼都是相等的，歲數、財產、知識、愛情，然後生兩個小孩，兩個人一模一樣，又像妳又像我。

曾滿足笑了。

天恐怕很快要亮了。她想店裏的魚料快缺了，得趕早去買些貨補充。他想著回家鄉許願的事有些陶然，想明早去和老闆商量，先回去兩個禮拜，把事情辦完。

天恐怕就要亮了。

他們不能決定是否當回到床上繼續他們的夢，還是清醒的等看著白色的陽光照出他們黑暗中眞實的身影來。

——一九九八年六月·選自台灣商務版《曾滿足》

裴在美作品

小說卷

裴在美

本名裴洵言，山東諸城人，1957年生。美國南康州大學美術系畢業，紐約電影電視藝術中心畢業。現旅居美國西雅圖從事繪畫、影視編導、寫作。著有小說集《下落》、《疑惑與誘惑》、《海在沙漠的彼端》、《小河紀事》等。曾入圍時報百萬小說獎第三名、時報文學獎短篇小說首獎、聯合文學小說新人佳作獎、新聞局優良劇本獎等。

耶穌喜愛的小孩

聽說有一種秉賦異能的人看得見鬼魂，我則是那種生來就注定要包藏多樁隱祕的人。或許，我同那些能看見亡魂的倒楣鬼一樣，活在曖昧的陰陽界邊，注定要受生與死、明與暗、神與魔的消遣；騷擾和詛咒。也或許，是我個性中的晦澀陰鷙、緘默厚道的交纏夾雜，互為表裡，使上天安排我窺得如此之多不為人知的事端，以為人世荒誕蒼涼的見證罷。

一

農曆年剛過不久。我記得糖果紙、花生皮和幾隻剩下的小鞭炮還留在袋裡，倒是擱在紅封封裡僅有的幾張嶄新台幣壓歲錢，早已給我媽抽了去。她哄我說給我收著，「留著你將來上大學好用。」我早知那是大人騙小孩的鬼話，一年年過去，別說是壓歲錢，就連平日我掙的也全沒了蹤影，我終於也沒上成大學。錢，全培植了我那兩個有出息的哥哥去了。我也曾發脾氣同他們吵過，我爸就瞪起那雙少有人能發出如此兕光的眼睛來：你上了這些年補習班，不都是家裡出的錢？末流大學也沒撈著一個，還囉唆個什麼？他就不提這些年我給家裡賺的那些了。我們家有一項收入永遠不能拿到檯面上來講，不管明著吵的是什麼，其實算計的都是那個。

雖說該是開春時候，那陣子卻陰雨連綿。入了夜，風嗚嗚地打我家三間瓦屋外呼嘯而過，颳進窗戶縫隙，哨子似的，從門板空裡透了進來，冷得叫人直打哆嗦，總覺衣服穿不夠似地，年初一上身的那件新夾克雖已油漬斑斑，卻總捨不得脫，連睡覺也還裹著它。

我一向早睡，那時還沒上幼稚園，一聽收音機裡播報「中原標準時間八點整」就盹得打瞌睡。這陣子恐是受了過年守歲氣氛的影響，夜夜都耽擱著，與哥哥們一同窮蘑菇，怎樣賴著就是不肯上床去。

這時我爸爸突然掀開暖烘烘的被窩，翻身爬下木板床來。一聲不響開始套上毛線衫、長褲子、長統黑膠鞋……，我媽則忙不迭從高及天花板舊衣櫥後的隱祕處，極爲熟練地取出一件怪異貼身小背心予他穿上，背心上滿滿裝置著各式工具：膠袋、繩索、迷你手電燈、小刀、老虎鉗、螺絲扳、膠手套、火柴、毛巾、鐵棒、剪刀和大大小小無數口袋。我被這景象弄獃了，正要開口問去幹什麼，嘴卻被二哥從背後伸手摀住了。

臨走爸披上一件深色膠雨衣，抖著帽子戴上。他的臉徒有形狀而無血色，眉頭緊緊蹙著，使得浮腫的眼袋和腮幫子在四十燭光燈泡的照耀下益發明顯地下垂著。誰也不曾說什麼，他就在老婆孩子默默的注視下，像一個出征的戰士似的，悲愴而雄壯地推著他的單車掩門而去。我的心突然被一股莫名的恐懼揪住，隨著滴打在屋頂上的雨，一陣緊似一陣。爸一出門，媽就將屋裡的燈全熄了。在一片冗長沉寂的黑暗裡，恐懼夥同著呼嘯而過的風聲，更加聳動起來。

自那之後，一個月裡總有個一、兩回罷，爸要夜半出勤去幹活。我像有預感似地，常在他起身前不久便驚醒過來，然後拚著全力傾聽黑暗中他倆摸索起身一切窸窸窣窣的聲響，邊憑著那晚的記憶，配合想像出他的步驟與動作。這時心在胸口狂亂咚咚地搥跳著，要不是忙於穿戴，我敢說他們準會聽得見我這打鼓一般的心跳的。但我和哥哥們一樣，卻又努力裝睡。我不知道我哥的感受如何，因爲我們從未彼此討論過。但於我來說，這般恐懼的經驗毋寧是刺激的。結果，往往在爸出門後不久，我就假戲眞作地睡著了，又由於亢奮之後，睡得格外香甜，竟至一夜無夢。次晨醒來，誰也當做不曾發生過什麼。

我們家還有一項奇怪的默契，就是對爸爸夜間幹活的這檔子事從不提起，甚至我們兄弟之間也不談論，我幾次開口要問，都被哥哥們的沉默和警訓的眼神喝阻住了。我媽更不用說，別看她平日裡大呼小叫的，這檔子事兒她卻從未漏過口風。她常夜裡不睡給爸等門，熬夜熬得眼都紅腫了，卻又泛著一股亢奮的光，使得原本就黃褐的眼珠更加赤紅而透明起來，蓬著淡褐散亂的髮，我還沒來得及開口，話已被她母獅般的眼神瞪回肚裡去了。

但漸漸的我也摸出了端倪。從家裡經常沒來由地在床底下藏著上好的西裝、衣料、手錶、首飾、人參、洋菸酒、收音機，和一些半新不舊五花八門的東西；以及爸爸時不時趁星期假日往延平北路、牯嶺街一帶出清這批日積月累的存貨看來，就是不說我也知曉，老爸在戶政機關公務之餘另一項不爲人知的營生了。

二

春天到了。

巷道裡開滿了各色花朵。門前小河的水也漲了起來，滿滿地將要淹到橋面。上游莊子裡的媳婦們清晨聚在河邊洗衣，總要將皂抹泡泡攪得河水渾藍一陣，過一會兒，等太陽從三張犁的山後全露出臉來，它才又清清澈澈潺潺川流不息。

我們隔壁住的是家有錢人，他們的竹籬笆上爬滿了迎風招展粉色的薔薇，院內高大的柚樹、芭樂、蓮霧、芒果，開滿了香氣襲人、預兆著結實纍纍的小花。靠著河邊園裡栽植的杜鵑、芍藥、三色菫、喇叭、扶桑、美人蕉……從竹籬空裡露出了團團的秀色。清晨薄霧裡，小河邊的淺灘上，仙女下凡似地，開遍了野生的薑花，滾滾的綠葉簇裡冒出潔白噴香的花朵。我媽總要打發我去，甘冒掉進河裡的危險，掐幾枝回來浸著。

隔壁姓葉，我們一道籬笆之隔，他們後院一株高齡的芙蓉正好倚在籬邊傾身牆外，於是一樹嫩生生的芙蓉花朵便整個兒斜進我們院裡來了。若不是因我爸曾藉修補籬笆之名趁便進佔葉家邊陲一溜地的不愉快，我還可以像以往一樣猴兒似地在他家前廳後屋亂轉，任意爬上棵樹專摘又熟又大的果子來吃。現在，卻連我媽也少與他家的楊嫂來往，更別說上他家走動了。葉老頭在黨裡做官，又是我們安徽同鄉會的頭頭，聽楊嫂說當年我爸來台灣舉目無親，便是得了他的照應才在葉家邊陲地帶搭了一間棚屋，發展至今，一式三間，又將屋前人來人往的過道圈起來，成了院落。可據我爸說，則是他花了兩根金條向葉家買下來的，而我卻記得他曾一再聲明他來台灣是分文莫名。不論如何，葉家既認爲我爸「得寸進尺」，後來便索性蓋上一道磚牆，大有老死不相往來之勢。

在磚牆尚未建造之前，一個星期日的午後。我爲什麼記得是星期日，原因在每個週末，葉媽媽總會領著孩子們上西門町、東門町這些熱鬧地方看電影、逛店舖買東西或上西餐館之類，享受全套他們富人的娛樂，是我們這類人家從來捨不得花費的。所以，那日當我看見葉家那輛墨綠噴漆、擦得雪亮、後頭漆著兩個「自用」白色楷書的三輪車開出車房時，就知道又是他們週末出街的時刻了。

下午我兩個哥哥照例關在矮小的房裡複習功課，所不同的是，這日我爸沒上牯嶺街洽談生意，他刻意空出時間來管教兒子。我爸盯他們課業極嚴，一有鬆懈打盹或成績不合理想，便毫不客氣的抽上一頓，一直到他倆考取國立大學第一志願之後才停止了這漫長的體罰教育。

我爸繃著臉，身上穿了件破了洞的舊汗衫坐在床沿上，正對我那兩個可憐哥哥的背後，一旁桌上擺了那把令人望而生畏的細竹棍，一杯釅茶、一疊舊報紙。看這光景就知道，必然是他們月考成績未盡理想，而這意味著，我最好斷了去找哥哥們胡纏的妄想，他倆除了晚飯之外，不到夜裡十一、二點，是休想下桌的。我矮著身子從窗戶底下溜過，卻正看見我媽打掃雞籠子呢，還好雞毛雞屎塵灰逼得她瞇了眼，我一閃身便溜進屋後的夾道，抽了一根鬆動的竹籬笆竿子，就鑽進了葉家。

這個時候葉老頭不是不在（他一年三百六十五日幾乎都在晚上應酬完了才回來），便是破例在家午睡，但總是打著極響的鼾聲。楊嫂一大早便拎著小包袱放假回家了，不到夜裡不回。

我先圍著房子院落轉了一圈，看樣子他家剛拾掇了院子，沒啥可撿可玩的。這時節既無果子可摘，葉家孩子看樣子也都出門去了。本來我們小時極熟絡的，楊嫂那時常領著她們上我們院裡同我媽閒扯淡。葉家三個女兒正巧同我家三個男孩年紀分配得相差不遠，可我兩個哥哥給我爸打傻了，除了念書考高分數其餘一概不知，傻不楞登地，我媽氣了就叫他倆大木頭、二木頭。只有我同她們還玩得開來，便是在佔地事件過後，我還是厚著臉皮往他家院裡出沒。她們也都隨著家裡叫我小三子，我亦跟著楊嫂叫她們田田、寶娃和桂桂。至今，也還記不全她們的學名。

百無聊賴之餘，我爬上前廳斜對過的一株老榕。我得自老爸遺傳，快手飛腿、開箱啓鎖、藏身匿影，全憑直覺反應，根本用不著思索。看樣子全家上下全出門去了，奇怪的卻是門窗俱開。我又往上爬了兩幹枝子，才看見後屋裡有條黑影晃動著。我立即上了屋頂，貓一般輕手輕腳朝後屋爬去。

身子趴在瓦片上，臉貼著屋簷朝裡邊望，雖說方向有些上下倒反，情況可是偵伺得一清二楚。

那是個身著軍裝的男子，長臉方肩，好不神氣，他手背在身後，不停地來回走動。看起來年紀不小了，但到底有多大，我卻說不上來，反正也還年輕就是了。屋角一邊的大書桌上，寶娃正趴在那裡寫字呢。

我忽然記起這人是誰來了，可不是寶娃她媽好友鄧太太的大兒子、上陸軍官校的那個！時不時來葉家走動，一會子護送田田上中山堂、校慶表演芭蕾舞。一會子借吉甫車載葉媽媽同女兒們上陽明山賞花。一會子節慶壽誕送水果禮品什麼的，好不周到，算得上葉家的常客了。這會子他來幹嘛？難不成替寶娃補習功課？

他忽然在寶娃身後站定，不由分說將寶娃拉起來往一隻沙發上去。先是將她抱坐他的腿上，想是打小與他親熱慣了，寶娃只稍稍忸怩一下，也沒怎樣拒絕。她較二木頭小，又較我長三、四歲，那年也該有十一、二了。那男的一手按住寶娃的雙臂，另一手則動作連連，消失在寶娃裙子底下。這時她臉色赤紅，好像要哭的樣子，姓鄧的卻又扳過她的臉來湊上嘴去親她。他臉脹得通紅，連太陽穴的筋也暴跳起來、氣喘咻咻、舔咬抓扯形同一頭猛獸。寶娃奮力掙脫，卻給那個碩大無比的男人一個翻身死死壓在身子底下。

可能由於倒趴姿勢的緣故，我覺得自己頭臉也暴脹起來。心卻不由得怦咚怦咚幾乎跳出了胸口。我直覺他們要來狗兒交配那套了，一邊害怕一邊害羞，我實在不知道大男人也可以同小女孩子這麼來的，何況寶娃——我又急又怕卻始終不曾發出半點聲響。十指死死地掐在屋簷瓦上，忍受一種極爲熟悉的、咬嚙心肺的痛苦。猶似夜半豎耳傾聽我爸弄出窸窸窣窣的聲響，因由無能阻止它的繼續發生，更因不曾眞正身爲當事人、被害者，卻將之以旁觀角度幻化擴大，繼而形成一種持續的、絕望的、被虐的刺激。……種種撲面而來的追逃、緝拿、刑囚、鞭笞……混亂戰慄的畫面……我不僅是預謀、且是共犯；不僅作案、且無可推諉地擔待著事發的風險。我淌著冷汗瑟縮一隅、戰慄地受著恐懼的凌虐，感覺正同一件毒物繾綣交歡。……

寶娃突然滾落在地板上，她立時彈起身來，箭一般地逃跑了。我本能地翻下屋頂向她追去。她飛快地奔出了後門，穿越一片廢地、一座荒墳、繞著舊工廠改建大雜院的周邊跑上田埂、跑過小橋、跑進我們小時玩躲迷藏木材場後那片堆積巨幅樹材的空地……她跑得又遠又快，我從不知寶娃竟是如此一個善跑健將，連我拚了命都快追不上了。……她終於跑進郊野間、大門上方撐著「神愛世人」四個圓鐵牌、主日學老師丁阿姨的家裡。遠遠的，他們家那條營養不良的黃狗，正邊搖著尾巴汪汪叫著，邊不住地向她作揖「拜拜」。

那日夜裡，我輾轉難眠，怎樣也搞不清那姓鄧的到底對她做了什麼。我不住來回地試圖將我所看到倒反的角度正過來，一遍遍地想，卻仍不得要領。不論如何，我曉得那是個禁忌，因此同誰也不曾提起，包括寶娃在內。

三

數月來梅雨季連番的陰雨，終於告一段落。每天太陽燒著白熱化的強光普照大地。曾經一度清澈、一度則因上游雞鴨貓狗腐屍及廢水汙染的小河，在春雨氾濫之後，遂又乖乖回到原有的河床，好一陣不曾發出惱人的惡臭。雨一停，到處開發翻建公寓大廈的工地雨後春筍般冒出頭來，我家也尾隨上這股洪流，開始敲敲打打了。

夏天第一起蟬聲上揚的時候，我們家終於咬著牙，僱了工人來將三間小屋擴充改建。經過這些年兼併佔用的努力，總算落得一塊結結實實約七、八十坪大小的用地。

一個燠熱的午後，我因受不住教室裡那溼悶空氣的窒閉，而決定提早自動放學。值得順便一提的是：我在連續留了兩級之後，終能畢業，並且搭上九年國民義務教育的便車，順利升上附近一所頗負盛名的國中。當然我的學習並未因上了中學而見好轉，老爸既知我不是塊讀書的料，打也白打，對我也就形同放棄了。還好有大木頭申請出國留美令他操心，二木頭也死狗拖牆地拚上了一流的醫學院（但他終究還是礙於口吃木訥而只能做個死屍解剖的工作一般稱之為病理學家），讓老爸在人前抬頭挺胸了最後的二十年。加上我時不時自動提供他一些「外出幹活」協助性的服務，他雖絕無要我「秉承父志」的意願，但因由「吃人的嘴軟」那樣一種情結，無形中施予我的壓力便大大地減少了。

話說那日我因受不了教室外兩株相思樹上，有如一隊猛烈軍隊襲擊的蟬聲而提早回到家裡。我媽正躺在涼蓆上假寐，敞著懷，裡頭一件極其纖薄貼身的內衣將兩乳刻意凸顯得狀色分明。我已久不曾見到或接觸她的身體，早已忘掉她還是一個女人。這時，房頂已拆去了大半，上邊的工頭帶著他的徒弟，正喜孜孜地接受這名正言順因折價工資而獲得的賞賜。

對一個十五歲的男孩而言，還有什麼比母親出賣她的肉體更為可恥？霎時之間，我爸的夜間幹活，咱家的窮困，大木頭、二木頭公認的迂傻，甚至我以十五歲高齡上國一的蠢笨，都算不了什麼了。

我慌敗地逃出家門，有一種永不回頭的渴望。我跑了近乎十分之一個台北市，最後鑽進一家破爛的租書店裡蹲著。捧著金庸的武俠小說，卻全無閱讀的心緒。我想起多年前隔壁葉家的寶娃，在那個被姓鄧男人侵犯的午後，我上氣不接下氣跟著她跑進郊野丁阿姨的家裡……

那時上主日學的孩子都已散盡。只有她家的幾個孩子同那條黃狗在雜亂、堆滿雜草野樹和破爛什物的院裡蹓躂。見我們來都十分高興，馬上夥同起來，玩我們過去一道常玩的木頭人、躲貓貓之類的遊戲。破舊的小客廳裡，仍舊擺著那架古老的風琴，丁阿姨每每坐在琴前，教我們彈唱：「耶穌喜愛世上的小孩，世上所有的小孩，無論紅黃黑白種，都為耶穌所喜愛……」附近的孩子都來了，坐在小板凳上聽丁阿姨講聖經故事，一同歌唱祈禱、背誦經文……然後領取亮晶晶、印製精美的卡片。包括葉家的三個女兒和我哥哥們和我，還有厝上的、住棚屋的、國校邊上大雜院裡的……幾乎全都到齊了。丁阿姨穿著美援印花布長裙的舊衣裳，堅毅爽朗，露著平和可親的笑容，實在很接近我曾看過唯一一部外國片「海角一樂園」裡那個能幹樸實的婦女形象。她做軍人的丈夫似乎常駐調外縣市，我們看見他的時候，不是將龐大的身子蜷縮在狹小的帆布行軍床上打呼午睡，就是打著赤膊修理房子。看見我們來了就以他格外低沉沙啞的嗓音裝成怪獸的模樣同我們逗趣。耶誕節時他打扮成聖誕老公公給孩子們發派糖果……。想到這裡，我發現自己逐漸放鬆，也有了一種洗滌過後的清楚。人家也窮，窮得連他家黃狗也只吃得上青菜湯泡剩飯，那狗瘦骨嶙峋地，一碗湯飯呼嚕呼嚕便吞下肚去，還十分滿意地拿舌頭舔個不停，無限感激搖著尾巴望著牠的主子。我家那隻肥貓，頓頓葷腥不說，還有餅乾牛奶，這牠還經常去廚房偷吃魚肉，若想教訓牠一下，則換來牠齜牙弓背抓咬的還擊。葉家那條德國狼狗哈利，更是頓頓不能沒有牛肉，結果因著貪吃，被人餵了一塊毒肉，從此一命嗚呼。

那日我和寶娃一直在他家待到用完晚飯，盤桓至夜方歸。至於那個姓鄧的，我再也不曾見到。這事在我們之間，也算是打下了一個互通聲氣的默契罷。

接下來的數月，我不僅積極參與老爸的夜間營生，甚至無視他嚴厲的警告，單槍匹馬地幹了幾票。白日不是蒙頭大睡就到學校去鬼混日子，儘量不與我媽照面。我將「收穫」輾轉得來的錢財，全部慷慨地捐贈了即將赴美的大木頭，算是作爲同情他失戀的補償罷。

事情發生在佔地風波過後不久。一日，久不上門的楊嫂突然大駕光臨，神祕兮兮地探著口氣問我媽可知道大木頭向田田窮追胡纏的事情？

「唉喲，可不得了哇，一會兒在公車站站崗遞紙條，一會兒到課室後座釘梢。把田田看得像什麼似的緊，拿一雙直不楞登的眼瞅著人不放，昨天居然動手了，差點兒沒把田田推進水稻田裡。你家大少爺那股子幹勁兒，可不能不管管了，讓人吃不消哇。」隨即遞給我媽一疊大木頭手跡的書信。

那晚上大木頭挨了一頓狠罵，我爸說他要再這麼丟人現眼的蠢幹，就把大學退了讓他跟著「一塊兒幹活兒」去。我爸可是說到做到的。這事經過楊嫂的大力宣傳，成了那年街坊鄰里間最值得談論的笑柄，比寶娃混太妹的傳言更來得膾炙人口。

夏天快要過完的時候，我因積欠暑假作業爲數甚鉅，而不得不拚了老命挑燈夜戰。在幾隻飛蛾縈繞的六十燭光燈泡底下趕寫大小楷、胡亂謅編暑期日記和演練英語數學。天色將亮未亮，我終於不支趴在桌上睡著了。但睡得極不安穩，老像聽到遠遠近近有人斷聲喊叫。忽然我被一迭連聲的腳步驚醒，慌忙開了房門，正見我爸進得屋來，喘著大氣一屁股坐倒在床沿上，看樣子他一夜未曾闔眼，臉色灰敗，兩眼血絲，滿腮亂鬍樁子。

我想他這下子一定完了，嚇得心撲通亂跳——馬上即刻就有人來抄家、搜出床底的贓貨證物，將他雙手反剪用一副手銬銬住。我家內外都要擠上看熱鬧、指指點點的街坊鄰居，我媽散著頭髮嚎哭（辦案人員可不像修屋工人那般容易打發）。大木頭、二木頭呆若木雞地目送我爸給押進汽車開走了……。

「爸！你出事啦？」

「他媽的！少觸老子的霉頭。」他一開口，散發著令人作嘔的口臭。雙手撐在床沿上有氣無力，說：「葉家又在打他家老二了。那女孩兒我半夜碰見不知多少次，搽胭脂抹粉、裙子短得像屁股簾子，怪不得她媽揍她……」

我聽見一聲聲受刑樣的嚎叫聲傳來。

本來寶娃挨打並不是什麼大驚小怪的新聞。聽說她在外頭交上一批不三不四的朋友，時常蹺課約會甚至跑地下舞廳那一類的地方。她媽脾性火爆，回來逼問不出實話或就算逼打出實情都免不了一頓教訓。寶娃似乎偏要她家丟人似的，鬼哭貓喊得整街衖巷都傳開了。

可這回，感覺分外淒厲刺耳。我按捺不住了，說：「我過去看看吧？」

「你去多管什麼閒事？老大惹事惹得還不夠啊？」我爸兇神惡煞地瞪著我。一直等到他沉沉睡去，我才偷偷摸出門來跳過牆去。這時喊叫已止，我圍著房子，小心翼翼地找到寶娃所在的那間房子。屋裡挺暗，我使盡眼力才看清一個人影伏在桌上，像是在哭。看清房裡沒有旁人，我輕敲窗櫺——

「寶娃，是我啊，小三子。」

她一驚，回過頭來，立起了身子。可不得了——這那裡是清秀可人的寶娃？人滿臉淚痕地走到窗邊，一邊臉給打腫了，頭髮被絞得橫七豎八參差不齊，比男孩的還要短，有些地方甚至還絞禿了。

「小三子，我媽……」她指著頭泣不成聲。我將紗窗輕輕扳下，縱身躍進屋裡。屋門給人從外頭反鎖上了，大概是防她偷跑。地上一堆黑烏烏剛絞下的頭髮。

寶娃撩著衣袖給我看兩隻手臂上的瘀青紅紫，連小腿肚上都是一槓槓紅腫跳起的棍痕。

我說：「我幫你逃走罷。」她死命搖頭：「那我媽非找少年組來抓我不可……」

「那你就不要再出去野，免得回來挨打。」她則聳聳肩膀表示無奈。我忽地瞥見一把明晃晃的刮鬍刀片兒擺在桌中央。

我立即奪了刀片：「你打算幹嘛？」

「……死了算了，」她又哭，眼淚成串地滴在前襟上。我聽了立時心裡一緊，口沒遮攔地說道：

「我爸作賊，打起人來又狠又厲害，我兩個哥哥都給他打傻了，也沒人想去死啊……」她一驚，圓睜著兩隻眼，馬上摀住我的嘴，噓聲道：「有人來了……」

一陣腳步聲迎面而來。我這才意識到情況的嚴重，要是被葉家人發現這個節骨眼上我待在寶娃的房裡；若再聽去我剛才的那番話……

還好，腳步聲又遠去了。趁著那個空檔我趕緊跳窗逃走，直到跑回自己小屋的床上，心仍跳個不住。手指間，還緊緊地捏著那面刀片。

往後的日子，我因太過擔心寶娃洩了我家的機密而心神不寧，根本無暇打探她的下落。多年後我才知道，其實葉家以及附近稍具資歷的鄰里，莫不知曉我爸的所作所為，甚至連我他們也一清二楚。大概依靠著「好兔不食窩邊草」的僥倖心理，為了「明哲保身」起見，誰也佯裝不知算了。

不久後聽說，寶娃終於搬到外頭去住。據說她媽與她八字相剋犯沖，若再住一個屋簷底下，長此以往，必有大凶。不由得令我想起那片亮晃晃的剃鬍刀來。

據說，剛絞了頭髮的那一陣子，寶娃索性去剃了個光頭，戴起學生帽子，穿上男生制服到校上課。她本就生得人高馬大，長腿長手的。又不知怎地，或許是那回童年意外事件的挫傷，也或許是這些年來她不斷在外「混」的經歷，使她較她的姊妹們來得潑辣、剛勁和早熟。我曾見她在市場同一個店鋪老闆脣槍舌劍地理論，絲毫無懼旁人的圍觀。也撞見她在西門町帶領一群男女呼嘯而過。她家搬離時，也只有寶娃回來幫著指揮打點一切，她那副頤指氣使的模樣，至今令我難忘。她喬扮起男裝來，應該是挺合適的。加上他們葉家那股有錢人的驕氣，雖不至於虎虎生風，也要讓大多數男子望而生畏吧。

當然我是不怕她的，但私底下總希望她不要生得那麼高大。

這輩子最令我後悔的便是：在那個羞恥的午後，我曾跟自己賭咒：若我媽再幹那無恥的勾當；我爸再幹那偷雞摸狗的營生，我就要犧牲自己往後的身高作爲他們救贖的代價。

果然，自那之後我再也沒有長高。多少年來，我不斷暗自慶幸，好在我撞見我媽那天，已足足有一百六十八公分了。

四

小河終於得以掩埋。

河道臨接馬路的空地旁，大清早，一株尤加利破敗的枝幹上，吊掛著一隻死貓。接二連三幾個大小颱風過後，由著陰雨驟生寒意。雨雖停，天卻灰蒼蒼地，有霧，連帶著一層毛邊的灰黯。貓脖子上掐著根細草繩，拖了一條無力下垂的尾巴，齜咧著牙，渾身骯髒枯槁的灰毛倒豎著，斜睨著半睜的眼、醜陋無比地渙散著死亡的陰懼。

我打點了一隻包裹，披上二木頭留給我的一件舊夾克。像多少年來隨常進出這條衖巷一般，只這一回，我是不打算回來了。

馬路早已拓寬爲雙線道的公路，安全島上的槭樹構樹楓樹……，一夜之間枯黃了葉子。太陽露出臉來，一陣薄涼的風，簌簌翻起滿樹金黃。坐上公車，駛過市區，我幾乎快要認不得這座城市了。空氣裡飄散著異樣的、陌生的氣味；舶來的、急湧的、金錢慾力的、推陳出新的……

我想，我既已不屬於它，走也不會有什麼牽掛了。

五

船終於在紐約港靠岸。海上經年，除了在一些小港短短停泊數日，成日面對的，不是孤獨無邊的大海，就是窒閉在狹小蒸熱的艙房裡勞動。海的禁閉，使我多多少少興起與過往陸地生活的聯繫。於是，下了船，我決定藉機造訪住紐澤西的大木頭，也順便探望在法拉聖區安家落戶的二木頭。

大木頭是AT&T的工程師，成天埋首在電腦裡。早晨不到五點便需起床，晚上開幾乎兩小時的車程回到家來，烹煮完晚飯，洗個澡，躺在床上看完電視新聞便必須闔眼，否則睡眠不足次日無法上班。他一直獨身，人家幫他介紹的一概看不上眼。他仍像從前一樣，大半時間傻子樣楞頭楞腦的發呆，即便說話，也說一些什麼「我找對象條件毋須太好，只要像林青霞、鍾楚紅那樣的也就可以了」之類的朝話。或許他學會了美國人的幽默也未必，誰知道呢。

二木頭倒是早早便成了家。二嫂是個體型壯碩的西裔婦女，為此還與爸媽大鬧了一場家庭革命，最後以新娘挺著大肚子進禮堂的鬧劇收場。結婚四年，毫無喘息的一連生了三個女娃，現在又將臨盆，所以無論照片或本人，我看見的她總是大著肚子。使得原本便不寬敞的一棟小樓，更形擁擠。且時不時有二嫂的近親遠戚前來小住，二木頭除了學不來西班牙語之外，內內外外看起來都與西裔無異了。

我分別同他倆談到我的將來，二人卻像約好了似的，一口咬定我不合適留在美國。大木頭腦袋搖得像博浪鼓、雙手不住來回擺動：「不行不行……你不會英文又身無一技之長，在台灣隨便混混還能餬口。美國談何容易？我每月要支付爸媽，要是你再來了……」二木頭的反應也差不多，不過他更深謀遠慮些，一邊克服著口吃一邊儘可能沉重地說道：「美美……國是是……個個法……治國國家，你你你要要是是……犯犯……法，打……起起……官司來……非非要傾傾……家家蕩產不不……可。」我完全懂他的意思。事實上我絕無意靠他倆生活，也非天生自甘墮落的鼠輩。他倆不僅將過去我冒險犯難為家裡打拚、才有他倆出國費用來源的汗馬功勞忘得一乾二淨，且無情無義地畫清界線。至於爸媽，更以我的不長進為憾，恨不得我永遠漂流在外，別再回去丟他們的人才好。

我遂決心回船繼續孤寂無涯的航行。直到某日，船抵達西岸洛杉磯的時候，我才燃起一線希望。

我從不曾度過如此明豔暖和的冬天。太陽早早便出來了，我每日懶洋洋地，在鮮活的綠地、碧澄的海與豔色花朵之間打轉。這是個全然陌生的地方，我在這裡，沒人知道我的過去，這樣的隔閡使我處在絕對的安全和保護當中，我的從前是恐懼、絕望與羞恥，以至於偶爾意外聽到國語，或忽然面對同胞交談時，總會令我心悸緊張，侷促不安。

幾個月下來，我幾乎已快忘掉自己原有的生命、過去、語言……。

每天，我如釋獲重生般的醒來。披覆著金色的陽光走出賃居的公寓，到不遠一處超市上班。我的工作極其簡單，不外乎搬運整理貨物，有時候待在倉庫，有時在市場裡打轉。這日，正重新打貼貨品標價的當兒，忽然瞥見一個順手牽羊的顧客，正一口氣把三、四盒肉類塞進風衣的胸口裡面。爲了不要打草驚蛇，我想先向經理告訴，再到門口逮一個正著。

無巧不巧，她回過頭來，一個照面，我們立刻知道對方是誰了。我著著實實地嚇了一跳。

那日，我替寶娃付了菜錢（自然也包括她本來打算白拿的那幾盒肉）。週末，她邀我上她家做客。

她住著幢不大不小的房子，環境還算清幽，內外打理也挺像樣子。寶娃離了婚，獨自撫養兩個孩子。她較從前看起來保守多了，不那麼刻意妝扮，反而竟不顯年紀。

寶娃說她做房地產經紀。我想這兩年景氣差，她日子可能過得並不容易。但又何至於到逼上梁山的地步？

寶娃見到我似乎相當高興，神采飛揚地說：「要早知道你在洛杉磯就好了，凡事大家有個照應。你曉得，有些事一個單身女人辦起來總是不大方便。」

我不確定她指的是哪些事，又不便多問，只有拉拉雜雜說上一堆我爸退休、近年患了中風，身子動彈不得。我則跑船跑膩了，有在此安定下來的打算，諸如此類。

「那太好了，看看有什麼生意可以合夥來做做……」她瞧著我，滿臉笑意，看起來是打心底高興。

隨後又帶我參觀她的房子，我看那幾大櫥滿滿吊掛的衣物，便說：「你們女人眞捨得花錢打扮。」她覷著孩子不在跟前，小聲道：「那麼貴，誰買得起啊？」我一怔，她又說：「拿的。」

我問她：「爲什麼？」

她聳聳肩：「爲什麼不？想啊。」

我正想說點什麼，孩子們卻跑過來了。我便隨口接道：「你看，我來也忘了給他們帶點東西。」

「什麼都不用！」她大幅度地擺著手，非常豪放地。接著眞心實意且帶著幾分得意：「我們家小孩什麼都有，一樣也不缺。」

是的，她說得沒錯。我以行家的眼光四處一掃，那些林林總總、琳瑯滿目零星配置的大小擺設、器皿、配件、玩具……恐怕都是她這些年四處「打游擊」的成果罷。

臨走，我不得不正色告訴她，那種事以後千萬不能再做了。她反而老大不高興的搶白我：「你家不就是這麼發起來的？要不然你兩哥怎麼有錢出來留的學？在美國，人不靠錢，還靠什麼呀？」

我嘆口氣，無辭以對。

她接著又委屈地嘟囔著：「滿以爲你能幫我點兒什麼，這下子反倒教訓起人來了。」

大概是我不合作的態度，好一陣她沒同我聯絡。

一日，我正上班。從後邊倉庫搬貨到前面店裡，這時忽然瞥見寶娃算完帳推著購物車欲出大門，正待上去叫她，卻見經理急匆匆打斜後方向她追去。我毫不遲疑，跳過算帳檯子、箭步衝到寶娃跟前，搶了她風衣裡的幾袋肉盒便往門外急竄。此時警鈴大作，兩個警衛一前一後在不遠處的停車場將我抓住。

他們核對了寶娃的收據單後，無可奈何只得放她走路。警車很快便來了，我們幾乎沒有時間話別，事實上只匆匆對望了一眼，她就被看熱鬧的人潮推遠了。

我被帶上警車，像是我多年來的一項期待。終於確認了自己代罪羔羊的身段，以致魂牽夢縈的恐懼將不再纏擾我。我覺得從未有過的輕鬆與自然，像償還了一項負罪的債。雖然我無從知道，寶娃命運的乖違是否承繼於那回我不及援救的意外，但至少，可以確定的是：她完全了解我的用意。我知道她會試圖擺脫罪惡、齷齪、絕望、貪慾的陰影。而洛杉磯的陽光又是如此的明媚美好。

雖然我不再關心何去何從，不知怎地，童年家鄉的景象卻鮮明地浮現。我想起一畦畦的水田、滿滿清流的小河、茭白筍田的清香。葉家那株傾倒在我家籬邊的滿樹芙蓉，和被螞蟻腐蝕經年的主幹……。

我不知不覺吹起了輕鬆的口哨，而那支歌竟然是：耶穌喜愛的小孩。……

——一九九六年四月・選自皇冠版《小河紀事》及聯合文學版《無可原諒的告白》

夏曼・藍波安作品

夏曼・藍波安

台灣台東縣蘭嶼達悟族人，1957年生。淡江大學法文系、清華大學人類學研究所畢業。曾任國小、國中代課老師、台北市原民會委員、公共電視原住民新聞諮詢委員、「驅除惡靈」運動總指揮，行政院「蘭嶼社區總體營造委員會」委員。目前專事寫作。著有《八代灣的神話故事》、《冷海情深》、《黑色的翅膀》、《海浪的記憶》。曾獲吳濁流文學獎、中國時報文學獎推薦獎。

飛魚的呼喚

「零分先生」跑步出去，幫老師買一包檳榔和香菸後，才信步往回家的路上走去。

「雅瑪❶，帶我跟你一起出海抓飛魚，好嗎？」達卡安剛放學回家，喘著氣，面帶微笑地央求他的父親。

達安卡斜揹著經常讓海水浸濕，卻從來不曾洗濯過的，很少會裝著書本和作業簿的書包。穿著濕漉漉球鞋的腳背上，有好多骯髒的泡沫。白底藍條格的小制服，不知道從那兒沾上了紅黑綠黃，五顏六色。滿是油垢的小腿，彷彿從來不曾用肥皂洗過。這小島上的雅美少年，很少不是這樣的。買得起香皀的人家畢竟罕有。雖然，小達卡安他爸，事實上也曾爲了孩子，咬了牙買過香皀用，只是當下正是飛魚旺季，錢要用來買大量的鹽巴，就尤其沒有餘錢買香皀了，達卡安弓著身子，面對著正在涼台綴補魚網的父親。這時候已是午後五時許了。

父親眼看太陽即要下海休息，加快了他補網的速度，達卡安說的話好像一陣小風吹過一樣，沒聽進他耳朵裡去。

「夏曼・達卡安，昨晚你去哪兒捕到那麼多啊？」在屋下的鄰居問。

「沒幾條啦，才兩百零六條而已啦！就在Jiliseg海域那兒。」

「原來你去了那頭呀。昨晚我才捕到三十多條而已，實在很差。」

「帶我去抓飛魚嘛！雅瑪。」達卡安央求著說，沒有裝課本和作業簿的書包，依舊斜揹在他的小肩背上。

「你來幹什麼？書根本就唸不好，你給我待在家裡寫作業！」父親有點不高興地說。

「孩子跟你去捕飛魚，有什麼關係？你硬要他寫作業，孩子哪天給你寫過了？還不是跑到海邊？躲在大石頭旁，等你捕魚回來？要他寫作業，就是像不讓他去游泳一樣痛苦啦！帶他去一次，讓他過過癮吧。也叫他知道抓飛魚不是那麼簡單的事。」黑乾乾的母親嘟噥著說。

夏曼·達卡安沉默地趕緊收起魚網，況且天色已經黑下來了。

「帶我去嘛！我現在已經小學六年級了。我的雙臂已經很有力氣了。」達卡安捲起短袖的袖口，要爸爸摸摸他凸出的小肌塊，欲圖展示力氣，說服比他更結實強壯的父親。

「你摸摸看，我的肌肉，摸嘛！摸嘛！雅瑪。」

「光有力氣管什麼用？頭腦簡單啦，你！到頭來還不是瑟縮地睡在工廠裡！你的力氣只配做台灣人的工人啦！教人使喚你做東做西啦！光有力氣沒路用。如果不識字，那就更慘。都六年級了，什麼事也不懂！」夏曼·達卡安越說越心煩，瞅著他的兒子小達卡安繼續說著：「你看看，你的書包根本就還沒放下來，看準你就是懶蟲一條啦！家裡雖然窮得都沒有凳子、椅子好讓你和弟弟寫功課，可是你總得自個兒想個辦法，寫你每天的作業啊！」夏曼·達卡安說：「唉呀，我看準你又是在學校玩了一天。天天只知道玩！爸爸是不會帶你這沒出息的孩子坐船出海捕魚的！」

一貫活蹦亂跳、無憂無愁的西·達卡安的眼眶，這時忽然紅了起來。他把書包摔在地上，睜著失望的瞳眸，嘴角因爲委屈和氣憤歪曲顫動著。他想著：學校的作業分明就是跟他作對嘛！不論他怎麼用功，那麼多的生字要唸、要背，就好像看到惡靈一樣……。

「雅瑪，你爲什麼不帶我出海去抓飛魚呢？每次看到你抓到很多的飛魚，看到你興奮的樣子，我就巴望長大了跟你出海。雅瑪，我已經長得夠大了……」小達卡安靠在涼台的柱子邊，傷心地說。

而爸爸卻依舊沉著臉，默默地逕自走了。達卡安踩著小步，緊跟在後面。

「雅瑪！」小達卡安悲鳴了：「我要詛咒我們的飛魚哦！如果你不帶我出海的話。」

驀然間，父親像是被巨大的惡靈驚嚇了似地，停止了腳步，睜著怒目、斥罵明知而又故犯大忌的兒子。

「再說一句看看，我就把你那張魔鬼的嘴巴打得碎爛。」夏曼·達卡安說道：「你可以咒爸爸捕不到魚，可是千萬不可以咒罵我們的飛魚啊！牠們不是普通的魚，是天神賜給我們雅美族的食物。如果其他族人聽到你詛咒飛魚，你叫我到哪兒去張羅一條豬，好宰了向族人和飛魚道歉、懺悔呢？」

夏曼·達卡安高亢的聲音，招來鄰居們探頭注意。「哦喲喲，不懂事的小孩，怎麼可以咒罵飛魚呢！要詛咒我們族人不成？……」

小達卡安走近忿懣的父親身旁，撒嬌討好地說：「對不起啦！帶我出海抓魚嘛！雅瑪。」

「也不知道達卡安爲什麼今天老纏著他爸爸，非要跟他爸出海捉飛魚。」夏曼・達卡安黝黑乾瘦的老媽媽在一旁想著，「平常小達卡安可從來沒有像今天那麼認真，非出海不可呀！莫非在學校不聽話，被老師狠狠地摑過耳光？」

夕陽落海休息後的海灘上，早就聚集了很多即將出海的男人們。他們有的在努力繫牢槳繩，有些人在整理魚網，有的則在吐霧吃菸、談天。準備在餘暉中出海的雅美男人們顯得格外沉著冷靜。海浪的律動，是他們熟悉的。魚腥味很濃的海水，在這個季節是特別令雅美族人喜愛。自古以來，自有飛魚神話故事之始，從來也沒有人曾經聽說過這小島的居民有那個不喜歡海的。夕陽暉光在大海的波峰之間投映，頻頻閃爍著銀白色的光芒，宛若飛魚脫落的鱗片，呼喚雅美人捕魚的舟隊。

「飛魚在很古很古的年代，就曾經躍出海面，飛到岩礁，讓我們的祖先認識飛魚的種類，飛魚的酋長——『黑色翅膀』就這樣地教育了我們的祖先，如何食用飛魚，如何捕撈牠們，如何祭祀祂們……」這些早在西・達卡安四、五歲學會了游泳的時候，就不曾忘記這段祖父跟他說過的故事。

海浪十分有規律地在眼界所盡的大海面宣洩了。

「Maran，今天我代替你出海好嗎？」小達卡安溫婉地轉而去苦苦央求著叔叔給他這個機會。他說：「Maran，你看我這雙胳臂的肌肉，結實得像海邊的小卵石。我已經有力氣可以划船了，說不定還比你有力氣呢！」

「划船不是光靠力氣啊，你還得靠經驗和耐力，並且還要知道海流的流向。划船可沒那麼容易。不過你想出海的話，你就去吧！可是千萬要記住，不可在船上睡覺，魔鬼會捉走你的靈魂的。」叔叔叮嚀著說道。

由於叔叔疼愛小達卡安視同己出，何況在村子裡就數小達卡安是最恪守雅美人民傳統禁忌的小孩。早點學習划船的技能，這原來就是所有雅美男人應該有的本事，也是他鑿造獨木舟的主要目的。船本來就是要讓人在海上逞英雄的，雅美小孩生來也爲了這個，小達卡安的叔叔想著。

「好哇！好哇！」小達卡安興奮雀躍，彷彿他聽到學校宣布關門，再也不用天天上學似的。他歡騰的心上，原先那一塊沉沉的石塊，像在俄頃間炸成碎片。

「你眞的要來嗎？」父親用很大的疑慮質問小達卡安。而他此刻，因高興而張開的嘴巴，已經咧開到了極限，頻頻點頭。父親這時守著啓航前的禁忌，在孩子強烈出海的慾望之下，也唯有教孩子在海上的求生常識及應該遵守的行爲舉止，而不再以苛責峻拒小達卡安了。

船，漂浮在海面，隨著一波波的海浪起落。「雅瑪，很舒服啊！」小達卡安突兀地冒出興奮的話語來。

父親微笑道：「你專心划船啦！」

這是兒子的處女航，於是夏曼・達卡安開始默念雅美人古老的祈福詩歌：

我們古老的，英勇的祖宗，祈求您們庇佑這懦弱的兒孫，教導他那一雙魯鈍的槳手……自古以來，您們都是如此保佑這島上的子民循著您們經驗所累積的智慧在海上求——生存……

許多同年的或比小達卡安年長一、兩歲的族人，在岸邊陪著落日的暉光，目送捕魚船隊，一船接著一船，在大海上劃出一道道叫人激動的縐紋。划船的力道，使櫓槳每插入海裡，都激起小小的漩渦。船隊就這樣颼颼地前進了，去追蹤飛魚聚集的海域。

小達卡安驕傲地瞭望著他在岸邊的小玩伴。達卡安在學校戴上「零分先生」的帽子，這時倒成了勇敢和光榮的代號。他每划一槳，便看看雙臂的肌肉是否變得更大些。他努力地划。「雅瑪，我很有力氣哦！也很會划船呢。我的同學沒有人比得上我。」他對夏曼・達卡安說。

「唉呀！你只有這點本事強過別人啦。等回到學校，還不是又樣樣輸給人家？」父親說：「划船又不是你每天例行的工作。天天上學、讀好書，才是你的活兒呀，知道嗎？達卡安。」

潔白的月光照射著大海。遠的、近的船隻，處處可見。天空的星星多得看不完。此番心情和感受，與在陸地上時是截然不同的。粼粼的銀色波光，此起彼落。每條船上的雅美勇士們，都在靜靜地等候魚汛的來臨。此刻此景，大大滿足了達卡安出海捕魚的慾望。

「雅瑪，在海上看天空很漂亮啊！Yaro mata noangit!」他的母語脫口而出：「好多眼睛的天空！」

小達卡安的母語，在他亢奮時說得最流利。他親暱地對阿爸說：「Asta pala angit, moyama,」

他說：「看，快看那天空、我的阿爸，看那顆。」

「在海上不許用手對天空指劃，魔鬼看到你這樣好奇，就立刻知道你是個新手，當心回家睡覺時，他們抓走你海上的靈魂。」

「眞的嗎？爸爸？」達卡安敬畏地說。

「你只知道欣賞這些景色啦——你，如果你喜歡念書，如同愛慕大海的話，阿爸就不會爲你頭疼的。你是來捕飛魚的，可不是來欣賞這些星星。」夏曼・達卡安說：「你想想看，爸爸就是因爲沒唸甚麼書，所以只配做粗重的活，當人家的工人。以前，爸爸在學校的成績好呀。有一位神父要我到台東上初中，可是被你祖母阻止。」夏曼・達卡安說，因爲小孩應該孝順父母，他就只好服從她了。如今想起來，眞的很後悔。「倘若，當時做個短暫的不孝子的話，你的祖母，你的媽媽，今天也就不會瘦乾乾的，更不會爲了掙幾塊錢的零工賣勞力給台灣人做工人。」夏曼・達卡安感慨地說。

夏曼・達卡安點燃一支菸，把青煙吐到海上的黑夜說：「人，總是會老的，抓魚的體能也會衰減的。如果你不好好把書唸好的話，除了你沒前途外，我們將來的生活也不會有什麼指望。永遠貧窮，永遠只能用勞力賺錢，永遠被人瞧不起，永遠……你爲什麼不想想讀書將來的好處呢？」

坐船首的小達卡安想著：「這個時候說這般話，實在是很惱人怒，可是在海上怎麼逃避阿爸的話呢？」

網已經撒下約莫半個多小時了。父親開始感覺到已經有飛魚衝進他的魚網。

達卡安靜默不語。他似乎有他自己的想頭。吃地瓜、抓飛魚、給人家做工，有什麼不好？他說。念書好的同學，不一定有機會上船看到這奇異的星空，享受在海上漂船的滋味，學習族人抓飛魚的技能啊！在蘭嶼，成績好的學生，到了台灣之後，還不是一樣最後都落腳在工廠裡。小達卡安想著，將來，他的同學長大成人之後，仍舊不會抓飛魚，而又想吃飛魚的話，那時候他抓到的飛魚就可以賣給他們了呀！如此一來，他既可在海上玩，又可賺那些失去傳統生產技能的同學的錢了，「零分先生」成了「飛魚先生」，小達卡安想著想著，便情不自禁地咯咯地笑了起來。

月光勻柔，依舊公平地照在海上作業的船隻上，靜靜地等待著飛魚衝網的消息。海浪拍岸的聲音「喳……喳……」地傳來。

「達卡安，把槳向前划，爸爸要開始收網了。」

「有飛魚嗎？雅瑪。」

拉上來的魚網堆滿了船身的一半，卻仍舊不見無尾銀白的飛魚，小達卡安在船首猛盯網子，神情顯得稍微失望。

「忍耐些罷！要有耐心啊！」

忽然間，網子末端掀起一道銀白色的小浪花。

「達卡安，你瞧那兒有一條飛魚，在展翅拍著海面！」雅瑪輕聲地說。

「在哪裡？在哪裡？」達卡安焦慮地說。這時他果然看見一道晶瑩的銀光在黑暗中躍起。

他詫異地喊了起來，「雅瑪，眞漂亮啊！」

小達卡安瞪大瞳眸，在月色乍明乍暗的照明下，他看見飛魚在網中掙扎而脫落的鱗片，宛如天空中的星星在波浪的峰頂與峰谷閃爍地搖擺，而鱗片的銀光則隨著拉起的魚網逐波靠近。小達卡安錯愕地坐在船上，像一尊小小的石像，專注地欣賞那婀娜多姿的飛魚。此刻近乎停止了呼吸的他，更像是陶醉浸泡在眾仙女的胸膛裡。

他從魚網裡緊緊握起喘著氣的飛魚，親吻著，然後脫下那紅黃綠黑的、白底藍條格的學校制服，包裹擦拭飛魚身上的海水，喃喃自語：「啊，『黑色翅膀』，你爲什麼這麼久才出現呢？」這正是達卡安要看的，活的飛魚，而且是一條黑色翅鰭的飛魚之王！

此刻，他已如願以償了。學校裡給他戴上的「零分先生」的惡名，應換成「飛魚先生」，他想。

「我是西．達卡安，我的飛魚。」小達卡安的胸膛脹滿了從來沒有過的熱熾的情緒。他面向黑色的大海，心中吶喊：「現在你應該認識我了。希望有一天，我能自個兒划船來捕飛魚，在海上當勇士，眞正的雅美英雄。」

「達卡安，差不多百三、四十條了，我們回航吧，明兒你還要去學校上課哪……」

「不要啦，再撒一次網嘛！」達卡安乞求道。

「明天你在課堂上打瞌睡，老師可又要打人哦！」

「沒關係啦，打就打嘛，疼，只有幾秒鐘啦！再撒一次網啦，雅瑪。」小達卡安說。

父親很了解，他的孩子——達卡安資質並不差。凡是教他做一件事，大抵都做得很好，令人滿意。想起達卡安的外祖父，在達卡安中年級以前，因疼愛而經常地帶他逃學，教他認識山裡的樹，海裡的魚，使得達卡安因而沒打好學校裡的基礎教育，落得每一學期都是班上倒數第一名。「達卡安將來在競爭激烈的台灣社會裡，如何生存呢？」夏曼・達卡安每思及此，不由得鬱鬱寡歡了。

海浪靜如湖面，父親的心情卻如洶濤駭浪。受苦、沒錢，我這一輩人還可以忍耐。夏曼・達卡安一邊划槳，一邊想著，可是，總也不能讓孩子受同樣的苦難呀！或更甚於此的什麼的歧視呀！怎麼辦呢，怎麼辦呢？……

這時，達卡安在數著星星，數著正在捕魚的船隻，數著在岸上村莊裡明滅不熄的燈火……

「達卡安，你眞的那麼害怕書本嗎？」小達卡安他爸說：「你們的導師跟我說過，你還不會背ㄅㄆㄇ和九九乘法。都六年級了，這些最基礎的不會，以後，萬一你有點錢，自己卻數不來，怎麼辦哪？」

達卡安意識到，這個時候要逃避父親的詢問，是不可能的了。雖然他有能力可以立刻跳下水游回岸上。可是心裡就是不喜歡父親以念書的成績來衡量他能力優與劣。他明瞭家裡的困境，更了解自己會用勞力賺錢給父母，買家電用品、買很多很多的電器。但他就是不要聽有關學校、成績的事，他是厭煩極了。

想了一會，小達卡安說：

「雅瑪，我會用我結實的肌肉，很大的力氣去賺錢的，這個你放心。而且將來我絕不抽菸、喝酒。到海裡抓魚、上山耕作，不也是很好的嗎？」

「唉……」父親深深地嘆氣了。這令達卡安心神不寧。星月彷彿陰翳了很多。「你應該好好牢記爸爸的話。」

父子倆開始沉默地划槳「Yaro rana liban-gbang ta」小達卡安忽然溫柔地說：「阿爸，我們的飛魚很多啊！」

「不許這麼說話，『我們的飛魚』，這就咒詛了天神的魚了。你要這樣說，Ala karapyantamo rana ya，」夏曼・達卡安嚴肅正經地對兒子說：「『這些好像夠我們吃了。』這樣說，懂了吧？」

港邊已經聚集著回航的船隻了。已有很多的族人幫著父親或祖父刮掉魚鱗。顯然達卡安和他父親算最晚歸的，這是達卡安覺得最爲榮耀的。

「達卡安，你會划船呀？」

「不簡單哦！」

「划船會使你的肌肉更堅實哦！」

「達卡安眞是難得的雅美小孩，會跟父親出海捕魚。現在很多小孩只會圍在電視機前看那些無聊的電視劇，學廣告裡的動作。」有一位鄰居的伯伯感慨地說：「假使我的小孩有達卡安的一半，到海邊幫忙推船、刮魚鱗，跟我出海的話，等到老來就不愁沒有飛魚吃了。」

好多的讚美令達卡安感到快樂。他眞正地體會到雅美男人抓飛魚是一件很辛苦的事。唯有划船出海抓飛魚、體驗箇中的辛苦和昂奮的滋味，吃了飛魚才會覺得特別甜美。

雖然族人都在讚美達卡安的能幹，達卡安他爸卻裝作沒什麼似的。畢竟，在這小島上，人們深信來自別人過多的獎譽，會轉變成為詛咒。所以，人要知道謙抑，不可自滿。父親注視著專心刮掉魚鱗的兒子，實在是令人喜歡的小孩，他想著：可是他為何沒興趣念書呢？

夏曼・達卡安揹著飛魚走在回家的路上，看來腳步是很沉重的。

「達卡安，明天到學校，要好好念書哦！」夏曼・達卡安說：「會抓魚沒啥了不起，不會認字，將來永遠都是台灣人的工人，永遠被使喚做東做西，一絲尊嚴都沒有。念書不是將來要做大事，而是讓你有一點機會選擇自己想要做的工作。」

小達卡安扛著魚網，像是專心聆聽著父親的話。

一百八十多尾的飛魚，越揹越重。現在的日子有電、有燈，做父母的也知道要鼓勵孩子們念書，孩子們反而不念書，這是怎麼回事啊？夏曼・達卡安想著。

走在父親前面的達卡安，這時突然興高采烈地喊了起來：「依那❷，我們回來了！」

「董志豪，站起來！」

數學0分。

國語12分。

自然8分。

社會32分。

老師帶著毫不掩飾的嘲諷口氣說：「零分先生，去幫老師買一包檳榔和一包香菸，用跑的！」

達卡安斜揹著沒裝書的書包，孤單地坐在Jirakwayo海邊的大石頭上，望著族人一船又一船出海捕飛魚。現在已是黃昏時刻。畫著一個大零蛋的考卷，在他有力的手掌裡捏揉成一團。

「飛魚先生」的榮耀和「零分先生」的恥辱，在小達卡安的心中激盪。他在大石頭上望著一條條出海獵捕飛魚的船隻划遠時，紅彤彤的夕陽也已下海了。

路燈照著達卡安回家的路。愈走近家，路燈就顯得愈是幽暗。他斜揹著並沒有裝書本和作業簿的書包裡，放著揉成一團的畫了一個大零蛋的考卷。

「飛魚……」

「零分……」

——一九九二年一月・選自聯合文學版《冷海情深》

注釋：

❶爸爸。

❷媽媽。

《中華現代文學大系(壹)——臺灣 1970～1989》

小說卷

主　　編：齊邦媛
編輯委員：鄭清文、張大春

收入70位傑出作家，118篇最具代表性作品，洋溢著前所未有的自足、自然的寫實主義，集中於臺灣都市中小人物的困境、政治關懷、女性的處境、鄉土的變貌、海峽兩岸新情勢，和海外作家平常心的觀照等等。可供欣賞、珍藏。

精裝豪華本（全五冊）：單冊定價 480 元
平裝藝術本（全五冊）：單冊定價 580 元

《中華現代文學大系（壹）——臺灣 1970 ～ 1989》

榮獲新聞局金鼎獎

劃時代的巨獻，跨越兩個十年，樹立台灣文學新座標，面對整個中國及世界文壇。走過從前，邁向未來，傲然矗立文壇，以有限展示無限。《中華現代文學大系（壹）——臺灣 1970~1989》計分詩、散文、小說、戲劇、評論等五卷，十五鉅冊，由余光中、張默、張曉風、齊邦媛、黃美序、李瑞騰等 16 位名家，選出 300 多位作家及詩人的精品， 9000 餘頁，是國內空前的皇皇巨著，熠熠發光。推出後，深受海內外各界讚譽、推崇，因此才賡續出版《中華現代文學大系（貳）——臺灣 1989~2003》。

總編輯：**余光中**

編輯委員

詩　卷：**張　默、白　靈、向　陽**

散文卷：**張曉風、陳幸蕙、吳　鳴**

小說卷：**齊邦媛、鄭清文、張大春**

戲劇卷：**黃美序、胡耀恆、貢　敏**

評論卷：**李瑞騰、蕭　蕭、呂正惠**

精裝豪華本 15 冊定價 8380 元

平裝藝術本 15 冊定價 6880 元

《中華現代文學大系（貳）——臺灣 1989 ～ 2003》

承續《中華現代文學大系（壹）——臺灣 1970 ～ 1989》的大業，本輯銜接兩個世紀的文壇風貌，展示台灣各類型菁英作家的才華，爲華文世界再樹新里程碑！《中華現代文學大系（貳）——臺灣 1989 ～ 2003》計分詩、散文、小說、戲劇、評論等五卷，十二鉅冊，由余光中、白靈、張曉風、馬森、胡耀恆、李瑞騰等 16 位名家，選出 300 多位具代表性作家及詩人們的精采作品，值得閱讀、典藏。

總編輯：余光中

編輯委員

詩　卷：白　靈、向　陽、唐　捐

散文卷：張曉風、陳義芝、廖玉蕙

小說卷：馬　森、施　淑、陳雨航

戲劇卷：胡耀恆、紀蔚然、鴻　鴻

評論卷：李瑞騰、李奭學、范銘如

精裝豪華本 12 冊定價 6200 元

平裝藝術本 12 冊定價 5000 元

中華現代文學大系（貳）

——臺灣 1989～2003

小說卷（二）

A Comprehensive Anthology of
Contemporary Chinese Literature in Taiwan, 1989-2003
Fiction Vol. 2

總 編 輯／余光中
編輯委員／馬　森　白　靈　張曉風　胡耀恆　李瑞騰
施　淑　向　陽　陳義芝　紀蔚然　李奭學
陳雨航　唐　捐　廖玉蕙　鴻　鴻　范銘如
發 行 人／蔡文甫
發 行 所／九歌出版社有限公司
臺北市八德路 3 段 12 巷 57 弄 40 號
電話／(02)25776564 ・傳真／(02)25789205
郵政劃撥／ 0112295-1
登記證／行政院新聞局局版臺業字第 1738 號
網　　址／ www.chiuko.com.tw
印 刷 所／晨捷印製股份有限公司
法律顧問／龍雲翔律師・蕭雄淋律師・董安丹律師
初　　版／ 2003（民國 92）年 10 月
定　　價／小說卷（全三冊） 平裝單冊新台幣 450 元
精裝單冊新台幣 550 元

ISBN　957-444-076-1

國家圖書館出版品預行編目資料

中華現代文學大系（貳）.臺灣一九八九～二〇〇三小說卷／馬森主編 --初版. --臺北市：九歌，2003〔民92〕面； 公分.

ISBN 957-444-074-5（第1冊：精裝）
ISBN 957-444-075-3（第1冊：平裝）
ISBN 957-444-076-1（第2冊：精裝）
ISBN 957-444-077-X（第2冊：平裝）
ISBN 957-444-078-8（第3冊：精裝）
ISBN 957-444-079-6（第3冊：平裝）

830.8 92012284